El domador de leones

Camilla Läckberg (1974) nació en Fjällbacka, un pueblo de la costa oeste de Suecia, donde ambienta su popular serie de la que se han vendido más de veinte millones de ejemplares en todo el mundo. Tras la espectacular acogida del primer título, Camilla Läckberg se confirma como la reina del suspense europeo con todos sus libros: *La princesa de hielo, Los gritos del pasado, Las hijas del frío, Crimen en directo, Las huellas imborrables, La sombra de la sirena, Los vigilantes del faro, La mirada de los ángeles* y *El domador de leones*. Recientemente se ha publicado la adaptación gráfica de *La princesa de hielo* y *Los gritos del pasado*. Es coguionista de la serie de televisión *Los crímenes de Fjällbacka*, inspirada en sus personajes. Además, ha escrito los álbumes ilustrados protagonizados por Super Charlie.

Si tienes un club de lectura o quieres organizar uno, en nuestra web encontrarás guías de lectura de algunos de nuestros libros. **www.maeva.es/guias-lectura**

EMBOLSILLO desea contribuir al esfuerzo colectivo y permanente de proteger y preservar el medio ambiente y nuestros bosques con el compromiso de producir nuestros libros con materiales responsables.

Los crímenes de Fjällbacka

Camilla Läckberg

El domador de leones

Traducción:
CARMEN MONTES CANO

EMBOLSILLO

Título original:
LEJONTÄMJAREN

Imagen y adaptación de cubierta:
ALEJANDRO COLUCCI

Fotografía de la autora:
MAGNUS RAGNVID

Diseño de colección:
TONI INGLÈS

© CAMILLA LÄCKBERG, 2014
    Publicado originalmente por Bokförlaget Forum, Suecia
    Publicado bajo el acuerdo de Nordin Agency, Suecia
© de la traducción: CARMEN MONTES CANO, 2015
© de esta edición: EMBOLSILLO, 2016
    Benito Castro, 6
    28028 MADRID
    emaeva@maeva.es
    www.maeva.es

ISBN: 978-84-16087-40-2
Depósito legal: M-11.081-2016

Fotomecánica: Gráficas 4, S.A.
Impreso y encuadernado por Novoprint
Impreso en España / Printed in Spain

Para Simon

El caballo sintió el olor a miedo incluso antes de que la niña saliera del bosque. El jinete lo jaleaba, clavándole las espuelas en los costados, pero no habría sido necesario. Iban tan compenetrados que el animal notaba su voluntad de avanzar.

El repiqueteo sordo y rítmico de las pezuñas rompía el silencio. Durante la noche había caído una fina capa de nieve, así que el caballo iba dejando pisadas nuevas y el polvo de nieve le revoloteaba alrededor de las patas.

La niña no iba corriendo. Caminaba trastabillando, siguiendo una línea irregular, con los brazos muy pegados al cuerpo.

El jinete lanzó un grito. Un grito estruendoso que lo hizo comprender que algo fallaba. La niña no respondió, sino que siguió avanzando a trompicones.

Se estaban acercando a ella y el caballo aceleró más aún. Aquel olor ácido e intenso a miedo se mezclaba con otra cosa, con algo indefinible y tan aterrador que agachó las orejas. Quería detenerse, dar la vuelta y volver al galope a la seguridad del establo. Aquel no era un lugar seguro.

El camino se interponía entre ellos. Estaba desierto, y la nieve recién caída se arremolinaba sobre el asfalto como una bruma en suspenso.

La niña continuaba avanzando hacia ellos. Iba descalza y tenía los brazos desnudos, como las piernas, en marcado contraste con la blancura que los rodeaba; los abetos cubiertos de nieve eran como un decorado blando a sus espaldas. Ahora estaban cerca el uno del otro, cada uno a un lado del camino, y él oyó otra vez el grito del jinete. El sonido de su voz le era muy familiar y, al mismo tiempo y en cierto modo, le resultaba extraño.

De repente, la niña se detuvo. Se quedó en medio del camino, con la nieve revoloteándole alrededor de los pies. Tenía algo raro en los ojos. Parecían dos agujeros negros en la cara.

El coche apareció como de la nada. El ruido de los frenos cortó el silencio, y luego resonó el golpe de un cuerpo que aterrizaba en el suelo. El jinete tiró de las riendas con tal vigor que el freno se le clavó en la boca. Él obedeció y se paró en seco. Ella era él y él, ella. Así lo había aprendido.

En el suelo, la niña yacía inmóvil. Con aquellos ojos tan extraños mirando al cielo.

Erica Falck se paró delante de la institución penitenciaria y por primera vez la inspeccionó con más detenimiento. En sus anteriores visitas estaba tan obsesionada pensando en quien la esperaba que no se había fijado en el edificio ni en el entorno. Pero necesitaba nutrirse de todas las impresiones para poder escribir el libro sobre Laila Kowalska, la mujer que, muchos años atrás, mató brutalmente a su marido Vladek.

Se preguntaba cómo daría cuenta de la atmósfera que reinaba en aquel edificio que recordaba a un búnker, cómo conseguiría que los lectores sintieran el hermetismo y la desesperanza. El centro penitenciario estaba a media hora en coche de Fjällbacka, apartado y solitario, rodeado de una cerca con alambre de espino, pero sin esas torres de vigilancia con agentes armados que siempre aparecían en las películas norteamericanas. Estaba construido atendiendo exclusivamente a la funcionalidad, y el objetivo era mantener a la gente encerrada en su interior.

Desde fuera, parecía totalmente vacío, pero Erica sabía que era más bien al contrario. El afán de recortes y unos presupuestos mermados hacían que se hacinaran tantos internos como fuera posible en el mismo espacio. Ningún político municipal tenía especial interés en invertir dinero en un nuevo centro y arriesgarse a perder votos. Así que todos se conformaban con lo que había.

El frío empezó a calarle la ropa y se encaminó a la puerta de acceso. Cuando entró en la recepción, el vigilante echó una ojeada apática al carné que le enseñaba, y asintió sin levantar la vista. Luego se puso de pie y Erica lo siguió por el pasillo sin dejar de pensar en la mañana de perros que había tenido. Igual que todas las mañanas últimamente, la verdad. Decir que los gemelos estaban en la edad rebelde era quedarse corto. Por más que quisiera, no era capaz de recordar que Maja hubiera sido así de díscola cuando tenía dos años, ni a ninguna otra edad, por cierto. Noel era el peor. Siempre había sido el más inquieto de los dos, y Anton se le sumaba de mil amores. Si Noel lloraba, él lloraba también. Era un milagro que Patrik y ella conservaran los tímpanos intactos, teniendo en cuenta el nivel de decibelios que imperaba en casa.

Por no hablar del tormento que era vestirlos con la ropa de invierno. Se olisqueó discretamente debajo del brazo. Ya empezaba a oler a sudor. Cuando por fin terminó la lucha de ponerles todas las prendas de abrigo para que se fueran con Maja a la guardería, no le quedó tiempo para cambiarse. En fin, tampoco es que fuera a una fiesta, precisamente.

Se oyó un tintineo de llaves cuando el vigilante abrió la puerta y la invitó a pasar a la sala de visitas. En cierto modo, le resultaba un tanto anticuado que aún tuvieran cerraduras con llaves. Claro que, lógicamente, era más fácil averiguar el código de una puerta electrónica que robar una llave, así que quizá no fuera tan extraño que las costumbres de antaño se impusieran allí a las modernidades.

Laila estaba sentada ante la única mesa de la habitación, con la cara vuelta hacia la ventana, a través de la cual entraba el sol invernal que le encendía una aureola alrededor de la cabeza rubia. Las rejas que protegían las ventanas proyectaban cuadraditos de luz en el suelo, donde las motas de polvo se arremolinaban desvelando que no habían limpiado tan a fondo como deberían.

—Hola —dijo Erica antes de sentarse.

En realidad, se preguntaba por qué habría consentido Laila en volver a verla. Era la tercera vez que quedaban, y Erica no había avanzado nada. Al principio, Laila se negaba en redondo a recibirla. Daba igual cuántas cartas de súplica le enviara o cuántas veces la llamara. Pero, unos meses atrás, había aceptado de pronto. Seguramente agradecía que interrumpiera la monotonía de la vida en el psiquiátrico con sus visitas; y mientras Laila accediera, ella pensaba seguir acudiendo. Hacía mucho que deseaba contar una buena historia, y no podría hacerlo sin la ayuda de Laila.

—Hola, Erica. —Laila le clavó aquella mirada suya tan clara y tan extraña. La primera vez que Erica la vio pensó en los perros de tiro. Después de aquella visita, fue a mirar el nombre de la raza. Husky. Laila tenía los ojos de un husky siberiano.

—¿Por qué accedes a verme si no quieres hablar del caso? —preguntó Erica, directa al grano. Y enseguida lamentó haber usado un término tan formal. Para Laila, lo sucedido no era un caso. Era una tragedia, algo que aún la atormentaba.

La mujer se encogió de hombros.

—Las tuyas son las únicas visitas que recibo —respondió, confirmando así las suposiciones de Erica.

Sacó del bolso la carpeta con los artículos, las fotos y las notas que había tomado.

—Todavía no me he dado por vencida —dijo, y dio unos toquecitos en el archivador con los nudillos.

—Bueno, supongo que es el precio que tengo que pagar por un rato de compañía —dijo Laila, con un atisbo de sentido del humor; el mismo que Erica había advertido en alguna otra ocasión. Aquel amago de sonrisa le cambiaba la cara por completo. Erica había visto fotos suyas de la época anterior al suceso. No era guapa, aunque sí mona, de un modo diferente, interesante. Entonces tenía el pelo rubio y largo y, en la mayoría de las fotos lo llevaba suelto y liso. Ahora lo tenía muy corto, sin ningún peinado digno de tal nombre, simplemente rapado, señal de que hacía mucho que no se preocupaba por su aspecto. Claro que, ¿por qué iba a hacerlo? Llevaba años alejada del mundo real. ¿Para quién iba a ponerse guapa allí dentro? ¿Para esas visitas que nunca recibía? ¿Para los demás internos? ¿Para los vigilantes?

—Hoy pareces cansada. —Laila examinaba a Erica a conciencia—. ¿Ha sido una mañana dura?

—La mañana y la noche, igual que anoche y, seguramente, igual que esta tarde. Pero supongo que así son las cosas cuando hay niños pequeños... —Erica dejó escapar un largo suspiro y trató de relajarse. Ella misma notaba la tensión después del estrés de aquella mañana.

—Peter se portaba siempre tan bien... —dijo Laila, y se le empañaron los ojos—. No se puso caprichoso ni un solo día.

—Era muy callado, según me dijiste la última vez.

—Sí, al principio creíamos que le pasaba algo malo. Hasta que cumplió los tres años no dijo ni mu. Yo quería llevarlo a un especialista, pero Vladek se negaba. —Resopló, y cruzó sin darse cuenta las manos, que antes tenía relajadas encima de la mesa.

—¿Qué pasó cuando cumplió los tres años?

—Pues, un día, empezó a hablar sin más. Frases enteras. Con mucho vocabulario. Ceceaba un poco, eso sí, pero, por lo demás, era como si hubiera hablado desde siempre. Como si los años de silencio no hubieran existido.

—¿Y nunca supisteis por qué?

—No. ¿Quién iba a explicarnos el porqué? Vladek no quiso llevarlo a ningún especialista. Siempre decía que no debíamos mezclar a ningún desconocido en los problemas de la familia.

—¿Y tú? ¿Por qué crees que Peter estuvo tanto tiempo sin hablar?

Laila giró la cara hacia la ventana y la luz volvió a dibujarle un aura alrededor del pelo rubio. Como un mapa de todo el sufrimiento que había tenido que padecer.

—Supongo que se dio cuenta de que lo mejor era pasar tan inadvertido como fuera posible. No hacerse notar en absoluto. Peter era un niño muy listo.

—¿Y Louise? ¿Ella sí empezó a hablar pronto? —Erica contenía la respiración. Hasta aquel momento, Laila se había hecho la sorda ante las preguntas sobre su hija.

Y así fue también en esta ocasión.

—A Peter le encantaba ordenar cosas. Le gustaba que hubiera orden y concierto. Cuando, de muy niño, jugaba con los juegos de construcción, levantaba torres perfectas, y se ponía tan triste cuando... —Laila calló de repente.

Erica la vio apretar los dientes y trató de animarla con la fuerza del pensamiento a que siguiera hablando, a que liberase lo que con tanto celo guardaba dentro. Pero pasó la oportunidad. Exactamente igual que en las visitas anteriores. A veces le daba la impresión de que Laila se encontraba al borde de un precipicio y, en realidad, deseaba arrojarse al fondo. Como si quisiera dejarse caer pero se lo impidiera alguna fuerza superior que la obligara a retirarse otra vez a la seguridad de las sombras.

No era casualidad que Erica pensara en sombras, precisamente. Desde la primera vez que se vieron, tuvo la sensación de que Laila habitaba un mundo de sombras. Una vida que discurría paralela a la que había tenido, a la vida que se esfumó en una oscuridad infinita aquel día, hacía ya tantos años.

—¿No tienes a veces la sensación de que estás perdiendo la paciencia con los niños? ¿De que estás a punto de rebasar ese límite invisible? —El interés de Laila parecía sincero de verdad, pero, además, le resonaba en la voz un tono suplicante.

No era una pregunta fácil de responder. Todos los padres han sentido alguna vez que rozaban la frontera entre lo permitido y lo prohibido, y han contado hasta diez mientras las ideas de lo que podrían hacer para acabar con las peleas y los gritos les estallaban en la cabeza. Pero había una diferencia abismal entre pensarlo y hacerlo. Así que Erica negó con la cabeza.

—Yo jamás podría hacerles daño.

Laila no respondió enseguida. Se quedó mirando a Erica con aquellos ojos de un azul intenso. Pero cuando el vigilante llamó a la puerta para anunciarles que había terminado la visita, le dijo en voz baja, sin apartar la vista de ella:

—Eso es lo que tú te crees.

Erica pensó en las fotos que llevaba en la carpeta y se estremeció de espanto.

Tyra estaba cepillando a *Fanta* con pasadas rítmicas. Como siempre, se sentía mejor cuando tenía a los caballos cerca. En realidad, habría preferido encargarse de *Scirocco,* pero Molly no permitía que nadie la sustituyera. Le parecía tan injusto... Como sus padres eran los dueños de las caballerizas, siempre se salía con la suya.

Tyra adoraba a *Scirocco* desde la primera vez que lo vio. La miraba como si la comprendiera. Era una comunicación sin palabras que nunca había experimentado con nadie, ni ser humano ni animal. Claro que, ¿con quién iba a comunicarse? ¿Con su madre? ¿O con Lasse? Fue pensar en Lasse y empezar a cepillar a *Fanta* con más energía, pero la gran yegua blanca no parecía tener nada en contra. Al contrario, daba la impresión de estar disfrutando con cada pasada, resoplaba y movía la cabeza de arriba abajo, como si estuviera haciendo reverencias. Por un momento, le pareció que la estuviera invitando a bailar; Tyra sonrió y le acarició el hocico grisáceo.

—Tú también eres muy bonita —dijo, como si el animal hubiera podido leerle los pensamientos sobre *Scirocco*.

Luego notó una punzada de remordimientos. Se miró la mano, que aún tenía en el morro de *Fanta,* y comprendió lo mezquina que era su envidia.

—Echas de menos a Victoria, ¿verdad? —le susurró, y apoyó la cabeza en el cuello del caballo.

Victoria, que era la que se encargaba de los cuidados de *Fanta.* Victoria, que llevaba varios meses desaparecida. Victoria, que siempre había sido —que seguía siendo— su mejor amiga.

—Yo también la echo en falta. —Tyra sintió en la mejilla la suave crin de la yegua, pero no le reportó el consuelo que esperaba.

En realidad, debería estar en clase de matemáticas, pero hoy no se veía capaz de poner buena cara y controlar la añoranza. Por la mañana fingió que se dirigía al autobús escolar cuando, en realidad, se había ido en busca de consuelo a las caballerizas, el único lugar donde podía encontrarlo. Los mayores no entendían nada. Solo estaban pendientes de su propia preocupación, de su dolor.

Victoria era más que su mejor amiga. Era como una hermana. Congeniaron desde el primer día de guardería y, a partir de entonces, fueron inseparables. No había nada que no hubieran compartido. ¿O tal vez sí? Tyra ya no estaba segura. Los meses previos a su desaparición algo cambió. Era como si entre ellas se hubiera elevado un muro. Tyra no quería ponerse pesada. Se dijo que, en su momento, Victoria le contaría de qué iba todo aquello. Pero pasó el tiempo; y Victoria no estaba.

—Seguro que vuelve, ya verás —le dijo a *Fanta,* aunque en su fuero interno no las tenía todas consigo. Nadie lo decía, pero todos sabían que tenía que haber ocurrido algo grave. Victoria no era la clase de chica que desaparece por gusto, si es que existía esa clase de chica. Estaba demasiado satisfecha con la vida y era demasiado poco aventurera. Lo que más le gustaba era estar en casa, o en las caballerizas, y ni siquiera le apetecía salir con las amigas por Strömstad los fines de semana. Y su familia no era ni de lejos como la de Tyra. Eran todos muy buenos, incluso el hermano mayor. No le molestaba llevar a su hermana a las caballerizas, aunque fuera muy temprano. Tyra siempre se había encontrado a gusto en su casa. Se sentía como un miembro más de la familia. En ocasiones, hasta deseaba que fuera su familia. Una familia normal y corriente.

Fanta resopló un poco y Tyra notó el aliento del animal. Unas lágrimas humedecieron el morro de la yegua, y Tyra se secó rápidamente los ojos con el dorso de la mano.

De repente, oyó un ruido fuera de las caballerizas. También *Fanta* lo oyó, puso las orejas tiesas y levantó la cabeza tan de improviso que le dio un golpe a Tyra en la barbilla. El sabor agrio de la sangre le llenó la boca enseguida. Soltó un taco y, apretándose bien los labios con la mano, fue a ver qué pasaba.

El sol la cegó al abrir la puerta, pero los ojos no tardaron en acostumbrarse a la luz y vio que Marta venía galopando a toda velocidad a lomos de *Valiant*. Frenó con tal violencia que el caballo casi se encabrita. Iba gritando algo. Al principio, Tyra no la oía bien, pero Marta siguió a voz en cuello. Y al final, Tyra recibió el mensaje:

—¡Es Victoria! ¡La hemos encontrado!

Patrik Hedström disfrutaba de la tranquilidad delante del escritorio de su despacho en la comisaría de Policía de Tanumshede. Había empezado temprano, así que se había ahorrado el episodio de vestir a los niños y llevarlos a la guardería, una tarea que se había convertido en una verdadera tortura, dada la transformación que habían sufrido los gemelos, que habían pasado de ser dos primores a parecerse a Damien, el niño de *La profecía*. No se explicaba cómo era posible que dos personitas tan pequeñas pudieran robarle a uno tanta energía. El momento que más le gustaba pasar con ellos a estas alturas era el de la noche, cuando se sentaba un rato en su cuarto mientras dormían. Entonces era capaz de disfrutar del amor puro y profundo que le inspiraban, sin rastro de la frustración absoluta que sentía a veces cuando los oía gritar: «¡QUE NOOOOO, QUE NO QUIERO!».

Con Maja las cosas siempre eran mucho más fáciles. Tanto que, en ocasiones, le entraban remordimientos, porque Erica y él les dedicaban a los gemelos casi toda su atención. Maja quedaba a veces en un segundo plano. Era tan buena y se le daba tan bien entretenerse sola que, simplemente, daban por hecho que no necesitaba nada. Además, con lo pequeña que era, tenía una habilidad mágica para calmar a sus hermanos incluso en los peores momentos. Pero eso no era justo, y Patrik decidió que, aquella noche, Maja y él pasarían un buen rato leyendo un cuento.

En ese momento sonó el teléfono. Respondió distraído, aún pensando en Maja, pero no tardó en reaccionar y ponerse derecho en la silla.

—¿Cómo? —Siguió escuchando—. De acuerdo, vamos para allá ahora mismo.

Se puso el anorak mientras salía y, ya en el pasillo, gritó:

—¡Gösta! ¡Mellberg! ¡Martin!

—Pero ¿qué pasa? ¿Es que vamos a apagar un incendio? —gruñó Bertil Mellberg, que, curiosamente, fue el primero en salir de su despacho. Pronto se le unieron Martin Molin y Gösta Flygare, y también la secretaria de la comisaría, Annika, que estaba en su puesto de recepción, el más alejado del despacho de Patrik.

—Han encontrado a Victoria Hallberg. La ha atropellado un coche en el acceso este de Fjällbacka y ya va en ambulancia camino del hospital de Uddevalla. Gösta, tú y yo vamos para allá ahora mismo.

—Madre mía —dijo Gösta, que volvió corriendo a su despacho para ponerse también el anorak. Este invierno nadie se atrevía a salir sin una prenda de abrigo, por urgente que fuera la situación.

—Martin, Bertil y tú podéis ir al lugar del accidente a hablar con el conductor del vehículo —continuó Patrik—. Llama también a los técnicos y diles que se reúnan allí con vosotros.

—Oye, sí que estás mandón hoy —masculló Mellberg—. Pero sí, claro, dado que el jefe de la comisaría soy yo, es lógico que sea yo quien acuda al lugar del accidente. Es lo que corresponde.

Patrik soltó un suspiro para sus adentros, pero no dijo nada. Con Gösta pisándole los talones, se apresuró hacia uno de los dos coches policiales, se sentó al volante y puso el motor en marcha.

Vaya asco de tiempo, pensó cuando se le fue el coche en la primera curva. No se atrevía a ir tan rápido como le habría gustado. Había empezado a nevar otra vez y no quería correr el riesgo de salirse de la carretera. Dio en el volante un puñetazo de impaciencia. Estaban en enero y, teniendo en cuenta lo largo que era el invierno sueco, cabía esperar que aquel infierno se prolongase otros dos meses por lo menos.

–Tranquilo –dijo Gösta, y se agarró al asidero del techo–. ¿Qué te han dicho por teléfono? –El coche patinó; Gösta contuvo la respiración.

–No mucho. Solo que se había producido un accidente y que la chica atropellada era Victoria. Parece que un testigo la ha reconocido. Por lo visto, la pobre no ha salido muy bien parada, y creo que, antes de que la atropellara el coche, ya tenía algunas lesiones.

–¿De qué tipo?

–No lo sé, ya lo veremos cuando lleguemos.

Menos de una hora después aparcaban delante del hospital de Uddevalla. Entraron medio a la carrera en urgencias y enseguida pudieron hablar con un médico que, según la identificación que llevaba en la bata, se llamaba Strandberg.

–Qué bien que ya estéis aquí. La chica está a punto de entrar en quirófano, pero no sé si saldrá de la operación. Nos enteramos de que se había denunciado su desaparición y, en circunstancias tan extraordinarias, hemos pensado que lo mejor sería que vosotros hablarais con la familia. Supongo que ya habréis estado en contacto con ellos, ¿verdad?

Gösta asintió.

–Los llamo ahora mismo.

–¿Tienes alguna información de lo ocurrido? –preguntó Patrik.

–Que la han atropellado, poco más. Sufre hemorragias internas graves y un trauma craneal cuyo alcance aún no hemos calibrado. La mantendremos sedada un tiempo después de la operación, para minimizar el daño cerebral. Si es que sobrevive, claro está.

–Tengo entendido que ya presentaba lesiones antes de que la atropellaran.

–Sí, bueno... –Strandberg no se decidía a continuar–. El caso es que no sabemos con exactitud cuáles eran las lesiones antiguas. Pero... –Se armó de valor, parecía estar buscando las palabras adecuadas–. Le faltan los dos ojos. Y la lengua.

–¿Que le faltan? –Patrik lo miraba incrédulo, y con el rabillo del ojo vio que Gösta también estaba atónito.

–Sí, le han cortado la lengua y los ojos... Bueno, no sé cómo, pero se los han sacado.

Gösta se llevó la mano a la boca. Tenía tan mala cara que parecía que se hubiera puesto verde.

Patrik tragó saliva. Por un momento, se preguntó si aquello no sería una pesadilla de la que iba a despertar de un momento a otro. Que pronto comprobaría que no era más que un sueño, y luego se daría media vuelta y seguiría durmiendo. Pero no, era la realidad. Una realidad espantosa.

–¿Cuánto calculáis que durará la operación?

Strandberg meneó la cabeza.

–Es difícil saberlo. Como decía, sufre graves hemorragias internas. Dos o tres horas. Como mínimo. Podéis esperar aquí –dijo señalando una amplia sala de espera.

–Bueno, pues voy a llamar a la familia –dijo Gösta, y se alejó un poco por el pasillo.

Patrik no le envidiaba aquella tarea. La alegría primera de saber que Victoria había aparecido no tardaría en convertirse en la misma desesperación y la misma angustia que la familia Hallberg había tenido que soportar los últimos cuatro meses.

Se sentó en una de las sillas de duro asiento, imaginándose las lesiones de Victoria. Pero vino a interrumpir sus pensamientos una enfermera estresada que se asomó buscando a Strandberg. Patrik apenas tuvo tiempo de reaccionar a lo que dijo cuando el médico salió de la sala a toda prisa. En el pasillo se oía la voz de Gösta, que hablaba por teléfono con los familiares de Victoria. La cuestión era qué noticias les darían.

Ricky observaba en tensión la cara de su madre mientras esta hablaba por teléfono. Trataba de interpretar sus gestos, de oír lo que decía. El corazón le martilleaba tan fuerte en el pecho que apenas podía respirar. Su padre estaba a su lado, y Ricky sospechaba que a él le latía igual de fuerte. Era como si el tiempo se hubiera detenido, como si lo hubieran parado en aquel preciso momento. Estaba totalmente atento a la conversación pero, a la vez, oía perfectamente todos los demás sonidos, notaba el tacto del hule en las manos que tenía cruzadas sobre la mesa, el pelo que le hacía cosquillas debajo del cuello, el suelo de linóleo bajo los pies.

La policía había encontrado a Victoria. Eso fue lo primero que supieron. Su madre reconoció el número enseguida y se lanzó sobre el teléfono, y Ricky y su padre, que estaban comiendo sin apetito, se interrumpieron cuando ella respondió:

—¿Qué ha pasado?

Ni frases de cortesía ni saludos ni tampoco su nombre, que era como solía responder la madre de Ricky. Últimamente, todas esas cosas —las frases de cortesía, las normas sociales, lo que había que hacer, lo que debería hacerse— se habían convertido en algo del todo insignificante, algo que pertenecía a la vida anterior al momento en que Victoria desapareció.

Venían sin cesar amigos y vecinos, les llevaban comida y palabras bienintencionadas, pero no se quedaban mucho rato. Los padres de Ricky no aguantaban las preguntas, la amabilidad, la preocupación y la compasión que traían en los ojos. O el alivio, siempre el mismo alivio de no ser ellos. De que sus hijos estuvieran en casa, a buen recaudo.

—Vamos ahora mismo.

La madre colgó y dejó el móvil en la encimera, que era de acero, de las antiguas. Llevaba años diciéndole al padre que la cambiara por otra más moderna, pero él respondía en un murmullo que no era de recibo cambiar una cosa que estaba impecable y que funcionaba perfectamente. Y ella tampoco insistía, pero sacaba a relucir el tema de vez en cuando, con la esperanza de que él cambiara de opinión un buen día.

Ricky no creía que su madre se preocupara ya por el tipo de encimera que tenían. Qué raro, lo rápido que las cosas podían resultar insignificantes de pronto. Todo, menos Victoria.

—¿Qué han dicho? —preguntó el padre. Él se había levantado, pero Ricky seguía sentado, mirándose los puños cerrados. La expresión de la madre les indicaba que, en realidad, no querían oír lo que iba a decirles.

—La han encontrado. Pero sufre lesiones múltiples y está en el hospital de Uddevalla. Gösta dice que nos demos prisa. Y no sé nada más.

Se echó a llorar y se desplomó, como si le fallaran las piernas. El padre apenas tuvo tiempo de sujetarla, la acarició y la calmó, aunque también a él le corrían las lágrimas por las mejillas.

—Cariño, deberíamos irnos. Ponte el chaquetón y nos iremos enseguida. Ricky, ayuda a mamá mientras yo arranco el coche.

Ricky asintió y se le acercó. Muy despacio, le rodeó los hombros con el brazo y la llevó hacia la entrada. Allí le dio el anorak rojo de plumas y le ayudó a ponérselo, igual que se ayuda a un niño. Primero un brazo, luego el otro, después le subió la cremallera.

—Ya está —dijo, y le puso las botas delante. Se agachó y le ayudó a ponérselas. Luego se abrigó a toda prisa y abrió la puerta. Oyó que su padre arrancaba el coche, vio cómo rascaba nervioso las ventanillas y la escarcha se quedaba flotando a su alrededor como una nube y se mezclaba con el vaho del aliento.

—¡Mierda de invierno! —gritó, rascando tan fuerte que iba a rayar el cristal—. ¡Puto invierno de mierda!

—Siéntate en el coche, papá, ya lo hago yo —dijo Ricky, que se hizo con el rascador después de sentar a su madre en el asiento trasero.

Su padre obedeció sin protestar. Siempre habían dejado que pensara que él era quien mandaba en la familia. Los tres —él, su madre y Victoria— tenían un acuerdo tácito y fingían que Markus, su padre, daba las órdenes, cuando todos sabían que era demasiado bueno. Siempre era Helena, su madre, la que se las arreglaba para conseguir que las cosas salieran como ella quería. Cuando Victoria desapareció, ella se desinfló tan rápido que Ricky se preguntaba a veces si de verdad fue alguna vez aquella mujer tan dispuesta que él recordaba, o si siempre había sido ese ser abatido y acobardado que iba en el asiento trasero mirando al vacío. Sin embargo, por primera vez en mucho tiempo, tras la llamada de la Policía le veía algo en los ojos, una mezcla de expectación y de pánico.

Ricky se sentó al volante. Era extraño cómo se rellenaban los huecos en la familia; cómo él, de forma instintiva, había ocupado el sitio de su madre en el coche. Como si tuviera una fuerza de la que ni siquiera fuera consciente.

Victoria siempre le decía que era como el toro *Ferdinando*. Un buenazo, un poco plasta, pero, a la hora de la verdad, era capaz de hacerle frente a cualquiera. Él siempre la amenazaba de broma por lo de buenazo y plasta, pero en el fondo, le gustaba su descripción. Le encantaba ser el toro *Ferdinando*, aunque ya no tenía tranquilidad suficiente como para sentarse a oler las flores. Eso solo podría hacerlo cuando volviera Victoria.

Empezaron a rodarle las lágrimas y se las secó con la manga del chaquetón. Hasta el momento, no se había permitido pensar que su hermana no iba a volver. De haberlo hecho, el mundo se habría hundido a su alrededor.

Ahora, Victoria había vuelto. Pero no sabían qué les esperaba en el hospital. Y tenía el presentimiento de que era algo que no querían saber.

Helga Persson miró por la ventana de la cocina. Antes había visto a Marta acercarse galopando por la explanada, pero ahora todo estaba en calma. Llevaba tiempo viviendo allí y conocía muy bien las vistas, aunque habían cambiado un poco a lo largo de los años. Allí seguía el viejo granero, pero habían derribado el cobertizo donde ella atendía las vacas. En su lugar se alzaban ahora las caballerizas que Jonas y Marta construyeron para la escuela de equitación.

Para ella era una alegría que su hijo hubiera decidido instalarse tan cerca, que fueran vecinos. Unos cientos de metros separaban las dos viviendas y, dado que él llevaba la clínica veterinaria desde casa, se pasaba a verla con mucha frecuencia. Cada vez que la visitaba le alegraba el día, y eso le venía de perlas.

—¡Helga! ¡Heeelgaaaa!

Cerró los ojos sin moverse de donde estaba, al lado del fregadero. La voz de Einar llenó cada rincón de la casa, la sintió rodeándola entera, y Helga apretó los puños. Pero ya no le quedaba ni rastro de voluntad de huir. Él se la había quitado a golpes muchos años atrás. A pesar de que ahora no podía valerse por sí mismo y dependía de ella por completo, no era capaz de irse. Ya ni siquiera se lo planteaba. ¿Adónde podría ir?

—¡HEELGAAA!

Solo había conservado la fuerza en la voz. Las enfermedades, la amputación de las dos piernas, consecuencia de lo mal que cuidaba la diabetes, le habían robado la fortaleza física; en cambio la voz seguía siendo igual de exigente. Aún hoy la obligaba a someterse con la misma eficacia con que la obligaban antaño sus puños. El recuerdo de los golpes, la sensación de costillas rotas y moratones doloridos eran tan vívidos que, solo con la voz, la invadía el pavor y el miedo a no sobrevivir la próxima vez.

Se irguió un poco, respiró hondo y respondió también en voz alta:

—¡Ya voy!

Subió la escalera tan rápido como pudo. A Einar no le gustaba esperar, nunca le gustó, pero Helga no se explicaba a qué venía tanta prisa. Él no tenía otra cosa que hacer que pasarse el día sentado quejándose de todo, desde el tiempo hasta el Gobierno.

—¡Aquí hay una gotera! —dijo cuando Helga llegó arriba.

Ella no respondió. Se remangó y se le acercó para comprobar si la fuga era grande. Sabía que él disfrutaba. Ya no la tenía prisionera con la violencia, sino con su necesidad de cuidados, unos cuidados que debería haber reservado para los hijos que no pudo tener, los hijos que él le sacaba del cuerpo a golpe limpio. Solo uno sobrevivió, y había momentos en los que se preguntaba si no habría sido mejor haber perdido también a ese niño en un torrente de sangre entre las piernas. Por otro lado, no sabía qué habría sido de ella si no lo hubiera tenido. Jonas era su vida, era todo para ella.

Einar tenía razón. La sonda rectal tenía una fuga. Y bien hermosa, además. Tenía la mitad de la camisa empapada y embadurnada.

—¿Por qué no has venido enseguida? —dijo Einar—. ¿Es que no me oías? No creo que tengas nada más importante que hacer. —Se la quedó mirando con esos ojos acuosos.

—Estaba en el cuarto de baño. He venido en cuanto he podido —respondió, y empezó a desabrocharle la camisa. Le sacó los brazos con cuidado, para no mancharlo más de la cuenta.

—Tengo frío.

—Ahora te pongo una camisa limpia. Pero antes tengo que lavarte —dijo Helga con toda la paciencia de que fue capaz.

—Voy a pillar una neumonía.

—Tardaré lo menos posible. No creo que te dé tiempo de resfriarte.

—Vaya, ahora también tienes el título de enfermera, ¿no? Puede que incluso sepas más que los médicos.

Ella guardó silencio. Einar solo quería desequilibrarla. Lo que más satisfacción le daba era verla llorar, verla suplicar y rogar que se callara. Entonces lo colmaba la paz, y una satisfacción que le arrancaba a sus ojos un brillo extraño. Pero hoy no pensaba darle esa alegría. Últimamente se las arreglaba para no caer en la trampa. Seguramente ya había llorado casi todas las lágrimas en todos aquellos años.

Helga fue a buscar agua en el barreño que tenía en el cuarto de baño del dormitorio. A aquellas alturas, sabía de memoria lo que tenía que hacer: llenar la palangana con agua y jabón, mojar el paño, limpiarle las partes sucias, ponerle una camisa limpia. Helga sospechaba que él mismo se encargaba de derramar el contenido de la sonda. Lo había comentado con el médico, que le aseguró que era imposible que la sonda se rompiera tan a menudo. Pero seguía rompiéndose. Y ella seguía limpiándolo.

—El agua está demasiado fría. —Einar se estremeció cuando el paño le rozó la barriga.

—Voy a poner más agua caliente. —Helga se levantó, fue al cuarto de baño, puso la palangana debajo del grifo, abrió el del agua caliente y volvió.

—¡Ay! ¡Está hirviendo! ¿Es que quieres achicharrarme, so bruja? —Einar gritó de tal manera que Helga dio un salto. Pero no dijo nada. Con la palangana en la mano, fue al cuarto de baño a llenarla de agua fría, comprobó que el agua jabonosa estuviera solo un poco por encima de la temperatura del cuerpo y volvió al dormitorio. Esta vez, Einar no dijo nada cuando le rozó la piel con el paño.

—¿Cuándo va a venir Jonas? —preguntó Einar mientras ella estrujaba el paño y el agua se teñía de un color marrón claro.

—No lo sé. Está trabajando. En casa de los Andersson. Tienen una vaca que va a parir y el ternero no está bien colocado.

—Pues dile que venga a verme cuando llegue —dijo Einar, y cerró los ojos.

—Sí —dijo Helga en voz baja, y volvió a estrujar el paño.

Gösta los vio acercarse por el pasillo del hospital. Iban medio corriendo hacia él, y tuvo que combatir el impulso de correr también hacia ellos. Sabía que llevaba escrita en la cara la noticia que iban a recibir, y así era. En cuanto su mirada se cruzó con la de Helena, esta buscó el brazo de Markus y se desplomó en el suelo. El eco del grito de la mujer quedó resonando en el pasillo y silenció todos los demás ruidos.

Ricky estaba como helado. Blanco como la cera, se había quedado detrás de su madre, mientras su padre continuaba adelante. Gösta tragó saliva y fue a su encuentro. Markus pasó de largo como sin ver, como si él no lo hubiera entendido, como si no hubiera visto el mismo mensaje que su mujer en la cara de Gösta. Continuó pasillo arriba, sin rumbo fijo, al parecer.

Gösta no lo detuvo, sino que se dirigió a Helena y le ayudó despacio a ponerse de pie. Luego la abrazó. No era algo que él hiciera a menudo. Solo había abrazado en su vida a dos personas: a su mujer, y a aquella niña que llegó a sus vidas un tiempo, cuando era pequeña, y que ahora, por esos caminos inescrutables del destino, había vuelto a su vida otra vez. Así que para él no era nada natural estar así abrazado a una mujer a la que conocía desde hacía muy poco tiempo. Sin embargo, desde que Victoria desapareció, Helena lo había llamado a diario, unas veces esperanzada, otras resignada, furiosa, triste, para preguntar por su hija. Lo único que él podía ofrecerle eran más interrogantes y más preocupación. Y ahora había extinguido definitivamente toda esperanza. Darle un abrazo y dejar que le llorase en el hombro era lo mínimo que podía hacer.

La mirada de Gösta se cruzó con la de Ricky. Aquel chico tenía algo muy especial. Era la espina dorsal que había mantenido en pie a la familia de Victoria los últimos meses. Pero ahora que lo tenía allí delante, con la cara como la cera y la mirada vacía, lo vio como el muchacho que era. Y Gösta sabía que Ricky había perdido para siempre la inocencia que solo es dada a los niños, la confianza en que las cosas al final se arreglan.

—¿Podemos verla? —dijo Ricky con la voz empañada. Gösta notó que Helena se ponía tensa. Se separó de él, se secó las lágrimas y la nariz en la manga del abrigo y lo miró suplicante.

Gösta clavó la vista en un punto lejano. ¿Cómo iba a explicarles que no querrían ver a Victoria? Y por qué.

El despacho entero estaba atestado de papeles. Apuntes pasados a limpio, notas adhesivas, artículos, copias de fotos. Parecía un caos absoluto, pero a Erica le encantaba trabajar así. Quería estar rodeada de toda la información, de todas las ideas que tenía acerca de un caso cuando trabajaba en un nuevo libro.

Sin embargo, en esta ocasión podía ser que se estuvieran ahogando. Disponía de montones de material y de antecedentes, pero solo de fuentes secundarias. Lo buenos que fueran sus libros, lo bien que fuera capaz de relatar un caso de asesinato y de dar respuesta a todas las preguntas que suscitaba dependía de que obtuviera o no información de primera mano. Hasta el momento, siempre lo había conseguido. A veces, había sido fácil convencer a las personas afectadas. Algunas incluso se habían mostrado dispuestas a hablar, quizá para atraer la atención de los medios de comunicación y disfrutar de su momento bajo la luz de los focos. Pero en otras ocasiones le llevó algún tiempo, tuvo que ingeniárselas y explicarles por qué quería desempolvar otra vez el pasado, cómo quería contar su historia... Al final, siempre lo conseguía. Hasta ahora. Lo de Laila no la llevaba a ninguna parte. En cada visita trató de que le contara lo que había pasado, pero sin éxito. A Laila le gustaba hablar, pero no de ese tema.

Con un sentimiento de frustración, puso los pies encima de la mesa y dejó vagar las ideas. Podría llamar a Anna. A ella se le ocurrían buenas soluciones y tenía puntos de vista novedosos. Claro que ya no era la de siempre. Había sufrido mucho los últimos años, y las desgracias no parecían tener fin. Cierto era que parte de lo sucedido lo había provocado ella misma, pero Erica no podía juzgar a su hermana. Comprendía por qué había ocurrido. La cuestión era si Dan lograría comprenderlo y perdonarla algún día. Erica lo dudaba, desde luego. Conocía a Dan de toda la vida, de jóvenes incluso fueron novios, y sabía lo testarudo que podía ser. La tozudez y el orgullo que lo caracterizaban se volverían contra él en este caso. Y el resultado estaba claro: todos eran desgraciados, Anna, Dan, los niños, y sí, ella también. Habría querido que su hermana por fin pudiera disfrutar algo de felicidad en esta vida, después del infierno que había sufrido con Lucas, el padre de sus hijos.

Era tan injusto lo distintas que habían resultado sus vidas, pensaba Erica. Ella tenía un matrimonio firme y lleno de amor, tres hijos sanos y una carrera de escritora que iba cada vez mejor. En cambio Anna había tenido que sufrir una sucesión de desgracias, y Erica no tenía ni idea de cómo ayudarle. Ese había sido siempre su papel: ella era la protectora, la que animaba y cuidaba a su hermana. Anna era la que irradiaba alegría de vivir, la salvaje. Pero la vida la había atemperado y la había dejado reducida a una carcasa, a un ser tranquilo pero desorientado. Erica echaba de menos a la Anna de antes.

Esta noche la llamo, se dijo, y se puso a hojear un puñado de artículos. Reinaba un silencio de lo más agradable y se alegraba de poder trabajar allí. Nunca le interesó especialmente tener compañeros de trabajo, ni un despacho al que ir. Le encantaba estar sola consigo misma.

Lo absurdo era que ya tenía ganas de que llegara la hora de recoger a Maja y a los gemelos. ¿Cómo era posible tener sentimientos tan encontrados sobre la rutina de ser madre? Aquella montaña rusa con tantas subidas y bajadas la tenía totalmente agotada. Apretar fuerte el puño en el bolsillo para, un segundo después, querer comérselos a besos. Y sabía que a Patrik le pasaba lo mismo.

Y al pensar en Patrik y en los niños, pensó también sin querer en la conversación con Laila. Era del todo inconcebible. ¿Cómo podía uno transgredir ese límite invisible pero incuestionable de lo que era o no permisible hacer? ¿No era esa la esencia del ser humano, la capacidad de contener los instintos más primitivos y hacer lo correcto y lo socialmente aceptado por el grupo? ¿Seguir las leyes y las normas de la existencia humana gracias a las cuales funcionaba la sociedad?

Erica siguió hojeando los artículos. Lo que le había dicho a Laila aquella mañana era verdad. Ella sería incapaz de hacer daño a sus hijos. Ni siquiera en los peores momentos, cuando sufría la depresión posparto después del nacimiento de Maja, ni en medio del caos que supuso el nacimiento de los gemelos, ni en las noches de vigilia ni en los ataques de rabia que, en ocasiones, se le hacían eternos, ni siquiera cuando los niños repetían «¡No!» cada vez que respiraban, se le pasó por la cabeza nada parecido. Pero en el montón de papeles que tenía en el regazo, en las fotos que había encima del escritorio y en sus apuntes había pruebas de que ese límite podía transgredirse.

Sabía que las gentes de Fjällbacka llamaban a la casa de las fotos la «Casa de los Horrores». No era un nombre muy original que digamos, pero resultaba muy adecuado. Después de la tragedia, nadie había querido comprarla, y había ido deteriorándose con los años. Erica alargó el brazo en busca de una foto de la casa tal y como era entonces. No había el menor indicio de lo que había ocurrido allí. Era como cualquier otra casa, blanca con las ventanas grises, algo apartada en la cima de una colina y rodeada de unos cuantos árboles. Se preguntaba cómo estaría ahora y si se habría estropeado mucho.

Luego se sentó bien derecha en la silla, puso la fotografía en la mesa. ¿Por qué no había ido allí? Siempre iba al lugar de los hechos. Siempre lo hizo, con todos los libros que había escrito hasta ahora, pero no en esta ocasión. Algo la había mantenido alejada de allí. Ni siquiera fue una decisión consciente; simplemente, no había ido a la casa.

En todo caso, tendría que ser mañana. Ahora tocaba ir a buscar a las fierecillas. Se le encogió el estómago como por una mezcla de ganas y de cansancio.

La vaca estaba siendo muy valiente. Jonas estaba empapado de sudor, después de varias horas tratando de colocar bien al ternero. El animal se resistía, no comprendía que querían ayudarle.

—*Bella* es nuestra mejor vaca —dijo Britt Andersson, que, junto con Otto, su marido, llevaba la granja que había a unos kilómetros de la propiedad de Hans y Marta. Tenían un negocio pequeño pero, por el momento, vigoroso, cuya principal fuente de ingresos eran las vacas. Britt era muy emprendedora, y completaba los beneficios de la venta de leche a la cooperativa Arla con los ingresos de la modesta tienda de la granja, en la que vendía queso casero. Y ahora se la veía preocupada por la vaca.

—Sí, *Bella* es una prenda de vaca —dijo Otto, que se rascaba la nuca preocupado. Era el cuarto ternero que les daba, y con los tres anteriores las cosas fueron como una seda. Pero esta cría se había atravesado y se resistía a salir, y *Bella* estaba cada vez más exhausta.

Jonas se secó el sudor de la frente y se preparó para hacer un nuevo intento de tirar bien del ternero para que saliera y lo vieran caer sobre la paja, pegajoso e inestable. No debía darse por vencido, porque entonces morirían los dos, la vaca y el ternero. Acarició la piel suave de *Bella* para tranquilizarla. El animal respiraba entrecortadamente y lo miraba con los ojos desorbitados.

—Vamos, bonita, vamos a ver si sacamos a este ternero —dijo, y se colocó de nuevo los largos guantes de plástico. Despacio pero con resolución, metió otra vez la mano por el estrecho canal, hasta que tocó al ternero. Tenía que agarrarle bien una pata y dar un buen tirón para girarlo, pero con cuidado, para no hacerle daño.

—Ya tengo una pezuña —dijo, y vio con el rabillo del ojo que Britt y Otto se asomaban para ver mejor—. Tranquila, bonita, tranquila.

Hablaba con voz baja y suave al mismo tiempo que empezaba a tirar. Nada. Tiró un poco más fuerte, pero no podía mover al ternero.

—¿Cómo va? ¿Se da la vuelta? —preguntó Otto. Se estaba rascando tanto el pelo que Jonas pensó que se le quedaría una calva.

—Todavía no —respondió Jonas, apretando los dientes. Le corría el sudor por la cara y un pelo del rubio flequillo se le había metido en el ojo, así que tenía que parpadear continuamente. Pero en aquellos momentos no podía pensar en nada, salvo en sacar al ternero. La respiración de *Bella* era cada vez más superficial y el animal dejó caer la cabeza en el lecho de paja, como si estuviera a punto de rendirse.

—Me da miedo romperle algo —dijo, y tiró todo lo que se atrevió. ¡Y entonces! Tiró un poco más, contuvo la respiración, con la esperanza de no oír el ruido de un hueso al romperse. Luego notó que el ternero se desencajaba de la posición en la que se encontraba preso. Unos cuantos tirones más y allí estaba el ternero, en el suelo, débil pero con vida. Britt se acercó corriendo y empezó a frotarlo con la paja. Con movimientos firmes y cariñosos, fue limpiándolo y dándole un masaje hasta que el animal empezó a reanimarse.

Bella, en cambio, se quedó muy quieta, tumbada de costado. No reaccionó al ver que había salido el ternero, la vida que ella había llevado en sus entrañas durante más de nueve meses. Jonas la rodeó y se sentó cerca de la cabeza, y le retiró unas briznas de paja que tenía cerca del ojo.

—Ya está. Lo has hecho muy bien, preciosa.

Le acarició el suave pelo negro y siguió hablando con ella exactamente igual que durante todo el proceso. En un primer momento el animal no reaccionó. Luego, levantó la cabeza como pudo y observó al ternero.

—Tienes una cría preciosa. Mira, *Bella* —dijo Jonas sin dejar de acariciarla. Notó que el pulso recobraba el ritmo normal. El ternero se pondría bien, igual que *Bella*. Se levantó, se quitó por fin ese pelo tan irritante que tenía en el ojo y les hizo una señal a Britt y a Otto.

—Es una ternera estupenda.

—Gracias, Jonas. —Britt se le acercó y le dio un abrazo. Algo turbado, Otto le extendió una mano enorme.

—Gracias, gracias, lo has hecho muy bien —dijo zarandeando la mano de Jonas arriba y abajo.

—Bueno, es mi trabajo —respondió Jonas con una amplia sonrisa. Era tan satisfactorio que las cosas se arreglaran al final. No le gustaba que no se pudieran resolver los problemas; ni en el trabajo ni en la esfera personal.

Contento del resultado, sacó el móvil del bolsillo del chaquetón.

Se quedó mirando la pantalla unos segundos. Luego, salió corriendo en dirección al coche.

Fjällbacka, 1964

*L*os sonidos, los olores, los colores. *Todo era apabullante y la aventura se respiraba en el ambiente. Laila iba de la mano de su hermana. En realidad, eran demasiado mayores para ello, pero Agneta y ella se daban la mano siempre que ocurría algo fuera de lo común. Y que fuera un circo a Fjällbacka no entraba, desde luego, dentro de lo normal.*

Apenas habían salido de aquel pequeño pueblo pesquero. Dos veces habían ido a Gotemburgo para volver en el día, y eran los viajes más largos que habían hecho en su vida; el circo traía consigo la promesa de un mundo desconocido.

—¿Qué lengua hablan? —susurró Agneta, aunque habría podido gritar sin que nadie la oyera entre el gentío.

—La tía Edla dice que son de Polonia —susurró Laila a su vez, y le apretó la mano a su hermana.

—¡Mira, un elefante! —Agneta señalaba entusiasmada al enorme animal de color gris que pasó parsimonioso delante de ellas, guiado por un hombre de unos treinta años de edad. Se quedaron observando al elefante, tan bonito y tan espectacular y, al mismo tiempo, tan fuera de lugar en aquel campo de Fjällbacka donde habían montado el circo.

—Ven, vamos a ver qué otros animales tienen. Dicen que también hay leones y cebras. —Agneta tiraba de Laila, que la seguía

resoplando y que notaba cómo el sudor le corría por la espalda y le empapaba el vestido de estampado veraniego.

Iban corriendo entre las caravanas que habían aparcado alrededor de la carpa, que ya estaban montando. Unos hombres fuertes en camiseta trabajaban duro para que todo estuviera listo al día siguiente, cuando el Cirkus Gigantus daría su primera representación. Muchos habitantes de la comarca no habían podido esperar y fueron a ver el espectáculo del montaje. Y allí estaban, contemplando asombrados todo aquello, tan distinto de las cosas que estaban acostumbrados a ver. Salvo los dos o tres meses en que acudían los veraneantes y toda la animación que eso conllevaba, la vida cotidiana de Fjällbacka era bastante monótona. Los días se sucedían sin que pasara nada extraordinario, así que la noticia de la primera vez que un circo llegaba a la ciudad se difundió como un reguero de pólvora.

Agneta seguía tirando de ella en dirección a las caravanas, por una de las cuales asomaba una cabeza con rayas.

–¡Mira, qué bonita es!

Laila estaba totalmente de acuerdo. Era una cebra preciosa, con aquellos ojos grandes de largas pestañas, y tuvo que contenerse para no abalanzarse y acariciarla. Supuso que estaba prohibido tocar a los animales, pero era difícil resistir la tentación.

–Don't touch. –Una voz a su espalda las sobresaltó.

Laila se dio la vuelta. Nunca había visto a un hombre tan robusto. Allí estaba, delante de ellas, alto y musculoso. Estaba de espaldas al sol y ellas tuvieron que hacerse sombra con la mano para ver algo y, cuando sus miradas se cruzaron, fue como si a Laila la atravesara una corriente eléctrica. Fue una sensación que nunca había experimentado ni por asomo. Se sentía desconcertada y mareada, y le ardía la piel de todo el cuerpo. Se dijo que debía de ser el calor.

–No... We... no touch. –Laila trató de encontrar las palabras correctas. Había estudiado inglés en el colegio y había aprendido bastante de las películas americanas, pero nunca había tenido necesidad de hablar aquella lengua.

—My name is Vladek. *El hombre le ofreció una mano callosa y, después de dudar unos segundos, ella se la estrechó y vio cómo su mano se perdía en la de él.*

—Laila. My name is Laila. —*Las gotas de sudor le corrían por la espalda.*

Él repitió su nombre, pero en sus labios sonó extraño y diferente. Sí, en sus labios sonó casi exótico, no como un nombre corriente y aburrido.

—This… —*buscaba febrilmente en la memoria, y tomó impulso para atreverse*— this is my sister.

Señaló a Agneta, y el hombre la saludó a ella también. A Laila le daba un poco de vergüenza su inglés, pero la curiosidad le pudo a la timidez.

—What… what you do? Here? In circus?

A él se le iluminó la cara.

—Come, I show you. —*Les indicó que lo siguieran con un gesto y echó a andar sin esperar su respuesta. Las dos hermanas lo siguieron medio a la carrera; Laila sintió que la sangre se le aceleraba por todo el cuerpo. El hombre dejó atrás las caravanas y la carpa y se dirigió a un vagón que estaba algo apartado. Más que un vagón era una jaula, con rejas en lugar de paredes. Dentro daban vueltas dos leones.*

—This is what I do. These are my babies, my lions. I am… I am a lion tamer!

Laila no podía apartar la vista de los dos animales salvajes. Algo empezó a bullirle por dentro, algo aterrador y maravilloso a la vez. Y sin pensar lo que hacía, le dio la mano a Vladek.

Era muy temprano. En la comisaría las paredes amari-llas de la cocina parecían más bien grises con la neblina invernal que flotaba sobre Tanumshede. Todos estaban en silencio. No podía decirse que hubieran dormido muchas horas y llevaban el cansancio como una máscara en la cara. Los médicos habían luchado como héroes por salvar a Victoria, pero no lo consiguieron. Certificaron su muerte a las 11.14 horas del día anterior.

Martin sirvió café a todo el mundo y Patrik le lanzó una mirada furtiva. Desde que murió Pia, él práctica-mente había dejado de sonreír, y todos sus intentos de recuperar al Martin de siempre habían fracasado. Era ob-vio que Pia se había llevado consigo una parte de él al morir. Los médicos creyeron que le quedaba un año de vida, como máximo, pero la cosa fue mucho más rápida de lo que imaginaron. Tres meses después del diagnóstico, Pia falleció; y Martin se quedó solo con su hija, una niña pequeña. Mierda de cáncer, pensó Patrik, y se levantó.

—Victoria Hallberg falleció como sabéis a causa de las heridas provocadas por el accidente de coche. El conduc-tor no es sospechoso de ningún delito.

—No —intervino Martin—. Hablé con él ayer. Un tal David Jansson. Según él, Victoria apareció de repente en mitad de la carretera y no tuvo la menor oportunidad de frenar. Trató de esquivarla, pero el firme estaba muy resbaladizo y perdió el control del coche.

Patrik asintió.

—Tenemos un testigo, Marta Persson. Había salido a montar cuando vio a una persona que salía del bosque y un coche que la atropellaba. Fue Marta quien llamó a la policía y a la ambulancia, y quien identificó a Victoria. Ayer estaba conmocionada, así que tendríamos que hablar con ella hoy. ¿Te encargas tú, Martin?

—Claro, déjamelo a mí.

—Por lo demás, tenemos que avanzar cuanto antes en la investigación de la desaparición de Victoria. Es decir, tenemos que encontrar a la persona o las personas que la secuestraron y que, es evidente, la agredieron.

Patrik se frotó la cara con la mano. Las imágenes de Victoria muerta en la camilla se le habían grabado en la retina. Fue directamente del hospital a la comisaría, y dedicó unas horas a revisar el material que tenían. Todas las conversaciones con la familia, con las amigas del colegio y las de los caballos. Los intentos de localizar a todas las personas del entorno de Victoria y de esclarecer lo que había hecho en las últimas horas antes de irse a las caballerizas de los Persson. Y la información que tenían de las otras chicas desaparecidas durante los dos últimos años. Como era lógico, no podían estar seguros, pero que cinco chicas de aproximadamente la misma edad y con el mismo aspecto hubieran desaparecido de una zona concreta no podía ser una coincidencia. Por esa razón, Patrik envió el día anterior toda la información nueva a los demás distritos y les pidió que ellos hicieran lo mismo si tenían alguna novedad. Cabía la posibilidad de que se les hubiera escapado algo.

—Continuaremos la colaboración con los distritos policiales implicados y aunaremos nuestras fuerzas en esta investigación, en la medida de lo posible. Victoria es la primera de las chicas que ha aparecido después del secuestro, y puede que este trágico suceso nos lleve a encontrar a las demás. Y que podamos impedir que secuestren a otras. Una persona que es capaz de cometer las atrocidades que le han infligido a Victoria..., en fin, una persona así no puede andar libre por ahí.

—Menudo cerdo enfermo —masculló Mellberg, y el perro, *Ernst,* levantó inquieto la cabeza. Como siempre, se había dormido con la cabeza en los pies de su amo, y notaba el menor cambio en su estado de ánimo.

—¿Qué nos dicen las heridas? —preguntó Martin inclinándose hacia delante con la silla—. ¿Qué ha movido al agresor a hacer algo así?

—Ojalá lo supiera... He estado pensando si no deberíamos ponernos en contacto con alguien que nos haga un perfil del agresor. No tenemos mucho con lo que trabajar, pero quizá haya algún patrón interesante, algún vínculo que no terminamos de ver.

—¿Perfil del agresor? ¿Estás pensando que uno de esos psicólogos enterados que nunca se las ha visto con delincuentes de verdad venga a decirnos cómo tenemos que hacer nuestro trabajo? —Mellberg meneó la cabeza con tanta vehemencia que el pelo, que llevaba enrollado en lo alto de la cabeza para cubrir la calva, se le resbaló y le tapó la oreja. Con una agilidad sorprendente, volvió a colocarlo en su sitio.

—Bueno, vale la pena intentarlo —dijo Patrik. Conocía de sobra la oposición de Mellberg a todo tipo de modernidades dentro del trabajo policial. Y en teoría, el jefe de la comisaría de Tanumshede era Bertil Mellberg, pero todo el mundo sabía que, en la práctica, el responsable del trabajo era Patrik, y que era mérito suyo que se resolvieran los casos que surgían en el distrito.

—En fin, si al final es un desastre y los jefes se quejan de que haya sido un gasto inútil, será tu responsabilidad. Yo me lavo las manos. —Mellberg se retrepó en la silla y juntó las manos sobre la barriga.

—Yo comprobaré con quién podemos ponernos en contacto —dijo Annika—. Y estaría bien hablar con los demás distritos, no sea que hayan hecho algo parecido y no nos lo hayan comunicado. Es un tanto absurdo que hagamos el trabajo doble. Un despilfarro de tiempo y de recursos.

—Buena idea, gracias, Annika. —Patrik se giró hacia la pizarra blanca, donde tenían una fotografía de Victoria y, anotados al lado, sus datos.

Por el pasillo, unos metros más allá, en la radio se oía una canción de moda, y tanto su mensaje alegre como su melodía contrastaban radicalmente con el ambiente serio y sombrío que reinaba entre ellos. En la comisaría tenían una sala de reuniones, pero les resultaba fría e impersonal, por lo que preferían utilizar la cocina, mucho más agradable y acogedora, cuando tenían que reunirse. Además, así tenían más a mano el café y, desde luego, iban a consumir muchos litros hasta que terminaran.

Patrik reflexionó unos instantes, luego reaccionó y empezó a distribuir tareas.

—Annika, prepara una carpeta con todo el material que tenemos del caso de Victoria y con lo que nos envíen los demás distritos. Luego se lo mandas a la persona que pueda ayudarnos a establecer un perfil. Y encárgate también de mantener la carpeta actualizada con las nuevas averiguaciones.

—Claro, tomo nota —contestó Annika, sentada a la mesa de la cocina, con el cuaderno y el lápiz en la mano. Patrik había intentado convencerla de que usara un ordenador portátil, pero ella se negaba. Y si Annika no quería hacer algo, no había forma de convencerla.

—Estupendo. Prepara una rueda de prensa para las cuatro de esta tarde. Si no, nos abrumarán a llamadas. —Patrik advirtió con el rabillo del ojo que Mellberg se alisaba el pelo con gesto de satisfacción. Seguramente, sería imposible mantenerlo lejos de los periodistas.

—Gösta, tú pregúntale a Pedersen cuándo estarán los resultados de la autopsia. Necesitamos los datos concretos lo antes posible. Y, si puedes, habla otra vez con la familia, por si han recordado algo que sea importante para la investigación.

—Ya hemos hablado con ellos tantas veces... ¿No crees que deberíamos dejarlos en paz, por lo menos un día como hoy? —Gösta tenía cara de resignación. Le había tocado en suerte la dura tarea de hablar con los padres y el hermano de Victoria en el hospital, y Patrik se dio cuenta de que estaba destrozado.

—Claro, pero también querrán que sigamos trabajando y que encontremos al que le ha hecho esto a su hija. Ve con delicadeza. No nos quedará más remedio que hablar con varias personas a las que ya hemos interrogado. Ahora que Victoria está muerta, puede que no les importe desvelar cosas que antes quizá prefirieron guardar en secreto. Y eso incluye a la familia, los amigos, las personas que trabajan en el establo y que pudieron ver algo el día que desapareció... Por ejemplo, deberíamos hablar otra vez con Tyra Hansson, que era la mejor amiga de Victoria. De eso podrías encargarte tú, ¿verdad, Martin?

Martin respondió con un «ajá».

Mellberg carraspeó un poco. Exacto. A Bertil había que asignarle alguna misión, lo más absurda posible; algo que lo hiciera sentirse importante con unos daños mínimos. Patrik reflexionó unos segundos. A veces, lo más sensato era mantenerlo cerca para tenerlo controlado.

—Ayer por la tarde estuve hablando con Torbjörn y la investigación pericial no había dado ningún resultado.

Como estaba nevando, era difícil trabajar, y no encontraron ninguna pista del lugar del que pudo haber salido Victoria. Ya no disponen de más recursos que habilitar para esa búsqueda; por eso había pensado reunir voluntarios que pudieran ayudar a peinar una zona más amplia. Pudieron tenerla prisionera en una vieja granja abandonada, o en una cabaña en el bosque. Y apareció no muy lejos del lugar en el que la vieron por última vez antes de desaparecer, puede que haya estado por ahí en todo momento.

–Sí, ya lo había pensado –apuntó Martin–. ¿Y no indica eso que el autor de los hechos es de Fjällbacka?

–Pues sí, claro, en cierto modo... –dijo Patrik–. Pero no tiene por qué. Sobre todo, si el caso de Victoria guarda relación con los demás casos de desaparición. No hemos encontrado ningún vínculo claro entre Fjällbacka y los otros lugares.

Mellberg carraspeó otra vez y Patrik se volvió hacia él.

–Había pensado que tú podrías ayudarme con eso, Bertil. Saldremos por el bosque y, con un poco de suerte, daremos con el lugar donde la tuvieron retenida.

–Me parece bien –dijo Mellberg–. Pero no va a ser agradable con el frío tan asqueroso que hace.

Patrik no respondió. En aquellos momentos, el tiempo no era su mayor preocupación.

Anna estaba doblando sin ganas la ropa limpia. Sentía un cansancio indescriptible. Llevaba de baja desde el accidente y las cicatrices del cuerpo empezaban a desaparecer, pero todavía no se le habían curado las lesiones que tenía por dentro. Luchaba no solo con la pena por el hijo que había perdido, sino con un dolor que ella misma se infligía.

Los remordimientos eran como un dolor sordo, como unas náuseas permanentes, y se pasaba las noches despierta, revisando lo sucedido, examinando sus motivos.

Pero ni siquiera cuando trataba de ser indulgente consigo misma podía comprender qué la había impulsado a acostarse con otro hombre. Ella quería a Dan, y aún así, había besado a otro hombre y había dejado que la tocara.

¿Tan débil era su autoestima, tan fuerte su necesidad de afirmación que creyó que las manos y la boca de otro le darían lo que Dan no podía darle? Ella misma no lo entendía, ¿cómo iba a entenderlo Dan? Dan, que era la lealtad y la confianza personificadas. La gente decía que uno no podía saberlo todo de otra persona, pero ella sabía que a Dan jamás se le pasó por la cabeza siquiera la idea de engañarla con otra. No se le habría ocurrido tocar a otra mujer. Lo único que deseaba era quererla a ella.

Después de la rabia de las primeras semanas, a las palabras hirientes vino a sustituirlas algo mucho peor: silencio, un silencio asfixiante y agobiante. Se movían evitándose como dos animales heridos, y Emma, Adrian y las hijas de Dan eran como rehenes en su propio hogar.

Los sueños que albergó en su día de llevar su propio negocio de decoración y objetos de arte murieron en el mismo instante en que se enfrentó a la mirada herida de Dan. Fue la última vez que la miró a los ojos. Ahora no era capaz de mirarla. Cuando no tenía más remedio que dirigirle la palabra —por algo relacionado con los niños, o por algo tan banal como pedirle que le pasara la sal en la cena—, hablaba en un murmullo y con la vista baja. Y ella sentía deseos de gritar, de zarandearlo para obligarlo a mirarla, pero no se atrevía. O sea que ella también mantenía la vista baja, pero no por el dolor, sino por vergüenza.

Naturalmente, los niños no se imaginaban lo que había ocurrido. No se lo imaginaban, pero sufrían los efectos. Se pasaban los días en silencio, haciendo como que nada había cambiado. Pero hacía mucho que Anna no los oía reír.

Con el corazón a punto de estallarle de remordimientos, Anna inclinó la cabeza, hundió la cara en la ropa y lloró amargamente.

Allí, allí había ocurrido todo. Erica entró despacio en la casa, que parecía ir a desmoronarse de un momento a otro. Dejada de la mano de Dios, abandonada y vacía, no había nada en ella que indicara que un día la habitó una familia.

Erica se agachó para esquivar un tablón que colgaba del techo. Oyó el crujido de cristales bajo las suelas de las gruesas botas que llevaba. En la planta baja no quedaba entera ni una sola ventana. Se apreciaban en suelos y paredes las huellas evidentes de la presencia de algún huésped pasajero. Nombres y palabras allí garabateados que solo tenían sentido para quien los escribió, obscenidades e insultos, muchos de ellos con faltas de ortografía. Quienes se dedicaban a pintarrajear con *spray* las casas abandonadas daban por lo general escasas muestras de competencia literaria. Por todas partes se veían latas vacías de cerveza y, al lado de una manta con una pinta tan repugnante que a Erica le dieron ganas de vomitar, había un paquete de condones vacío. El viento había arrastrado la nieve hasta el interior de la casa, y había formado montoncillos aquí y allá.

Toda la casa emanaba miseria y soledad. Erica sacó las fotos que llevaba en una carpeta dentro del bolso para poder imaginarse en ese escenario algo muy distinto. Mostraban una casa completamente distinta, un hogar amueblado donde había vivido gente. Aun así, se estremeció, porque también había rastros de lo que había ocurrido. Miró a su alrededor con curiosidad. Sí, todavía podía distinguirse: la mancha de sangre en los tablones del suelo. Y las cuatro marcas de las patas del sofá que hubo allí en su día. Erica observó otra vez las fotos y trató de orientarse. Empezó a imaginarse la habitación: veía el sofá, la mesa, el sillón en un rincón, la lámpara de pie a la izquierda, el televisor. Era como si todo lo que hubo en la habitación se materializara ante su vista.

Pero también se imaginó el cuerpo lacerado de Vladek. Aquel cuerpo fuerte y musculoso, medio tendido en el sofá. El enorme agujero, como una boca abierta en el cuello, las puñaladas en el pecho, la mirada fija en el techo. Y la sangre, que había formado un charco en el suelo.

En las fotos que la policía le hizo después del asesinato, Laila tenía la mirada vacía. Tenía manchas de sangre en la delantera del jersey y también rastros de sangre en la cara, y llevaba el pelo largo y suelto. Se la veía tan joven... Muy distinta de la mujer que ahora cumplía cadena perpetua.

El caso no suscitó ninguna duda. Existía cierta lógica en aquello, una lógica que todos habían aceptado. Aun así, Erica siempre tuvo la sensación de que algo no encajaba y, seis meses atrás, tomó la decisión de escribir sobre aquel suceso. Había oído hablar del caso desde que era niña; sobre el asesinato de Vladek y sobre aquel secreto familiar terrible donde los hubiera. La historia de la Casa de los Horrores pertenecía al florilegio de relatos de la comarca y, a medida que pasaban los años, se fue convirtiendo en leyenda. La casa era un lugar donde los niños se ponían a prueba, era una casa encantada con la que asustar a sus amigos, en la que podían demostrar su valor, enfrentarse a su miedo, a ese mal que impregnaba las paredes.

Dio media vuelta y se alejó del salón familiar. Ya era hora de subir a la primera planta. La casa estaba tan fría que se le helaban los huesos, y dio unos saltitos para entrar en calor antes de dirigirse a la escalera. Fue probando cada peldaño antes de apoyar el pie. No le había contado a nadie que iba a ir a la casa, y no quería que se le colara el pie por un tablón podrido y quedarse allí tirada con la espina dorsal rota.

Los peldaños aguantaban, aunque siguió caminando con mucho cuidado por el suelo del piso de arriba. Los listones crujían de un modo inquietante, pero daba la sensación de que aguantarían, y continuó con pasos más decididos mientras inspeccionaba lo que había alrededor. La casa no era muy grande: solo había tres habitaciones en el piso superior y un distribuidor minúsculo. Justo encima de la escalera estaba el dormitorio más grande, el de Vladek y Laila. Se habían llevado los muebles, tal vez los hubieran robado, y no habían dejado más que unas cortinas rotas y sucias. También allí arriba se veían latas de cerveza y un colchón mugriento que indicaba que alguien o había pasado la noche allí o había utilizado la casa vacía para encuentros amorosos lejos de la mirada vigilante de unos padres.

Entornó los ojos y trató de imaginarse el dormitorio inspirándose en las fotos. Una alfombra naranja en el suelo, una cama de matrimonio de madera de pino con la funda del edredón estampada de flores verdes. Era una habitación de lo más setentera y, a juzgar por las fotos que había hecho la policía después del asesinato, estaba limpia y en perfecto orden. Erica se sorprendió la primera vez que tuvo ocasión de verlas, porque, a tenor de lo que había ocurrido, se esperaba más bien un hogar caótico, sucio, descuidado y desordenado.

Salió del dormitorio de Laila y Vladek y entró en otro más pequeño. Era el de Peter. Erica hojeó las fotos que tenía en la mano hasta encontrar la que buscaba. También aquel dormitorio estaba limpio y era bonito, pero con la cama sin hacer. Tenía una decoración clásica, con el papel pintado de fondo azul y estampado con figuras de circo. Alegres payasos, elefantes con coloridas plumas, una nutria sujetando una pelota roja en el hocico... Era un papel pintado muy bonito, y Erica comprendió por qué les gustó precisamente ese estampado. Dejó la foto y se centró en la habitación. Aún se veían restos del papel aquí y allá, pero la mayor parte se había caído o estaba pintarrajeado; de la gruesa moqueta no quedaba otro rastro que los restos de pegamento que había en el sucio suelo de madera. La estantería, que en la foto se veía llena de libros y de juguetes, había desaparecido, al igual que las dos sillitas y la mesita, perfectas para que un niño se sentara a dibujar en ella. También faltaba la cama, que estaba en el rincón, a la izquierda de la ventana. Erica se estremeció de frío. Los cristales de las ventanas estaban rotos, igual que en la planta baja, y había entrado un poco de nieve que se arremolinaba en el suelo a sus pies.

La otra habitación de aquella planta, que, conscientemente, había dejado para el final, era la de Louise. Estaba al lado del dormitorio de Peter, y tuvo que armarse de valor para mirar la fotografía. El contraste era de lo más llamativo. Mientras que el dormitorio de Peter era bonito y acogedor, el de Louise parecía la celda de una prisión; lo que fue de hecho, en cierto modo. Erica pasó el dedo por el enorme cerrojo que aún colgaba de unos tornillos en la puerta. Un cerrojo que habían puesto para poder cerrar bien la puerta por fuera. Para encerrar allí a una niña.

Erica llevaba en la mano la fotografía cuando cruzó el umbral. Se le erizó el vello de la nuca. Aunque sabía que eran figuraciones suyas, le dio la impresión de que reinaba un ambiente misterioso en aquel cuarto. Ni las casas ni sus habitaciones tenían memoria, ni tampoco la capacidad de conservar el pasado. Seguramente, saber lo que había ocurrido en aquella casa la hacía sentir ese malestar al entrar en el dormitorio de Louise.

Según la foto, no había nada. Lo único, un colchón en el suelo. Ni un solo juguete, ni siquiera una cama de verdad. Erica se acercó a la ventana. Estaba tapada con tablones y, si no hubiera conocido la historia, habría pensado que los habían clavado cuando la casa se quedó vacía.

Echó una ojeada a la foto. Los mismos tablones que había entonces. Una niña, encerrada y bajo llave en su propio cuarto. Y, lo más trágico de todo, eso no fue lo peor que encontró la policía cuando llegaron a la casa después del aviso del asesinato de Vladek. A Erica se le puso la carne de gallina. Como si hubiera notado un golpe de viento gélido, pero no porque las ventanas estuvieran rotas, sino que era como si la habitación misma exhalara frío.

Tuvo que hacer un esfuerzo para permanecer allí, no quería dejarse amilanar por aquel ambiente tan extraño. Pero no pudo contener un suspiro de alivio cuando salió al distribuidor. Se dirigió a la escalera y fue bajando con tanto cuidado como al subir. Solo le faltaba un sitio por comprobar. Se dirigió a la cocina, cuyos muebles no tenían puertas y estaban vacíos. No había ni hornillo ni frigorífico, y los excrementos que se veían en los huecos de uno y otro indicaban que los ratones habían encontrado pasajes para salir de la casa y volver a entrar.

Le temblaba la mano cuando bajó el picaporte de la puerta del sótano. Al abrirla se enfrentó con el mismo frío extraño que la había recibido en el cuarto de Louise. Maldijo al constatar que reinaba allí una oscuridad compacta y que había olvidado llevarse una linterna. El examen del sótano tendría que esperar, a lo mejor. Pero fue tanteando con la mano y dio con un interruptor de los antiguos. Lo giró y, como por un milagro, se encendió la luz. Desde luego, era imposible que la bombilla siguiera funcionando desde los años setenta, así que registró el dato de que alguien debía de haberla cambiado.

El corazón le latía en el pecho mientras bajaba la escalera. Tuvo que agacharse para sortear las telarañas y trató de hacer caso omiso de la sensación de que le picaba todo el cuerpo y como unas arañas imaginarias se le hubieran colado por la ropa.

Una vez abajo, respiró hondo un par de veces para tranquilizarse. No era más que el sótano vacío de una casa abandonada, solo eso. Y parecía un sótano normal y corriente. Había unas estanterías y una mesa de trabajo que sería de Vladek, pero sin herramientas. Al lado se veía un bidón vacío y, en un rincón, un puñado de periódicos antiguos arrugados. Nada llamativo. Salvo un detalle: la cadena de cerca de tres metros que había atornillada a la pared.

A Erica le temblaban las manos mientras rebuscaba entre las fotografías. La cadena era hoy la misma de entonces, solo que algo más oxidada. En cambio, faltaban las esposas. Se las había llevado la policía, y en el informe policial leyó que tuvieron que aserrarlas, ya que no encontraron las llaves. Se agachó, tocó la cadena, la sopesó en la mano. Era pesada y sólida, tan robusta que habría servido también para retener a una persona mucho más fuerte que una niña de siete años escuálida y demacrada. ¿De qué pasta estaba hecha la gente?

Notó las náuseas que le subían a la garganta. Tendría que tomarse un descanso en las visitas a Laila. No sabía cómo podría mirarla a la cara después de haber estado allí y de ver con sus propios ojos las huellas de su maldad. Una cosa eran las fotos, pero allí, con la cadena en la mano, tomó más conciencia aún de lo que debieron de encontrarse los policías aquel día de marzo de 1975. Sintió el horror que debieron de sentir ellos al bajar al sótano y descubrir a la niña encadenada a la pared.

Oyó un ruido en un rincón y se levantó rápidamente. El corazón se le aceleró otra vez. Luego se apagó la luz y Erica soltó un grito. La dominó el pánico y empezó a respirar entrecortada y superficialmente mientras, a punto de llorar, buscaba a tientas la escalera. Por todas partes se oían ruidos extraños y, al notar que algo le rozaba la cara, volvió a soltar un grito. Empezó a manotear como una loca hasta que comprendió que era una telaraña. Asqueada, echó a andar hacia el lado donde debía estar la escalera y se quedó sin respiración cuando se clavó la barandilla en el costado. La luz parpadeó y volvió a brillar, pero ella seguía muerta de miedo, se agarró a la barandilla y corrió escaleras arriba. Se saltó uno de los escalones y se dio en las espinillas, pero se las arregló para llegar a la cocina.

Cerró la puerta, después se arrodilló aliviada en el suelo. Le dolían la pierna y el estómago, aunque hizo caso omiso del dolor y se concentró en respirar despacio para atenuar el pánico. Se sintió un tanto ridícula al verse así, pero parecía imposible liberarse del miedo a la oscuridad que la dominaba desde niña, y mientras estaba en el sótano, el pánico la traspasó entera. Por un instante, experimentó parte de lo que Louise vivió en aquel sótano. Con la diferencia de que ella pudo salir corriendo hacia la luz y la libertad, mientras que Louise estaba encadenada en las tinieblas.

El cruel destino de la niña la sobrecogió por primera vez en toda su inmensidad y, con la cabeza apoyada en las rodillas, Erica lloró. Lloró por la pobre Louise.

Martin observaba a Marta, que estaba poniendo la cafetera. Era la primera vez que la veía, pero, como todos los habitantes de la comarca, había oído hablar del veterinario de Fjällbacka y de su mujer. Tal y como le habían dicho, era muy guapa, aunque era algo así como una belleza inaccesible y transmitía cierta frialdad, acentuada por una palidez llamativa.

—Deberías hablar con alguien —dijo.

—¿Te refieres a un cura? ¿O a un psicólogo? —Marta meneó la cabeza—. No soy yo la que necesita ayuda. Solo estoy un poco... afectada.

Clavó la vista en el suelo, pero pronto la levantó otra vez y lo miró a él.

—No puedo dejar de pensar en la familia de Victoria. Cuando por fin la recuperan, la pierden otra vez. Una chica tan joven y con tanto talento... —Marta guardó silencio.

—Sí, es terrible —dijo Martin—. Estaban en la cocina, y miró alrededor. No podía decirse que fuera incómoda, pero sospechaba que a los habitantes de aquella casa no les importaba mucho la decoración. Parecía que hubieran puesto allí las cosas al azar, y aunque todo parecía limpio, flotaba en el ambiente un ligero olor a caballo.

—¿Sabéis quién pudo hacerle algo así? ¿Estarán las demás chicas en peligro? —preguntó Marta. Sirvió el café y se sentó enfrente.

—No podemos decir nada. —Le habría gustado poder darle una respuesta mejor, y se le hizo un nudo en el estómago al pensar en la preocupación que embargaría a las familias con hijas adolescentes. Carraspeó un poco. De nada servía obsesionarse con ese tipo de pensamientos. Tenía que concentrarse en hacer su trabajo y averiguar qué le habría ocurrido a Victoria. Solo así podría ayudarles.

—Cuéntame qué ocurrió ayer —le dijo, y tomó un sorbo de café.

Marta reflexionó unos instantes. Luego le contó el paseo a caballo, cómo vio a la chica salir del bosque. Se atascó un par de veces, pero Martin no la apremió, sino que la dejó ir a su ritmo. No podía ni imaginarse lo horrible que debió de ser el espectáculo.

—Cuando vi que era Victoria, la llamé varias veces. Traté de avisarle de que venía un coche, pero no reaccionó. Ella continuó sin más, como un robot.

—¿No viste ningún otro coche por allí? ¿O a alguna otra persona por el bosque?

51

Marta negó con la cabeza.

—No. He intentado repasar lo que ocurrió, pero no vi nada más, ni antes ni después del accidente. Allí solo estábamos el conductor y yo. Además, fue todo tan rápido, y yo estaba tan concentrada en Victoria...

—¿Victoria y tú teníais buena relación?

—Bueno, depende —dijo Marta, y pasó el dedo por el borde de la taza—. Trato de tener una buena relación con todas las chicas que vienen a montar, y Victoria llevaba muchos años tomando clases de equitación. Aquí somos como una familia, aunque un poco disfuncional a veces. Y Victoria es parte de esa familia.

Apartó la mirada y Martin vio que se le habían saltado las lágrimas. Alargó el brazo en busca de una servilleta que había en la mesa y se la tendió. Ella se secó con delicadeza la comisura de los ojos.

—¿Recuerdas que ocurriera algo sospechoso cerca de las caballerizas? ¿O a alguien que anduviera merodeando por aquí, mirando a las chicas, quizá? ¿O algún empleado al que debamos interrogar? Sé que ya os hemos hecho estas preguntas, pero es importante repetirlas ahora que Victoria ha aparecido en la zona.

Marta asintió.

—Lo comprendo, pero no puedo hacer otra cosa que repetir lo que ya os dije. No hemos tenido problemas de ese tipo, y tampoco tenemos empleados. La escuela de equitación está tan apartada que no notaríamos nada si alguien empezara a merodear por aquí. El que lo hizo debió de ver a Victoria en otro lugar. Era muy mona...

—Sí, la verdad es que sí —dijo Martin—. Y parece que era una buena chica, también. ¿Cómo la veían las demás?

Marta respiró hondo.

—Aquí Victoria le caía bien a todo el mundo. No tenía enemigos ni había nadie con quien se hubiera enfadado, que yo sepa. Era una chica normal y corriente y de un entorno familiar estable. Debió de tener mala suerte y cruzarse con un loco.

—Sí, me parece que tienes razón —dijo Martin—. Aunque la expresión «mala suerte» no parece suficiente.

Se levantó dispuesto a concluir la conversación.

—Es verdad. —Marta no hizo amago de ir a acompañarlo a la puerta—. La mala suerte no basta para explicar lo ocurrido.

Lo más difícil de los primeros años era que los días se parecieran tanto entre sí. Pero con el tiempo, la rutina se convirtió en la tabla de salvación de Laila. La seguridad y la certeza de que cada día sería exactamente igual que el anterior mantenían a raya el miedo a seguir viviendo. Los intentos de suicidio de los primeros años eran eso: el miedo a ver cómo la vida se prolongaba infinita ante ella mientras la carga del pasado la arrastraba a la oscuridad. La rutina le había ayudado a acostumbrarse. La carga era constante. Ahora las cosas habían cambiado, y era demasiado pesada para que ella pudiera llevarla sola.

Hojeó los periódicos de la tarde con manos temblorosas. Sólo los tenían en la sala de recreo, y los demás internos esperaban para poder leerlos y pensaban que ella tardaba demasiado. Los periodistas no parecían saber mucho todavía, pero trataban de sacarle todo el partido a lo que tenían. Le molestaba el ansia de sensacionalismo de las croniquillas de los tabloides. Sabía cómo se sentía uno desde el otro lado de los titulares. Detrás de cada uno de esos artículos había gente de carne y hueso, sufrimientos de verdad.

—¿Te queda mucho? —Marianne apareció y se le plantó delante.

—No —murmuró ella sin levantar la vista.

—Llevas una eternidad con los periódicos. Termina de leer y déjalos ya.

—Voy —dijo, y continuó examinando las mismas páginas de hacía un rato.

Marianne soltó un suspiro, se fue a una mesa al lado de una ventana y se sentó a esperar.

Laila no podía apartar la vista de la foto de la izquierda. La niña tenía una cara tan feliz y tan inocente, se la veía tan inconsciente del mal que había en el mundo... Pero Laila habría podido contárselo. Habría podido contarle cómo el mal podía ser vecino de bien en una sociedad en que los hombres vivían con una venda en los ojos y se negaban a ver lo que tenían delante de las narices. Quien veía el mal de cerca una sola vez quedaba incapacitado para cerrar los ojos en lo sucesivo. Aquella era su maldición, su responsabilidad.

Cerró el periódico despacio, se levantó y se lo dejó a Marianne.

—Luego, cuanto terminéis, lo quiero otra vez —dijo.

—Claro —murmuró Marianne, que ya estaba enfrascada en las páginas de espectáculos.

Laila se quedó allí un rato observando la cabeza de Marianne inclinada sobre la crónica del último divorcio de Hollywood. Qué maravilla, vivir con la venda siempre puesta.

Vaya mierda de tiempo. Mellberg no comprendía que Rita, su pareja chilena, hubiera podido acostumbrarse a vivir en un país con un clima tan espantoso. De hecho, se estaba planteando emigrar. Habría valido la pena ir a casa a cambiarse de ropa, pero no pensó que él también tendría que ir al bosque. Ser jefe implicaba decirles a los demás lo que tenían que hacer, y su plan era dirigir el grupo de personas que habían reunido, decirles en qué dirección debían ir y luego sentarse calentito en el coche con un buen termo de café.

Pero no salió así la cosa. Porque, cómo no, Hedström insistió en que ellos también debían ayudar en la búsqueda. Qué tontería. Menudo despilfarro de altos cargos, ponerlo a él a corretear por allí, para que se le congelaran partes vitales del cuerpo. Para colmo de males, seguro que enfermaba, ¿y cómo iban a arreglárselas entonces en la comisaría? Todo se hundiría en tan solo unas horas, y que Hedström no se diera cuenta se le antojaba un verdadero misterio.

—¡Joder! —Dio un resbalón, con los zapatos de vestir, y se agarró instintivamente a una rama para no caerse. Con esa maniobra, agitó el árbol entero y cayó un montón de nieve que se extendió sobre él como un manto helado, se le metió por el cuello de la camisa y le bajó por la espalda.

—¿Qué tal? —preguntó Patrik. Él no parecía estar pasando ni gota de frío con aquel gorro de piel, un par de buenas botas y un anorak de un grosor envidiable.

Mellberg se sacudió la nieve indignado.

—¿No sería mejor que me fuera a la comisaría a preparar la rueda de prensa?

—De eso se encarga Annika, y además, no es hasta las cuatro, tenemos tiempo de sobra.

—Como quiera que sea, me gustaría subrayar que esto es una pérdida de tiempo. La nevada de ayer ha borrado las huellas hace horas, y ni siquiera los perros serán capaces de oler nada con este frío. —Señaló entre los árboles, donde trabajaban los dos perros policía y el guía que Patrik había conseguido que enviaran. A los perros los habían mandado de antemano para que no los desconcertaran nuevas pistas y olores.

—¿Qué es lo que buscamos? —preguntó Mats, una de las personas cuya ayuda habían conseguido a través del polideportivo. A decir verdad, habían reunido voluntarios con una rapidez sorprendente, todo el mundo quería echar una mano, todos querían colaborar en la medida de sus posibilidades.

—Cualquier cosa que Victoria haya dejado tras de sí. Pisadas, rastros de sangre, una rama rota, en fin, cualquier cosa que os llame la atención. —Mellberg repitió al pie de la letra lo que Patrik acababa de decir cuando informó a todos antes de que iniciaran la búsqueda.

—También esperamos encontrar el sitio donde la tuvieron secuestrada —añadió Patrik, y se encajó mejor el gorro de piel para que le tapara las orejas.

Mellberg observaba con envidia lo calentito que debía de estar. A él, en cambio, le dolían las orejas de frío, y el pelo, por repeinado que lo llevara, no le bastaba para caldearle la calva.

—No pudo haber ido demasiado lejos en el estado en que se encontraba —masculló tiritando.

—No, claro, si iba a pie, no —dijo Patrik, y continuó avanzando despacio mientras escrutaba el suelo y los alrededores—. Pero cabe la posibilidad de que consiguiera escaparse de un coche, por ejemplo. Si es que el secuestrador iba a llevarla a otro sitio. O también puede que la soltaran aquí a propósito.

—¿De verdad crees que el secuestrador la soltó voluntariamente? ¿Y eso por qué? Hacer algo así entrañaba para él un riesgo enorme.

—¿Por qué? —Patrik se detuvo—. Victoria no podía hablar, ni tampoco ver. Seguramente, estaba traumatizada. Y lo más probable es que el sujeto esté empezando a sentirse bastante seguro, dado que han transcurrido dos años sin que la policía haya conseguido una sola pista que ayude a encontrar a las chicas desaparecidas. Quién sabe si no quería burlarse de nosotros trayendo aquí a una de sus víctimas para enseñarnos lo que había hecho. Mientras no sepamos nada con certeza, no podemos suponer nada.

No podemos suponer que la hayan tenido prisionera en esta zona, pero tampoco podemos suponer lo contrario.

–Ya, ya, bueno, no tienes que hablarme como si fuera un principiante –dijo Mellberg–. Como comprenderás, todo eso ya lo sé yo. Solo estaba formulando las preguntas que sé que se hará la gente.

Patrik no respondió, acababa de bajar otra vez la cabeza para centrarse en la observación del suelo. Mellberg se encogió de hombros. Los colegas jóvenes eran tan susceptibles... Se cruzó de brazos y trató de conseguir que los dientes dejaran de castañetearle. Media hora más: luego, pensaba dirigir el trabajo desde el coche. Algún coto había que poner a tanto despilfarro de recursos. Esperaba que el café del termo siguiera caliente para entonces.

Martin no envidiaba a Patrik y a Mellberg, que estaban trabajando a la intemperie en medio de la nieve. Tenía la sensación de que le había tocado el primer premio cuando le encomendaron que hablara con Marta y Tyra. En realidad, no le parecía que fuera un reparto ideal de tareas cuando a Patrik le tocaba peinar el bosque, pero después de los años que llevaban trabajando juntos, ya sabía el porqué. Para Patrik era importante acercarse a las víctimas, estar en el lugar donde habían estado ellas, sentir los mismos olores, oír los mismos sonidos, para hacerse una idea de lo ocurrido. Ese instinto, esa capacidad siempre fue su punto fuerte. Bueno, y que así pudiera mantener a Mellberg ocupado era un efecto colateral positivo, por supuesto.

Martin esperaba que el instinto de Patrik lo guiara bien. Porque el gran dilema era que Victoria había desaparecido sin dejar rastro. No tenían ni idea de dónde la retuvieron los meses que estuvo desaparecida, y les vendría de maravilla sacar algo en claro de la batida por el bosque. Si ni eso ni la autopsia les daban nada concreto, sería difícil encontrar otras líneas de investigación.

Mientras Victoria estuvo desaparecida hablaron con todas las personas con las que pudo haber estado en contacto. Registraron su dormitorio de arriba abajo, revisaron el ordenador, sus contactos de chat, el correo electrónico, los mensajes de móvil, todo sin resultado. Patrik colaboró con los demás distritos, y dedicaron mucho tiempo a buscar un denominador común entre Victoria y las otras chicas desaparecidas. Pero no encontraron ningún vínculo. Las chicas no parecían compartir intereses, no les gustaba la misma música, no habían estado en contacto entre sí ni compartían foro de internet ni nada por el estilo. Y nadie del entorno de Victoria mencionó que conociera a ninguna de ellas.

Se levantó y fue a la cocina en busca de un café. Lo más seguro era que estuviera tomando demasiado café últimamente, pero necesitaba la cafeína para funcionar después de tantas noches de insomnio. Cuando Pia murió, le recetaron somníferos y ansiolíticos, y los estuvo tomando unas semanas; pero las pastillas lo envolvían en un manto húmedo de indiferencia, y eso lo asustaba, de modo que el mismo día del entierro de Pia, las tiró a la basura. Ahora apenas se acordaba de cómo era dormir una noche de un tirón. De día las cosas iban mejorando poco a poco. Mientras estuviera ocupado –trabajaba duro, recogía a Tuva de la guardería, hacía la comida, limpiaba, jugaba, leía cuentos de buenas noches...– se mantenía en pie. Pero por las noches se apoderaban de él el dolor y las cavilaciones. Se pasaba las horas mirando al techo mientras los recuerdos se sucedían, y lo invadía la añoranza insufrible de una vida que jamás podría recuperar.

–¿Cómo estás? –Annika le puso la mano en el hombro y Martin se dio cuenta de que llevaba un rato de pie con la cafetera en la mano.

—Bueno, es que sigo durmiendo regular —dijo, y se sirvió el café—. ¿Quieres?

—Sí, gracias —contestó Annika, alargando el brazo.

Ernst apareció arrastrándose desde el despacho de Mellberg, seguramente con la esperanza de que la pausa en la cocina le reportara algún buen bocado. Una vez que Annika y él se sentaron, el animal fue a tumbarse debajo de la mesa con la cabeza sobre las patas, sin apartar la vista de los movimientos de Martin y la recepcionista.

—No le des nada —dijo Annika—. Se está poniendo más gordo de lo que le conviene. Rita se esfuerza todo lo que puede para que haga ejercicio, pero le es imposible mantener el ritmo necesario para compensar todo lo que come.

—¿Estás hablando de Bertil o de *Ernst?*

—Ya, desde luego, podría aplicarse a los dos. —Annika esbozó una sonrisa, pero se puso muy seria enseguida—. Bueno, ¿y tú cómo estás?

—No estoy mal. —Martin vio el escepticismo en la expresión de Annika—. De verdad. Es solo que no duermo bien.

—¿Te ayuda alguien a cuidar de Tuva? Tienes que encontrar el momento de descansar y recuperarte.

—Los padres de Pia son estupendos, y mis padres también. Así que por ahí no hay problema, pero... La echo de menos. Con eso nadie puede ayudarme. Y me alegro de tener todos esos buenos recuerdos, pero, al mismo tiempo, quisiera arrancármelos del cuerpo, porque son esos recuerdos tan bonitos, precisamente, los que tanto dolor me causan. ¡Y no quiero seguir así! —Ahogó un sollozo. No quería echarse a llorar en el trabajo. Era su zona franca y no quería que el dolor lo invadiera también allí, porque entonces no habría ningún lugar en el que refugiarse del sufrimiento.

Annika lo miró compasiva.

—Me gustaría tener un montón de palabras sensatas con las que consolarte, pero no puedo ni imaginarme lo que es, cómo te sientes, y la sola idea de perder a Lennart me destroza. Lo único que puedo decirte es que te llevará un tiempo, y que aquí me tienes para lo que necesites. Pero eso ya lo sabes, ¿verdad?

Martin asintió.

—Anda, ve a ver si puedes dormir un poco, que estás hecho un trapo. Ya sé que no quieres tomar somníferos, pero ve al herbolario por si tienen algo que pueda ayudarte.

—Sí, la verdad, podría ir al herbolario —dijo, pensando que valía la pena intentarlo. No iba a aguantar mucho más si no conseguía dormir unas cuantas horas seguidas.

Annika se levantó y llenó las tazas de café. Esperanzado, *Ernst* levantó la cabeza, pero volvió a descansarla sobre las patas al ver que no le caería ningún bollo.

—¿Qué han dicho en los demás distritos sobre la idea de elaborar un perfil del asesino? —Martin cambió de tema conscientemente. El interés de Annika era muy de agradecer, pero lo agotaba hablar del sufrimiento después de la muerte de Pia.

—Pues les ha parecido una buena idea. Ninguno de ellos lo ha solicitado con anterioridad y agradecen cualquier sugerencia que pueda abrir nuevas vías. Lo que ha ocurrido los tiene conmocionados. Todos se hacen una pregunta: ¿Habrán corrido las otras chicas la misma suerte que Victoria? Y, por supuesto, están preocupados por la reacción de las familias cuando conozcan los detalles. Esperemos que tarden en divulgarse.

—Sí, pero lo dudo. La gente tiene una inclinación morbosa por ir a chivarse a la prensa. Y, teniendo en cuenta todo el personal hospitalario que vio las lesiones, creo que, por desgracia, no tardarán en salir a la luz, si es que no han salido ya.

Annika asintió.

—En ese caso, ya nos daremos cuenta en la rueda de prensa.

—¿Está todo listo?

—Todo listo, la cuestión es si podremos mantener a Mellberg fuera del escenario. Porque así estaría mucho más tranquila.

Martin enarcó una ceja, y Annika levantó las manos para que no siguiera hablando:

—Ya sé, ya sé, eso no hay quien lo consiga... Se levantaría como Lázaro de la tumba para poder asistir a la rueda de prensa.

—Sí, ese es un análisis correcto...

Martin metió la taza en el lavavajillas y ya salía de la cocina cuando se detuvo y le dio a Annika un abrazo.

—Gracias —dijo—. Y ahora me voy a ver a Tyra Hansson. Ya habrá llegado a su casa del instituto.

Ernst los siguió con expresión tristona. Por lo que a él se refería, la pausa del café había sido una completa decepción.

Fjällbacka, 1967

La vida era maravillosa. Fantástica y totalmente irreal, pero incuestionable. Todo cambió aquel ardiente verano. Cuando el circo se fue de Fjällbacka, Vladek no se marchó con ellos. Laila y él habían quedado aquella noche, después de la última función, y como por un acuerdo tácito, recogió sus cosas y se fue con ella a casa. Lo dejó todo por ella. A su madre y a sus hermanos. Su vida y su cultura. Su mundo.

A partir de aquel momento fueron más felices de lo que ella creyó jamás que fuera posible. Todas las noches se dormían abrazados en la cama de Laila, que era demasiado pequeña, pero en la que había espacio para ellos dos y para su amor. En general, toda la casa era demasiado pequeña. No era más que un estudio con la cocina en un rincón, pero, curiosamente, Vladek parecía estar bien. Se acomodaban al espacio de que disponían y su amor crecía a diario.

Y ahora tendrían que hacerle sitio a uno más. Se llevó la mano al vientre. Quien no lo supiera no lo notaba todavía, pero ella no podía evitar pasarse la mano cada dos por tres. Casi tenía que pellizcarse el brazo para darse cuenta de que era verdad; de que Vladek y ella iban a ser padres.

Por el patio del bloque vio venir a Vladek, exactamente a la misma hora de siempre, después de la jornada laboral. Todavía notaba como una descarga eléctrica al verlo. Y él pareció notar que estaba mirándolo, porque levantó la vista hacia la ventana. Con una amplia sonrisa rebosante de amor, la saludó desde abajo. Ella le devolvió el saludo y se acarició el vientre otra vez.

–¿Cómo está papá hoy? –Jonas le dio un beso a su madre en la mejilla, se sentó a la mesa de la cocina e intentó sonreír.

Helga no pareció oír la pregunta.

–Qué espanto lo que le ha ocurrido a la chica esa de la escuela de equitación –dijo, y le puso delante a Jonas un plato de rebanadas de bizcocho recién hecho–. Tiene que ser horrible para todos vosotros.

Jonas le dio un mordisco a la primera rebanada.

–Mamá, me mimas demasiado. O incluso podría decir que me cebas, directamente.

–Anda, anda. De pequeño estabas tan delgado... Se te veían las costillas.

–Lo sé. Me has contado miles de veces lo pequeño que era al nacer. Pero ahora mido uno noventa y tengo un apetito inmejorable.

–Claro, pero está bien que comas, con lo mucho que te mueves. Todo el día corriendo de aquí para allá. Eso no puede ser bueno.

–No, claro, todo el mundo sabe que el ejercicio es un riesgo para la salud. ¿Tú nunca has hecho ejercicio, mamá? ¿Ni siquiera de joven? –Jonas alargó el brazo en busca de otro trozo de bizcocho.

—¿De joven? Hijo, dicho así, parece que fuera una anciana decrépita. —Helga sonaba muy seria, pero no pudo aguantarse la risa que le afloraba a los labios. Jonas siempre la hacía reír.

—No, una anciana decrépita no. Yo creo que la palabra exacta es una antigualla.

—Oye —dijo, y le dio una palmada en el hombro—. Si no te comportas, no te haré más bizcocho ni más comida. Tendrás que conformarte con lo que prepara Marta.

—Madre mía, entonces Molly y yo nos moriríamos de hambre. —Jonas se sirvió la última rebanada de bizcocho.

—Para las chicas de la escuela de equitación debe de ser muy duro pensar en lo que le ha ocurrido a una de sus compañeras —repitió Helga, y retiró de la encimera unas migajas inexistentes.

Aquella cocina siempre estaba de un limpio reluciente. Jonas no podía recordar una sola vez en que la hubiera visto sucia o desordenada, y su madre siempre estaba allí haciendo algo: limpiando, recogiendo, preparando bizcochos, haciendo la comida, ocupándose de su padre... Jonas miró a su alrededor. Sus padres no eran muy partidarios de modernizar las cosas y la casa llevaba años igual: el papel pintado, las puertas de los armarios, el suelo de linóleo, los muebles, todo estaba tal y como él lo recordaba desde la niñez. Lo único que, en contra de su voluntad, habían cambiado era el frigorífico y la hornilla. Pero a él le gustaba que todo estuviera como siempre. Le daba estabilidad a su existencia.

—Pues sí, claro, figúrate qué situación. Marta y yo vamos a hablar con las chicas esta tarde —dijo—. Pero mamá, no te preocupes por eso.

—No, claro, no me preocupo. —Retiró el plato, donde ya solo quedaban unas migas de bizcocho—. ¿Y cómo le fue ayer a la vaca?

—Bien. Tuvo su complicación, porque...

—¡JOOONAS! —La voz de su padre retumbó desde el piso de arriba—. ¿Estás aquí?

La irritación retumbaba entre las paredes, y Jonas observó la tensión en la cara de su madre.

—Más vale que subas —dijo Helga, que empezó a limpiar la mesa con un paño mojado—. Está enfadado porque no viniste ayer.

Jonas asintió. Y subió la escalera notando en la espalda la mirada de su madre.

Erica todavía estaba temblando cuando llegó a la guardería. No eran más que las dos de la tarde, y no solía ir a recoger a los niños antes de las cuatro, pero después de la visita a aquel sótano tenía tantas ganas de verlos que decidió ir a buscarlos directamente. Necesitaba verlos, abrazarlos, oír esas voces burbujeantes que dominaban toda su existencia.

—¡Mamá! —Anton se le acercaba corriendo con los brazos extendidos. Iba sucio de pies a cabeza, le asomaba una oreja por fuera del gorro y estaba tan gracioso que Erica creyó que iba a estallarle el corazón. Se acuclilló y extendió los brazos para abrazarlo. Claro que la mancharía entera, pero le daba exactamente igual.

—¡Mamá! —Se oyó otra vocecilla en el patio de la guardería y enseguida apareció Noel, también corriendo, con el mono rojo, en lugar de azul, que era el color de Anton, pero con el gorro torcido, igual que su hermano. Eran tan iguales y, al mismo tiempo, tan distintos...

Erica se sentó a Anton en la rodilla derecha y atrapó en plena carrera al otro gemelo, igual de sucio que el primero, que hundió la cara en el cuello de su madre. Noel tenía la naricilla helada, y Erica sintió un escalofrío y se echó a reír.

—Oye, cubito de hielo, ¿es que has pensado descongelarte la nariz pegándola al cuello de mamá?

Le pellizcó la naricilla y el pequeño también se echó a reír. Luego levantó el jersey de su madre y le puso en la barriga las manos enguantadas, frías y llenas de arena: Erica soltó un grito, mientras los gemelos chillaban de risa.

—¡Vaya par de elementos estáis hechos! Habrá que meteros en la bañera en cuanto lleguemos a casa. —Los dejó en el suelo, se levantó y se bajó el jersey—. Venga, granujillas, vamos a buscar a vuestra hermana —dijo señalando la parte del edificio donde se encontraba Maja. A los gemelos les encantaba ir con ella a buscar a Maja y jugar un poco con los niños mayores. Y a Maja también le encantaba que sus hermanos fueran a verla. Teniendo en cuenta la cruz que sus dos hermanos podían llegar a ser y aunque no lo merecieran, los quería muchísimo.

Cuando llegaron a casa comenzaron con el proyecto de reorganización. Por lo general lo detestaba, pero hoy no le importaba lo más mínimo que la entrada se llenara de arena y le daba igual que Noel se hubiera tumbado en el suelo a llorar sin consuelo por algo, aunque fuera imposible saber por qué. Nada de aquello importaba en absoluto, después de haber visitado el sótano de la familia Kowalski y de haberse imaginado el horror que Louise debió de sentir cuando la encadenaban allí abajo completamente a oscuras.

Sus hijos vivían en la luz. Sus hijos eran la luz. Los gritos de Noel, que, por lo general, la sacaban de quicio, no surtían hoy ningún efecto; Erica le acarició la cabeza y el pequeño dejó de llorar de puro asombro.

—Venga, vamos a meternos en la bañera. Luego descongelamos un montón de bollos de la abuela y nos los comemos viendo la tele, con un chocolate caliente. ¿Os parece buena idea? —Erica sonrió mirando a los niños, que estaban sentados en el suelo mojado y lleno de arena—. Y hoy vamos a pasar de la cena. Nos comemos todos los restos de helado que haya en el congelador. Y además, podéis quedaros despiertos hasta la hora que queráis.

Se hizo un silencio absoluto. Maja la miró muy seria, se le acercó y le puso la mano en la frente.

—Mamá, ¿estás enferma?

Erica no pudo aguantarse y estalló en una carcajada.

—No, preciosos míos —dijo abrazándose a los tres—. Ni estoy enferma ni se me ha ido la cabeza. Es solo que os quiero con locura.

Los abrazó fuerte para sentirlos muy cerca. Pero, ante sí, veía a otra niña. Una niña pequeña que estaba sola en la oscuridad.

Ricky había guardado el secreto en lo más hondo de su ser. Llevaba dándole vueltas desde que Victoria desapareció, examinándolo desde todos los puntos de vista, tratando de comprender si estaría relacionado con su desaparición. Él no lo creía, pero seguía dudando. ¿Y si...? Esas dos palabras le zumbaban en la cabeza, sobre todo por las noches, cuando se quedaba tumbado mirando al techo. ¿Y si...? La cuestión era si no lo habría hecho mal, si callar no habría sido un error tremendo. Pero era tan fácil dejar que el secreto siguiera enterrado en su interior para siempre, como Victoria, a la que ahora iban a enterrar.

—¿Ricky?

La voz de Gösta lo sobresaltó en el sofá. Casi se había olvidado del policía y sus preguntas.

—¿No has recordado nada más que pueda ser de interés para la investigación? Ahora que ya sabemos que a Victoria seguramente la retuvieron en algún lugar de la comarca...

Gösta hablaba con un tono dulce y apenado, y Ricky se dio cuenta de lo cansado que estaba. Había terminado por tomarle cariño a aquel hombre que había sido su contacto en la Policía durante aquellos meses, y sabía que Gösta también lo apreciaba a él. Ricky siempre se había llevado bien con los mayores y, desde pequeño, siempre le habían dicho que era viejo de espíritu. Quién sabe, puede que fuera verdad. En cualquier caso, él se sentía como si hubiera envejecido mil años desde ayer. Toda la alegría y las expectativas de la vida que tenía por delante se esfumaron en el momento en que murió Victoria.

Meneó la cabeza.

—No, ya he contado todo lo que sé. Victoria era una chica normal y corriente, con amigos normales y aficiones normales. Y nosotros somos una familia normal; bueno, más o menos normal, por lo menos... —Sonrió y miró a su madre, pero ella no le devolvió la sonrisa. El sentido del humor que siempre había mantenido unida a la familia también se había esfumado con Victoria.

—Me ha dicho el vecino que habéis pedido voluntarios para peinar los bosques de la zona. ¿Crees que encontraréis algo? —Markus miraba a Gösta esperanzado, con la cara estragada de cansancio.

—Esperemos que sí. La gente se ha echado a la calle a ayudar; con un poco de suerte, puede que encontremos alguna pista. En algún sitio debieron de tenerla encerrada.

—¿Y las otras muchachas de las que hablan los periódicos? —Helena alargó el brazo en busca de la taza de café. Le temblaba la mano y Ricky sintió una punzada de dolor al ver lo escuálida que se había quedado su madre. Siempre había sido menuda y delgada, pero ahora era tan poca cosa que se le adivinaba el esqueleto debajo de la piel.

—Seguimos colaborando con los demás distritos policiales. Todos tienen muchísimo interés en resolver esto, así que nos echamos una mano e intercambiamos información. Emplearemos todas nuestras fuerzas en encontrar al que se llevó a Victoria y, seguramente, también a las otras niñas.

—Quería decir... —Helena parecía dudar—. ¿Creéis que a ellas también...? —No fue capaz de concluir la pregunta, pero Gösta comprendió lo que quería decir.

—No lo sabemos. Pero sí, bueno, es bastante verosímil que... —Él tampoco acabó la frase.

Ricky tragó saliva. No quería ni pensar en lo que habría tenido que pasar Victoria. Pero las fotos acudían quisiera o no y le provocaban náuseas. Los preciosos ojos azules de su hermana, que siempre miraban con tanta calidez... Así era como quería recordarlos. Lo otro, aquella visión tan espantosa, en eso no quería ni pensar.

—Esta tarde vamos a dar una rueda de prensa —dijo Gösta al cabo de unos instantes de silencio—. Y, por desgracia, los periodistas os llamarán también a vosotros. La desaparición de las niñas lleva tiempo siendo noticia en la prensa nacional, y esto... en fin, no estará de más que estéis preparados.

—Ya han venido un par de veces, y nos han llamado por teléfono. Hemos dejado de responder —dijo Markus.

—No me explico por qué no nos dejan tranquilos. —Helena negó con la cabeza y la melena corta y oscura se movió sin brillo alrededor de la cara—. No me lo explico...

—No, por desgracia, no lo comprenden —dijo Gösta, y se puso de pie—. He de volver a la comisaría. Pero no dudéis en llamarme, tengo el teléfono operativo las veinticuatro horas. Y os prometo que os mantendré informados.

Se giró hacia Ricky y le puso la mano en el brazo.

—Cuida de tus padres, anda.

—Haré lo que esté en mi mano. —Sintió sobre sus hombros el peso de la responsabilidad, pero Gösta tenía razón. En aquellos momentos, él era más fuerte que sus padres. Si alguien tenía que mantener aquello en pie era él.

Molly notaba cómo las lágrimas le quemaban los párpados. Se sentía colmada por la decepción y levantaba nubes de polvo al patalear el suelo del establo.

—¡Joder, eres idiota total!

—Oye, esa lengua, haz el favor. —Marta se dirigió a ella con un tono de voz tan frío que Molly notó cómo se encogía. Pero era tal la rabia que sentía que no pudo contenerse.

—¡Pero es que sí quiero! Y pienso decírselo a Jonas.

—Ya sé que tú sí quieres —Marta se cruzó de brazos—, pero, dadas las circunstancias, no es posible. Y Jonas piensa igual que yo.

—¿Cómo que las circunstancias? Yo no tengo la culpa de lo que le ha pasado a Victoria. ¿Por qué tengo que pagar las consecuencias?

Las lágrimas empezaron a correr y Molly se las secó desesperada con la manga del chaquetón. Miró a Marta por entre el flequillo, para ver si las lágrimas la habían ablandado, pero en realidad ya sabía la respuesta. Marta no se inmutó. La observaba con esa expresión altiva que Molly tanto detestaba. A veces pensaba que le gustaría que Marta se enfadara, que le gritara y que soltara palabrotas y desvelara sus sentimientos. Pero siempre mostraba la misma tranquilidad. Y nunca cedía ni escuchaba a nadie.

Las lágrimas eran ya un torrente, le chorreaba la nariz y la manga del chaquetón se le había puesto pegajosa.

—¡Es la primera competición de la temporada! No comprendo por qué no puedo participar, solo por lo que le ha pasado a Victoria. ¡Yo no fui quien la mató!

¡Zas! La bofetada le quemó la piel antes de que ella sospechara siquiera que se le venía encima. Molly se llevó incrédula la mano a la mejilla. Era la primera vez que Marta le pegaba. Era la primera vez que alguien le pegaba. Las lágrimas cesaron enseguida y Molly se la quedó mirando fijamente. Su madre volvía a ser la calma personificada y tenía los brazos cruzados sobre el chaleco acolchado.

–Ya vale –dijo–. Deja de comportarte como una niña mimada y empieza a actuar como una persona normal–. Aquellas palabras le escocían tanto como la bofetada. Nunca la habían llamado niña mimada. Sí, bueno, quizá a sus espaldas, pero solo era por envidia.

Con la mano en la mejilla, Molly no apartaba la vista de Marta. Luego se dio media vuelta y salió a todo correr de las caballerizas. Las otras chicas murmuraban entre sí cuando la vieron cruzar llorando la explanada, pero a ella no le importó. Seguramente, creerían que lloraba por Victoria, igual que hacían todas desde ayer.

Se fue corriendo a casa, rodeó el edificio y tiró del picaporte, pero la puerta de la consulta estaba cerrada con llave. No había luz dentro. Jonas no estaba allí. Molly se quedó un rato fuera, en la nieve, dando zapatazos en el suelo para mantener el calor, y preguntándose dónde estaría. Luego, siguió corriendo.

Abrió la puerta de la casa de los abuelos.

–¡Abuela!

–¡Madre mía! ¿Qué ha pasado? –Helga llegó a la entrada secándose las manos en un paño de cocina.

–¿Está Jonas? Tengo que hablar con él.

–Tranquila, deja de llorar, que casi no entiendo lo que dices. ¿Es por la chica que Marta encontró ayer?

Molly negó con la cabeza. Helga la llevó a la cocina y la animó a que se sentara en una silla.

–Es que... Es que... –Se le entrecortaba la voz, y respiró hondo varias veces. El ambiente de la cocina le ayudó a recobrar la calma. En casa de la abuela, era como si el tiempo se detuviera, como si el mundo continuase bullendo fuera mientras allí dentro todo permanecía como siempre.

–Tengo que hablar con Jonas. Mi madre piensa prohibirme que participe en la carrera este fin de semana. –Asintió con vehemencia y guardó silencio un instante, para que la abuela comprendiera y sopesara lo injusto que era todo.

Helga se sentó.

–Sí, bueno, a Marta le encanta mandar. Habla con tu padre, a ver qué te dice. ¿Es una competición importante?

–¡Pues claro que sí! Pero ella dice que no está bien correr ahora, después de lo de Victoria. Y sí, claro, es una tragedia, pero no entiendo por qué tengo que perderme una competición por eso. Así seguro que gana la imbécil de Linda Bergvall, y luego no habrá quien la aguante, aunque sabe que, si participo, gano yo. ¡Me da algo si no puedo participar! –Con un gesto dramático, apoyó la cabeza en los brazos que tenía sobre la mesa y se echó a llorar.

Helga le dio una palmadita en el hombro.

–Vamos, vamos, que no es para tanto. Y, de todos modos, eso lo deciden tus padres. Siempre te apoyan, y por ti recorren el país de cabo a rabo. Si ahora creen que debes abstenerte de participar... En fin, no creo que puedas hacer nada.

–Pero Jonas lo comprenderá, ¿verdad? –dijo Molly, y miró a Helga con expresión suplicante.

–Mira, conozco a tu padre desde que era así de pequeño –dijo Helga, señalando un centímetro entre el pulgar y el índice–, y a tu madre también, desde hace bastante tiempo. Créeme, a ninguno de los dos se los puede convencer de nada que no quieran. Así que, si yo estuviera en tu lugar, dejaría de dar la lata y me concentraría en la siguiente competición.

Molly se secó las lágrimas con la servilleta que le daba Helga.

Se sonó bien la nariz y se levantó para tirar la servilleta a la basura. Lo peor de todo era que la abuela tenía razón. Era inútil tratar de razonar con sus padres una vez que habían tomado una decisión. Pero, de todos modos, pensaba intentarlo. Quién sabe si Jonas no se pondría de su parte, a pesar de todo.

A Patrik le llevó una hora derretirse del todo, y a Mellberg le llevaría más tiempo aún. Andar por el bosque a diecisiete grados bajo cero con unos zapatos de vestir y una cazadora debía considerarse una locura, y allí estaba ahora Mellberg, en un rincón de la sala de reuniones, con los labios morados.

—¿Cómo estás, Bertil? ¿Tienes frío? —preguntó Patrik.

—Joder —dijo Mellberg, mientras se golpeaba los costados para entrar en calor—. Un whisky me vendría de perlas, a ver si me descongelo por dentro.

Patrik se echó a temblar ante la idea de que un personaje como Bertil Mellberg estuviera ebrio durante la rueda de prensa. Aunque la cuestión era si la variante de Mellberg sobrio era preferible.

—¿Y cómo habías pensado organizarlo? —preguntó.

—Pues había pensado que yo llevo las riendas y tú me cubres. A los medios les gusta contar con una figura central, un líder al que dirigirse en estas situaciones. —Mellberg trataba de hablar con toda la autoridad posible al mismo tiempo que le castañeteaban los dientes.

—Claro —dijo Patrik, y soltó para sus adentros un suspiro tan sentido que creyó que Mellberg pudo haberlo oído. Era siempre la misma canción. Tan difícil era conseguir que Mellberg fuera de utilidad en una investigación como cazar moscas con unos palillos chinos. Pero cuando se trataba de estar en el foco de atención o de llevarse los honores del trabajo realizado, era imposible mantenerlo lejos del escenario.

—Anda, abre ya, que pasen las hienas, ¿quieres? —Mellberg le hizo una seña a Annika, que se levantó y se encaminó a la puerta. Lo había preparado todo mientras ellos estaban en el bosque, y le había facilitado al jefe un repaso breve de los puntos más importantes, así como unas notas de apoyo. Y ya no podían hacer nada más que cruzar los dedos y esperar que no los pusiera demasiado en evidencia.

Los periodistas empezaron a entrar y Patrik saludó a algunos a los que reconocía, tanto de medios de comunicación locales como de periódicos nacionales con los que había estado en contacto en alguna ocasión. Como de costumbre, descubrió también un par de caras nuevas. Los periódicos parecían tener un alto índice de renovación de personal.

Se sentaron murmurando entre sí mientras los fotógrafos competían amistosamente por quedarse con los mejores sitios. Patrik abrigaba la esperanza de que los labios de Mellberg se vieran algo menos morados en las fotos, pero temía que, de todos modos, pareciera que donde debería estar en realidad era en el depósito.

—¿Ha llegado ya todo el mundo? —preguntó Mellberg, a la vez que se estremecía como si tuviera escalofríos. Los periodistas ya habían empezado a levantar la mano, pero él los acalló con un gesto—. Las preguntas, dentro de un momento, primero dejaré la palabra a Patrik Hedström, que nos hará un resumen de lo sucedido.

Patrik lo miró sorprendido. Cabía la posibilidad de que Mellberg comprendiera después de todo que quizá él no tuviera la visión de conjunto necesaria para enfrentarse a la prensa.

—Claro, gracias... —Patrik carraspeó y se puso al lado de Mellberg. Ordenó las ideas un instante, pensó en lo que podía revelar y en lo que debía omitir. Un comentario irreflexivo ante los medios de comunicación podría causar estragos; al mismo tiempo, ellos eran el vínculo con uno de los principales recursos de toda investigación policial: la opinión pública. Se trataba de darles información adecuada y suficiente, capaz de originar la onda expansiva que eran los soplos de la gente de la calle. Era algo que había aprendido a lo largo de los años en la Policía: siempre había alguien que había visto u oído algo que podía ser relevante sin que ese alguien fuera consciente de ello. En cambio, facilitar demasiada información o algún dato que no debieran revelar podía darle ventaja al autor de los hechos. Si estaba sobre aviso de las pistas de las que disponía la policía, podía borrarlas o, sencillamente, no cometer los mismos errores la próxima vez. Porque, a aquellas alturas, eso era lo que más miedo les daba: que volviera a ocurrir. Los asesinos en serie no paraban espontáneamente. O por lo menos, Patrik tenía la desagradable sensación de que este no lo haría.

—Ayer encontramos a Victoria Hallberg cerca del bosque al este de Fjällbacka. La atropelló un coche en lo que, con toda seguridad, fue un accidente. La trasladaron al hospital de Uddevalla, donde hicieron todo lo posible por salvarle la vida. Por desgracia, las lesiones que había sufrido eran tan graves que en el hospital certificaron su muerte a las 11.14 horas. —Hizo una pausa y alargó el brazo en busca de un vaso de agua que Annika había puesto en la mesa—. Hemos peinado la zona donde apareció; por cierto, quiero aprovechar para dar las gracias a todos los habitantes de Fjällbacka que se prestaron a ayudar a la policía. Por lo demás, no tengo mucho más que añadir. Como es lógico, estamos colaborando con los distritos policiales en los que se han producido casos similares, a fin de que también ellos encuentren a las chicas y para que podamos encerrar al secuestrador. —Patrik tomó otro trago de agua—. ¿Preguntas?

Todos levantaron la mano al mismo tiempo y algunos empezaron a hablar antes de que se les hubiera dado la palabra. Las cámaras, que estaban en primera fila, llevaban zumbando durante toda la intervención de Patrik, que tuvo que hacer un esfuerzo para no atusarse el pelo. Ver tu cara impresa a toda página en los periódicos de la tarde causaba una sensación un tanto extraña.

—¿Kjell? —Señaló a Kjell Ringholm, del *Bohusläningen*, el principal periódico de la región. Kjell había prestado su ayuda a la policía en investigaciones anteriores, y Patrik tenía tendencia a prestarle más atención que a los otros periodistas.

—Decías que la chica había sufrido lesiones. ¿De qué tipo? ¿Fueron consecuencia del accidente de tráfico o se las habían causado antes de que la atropellaran?

—Sobre eso no puedo pronunciarme —respondió Patrik—. Solo puedo decir que la atropelló un coche y que murió a causa de las lesiones.

—Parece que la sometieron a algún tipo de tortura —continuó Kjell.

Patrik tragó saliva, recordó las cuencas vacías de Victoria y la boca sin lengua. Pero esa era una información que debían reservarse. Maldijo para sus adentros a la gente que no era capaz de mantener la boca cerrada. ¿De verdad era necesario difundir ese tipo de detalles?

—Por el buen desarrollo de la investigación, no podemos pronunciarnos sobre esos detalles ni sobre el alcance de las lesiones de la víctima.

Kjell empezó a hablar otra vez, pero Patrik levantó la mano y le dio la palabra a Sven Niklasson, el reportero del *Expressen*. También con él había colaborado en una investigación, y sabía que Niklasson era agudo, siempre bien informado, y que nunca escribiría nada que perjudicase una investigación en curso.

—¿Había indicios de abusos sexuales? ¿Y se ha descubierto algún tipo de conexión con las otras chicas desaparecidas?

—Todavía no lo sabemos. Harán la autopsia mañana. Y, por lo que a las demás chicas se refiere, hoy por hoy no puedo desvelar lo que pudiéramos saber acerca de un posible denominador común. Pero, como decía, trabajamos con los demás distritos y estoy convencido de que entre todos encontraremos al autor de los hechos.

—¿Estáis seguros de que se trata de *un* autor de los hechos? —El enviado del *Aftonbladet* tomó la palabra sin que se la concedieran—. ¿No podrían ser varios, incluso una banda? Por ejemplo, ¿habéis investigado si no tendrá algo que ver con un caso de tráfico de personas?

—En el estado actual, no podemos limitarnos a una línea de investigación, y eso afecta también a si hay un autor o varios. Sin duda, hemos pensado en el asunto del tráfico de personas, pero el caso de Victoria contradice esa teoría.

—¿Por qué? —insistió el reportero del *Aftonbladet*.

—Porque las lesiones que presentaba eran de tal naturaleza que no cabía pensar que pudiera ser útil para la venta. —Kjell miró a Patrik, que apretó los dientes.

Era una conclusión correcta, y desvelaba más de lo que habría querido decir, pero mientras no confirmase ningún detalle, los periódicos no podrían escribir otra cosa que especulaciones.

—Ya digo que investigamos todas las pistas posibles, verosímiles o no. No descartamos nada.

Les concedió a los periodistas otro cuarto de hora, pero la mayoría de sus preguntas eran imposibles de responder, bien porque no conocían la respuesta, bien porque esta era secreta. Por desgracia, había demasiadas de la primera categoría. Cuantas más preguntas le lanzaban, más claro quedaba lo poco que sabía la policía.

Habían transcurrido cuatro meses desde la desaparición de Victoria y, en el caso de los demás distritos, más tiempo todavía. Aun así, no tenían nada. Presa de una frustración repentina, decidió dar por terminada la ronda de preguntas.

—Bertil, ¿hay algo con lo que quieras terminar? —Patrik se hizo a un lado, para que Mellberg tuviera la sensación de que él había controlado la rueda de prensa.

—Sí, querría aprovechar la ocasión para señalar que, a pesar del desenlace, la primera de las muchachas secuestradas ha aparecido precisamente en nuestro distrito, como clara muestra de la competencia extraordinaria que poseemos en esta comisaría. De hecho, bajo mi dirección hemos resuelto una serie de destacados casos de asesinato y mi lista de méritos hasta la fecha es...

Patrik lo interrumpió poniéndole la mano en el hombro.

—No puedo estar más de acuerdo. Muchas gracias, doy por hecho que seguiremos en contacto.

Mellberg lo atravesó con la mirada.

—No me has dejado terminar —masculló—. Quería subrayar mis años en la Policía de Gotemburgo, y mi larga experiencia de trabajo policial de alto nivel. Es importante que dispongan de toda la información cuando vayan a hacer mi retrato en la prensa.

—Desde luego que sí —dijo Patrik, y condujo a Mellberg despacio pero resuelto fuera de la sala, mientras los periodistas y los fotógrafos recogían sus cosas—. Pero si no hubiéramos terminado habrían llegado tarde al cierre de la edición. Y, teniendo en cuenta el magnífico repaso que has hecho, creo que era importante que la información de la rueda de prensa saliera en los diarios de mañana para poder contar con el impulso de los medios, que tanto necesitamos.

Patrik se sentía avergonzado de la chorrada que acababa de decir, pero con su jefe pareció funcionar, porque se le iluminó la cara.

—Claro, totalmente cierto. Muy atinado, Hedström. A veces tienes tus momentos de lucidez.

—Gracias —dijo Patrik con voz cansina. Capear a Mellberg le exigía tanta energía como la investigación en sí. Si no más.

—¿Por qué sigues sin querer hablar de lo que ocurrió? Con la de años que han pasado... —Ulla, la terapeuta de la institución, la miraba por encima de la montura roja de las gafas.

—¿Por qué sigues preguntando, después de tantos años? —respondió Laila.

Los primeros años se sintió presionada, todos le exigían que lo contara lo ocurrido, que se abriera de par en par y desvelara todos los detalles de aquel día, de los días anteriores. Pero ya no le importaba. Ya nadie esperaba que respondiera a las preguntas y se limitaban a jugar a un juego que se basaba en la comprensión mutua. Laila comprendía que Ulla tenía que seguir preguntando, y Ulla comprendía que Laila no pensaba responder. Ulla llevaba diez años trabajando allí como terapeuta. Hubo otros antes que ella, que se quedaron más o menos tiempo, según sus ambiciones. Trabajar por la salud psíquica de los internos no entrañaba ninguna recompensa digna de tal nombre, ni económica ni profesional, ni tampoco la satisfacción de obtener buenos resultados. Para la mayoría de los internos no había ya cura posible, como habían comprendido todos a aquellas alturas. Pero era necesario hacer el trabajo, en cualquier caso, y, de todos los terapeutas, Ulla parecía la más satisfecha con su papel allí. Y, por esa razón, Laila se sentía más a gusto estando con ella, por mucho que supiera que jamás avanzarían.

—Parece que las visitas de Erica Falck despiertan tu interés —dijo Ulla, y Laila dio un respingo. Era un tema de conversación nuevo. No uno de los de siempre, los que ya se sabía y podía capear perfectamente. Notó que empezaban a temblarle las manos en el regazo. No le gustaban las preguntas nuevas. Ulla, que era muy consciente de ello, esperaba en silencio su respuesta.

Laila luchaba consigo misma. De repente, tenía que tomar una decisión. Callar o responder. Ya no valía ninguna de las respuestas automáticas que era capaz de soltar hasta en sueños.

—Es otra cosa —dijo al fin, con la esperanza de que fuera suficiente. Pero Ulla parecía estar hoy de lo más en forma. Como un perro que se negara a soltar el trozo de carne que, por fin, había logrado atrapar.

—¿En qué sentido? ¿Quieres decir que es un cambio en la rutina de este lugar o te refieres a otra cosa?

Laila entrecruzó los dedos para que no le temblaran las manos. Aquella pregunta la había desconcertado. Y es que no sabía exactamente lo que quería conseguir viendo a Erica. Podría haber seguido respondiendo que no a la persistencia de aquella mujer y a sus solicitudes de ir a visitarla. Podría haber seguido viviendo en su mundo mientras los años iban pasando despacio y lo único que cambiaba era su imagen en el espejo. Pero ¿cómo iba a hacer algo así ahora que el mal empezaba a aflorar? ¿Ahora que había comprendido que no solo cosechaba nuevas víctimas, sino que, además, lo hacía allí mismo, muy cerca de donde ella se encontraba?

—Me gusta Erica —dijo Laila—. Y claro, sí, una interrupción en esta penuria sí que es.

—Yo creo que es más que eso —afirmó Ulla, y la examinó sin levantar la barbilla—. Tú sabes lo que ella quiere. Quiere que le cuentes aquello de lo que hemos tratado de hablar tantas veces. Y que tú no quieres contar.

—Ese es su problema. Nadie la obliga a venir aquí.

—Es verdad —dijo Ulla—. Pero no puedo por menos de preguntarme si, en el fondo, no querrás contárselo a Erica y así aligerar el peso que llevas dentro. Si ella no te habrá tocado la fibra allí donde los demás hemos fracasado, a pesar de nuestros intentos.

Laila no respondió. Sí, desde luego, vaya si lo habían intentado. Pero no estaba segura de que hubiera podido contarlo ni aunque hubiera querido. Era tan tremendo... ¿Y por dónde iba a empezar? ¿Por la primera vez que se vieron, por la maldad creciente, por el último día o por lo que estaba pasando ahora? ¿Qué punto de partida debía elegir para conseguir que alguien comprendiera algo que era incomprensible incluso para ella?

—¿No será que con nosotros te has acomodado a un comportamiento? ¿Que llevas tanto tiempo ocultándolo todo que ya no puedes dejarlo salir? —Ulla ladeó la cabeza. Laila se preguntaba si les enseñarían el gesto en la carrera de psicología. Todos los terapeutas que la habían tratado hacían lo mismo.

—¿Y eso qué importa? Hace tanto tiempo...

—Ya, sí, pero sigues aquí. Y yo creo que, en cierto modo, sigues aquí porque así lo has decidido. No parece que tengas ningún deseo de vivir una vida normal y corriente fuera de los muros de esta institución.

Si Ulla supiera hasta qué punto tenía razón... Laila no quería vivir fuera de allí, no tenía ni idea de cómo se hacía. Pero esa no era toda la verdad. Lo cierto es que tampoco se atrevería. No se atrevía a vivir en el mismo mundo que aquella maldad que tan de cerca había visto en su momento. Aquel centro era el único lugar donde podía sentirse segura. Quizá no fuera una vida muy digna, pero al menos estaba viva, y era la única forma de vivir que conocía.

—No quiero hablar más —dijo Laila, y se levantó.

Ulla se la quedó mirando. Le dio la sensación de que la estuviera viendo por dentro. Laila esperaba que no fuera así. Había cosas que esperaba que nadie viera nunca.

Normalmente era Dan quien se encargaba de llevar a las niñas a la escuela de equitación, pero hoy se le habían complicado las cosas en el trabajo, así que las llevó Anna. Sintió una alegría infantil cuando Dan le pidió que le echara una mano, cuando vio que le pedía algo, lo que fuera. Aunque habría preferido que no fuera ir a la escuela. Detestaba los caballos con toda el alma. Aquellos animales tan grandes le daban miedo desde la infancia, cuando tenía que montar obligada. Elsy, su madre, se empeñó en que Erica y ella tenían que aprender a montar a caballo, lo que implicó dos años de tortura para ella y para su hermana. Anna no se explicaba cómo las demás chicas se volvían como locas con los caballos. A ella no le parecían nada de fiar y todavía se le aceleraba el corazón al recordar cómo era agarrarse a un caballo encabritado. Seguramente, los animales notaban el miedo a kilómetros de distancia, pero ahora eso daba igual, porque pensaba dejar a Emma y a Lisen y luego mantenerse a la debida distancia de seguridad.

−¡Tyra! −Emma salió del coche de un salto y echó a correr hacia la chica que se acercaba cruzando la explanada. Se le tiró a los brazos, y Tyra la levantó por los aires.

−¡Vaya, cómo has crecido desde la última vez que nos vimos! Dentro de nada estarás más alta que yo −dijo Tyra con una sonrisa, y a Emma se le iluminó la cara de felicidad. Tyra era su favorita entre las chicas que siempre estaban en la escuela de equitación, y la adoraba.

Anna se les acercó. Lisen se había ido directa al establo en cuanto se apeó del coche, así que ya no le verían el pelo hasta la hora de volver a casa.

—¿Cómo te encuentras hoy? —preguntó, dándole a Tyra una palmadita en el hombro.

—Fatal —dijo Tyra. Tenía los ojos rojos e hinchados, como si no hubiera dormido en toda la noche.

Algo más allá venía alguien caminando por la explanada hacia las caballerizas a la luz penumbrosa de la tarde, y Anna no tardó en comprobar que era Marta Persson.

—Hola —dijo cuando se le acercó—. ¿Qué tal estáis por aquí?

A Anna, Marta siempre le pareció guapísima, con esas facciones tan definidas, los pómulos marcados y la melena oscura, pero hoy se la veía cansada y con mala cara.

—Bueno, tenemos un poco de jaleo —respondió Marta con voz calmada—. ¿Dónde está Dan? Tú no sueles venir por aquí voluntariamente, ¿no?

—Ha tenido que hacer horas extra en el trabajo. Esta semana están de autoevaluaciones.

Dan era pescador de vocación y de nacimiento, pero dado que ya era imposible ganarse la vida con la pesca en Fjällbacka, trabajaba también, desde hacía unos años, de maestro en la escuela de Tanumshede. La pesca se había convertido en una actividad secundaria, pero él hacía lo que podía por conservar el barco, por lo menos.

—¿No tendría que ir empezando ya la clase? —preguntó Anna mirando el reloj. Eran casi las cinco.

—Hoy durará algo menos. Jonas y yo hemos pensado que debíamos hablar con las chicas de lo de Victoria. Puedes quedarte si quieres, ya que estás aquí. A Emma le vendrá bien.

Marta echó a andar, y ellas la siguieron a la sala de reuniones y se sentaron con las demás niñas. Lisen ya estaba instalada, y miró a Anna muy seria.

Marta y Jonas se sentaron juntos y esperaron hasta que el murmullo se hubo extinguido por completo.

—Seguro que ya os habéis enterado de lo que ha ocurrido —dijo Marta, y todas asintieron.

—Victoria ha muerto —dijo Tyra en voz baja. Le caían los lagrimones por la cara, y se limpió la nariz en la manga del jersey.

Marta no estaba muy segura de cómo continuar, pero al final respiró hondo y se armó de valor.

—Sí, eso es. Victoria falleció ayer en el hospital. Sabemos que todas estabais preocupadas, que la echabais de menos, y la verdad, que la espera haya terminado así es... espantoso.

Anna se dio cuenta de que Marta buscaba el apoyo de su marido, y Jonas le indicó con un gesto que lo había captado.

—Sí, es impensable que pueda ocurrir algo así. Propongo que guardemos un minuto de silencio por Victoria y por su familia. Ahora mismo lo están pasando peor que nadie, y me gustaría que supieran que pensamos en ellos. —Guardó silencio y agachó la cabeza.

Todos siguieron su ejemplo. Se oía el tictac del reloj y, transcurrido el minuto, Anna levantó la vista. Allí estaban las niñas sentadas con la preocupación y la tristeza en la cara.

Marta volvió a tomar la palabra.

—No sabemos más que vosotras sobre lo que le ha pasado a Victoria, pero estoy segura de que la policía vendrá otra vez a hablar con nosotros. Entonces nos darán más información, y quiero que todas estéis disponibles para responder a sus preguntas.

—Pero es que no sabemos nada. Ya hemos hablado con la policía varias veces, y nadie sabe nada —dijo Tindra, una chica alta y rubia con la que Anna había hablado en alguna ocasión.

—Comprendo que tengáis esa sensación, pero puede que haya algo de cuya utilidad para la investigación no seáis conscientes. Así que responded a las preguntas de los policías, cualesquiera que sean. —Jonas miró a las chicas una a una.

—De acuerdo —murmuraron a coro.

—Muy bien, entonces, quedamos en que haremos todo lo posible por colaborar —dijo Marta—. Y ahora, a clase. Todas estamos muy afectadas, pero precisamente por eso quizá nos venga bien pensar un rato en otra cosa. Ya sabéis lo que hay, así que vamos, en marcha.

Anna fue a las caballerizas con Emma y Lisen de la mano. Las chicas estaban tranquilísimas. Con un nudo en la garganta, Anna observó cómo preparaban los caballos, los llevaban a la pista y se montaban. Ella, en cambio, no podía decirse que estuviera tan serena. Aunque su niño no vivió más de una semana, sabía en carne propia cuánto dolor y cuánta desesperación causaba la pérdida de un hijo.

Fue a sentarse en las gradas. De pronto oyó que, detrás de ella, alguien trataba de contener el llanto. Se volvió y vio a Tyra, que se había sentado con Tindra, un poco más arriba.

—¿Tú qué crees que le pasó? —preguntó Tyra entre sollozos.

—Yo he oído que le habían arrancado los ojos —susurró Tindra.

—¿Qué? —dijo Tyra casi a gritos—. ¿Y cómo lo sabes? Yo he estado hablando antes con un policía y no me ha dicho nada de eso.

—Mi tío era uno de los enfermeros de la ambulancia que fue a buscarla ayer. Le faltaban los dos ojos, eso me dijo.

—Por Dios. —Tyra se inclinó hacia delante, como si fuera a vomitar.

—¿Será alguien a quien conocemos? —preguntó Tindra, sin poder ocultar el nerviosismo.

—¿Estás mal de la cabeza? —dijo Tyra, y Anna pensó que debía poner fin a la conversación.

—Ya vale, chicas. —Subió hasta donde se encontraban y rodeó a Tyra con el brazo para consolarla—. No tiene ningún sentido andarse con especulaciones. ¿No ves que estás asustando a Tyra?

Tindra se levantó.

—Pues, de todos modos, yo creo que es el mismo chiflado que ha matado a las otras chicas.

—Si ni siquiera sabemos si están muertas... —dijo Anna.

—Pues claro que sí —dijo Tindra sin asomo de duda—. Y, seguramente, también les habrán sacado los ojos.

Anna se tragó una arcada agria que le subió por la garganta y abrazó un poco más fuerte a Tyra, que estaba temblando.

Patrik entró en el ambiente cálido del vestíbulo. Estaba muerto de cansancio. Había sido un día muy largo, pero el cansancio se debía más bien al peso de la investigación. A veces le gustaría ser un currante normal, trabajar en una oficina o en una fábrica, y no en un trabajo donde el destino de la gente dependía de lo bien que uno lo hiciera. Se sentía responsable de tantas personas... En primer lugar, de los familiares, que depositaban todas sus esperanzas en la policía, que necesitaban respuestas para, en la medida de lo posible, reconciliarse con lo ocurrido. Luego estaban las víctimas, que era como si le suplicaran que encontrase a aquel que había puesto fin a sus vidas prematuramente. Pero sobre todo se sentía responsable de las chicas desaparecidas que tal vez estuvieran aún con vida, y de las que aún no habían secuestrado. Mientras el secuestrador siguiera suelto y sin identificar, podría haber más víctimas. Chicas que estaban vivas, respiraban y reían, sin saber que sus días estaban contados por culpa de la maldad de un posible asesino.

—¡Papá! —Un proyectil humano diminuto salió disparado hacia él, y poco después, llegaron dos más, de modo que todos cayeron al suelo unos encima de otros. Notó que la nieve de la alfombra le mojaba el trasero, pero no le importó. Tener a los niños tan cerca lo curaba todo. Por unos segundos, todo era perfecto, pero luego, empezaban:

—¡Ay! —chilló Anton—. ¡Noel me ha dado un pellizco!

—¡No es verdad! —gritó Noel. Y, como para demostrar que no lo había hecho antes, le dio un pellizco a su hermano. Anton empezó a aullar y a manotear como un loco.

—Escuchad... —Patrik los separó y trató de ponerse serio. Maja se colocó a su lado y lo imitó.

—¡No se dan pellizcos! —ordenó muy seria y amenazando con el dedo—. Si os peleáis os vais a *daim out*. —Patrik se aguantó la risa. Maja había entendido mal lo de *time out* desde muy pequeña y no había forma de que lo dijera bien.

—Gracias, cariño, yo me encargo —dijo, y se levantó con un gemelo en cada brazo.

—¡Mamá, los gemelos se están peleando! —Maja salió corriendo en busca de Erica, que estaba en la cocina, y Patrik la siguió con los niños.

—No me digas... —dijo Erica con los ojos muy abiertos—. ¿Se están peleando? No me lo puedo creer. —Sonrió y le dio un beso a Patrik en la mejilla—. La comida ya mismo está, así que deja instalados a esos dos alborotadores, a ver si se ponen de mejor humor con unas tortitas.

El truco funcionó y, después de plantificar a los niños, ya cenados, delante del programa infantil *Bolibompa*, Erica y Patrik pudieron sentarse tranquilamente a hablar en la cocina.

—¿Qué tal van las cosas? —preguntó Erica, y tomó un sorbito de té.

—Estamos empezando. —Patrik alargó el brazo en busca del azúcar y se echó cinco cucharadas en el té. En aquellos momentos, no era capaz de pensar en normas dietéticas. Erica le vigilaba la alimentación como un halcón desde que tuvo problemas de corazón cuando nacieron los gemelos; pero esta vez lo dejó pasar. Patrik cerró los ojos y disfrutó del primer sorbo de té dulce y caliente.

—La mitad del pueblo ha estado ayudando hoy a peinar la zona del bosque, pero no hemos encontrado nada. Y luego, por la tarde, hemos tenido la rueda de prensa. No sé si habrás visto ya los periódicos en internet.

Erica asintió. Dudó un instante, luego se levantó y sacó del congelador los últimos bollos que les había llevado Kristina, los puso en un plato y los metió en el microondas. Unos minutos después, un delicioso aroma a mantequilla y canela inundó la cocina.

—¿No existe el riesgo de que se destruyan pruebas si la mitad de Fjällbacka anda pisoteando el bosque?

—Sí, claro, pero no tenemos ni idea de hasta dónde llegó Victoria ni de dónde vino, y esta misma mañana no quedaba una sola huella, las había borrado la nieve. Así que pensé que valía la pena arriesgarse.

—Y la rueda de prensa ¿cómo ha ido? —Erica sacó el plato del micro y lo puso en la mesa.

—No tenemos mucho que contar, así que lo que pasó fue más bien que los periodistas preguntaban y nosotros no sabíamos qué responder. —Patrik echó mano de un bollo, pero soltó un taco y lo dejó enseguida en el plato.

—Hombre, deja que se enfríen.

—Ya, gracias, qué buen consejo. —Se sopló los dedos.

—¿Por qué no podíais contestar? ¿Por no entorpecer la investigación?

—Bueno, la verdad, me habría gustado que fuera por eso, pero era más bien porque, por ahora, no sabemos nada de nada. Cuando Victoria desapareció, fue como si se hubiera esfumado. Ni un solo rastro, nadie había visto nada, nadie había oído nada, ningún vínculo con las demás chicas desaparecidas... Y de repente, aparece como de la nada.

Guardaron silencio unos instantes; Patrik tanteó el bollo otra vez y constató que ya se había enfriado.

—He oído no sé qué sobre unas lesiones —dejó caer Erica con discreción.

Patrik dudaba... En realidad, no debería hablar de las lesiones con ninguna persona ajena a la investigación, pero era obvio que ya se había difundido y, desde luego, necesitaba desahogarse con alguien. Erica no solo era su mujer, también era su mejor amiga. Además, era la más lista de los dos.

—Sí, es verdad. Bueno, no sé lo que habrás oído decir. —Ganó algo de tiempo dando un mordisco al bollo, pero notó enseguida cierto dolor de estómago y el bollo no le supo ni la mitad de bien de lo que esperaba.

—Que le habían arrancado los ojos.

—Pues sí, los ojos... no los tenía. Todavía no sabemos cómo lo hicieron. Pedersen le hará la autopsia mañana temprano. —Dudó otra vez—. Y le habrían cortado la lengua.

—Madre mía —dijo Erica. También ella pareció perder el apetito de golpe, y dejó en el plato lo que le quedaba del bollo.

—¿Hace mucho que se lo hicieron?

—¿Qué quieres decir?

—Que si eran lesiones recientes o si habían cicatrizado ya.

—Buena pregunta. Pues no lo sé. Espero que Pedersen nos dé los detalles mañana.

—¿Y no será alguna historia religiosa? Ojo por ojo, diente por diente. O, peor aún, alguna manifestación odiosa de algún misógino. No quería que ella lo mirara y debía tener la boca cerrada, o algo así.

Erica hablaba gesticulando y, como de costumbre, Patrik estaba impresionado ante la sagacidad de su mujer. Él no había llegado ni la mitad de lejos en sus especulaciones sobre el móvil.

—¿Y las orejas? —continuó Erica.

—Las orejas, ¿qué? —Patrik se inclinó apoyándose en la mesa y se le llenaron las manos de migajas.

—Pues..., es que estaba pensando una cosa. Imagínate que quien le hizo eso, el que la privó de la vista y el habla, le dañó también el oído. De ser así, la habría dejado en una burbuja, sin capacidad de comunicarse. Figúrate cuánto poder no le daría esa situación al autor de los hechos.

Patrik se la quedó mirando perplejo. Trataba de imaginar lo que acababa de describir Erica y la sola idea le dio escalofríos. Qué destino más espantoso. En ese caso, fue una bendición que Victoria no hubiera sobrevivido, aunque pareciera una crueldad pensar así.

—Mamá, se están peleando otra vez. —Maja apareció resignada en la puerta de la cocina. Patrik miró el reloj de la pared.

—Huy, pero si ya es hora de acostarse. —Se levantó—. ¿Lo echamos a piedra, papel y tijera?

Erica meneó la cabeza, se acercó y le dio un beso en la mejilla.

—Anda, vete y acuesta tú a Maja, esta noche me encargo yo de los gemelos.

—Gracias —dijo Patrik, y le dio la mano a la niña. Subieron la escalera al piso de arriba mientras la pequeña parloteaba sobre los sucesos del día. Pero él no la escuchaba. Tenía la cabeza en lo que le habría ocurrido a una muchacha encerrada en una burbuja.

Jonas cerró de un portazo y Marta no tardó mucho en aparecer en la puerta de la cocina. Se apoyó en el marco con los brazos cruzados. Jonas sabía que llevaba tiempo esperando aquella conversación, y verla tan tranquila lo irritó más todavía.

—He estado hablando con Molly. ¡Qué demonios! Ese tipo de cosas las decidimos los dos, ¿no?

—Sí, eso creía yo. Pero a veces da la impresión de que no sabes lo que hay que hacer.

Jonas se contuvo y respiró hondo. Ella sabía que Molly era lo único que lo hacía saltar.

Bajó la voz.

—Tenía tantas ganas de participar en esa competición... Es la primera de la temporada.

Marta le dio la espalda y entró en la cocina.

—Estoy preparando la cena. Si quieres echarme la bronca, vente conmigo.

Él colgó el chaquetón, se quitó las botas y soltó un taco cuando se le mojaron los calcetines al quedarse descalzo encima de la nieve que llevaba en las suelas de los zapatos. Que Marta se pusiera a cocinar no presagiaba nada bueno, como confirmaba el olor que venía de la cocina.

—Siento haberme enfadado. —Se colocó detrás de ella y le puso las manos en los hombros. Marta estaba removiendo el contenido de una cacerola, y él miró lo que había. No estaba muy claro qué era lo que se cocía allí dentro, pero, fuera lo que fuera, no resultaba nada apetitoso.

—Salchichas Stroganoff —respondió ella a la pregunta que flotaba en el aire.

—¿Puedes explicarme por qué? —dijo Jonas con tono suave, a la vez que le daba un masaje en los hombros. La conocía demasiado bien, sabía que no servía de nada gritar y discutir. Así que probó otra táctica. Le había prometido a Molly que, por lo menos, lo intentaría. Acababan de hablar, estaba inconsolable y lloraba tanto que le había empapado la camisa.

—No estaría bien que nos fuéramos de competición en estos momentos. Molly tiene que aprender que no todo gira en torno a ella.

—Pues yo no creo que nadie dijera nada... —protestó Jonas.

Marta se dio la vuelta y lo miró a los ojos. A él siempre le atrajo lo pequeña que era en comparación con él. Así sentía que era el fuerte, el encargado de proteger. Aunque en el fondo, sabía que no era así. Ella era más fuerte que él, siempre lo había sido.

—Pero Jonas, ¿no lo entiendes? Ya sabes cómo habla la gente. Es obvio que no podemos dejar que Molly vaya a competir después de lo que pasó ayer. La escuela de equitación se sostiene a duras penas, y nuestro principal recurso es nuestra reputación. No podemos arriesgarnos a perderla. Molly puede lloriquear todo lo que quiera. Y tendrías que haber oído cómo me hablaba. Es inaceptable. Eres demasiado blando con ella.

Era verdad. Aun a su pesar, tenía que reconocerlo. Pero no era toda la verdad, y ella lo sabía. Jonas la abrazó más fuerte. Sintió su cuerpo, la atracción que había entre los dos, una atracción que siempre había existido y que existiría siempre. Nada era más fuerte, ni siquiera lo mucho que quería a Molly.

—Hablaré con ella —dijo, con la boca pegada al pelo de Marta. Aspiró ese olor que le resultaba tan familiar, pero tan exótico todavía. Notó su reacción, y Marta también la notó. Llevó la mano a la entrepierna y empezó a acariciarlo. Él dejó escapar un gemido y la besó.

Las salchichas se estaban quemando. Ninguno de los dos se inmutó.

Uddevalla, 1967

Las cosas se habían arreglado tan bien que Laila no podía creerlo. Vladek no era solo un buen domador de leones; además, tenía un talento más útil para la vida cotidiana. Se le daba bien reparar cosas. Pronto lo supo toda Fjällbacka, y la gente iba a llevarle de todo, desde un lavavajillas estropeado hasta un coche que no funcionaba.

En honor a la verdad, buena parte de los encargos le llegaban solo por la curiosidad que la gente sentía. Eran muchos los que querían ver de cerca con sus propios ojos algo tan extraordinario como un artista de circo de verdad. Pero, satisfecha la curiosidad, quedaba el respeto por sus habilidades y, en cuanto se acostumbraron a su presencia, fue como si siempre hubiera vivido en el pueblo.

Vladek ganó confianza en sí mismo y, el día que vio el anuncio del traspaso de un taller en Uddevalla, les pareció lógico aprovechar para mudarse, aunque a ella le daba mucha pena no vivir cerca de Agneta y de su madre. Pero Vladek podría por fin hacer realidad su sueño de abrir un negocio propio.

Además, en Uddevalla encontraron la casa de sus sueños. Se enamoraron de ella nada más verla. En realidad, estaba todo muy estropeado, y era bastante sencilla, pero la reformaron y arreglaron

94

sin necesidad de invertir mucho, y se había convertido en un paraíso.

La vida se presentaba maravillosa y contaban los días que faltaban para tener a su hijo en los brazos. Pronto serían una familia completa. Ella, Vladek y su hijo.

A Mellberg lo despertó una personita que le saltaba en la barriga. Por lo demás, era la única persona que podía permitirse despertarlo. O saltarle encima.

—¡Arriba, abuelo! ¡Venga, abuelo! —gritaba Leo, dando saltos en aquel barrigón. Mellberg hizo lo de siempre, empezó a hacerle cosquillas al pequeño.

—Madre mía, ¡mira que sois escandalosos! —protestó Rita desde la cocina. Como siempre, por otro lado, aunque él sabía que, en realidad, a ella le encantaba oírlos jugar por las mañanas.

—Chist —dijo Mellberg con los ojos muy abiertos, y Leo hizo lo mismo, tapándose la boca con el dedo regordete—. En la cocina hay una bruja mala. Se come a los niños, y yo creo que se ha comido también a tus mamás. Pero hay un modo de vencerla. ¿Sabes cuál?

Y aunque Leo lo sabía perfectamente, negó muy serio con la cabeza.

—Tenemos que acercarnos muy despacio y ¡matarla de risa haciéndole cosquillas! Solo que las brujas tienen muy buen oído, debemos ir con todo el sigilo del mundo para que no nos oiga, porque si no... si no... ¡estamos perdidos! —Mellberg se pasó el dedo por el cuello, y Leo lo imitó.

Luego salieron los dos del dormitorio y entraron en la cocina, donde Rita aguardaba el ataque.

—¡Al ataqueeeee! —aulló Mellberg, mientras se abalanzaba con Leo para hacerle cosquillas a Rita donde podían.

—¡Ayyyyy! —gritaba Rita entre risas—. ¡Sois un castigo divino! —Tanto *Ernst* como *Señorita,* que estaban tumbados debajo de la mesa, salieron a la carrera meneando el rabo y se pusieron a ladrar.

—Madre mía, qué escándalo —dijo Paula—. Es un milagro que no os hayan echado de la casa ya.

Mellberg guardó silencio, igual que Rita y Leo. Ni siquiera habían oído la puerta.

—Hola, Leo. ¿Has dormido bien? —dijo Paula—. Se me ha ocurrido venir a desayunar con vosotros antes de ir a la guardería.

—Y Johanna, ¿va a venir también? —preguntó Rita.

—No, ya se ha ido a trabajar.

Paula entró a paso lento y se sentó a la mesa. Llevaba en brazos a Lisa, que, por una vez, dormía plácidamente. Leo se le acercó corriendo, le dio un abrazo y se puso a examinar a su hermanita. Desde que nació Lisa, Leo se quedaba muchos días a dormir en casa de la abuela y del abuelo Bertil, no solo para que no tuviera que sufrir las lloreras de la recién nacida, que tenía el cólico del lactante, sino, sencillamente, porque acurrucado y abrazado a Mellberg, Leo dormía de maravilla. Los dos eran inseparables desde el primer momento, puesto que Mellberg asistió al nacimiento de Leo. Y ahora que el pequeño había tenido una hermanita y que sus mamás estaban tan ocupadas, se quedaba de mil amores con el abuelo, que, muy oportunamente, vivía en el mismo edificio, pero en el piso de arriba.

—¿Hay café? —preguntó Paula, y Rita le sirvió enseguida una buena taza con un chorrito de leche, y le dio un beso a cada una en la cabeza.

—Tienes muy mala cara, esto no puede seguir así. ¿Por qué no le da algo el médico?

—No hay nada que le puedan dar, se le pasará solo; o eso esperan. —Paula tomó un buen trago.

—Ya, pero ¿tú has dormido algo?

—Pues, la verdad, no mucho. Ahora me toca a mí, digo yo. Johanna no puede ir al trabajo sin haber pegado ojo —dijo con un suspiro, y se dirigió a Mellberg—. ¿Cómo fue la cosa ayer?

Mellberg tenía a Leo sentado en la rodilla y estaba ocupadísimo untando mermelada en unas rebanadas de pan dulce. Cuando Paula vio lo que iba a desayunar su hijo, abrió la boca para decir algo, pero la cerró enseguida.

—A ver, no sé si eso es muy saludable —intervino Rita, que se había dado cuenta de que Paula no tenía fuerzas para batallar por ello.

—El pan dulce no tiene nada de malo —dijo Mellberg, y dio un buen mordisco en señal de rebeldía—. Yo me crie con él. Ni la mermelada. Total, son bayas y frutas. Y las bayas tienen vitaminas. Vitaminas y oxidantes, todo perfecto para un niño en edad de crecer.

—Antioxidantes —dijo Paula.

Pero Mellberg había dejado de escuchar. Tonterías. Mira que venir a enseñarle a él normas de alimentación.

—Vale, pero cuéntame, ¿cómo fueron las cosas ayer? —repitió al comprender que había perdido la batalla.

—Divino. Llevé la rueda de prensa con autoridad y rigor. Así que más vale comprar los periódicos de hoy. —Alargó el brazo en busca de otra rebanada. Las tres primeras eran solo para entrar en calor, más o menos.

—Sí, ya, seguro que estuviste sencillamente fantástico, eso lo daba por sentado.

Mellberg la miró suspicaz, para ver si podía rastrear un ápice de ironía, pero no percibió nada en su expresión, de una neutralidad absoluta.

—Pero, aparte de eso, ¿habéis averiguado algo? ¿Hay alguna pista, sabéis de dónde venía la chica o dónde la habían tenido encerrada?

—No, nada de nada.

Lisa empezó a retorcerse en sus brazos y Paula parecía de pronto cansada y frustrada a la vez. Mellberg sabía que no soportaba estar fuera de la investigación. Se diría que no le iba nada lo de estar de baja maternal y que las primeras semanas tampoco fueron un lecho de rosas de felicidad materna. Le puso la mano en la pierna y notó, a través del pijama de franela, lo delgada que se había quedado. Llevaba varias semanas sin quitarse aquel pijama...

—Te prometo que te mantendré al día. Pero es que ahora no sabemos casi nada... —Lo interrumpió el alarido de Lisa. Era extraordinario que un cuerpo tan pequeño emitiera un sonido tan penetrante.

—Gracias. —Paula se levantó. Como una sonámbula, empezó a pasear por la cocina tarareándole a Lisa una cancioncilla al oído para que se relajara.

—Pobre criatura —dijo Mellberg, y se sirvió otra rebanada—. Mira que tener ese dolor todo el rato... Yo tuve suerte, que nací con la barriga a prueba de bombas.

Patrik estaba delante de la pizarra blanca de la cocina de la comisaría. Al lado, en la pared, había colgado un mapa de Suecia y marcado con chinchetas los lugares en los que habían desaparecido las chicas. De pronto le vino a la memoria un caso de unos años atrás en el que también utilizaron un mapa con un montón de chinchetas... En aquella ocasión consiguieron resolver el caso. Esperaba que fuera así también esta vez.

Delante de la mesa tenía el material de investigación que Annika había reunido de los otros distritos, en cuatro montones, uno por cada chica.

—No tiene ningún sentido que trabajemos en la muerte de Victoria como si fuera un caso aislado, sino que tenemos que mantenernos al día en la investigación de las demás desapariciones.

Martin y Gösta asintieron. Mellberg había llegado a la comisaría y se fue casi enseguida a pasear a *Ernst,* lo que, normalmente, significaba que recalaría en la pastelería del barrio y estaría fuera una hora por lo menos. No era casualidad que Patrik hubiera elegido celebrar la reunión precisamente a aquella hora.

—¿Has sabido algo de Pedersen? —preguntó Gösta.

—No, pero me dijo que me llamaría en cuanto terminara la autopsia —dijo Patrik, con el primer expediente en la mano—. Hemos revisado esto antes, pero veamos de nuevo los datos de las otras chicas por orden cronológico. Puede que nos inspire, quién sabe.

Hojeó los documentos y se volvió para empezar a escribir en la pizarra.

—Sandra Andersson. Catorce años. Iba a cumplir quince cuando desapareció dos años atrás. Vivía en Strömsholm, con la madre, el padre y una hermana pequeña. Los padres tienen una tienda de ropa. Una familia sin problemas, por lo que parece, y según todas las declaraciones, Sandra era una jovencita ejemplar, que sacaba buenas notas y aspiraba a entrar en medicina.

Patrik les mostró una foto. Sandra tenía el pelo castaño claro, era mona sin exageraciones y tenía una mirada seria e inteligente.

—¿Aficiones? —preguntó Martin. Dio un sorbito al café, pero puso cara de disgusto y dejó la taza en la mesa.

—Ninguna en particular. Parece que se concentraba al cien por cien en los estudios.

—¿Y nada sospechoso de la época anterior a la desaparición? —preguntó Gösta—. ¿Llamadas anónimas? ¿Alguien que merodease por los arbustos del jardín? ¿Alguna carta?

—¿Cartas? —dijo Patrik—. A la edad de Sandra serían más bien correos electrónicos o mensajes de móvil. A esas edades yo creo que ni saben lo que es una carta o una postal.

Gösta refunfuñó.

—Ya lo sé, como comprenderás, no soy tan antiguo. Pero ¿quién dice que el secuestrador está tan al día en nuevas tecnologías? El que hizo esto podría pertenecer a la generación del correo del caracol. Eso a ti no se te había ocurrido, ¿a que no? —Gösta se cruzó de piernas con expresión triunfal.

Patrik comprendió a su pesar que su colega tenía razón.

—Bueno, no hay ninguna información al respecto —dijo—. Y los policías de Strömsholm han sido tan exhaustivos como nosotros. Hablaron con los amigos, con los compañeros de clase, registraron minuciosamente su habitación, revisaron el ordenador, investigaron a sus contactos... Pero no encontraron nada fuera de lo normal.

—Pues eso ya me parece bastante extraño, una adolescente que no se trae ninguna cosa rara entre manos —masculló Gösta—. Lo veo casi patológico, si quieres saber mi opinión.

—A mí me parece un sueño, vamos —dijo Patrik, que pensaba con horror en lo que les esperaría a él y a Erica cuando Maja llegara a la adolescencia. Había visto tantas cosas en el trabajo que se le hacía un nudo en el estómago ante la sola idea.

—¿Y ya está? ¿No hay más? —Martin miraba preocupado los escasos renglones que había en la pizarra—. ¿Dónde estaba cuando desapareció?

—Iba camino a casa de una amiga. Al ver que no volvía los padres llamaron a la policía.

Patrik no tenía ni que mirar los documentos. Los había leído varias veces. Dejó el expediente de Sandra y echó mano del siguiente.

—Jennifer Backlin. Quince años. Desapareció en Falsterbo, hace año y medio. Procedía de una familia normal, igual que Sandra. Gente de clase alta de Falsterbo, más o menos. El padre tiene una empresa de inversiones, la madre es ama de casa, y tiene una hermana. En el instituto sacaba unas notas normales, pero era una promesa del deporte, estaba apuntada a gimnasia y quería hacer el bachillerato deportivo. —Mostró la foto de una chica morena, con una amplia sonrisa y los ojos azules.

—¿Algún novio? En el caso de Sandra también, por cierto —dijo Gösta.

—Jennifer salía con un chico, pero quedó totalmente descartado de la investigación. Sandra no. —Patrik bebió un poco de agua del vaso que tenía en la mesa.

—Y la misma historia: nadie vio nada, nadie oyó nada. Ningún conflicto familiar ni en el círculo de amistades, ni datos de ningún sospechoso, ni antes ni después de la desaparición, nada en la red...

Patrik escribió en la pizarra unas notas que se parecían de forma inquietante a las de Sandra. Sobre todo, en lo que a la ausencia de pistas y datos interesantes se refería. Era extraño. La gente oía y veía cosas continuamente, pero a estas chicas parecía que se las hubiera tragado la tierra.

—Kim Nilsson. Un poco mayor que las demás, dieciséis años. Desapareció de Västerås hace un año aproximadamente. Los padres tienen un restaurante de los buenos y Kim les ayudaba de vez en cuando, igual que su hermana. No tenía novio. Buenas notas, ninguna afición en particular, aparte del instituto, que, como a Sandra, parecía importarle mucho. Según sus padres, soñaba con estudiar economía y fundar su propia empresa, como ellos.

Otra foto de una chica morena.

—Puedes parar un momento, tengo que vaciar la vejiga —dijo Gösta. Le crujieron las articulaciones cuando se levantó, y Patrik cayó en la cuenta de lo poco que le faltaba a su colega para jubilarse. Pensó con sorpresa en lo mucho que lo echaría de menos el día que se fuera de la comisaría. Durante años se había enfadado cada vez que su colega seguía la ley del mínimo esfuerzo y hacía solo lo imprescindible. Sin embargo, también había visto otras facetas, momentos en los que Gösta demostraba lo buen policía que podía ser. Además, debajo de aquella fachada brusca tenía un corazón de oro.

Patrik meneó la cabeza mirando a Martin.

—Vale, mientras esperamos a Gösta, me puedes contar si sacaste algo de la conversación con Marta.

—Pues no, nada de nada. —Martin dejó escapar un suspiro—. No había visto ningún coche ni a ninguna persona en el lindero del bosque, hasta que apareció Victoria. Y tampoco vio a nadie después. Ella y el conductor esperaron en la ambulancia junto con Victoria. Tampoco aportó ninguna novedad sobre la desaparición en sí, ni ningún episodio en la escuela de equitación que haya recordado desde la última vez.

—¿Y Tyra?

—Igual que antes. Y, a pesar de todo, me dio la sensación de que había algo que no quería contar, como si tuviera una sospecha que le costara desvelar.

—Vaya —dijo Patrik, y miró con el ceño fruncido las notas, garabateadas con su letra garrapatosa—. Pues esperemos que se atreva pronto. Quizá podamos presionarla un poco más, ¿no?

—¡Listo! —anunció Gösta, y volvió a su sitio—. Esa maldita próstata me obliga a salir disparado a todas horas.

Patrik respondió con las manos en alto:

—Vale, gracias, no necesitamos más detalles.

—¿Hemos acabado con Kim? —preguntó Martin.

—Sí, estamos igual que en los dos casos anteriores. Ni huellas, ni sospechoso, nada. Pero con la cuarta chica, la cosa es algo diferente. Es el único caso en el que un testigo ha visto a un sospechoso.

—Minna Wahlberg —dijo Martin.

Patrik asintió, escribió el nombre y expuso la foto de una chica de ojos azules, con el pelo castaño recogido en una coleta despeinada a propósito—. Sí, Minna Wahlberg. Catorce años, de Gotemburgo. Desapareció hace poco más de siete meses. Tiene un entorno distinto de las otras. Madre soltera, muchas denuncias de discusiones en casa cuando Minna era pequeña: los novios de la madre eran los elementos discordantes. Luego Minna empezó a aparecer en los registros de los servicios sociales; hurtos, hachís..., bueno, por desgracia, la clásica historia de un niño cuya vida se tuerce. Alto absentismo escolar.

—¿Hermanos? —preguntó Gösta.

—No, vivía sola con su madre.

—No has añadido cómo desaparecieron Jennifer y Kim —señaló Gösta, y Patrik se volvió hacia la pizarra y constató que tenía razón.

—Jennifer también desapareció cuando volvía a casa del entrenamiento de gimnasia. Kim, cerca de su casa. Había salido a ver a una amiga, pero no llegó. En los dos casos, la policía recibió la denuncia de la desaparición muy pronto.

—A diferencia de lo que pasó con Minna, ¿no? —dijo Martin.

—Exacto. Minna llevaba tres días sin aparecer por el instituto ni por casa cuando su madre llamó para avisar a la Policía. Al parecer, no tenía mucho control de lo que hacía su hija, y Minna entraba y salía más o menos a su antojo. Se quedaba a dormir en casa de varias amigas y de algunos chicos... Así que no sabemos con exactitud qué día desapareció.

—¿Y el testigo? —Martin tomó un sorbo de café, y Patrik sonrió al ver la cara que puso cuando probó el café, que estaba amargo después de tantas horas como llevaba recalentándose en la jarra.

—Venga, hombre, pon otra cafetera, Martin —dijo Gösta—. Yo me tomaría uno. Y seguro que Patrik también.

—¿Y por qué no la pones tú? —replicó Martin.

—Bueno, entonces no. De todos modos, no es sano tanto café.

—Me parece que no he conocido en la vida a nadie tan vago como tú —dijo Martin—. Será la edad.

—Eh, venga ya. —Gösta podía bromear y quejarse de su edad, pero no le sentaba nada bien que otro le viniera con alguna puya sobre el tema.

Patrik se preguntaba cómo vería alguien desde fuera aquellos desvaríos con los que interrumpían unos temas de conversación tan serios. Pero lo necesitaban. De vez en cuando, el trabajo se les hacía tan duro que hacía falta un momento para tomárselo con calma, bromear y reír. Para poder resistir todos los momentos de dolor, muerte y desesperación.

—Bueno, ¿seguimos? ¿Por dónde íbamos?

—El testigo —dijo Martin.

—Ah, sí. Eso es, se trata del único caso en el que ha habido un testigo, una señora de ochenta años. Pero los datos no están nada claros. A la mujer le costaba recordar el día con exactitud, aunque, seguramente, fue el primer día que Minna faltó de casa. Al parecer, la muchacha se subió a un turismo blanco no muy grande en Hisingen, delante de un supermercado ICA.

—¿Y no reconoció el modelo? —preguntó Gösta.

—No, claro. La Policía de Gotemburgo ha tratado de averiguar más detalles sobre el aspecto del coche, pero sin resultado. Sin otra descripción que la de «un coche blanco viejo», resulta casi imposible dar con él.

—¿Y la testigo no vio quién había dentro? —preguntó Martin, aunque conocía la respuesta.

—No, decía que podía ser que hubiera un joven sentado al volante, pero no estaba nada segura.

—En fin, esto es increíble —dijo Gösta—. ¿Cómo es posible que desaparezcan sin más hasta cinco adolescentes? Alguien más tiene que haber visto algo.

—Nadie que sepamos, al menos —dijo Patrik—. Y, desde luego, no ha sido por falta de difusión en los medios. Después de las ristras y más ristras de artículos que se han escrito sobre la desaparición de las chicas, si alguien hubiera visto u oído algo, debería haberse puesto en contacto con nosotros.

—Pues o es un sujeto demasiado listo, o tan irracional que no deja ningún rastro claro. —Martin pensaba en voz alta.

Patrik meneó la cabeza.

—Yo creo que hay una pauta. No puedo deciros por qué creo que es así, pero la intuyo, y cuando la tengamos... —Hizo un gesto de resignación—. En fin, ¿cómo va el asunto del perfil psicológico? ¿Hemos encontrado a quien pueda hacerlo?

—Pues parece que no es tan fácil... —dijo Martin—. No hay tantos expertos, y los que hay, están muy ocupados. Pero Annika acaba de decirme que tiene a uno, un tal Gerhard Struwer. Es criminólogo y profesor en la Universidad de Gotemburgo, donde puede recibirnos esta tarde. Annika ya le ha enviado toda la información que tenemos. En realidad, es raro que la Policía de Gotemburgo no haya hablado con él a estas alturas.

—Claro, porque seguramente somos los únicos tan tontos como para creer en esas cosas. Será casi como una adivinadora de feria —murmuró Gösta, que, en este asunto, compartía la opinión de Mellberg.

Patrik hizo caso omiso del comentario.

—Quizá no pueda hacernos un perfil, pero sí orientarnos un poco, por lo menos. Y puede que debiéramos aprovechar para ver a la madre de Minna, ya que vamos a Gotemburgo, ¿no? Si quien conducía el coche era el sujeto, es posible que Minna tuviera una relación personal con él; o con ella. Teniendo en cuenta que parece que se subió al coche por propia voluntad.

–La Policía de Gotemburgo habrá interrogado ya a la madre, ¿no? –dijo Martin.

–Sí, claro, pero me gustaría hablar con ella personalmente y ver si podemos sacarle algo más de...

El sonido estridente del móvil interrumpió a Patrik. Sacó el teléfono del bolsillo, miró la pantalla y luego a los demás.

–Es Pedersen.

Einar se incorporó en la cama quejándose hasta quedar sentado. Tenía la silla de ruedas allí mismo, pero se contentó con sacudir un poco el cojín que tenía en la espalda y permanecer sentado donde estaba. De todos modos, no había dónde ir. Aquella habitación era su mundo, y bien estaba, porque él podía vivir en los recuerdos.

Oyó a Helga trajinar en la planta baja, y sintió tal repugnancia que notó un sabor metálico en la boca. Era horrible depender de alguien tan patético como ella, que el equilibrio de poder se hubiera alterado de tal modo que ella fuese ahora la fuerte, la que podía dirigir su vida, en lugar de lo contrario.

Helga era una persona especial. Tenía una alegría de vivir, un brillo en los ojos que él disfrutó apagando poco a poco. Ya hacía mucho que había desaparecido, pero cuando el cuerpo lo traicionó, cuando quedó recluido en aquella prisión que era su propio cuerpo, algo cambió. Ella seguía siendo una mujer rota, pero últimamente había visto un destello de rebeldía en sus ojos. No mucho, pero sí lo suficiente para irritarlo.

Miró de reojo la foto de boda que Helga había colgado en la pared, encima de la cómoda. Era un retrato en blanco y negro en el que ella le sonreía llena de felicidad, sin saber lo que iba a significar la vida con el hombre del frac que aparecía a su lado. En aquella época era un hombre guapo. Alto, rubio, con la espalda ancha y la mirada azul firme y serena. Helga también era rubia. Ahora tenía el pelo gris, pero entonces lo tenía largo y rubio, y en la foto lo llevaba en un recogido con una corona de mirto y un velo. Y sí, ella también era bonita, y él se había dado cuenta, aunque empezó a verla más guapa después, cuando ya la había modelado tal y como él quería. Un jarrón resquebrajado era para él más hermoso que uno entero, y las grietas se habían ido abriendo sin mayor esfuerzo por su parte.

Alargó la mano en busca del mando a distancia. Aquella barriga enorme le estorbaba y sintió un odio tremendo por su cuerpo. Se había convertido en algo que no guardaba el menor parecido con lo que fue. Pero si cerraba los ojos, era siempre el yo de su juventud. Todo era tan vívido como entonces: la piel suave de las mujeres, el tacto del pelo largo y liso, los jadeos al oído, aquellos sonidos que lo excitaban y lo encendían. Los recuerdos lo liberaban de la cárcel del dormitorio, cuyo papel pintado había perdido el color y donde las cortinas no habían cambiado desde hacía décadas. Las cuatro paredes que cercaban aquel cuerpo inútil.

Jonas le ayudaba a veces a salir de allí. Lo sentaba en la silla de ruedas y lo llevaba abajo por la rampa de la escalera. Jonas era fuerte, igual que lo fue él. Pero los breves paseos no eran ningún consuelo. Era como si, estando fuera, los recuerdos se evaporasen y desapareciesen, como si el sol, al darle en la cara, le robara la memoria. Así que prefería quedarse allí dentro. Allí recibía la ayuda necesaria para mantener vivos aquellos recuerdos.

En el despacho había una luz penumbrosa, aunque era por la mañana, y Erica estaba sentada mirando al infinito, sin hacer nada. Aún se le imponían los recuerdos del día anterior: el sótano oscuro, la habitación con aquel cerrojo. Tampoco podía dejar de pensar en lo que Patrik le había contado de Victoria. Estaba al corriente del trabajo ímprobo que él y sus colegas llevaban tiempo haciendo por encontrar a la chica desaparecida, y ahora no sabía qué sentir ante el desenlace. Le dolía el corazón ante la sola idea de la pérdida que su muerte había supuesto para su familia y sus amigos, pero ¿y si no la hubieran encontrado nunca? ¿Cómo podían unos padres vivir así?

Otras cuatro chicas seguían desaparecidas. No había ni rastro de ellas. Quién sabía si no estarían ya muertas y tal vez no las encontraran nunca. Sus familias vivían las veinticuatro horas con ese vacío, preguntándose angustiadas, abrigando esperanza, aunque presentían que no había nada que esperar. Erica sintió escalofríos. De repente le entró frío y fue al dormitorio a buscar unos calcetines de lana. Decidió no prestar atención al lío que había allí dentro. La cama estaba sin hacer y había ropa esparcida aquí y allá. En las mesillas de noche, vasos vacíos; la férula dental de Patrik acumulaba bacterias en su mesilla y, en la de ella, se amontonaban los frascos de *spray* para la nariz. Desde que se quedó embarazada de los gemelos había tenido que usarlo de continuo, tenía dependencia del mucolítico y nunca parecía ser buen momento para dejarlo. Lo había intentado en varias ocasiones y sabía que eso significaba tres días infernales en los que apenas podría respirar; y luego era facilísimo volver a caer. Desde luego, comprendía lo difícil que debía de ser dejar de fumar o, peor aún, dejar las drogas, cuando ella no podía liberarse de algo tan banal como la dependencia de los *sprays* para la nariz.

Solo de pensarlo sintió que tenía la nariz hinchada, así que fue a la mesilla de noche, agitó varios de los frascos hasta que encontró uno que no estaba vacío y se aplicó ansiosa unas dosis en los dos agujeros. La sensación que experimentó cuando se le despejó la nariz fue casi orgiástica. Patrik solía bromear diciendo que si la obligaran a elegir entre el *spray* y el sexo, él tendría que buscarse una amante.

Erica sonrió. La idea de Patrik con una amante le parecía ridícula, como siempre. De entrada, no tendría fuerzas. Luego, sabía cuánto la quería, aunque la vida cotidiana casi siempre se cargaba el romanticismo, y ya hacía mucho que ese deseo ardiente de los primeros años había languidecido y, en su lugar, palpitaba ahora una llama más apacible. Los dos sabían que podían confiar en el otro y a Erica le encantaba esa seguridad.

Volvió a la habitación minúscula que era su despacho. Ya se le habían calentado los pies, gracias a los calcetines de lana, e intentó concentrarse en lo que tenía en la pantalla. Solo que hoy parecía uno de esos días imposibles.

Hojeó con apatía el documento. Le costaba seguir adelante, en gran medida, por la poca voluntad de Laila a la hora de colaborar. Sin la colaboración de los familiares, no podía escribir libros sobre casos reales de asesinato; al menos, no como ella quería. Describir un caso partiendo solamente de los sumarios judiciales y los informes policiales daría como resultado un relato sin vida. A ella le interesaban los sentimientos, los pensamientos, todo lo que no se decía. Y en este caso, Laila era la única que podía contar lo que ocurrió. Louise había muerto, igual que Vladek, y Peter, desaparecido. A pesar de sus múltiples intentos, Erica no había conseguido localizarlo, y dudaba de que tuviera nada que contar de aquel día. Él solo tenía cuatro años cuando su padre murió asesinado.

Erica cerró el documento irritada. Volvía sin cesar con el pensamiento al caso de Patrik, a Victoria y las demás chicas. Quizá no fuera ninguna tontería pensar en ello:

por lo general, dejar un tiempo el trabajo para dedicarse un rato a algo radicalmente distinto la llenaba de energía. Pero ponerse con la ropa sucia no le atraía nada.

Abrió el cajón del escritorio y sacó un bloc lleno de notas adhesivas. Le habían ayudado en muchas ocasiones cuando necesitaba estructurar las cosas. Después de abrir el navegador, empezó a buscar artículos. La desaparición de las chicas había ocupado la primera página de los diarios más de una vez, y no era difícil encontrar la información. Erica escribió los nombres en cinco papelitos, cada uno de un color, para que todo estuviera más claro. Luego añadió más papelitos para anotar el resto de la información: ciudad natal, edad, padres, hermanos, hora y lugar de la desaparición, aficiones. Pegó las notas en la pared, una hilera por cada chica. Se le encogió el estómago mientras las miraba. Detrás de cada hilera se escondía un dolor y un vacío indescriptibles. La peor pesadilla de unos padres.

Se dio cuenta de que faltaba algo, de que tenía que añadir caras al escaso texto de las notas. Así que imprimió una foto de cada una de las chicas, que tampoco fueron difíciles de encontrar en las páginas web de los diarios de la tarde. Erica se preguntaba cuánto ascendieron las ventas cuando publicaron los artículos sobre las desapariciones, pero prefirió olvidar el cinismo. Los periódicos hacían su trabajo, y ella, precisamente, era la persona menos indicada para criticarlos, teniendo en cuenta lo bien que vivía de escribir acerca de las tragedias ajenas dedicándoles mucha más extensión y con más detalle de lo que los diarios harían jamás.

Al final, imprimió un mapa de Suecia en varios folios, que pegó con cinta adhesiva. Luego lo puso al lado de las notas y señaló con un lápiz rojo las ciudades en las que habían desaparecido las chicas.

Dio un paso atrás. Ya tenía una estructura básica, un esqueleto. Después de todo el trabajo de documentación que hacía para escribir sus libros, había aprendido que, muchas veces, uno encontraba las respuestas conociendo a las víctimas. ¿Qué tenían esas chicas para que las eligieran? Ella no creía que fuera casualidad. Las unía algo más que la edad y el aspecto físico, algún rasgo de su personalidad o de sus condiciones de vida... ¿Cuál sería el denominador común?

Contempló las cinco caras que había en la pared. Cuánta esperanza, cuánta curiosidad sobre qué les depararía la vida... Fijó la mirada en una de las fotos y enseguida supo por dónde iba a empezar.

Laila extendió los recortes sobre la mesa y notó que el corazón empezaba a latirle con más fuerza. Una reacción física a la angustia psíquica. Le latía más y más rápido, y la sensación de impotencia le aceleró el pulso hasta que notó que le faltaba el aire.

Trató de respirar hondo, tomó todo el aire viciado que pudo en aquella habitación minúscula, obligó al corazón a calmarse. Había aprendido mucho a lo largo de los años sobre cómo controlar los ataques de ansiedad sin ayuda de terapeutas ni de fármacos. Al principio se tomaba todas las pastillas que le daban, se tragaba todo lo que pudiera ayudarle a desaparecer en una bruma de olvido, donde no pudiera ver el mal allí delante. Pero cuando las pesadillas empezaron a horadar también la niebla, lo dejó de golpe. Porque con las pesadillas se las apañaba mejor sobria y despierta. Si perdía el control, podría ocurrir cualquier cosa. Y entonces se le escaparían todos los secretos.

Los recortes más antiguos habían empezado a amarillear. Estaban doblados y arrugados porque los tenía guardados en una caja minúscula que había conseguido esconder debajo del colchón. Cuando tocaba limpieza, la ocultaba entre la ropa.

Deslizaba la mirada por las palabras. En realidad, no tenía que leerlas. Se sabía el texto de memoria. Solo las palabras de los artículos más recientes, que no había podido leer tantas veces, se resistían a resonarle solas en la cabeza. Se pasó la mano por el pelo cortado a cepillo. Todavía le resultaba extraño. Se había cortado la larga melena el primer año que ingresó en el psiquiátrico. Pero la verdad, no sabía por qué. Quizá un modo de marcar una distancia, o un punto final. Ulla seguro que tenía una buena teoría que lo explicara, pero Laila no le había preguntado. No había razón para hurgar en nada que le afectase a ella. Conocía prácticamente todas las razones de que las cosas hubieran salido como salieron. De hecho, era ella la que tenía todas las respuestas.

Hablar con Erica era jugar con fuego. No se le habría ocurrido nunca ponerse en contacto con nadie, pero dio la casualidad de que Erica contactó con ella cuando acababa de añadir un recorte más a la colección de la cajita, y seguramente ese día estaba vulnerable. No lo recordaba con exactitud. Lo único que recordaba era que, para su sorpresa, aceptó que la visitara.

Erica se presentó ese mismo día. Y, aunque Laila ignoraba entonces, igual que ahora, si algún día sería capaz de responder a las preguntas de Erica, la veía, hablaba con ella y escuchaba sus preguntas, que quedaban siempre sin respuesta en aquella sala de visitas. A veces la invadía la angustia cuando Erica se iba, la certeza de que empezaba a ser tarde, de que tenía que hablar de aquella maldad con alguien, y de que Erica era, seguramente, la persona más indicada para hacerse cargo de su historia. Pero era tan difícil abrir una puerta que llevaba tanto tiempo cerrada...

Aun así, estaba deseando que llegara el día de la visita. Erica hacía las mismas preguntas que todo el mundo, pero las hacía de otra forma. Sin ansias de curiosidad sensacionalista, sino con interés sincero. Quizá esa fuera la razón por la que Laila seguía viéndola. O porque el secreto que guardaba tenía que salir a la luz, porque había empezado a tener miedo de lo que pudiera pasar si no.

Erica volvería mañana otra vez. El personal le había avisado de que había solicitado otra cita, y Laila dijo que sí.

Dejó otra vez los recortes en la caja. Los dobló como estaban, para que no se estropearan más, y cerró la tapa. El corazón comenzó a latirle despacio de nuevo.

Patrik se acercó a la impresora con las manos temblorosas en busca de los documentos. Sentía náuseas y tuvo que serenarse un instante antes de cruzar el pasillo hasta el despacho de Mellberg. La puerta estaba cerrada, así que llamó antes de entrar.

—¿Qué pasa? —Se oyó irritada la voz de Mellberg. Acababa de volver de lo que él llamaba su paseo, y Patrik sospechaba que ya se había acomodado para echarse una siestecita.

—Soy Patrik. Tengo el informe de Pedersen y he pensado que querrías conocer los resultados de la autopsia. —Contuvo un impulso de abrir la puerta de un tirón. Una vez lo hizo, y se encontró al jefe de la comisaría roncando sin nada más que unos calzoncillos viejos. Era el tipo de error que solo se comete una vez.

—Entra —dijo Mellberg pasados unos instantes.

Cuando Patrik entró, su jefe empezó a cambiar de sitio los documentos que tenía en la mesa, para que pareciera que estaba ocupadísimo. Patrik se sentó enfrente y *Ernst* salió enseguida de debajo de la mesa para saludar. El perro se llamaba así por un antiguo colega ya fallecido y, por mucho que a Patrik le costara hablar mal de los muertos, pensaba que el perro era mucho más agradable que el que le dio el nombre.

—Hola, campeón —dijo, y rascó un poco al animal, que gruñó encantado.

—Estás blanco como la cera —dijo Mellberg. Una observación de lo más perspicaz, tratándose de él.

—Pues sí, es que no es una lectura agradable. —Patrik dejó las copias encima de la mesa—. ¿Quieres leerlo o prefieres que te lo cuente?

—Venga —dijo Mellberg, y se retrepó en la silla.

—Casi no sé por dónde empezar. —Patrik tosió un poco para aclararse la garganta—. A Victoria le sacaron los ojos vertiéndole ácido. Las heridas ya habían curado y, por el estado de las cicatrices, Pedersen piensa que lo hicieron poco después del secuestro.

—Joder. —Mellberg se adelantó y apoyó los codos en la mesa.

—Le cortaron la lengua con una herramienta afilada. Pedersen no ha podido establecer cuál exactamente, pero cree que un cúter grande, una podadera o algo parecido. Más que un cuchillo. —Patrik oía el tono de repugnancia con el que lo contaba y, en cuanto a Mellberg, parecía que le estuvieran dando arcadas.

—Luego resulta que le clavaron un objeto puntiagudo en los oídos, causándole tales lesiones que también perdió el oído. —Se dijo que tenía que contárselo a Erica. Su idea de la chica en una burbuja resultó muy cierta.

Mellberg se lo quedó mirando un buen rato.

—Quieres decir que no podía ni ver ni oír ni hablar, ¿no? —dijo despacio.

—Exacto —dijo Patrik.

Se quedaron un rato en silencio. Los dos intentaban imaginarse cómo se sentiría uno al perder tres de los sentidos más importantes, al verse cautivo en una oscuridad compacta y silenciosa, sin posibilidad de comunicarse.

—Joder —repitió Mellberg. El silencio se prolongó algo más, las palabras no eran suficientes. *Ernst* soltó un ladrido y los miró preocupado. El animal notaba el ambiente, pero no era capaz de interpretarlo.

—Lo más seguro es que esas lesiones también se las infligieran después del secuestro, muy poco después. Además, parece que la mantuvieron atada. Tenía marcas de cuerdas en las muñecas y en los tobillos. Cicatrizadas y recientes. Y tenía llagas por presión, por haber estado tumbada mucho tiempo.

A aquellas alturas, Mellberg también estaba blanco como la cera.

—El análisis toxicológico también está listo —añadió Patrik—. Había restos de ketamina en la sangre.

—¿Keta qué?

—Ketamina. Es un anestésico. Está catalogado como estupefaciente.

—¿Y por qué lo tenía en la sangre?

—No es fácil de explicar. Según Pedersen, porque puede tener distintos efectos, dependiendo de la dosis. Una dosis más alta te deja insensible al dolor e incluso inconsciente, una más baja provoca psicosis alucinatoria. Quién sabe qué efecto perseguía el secuestrador. Puede que los dos.

—¿Y dónde se consigue?

—Pues como las demás drogas, solo que esta se considera un tanto exclusiva. Hay que saber cómo usarla y en qué dosis. Los tíos que la consumen en los pubs no quieren echar a perder la noche durmiendo, que es lo que se consigue si tomas mucha. Suelen mezclarla con éxtasis. Aunque se utiliza sobre todo en el ámbito hospitalario. Y como anestésico para animales. Sobre todo, caballos.

—Joder —dijo Mellberg en cuanto hizo la conexión—. ¿Hemos investigado al veterinario, el tal Jonas?

—Sí, por supuesto. Victoria desapareció después de haber estado en las caballerizas. El veterinario tenía una coartada sólida, estaba atendiendo una emergencia. Los propietarios del caballo enfermo certificaron que llegó un cuarto de hora después de que vieran a Victoria dentro de las caballerizas, y se quedó allí varias horas. Además, no encontramos ninguna conexión entre él y las otras chicas.

—Ya, pero después de este hallazgo, deberíamos investigarlo a fondo otra vez, ¿no?

—Desde luego. Cuando les he contado esto a los demás, Gösta se acordó de que a Jonas le robaron en la consulta hace un tiempo. Decía que iba a buscar la denuncia, por si dice algo de que se llevaran ketamina. La cuestión es si Jonas denunciaría el robo si él mismo quisiera utilizar la droga. En todo caso, hablaremos con él.

Patrik guardó silencio un instante, y luego se armó de valor.

—Hay otra cosa. He pensado que Martin y yo vamos a hacer hoy una excursión.

—¿Ah, sí? —dijo Mellberg con cara de estar oliéndose un gasto extra.

—Me gustaría ir a Gotemburgo a hablar con la madre de Minna Wahlberg. Y ya que estamos allí...

—¿Sí...? —Mellberg sonó ahora más suspicaz todavía.

—Pues sí, ya que estamos allí, podemos hablar con un hombre que quizá nos ayude a hacer un análisis de la conducta del secuestrador.

—Ya, un psicólogo de esos —dijo Mellberg, y demostró con todo su repertorio de gestos lo que pensaba de esa categoría profesional.

—No es nada seguro, lo sé, pero al menos no supondrá un gasto extra, ya que tenemos que ir a Gotemburgo de todos modos.

—Bueno, bueno, pero siempre y cuando no me traigas aquí a ninguna adivina —masculló Mellberg; lo cual le recordó a Patrik lo mucho que se parecían él y Gösta en algunas cosas—. Y no les pises los callos a los colegas de Gotemburgo, por Dios. Sabes tan bien como yo lo mucho que les gusta marcar el territorio por allí, así que ten cuidado.

—Me llevaré los guantes de seda —dijo Patrik, y salió y cerró la puerta de su jefe. Los ronquidos no tardarían en oírse otra vez en el pasillo.

Erica sabía que era muy impulsiva. A veces, en exceso. Al menos, eso era lo que pensaba Patrik cuando ella se inmiscuía una y otra vez en cosas que, en realidad, no le incumbían. Pero al mismo tiempo, le había ayudado más de una vez en sus investigaciones, así que no debería quejarse tanto.

Aquella era una de esas ocasiones en que él pensaría que estaba metiéndose donde no la llamaban. Y precisamente por eso, no pensaba decirle nada aún, sino que esperaría a ver si su excursión daba resultado. Si no era así, podría utilizar la misma excusa que con Kristina, su suegra, a la que llamó para que fuera a buscar a los niños con poquísimo margen: le diría que iba a ver a su agente literario en Gotemburgo por una propuesta de contrato con una editorial alemana.

Se puso el chaquetón y contempló con disgusto el espectáculo. Parecía que hubieran dejado caer una bomba. Kristina tendría mucho que decir al respecto y, seguramente, le daría a Erica una larga conferencia sobre lo importante que era mantener un hogar limpio y ordenado. Curiosamente, nunca le daba la misma charla a su hijo, sino que parecía considerar que, por ser el hombre de la casa, estaba por encima de ese tipo de tareas. Y Patrik no parecía tener nada en contra.

Bueno, eso había sido un poco injusto. Patrik era fantástico en montones de cosas. Hacía su parte de las tareas domésticas sin protestar y, lógicamente, se ocupaba de los niños tanto como ella. Sin embargo, no podía decir que el reparto fuera del todo igualitario. Era como si tuviera que ser la directora del proyecto; ella era la que tenía en cuenta cuándo se les quedaba pequeña la ropa a los niños y había que comprarles otra nueva; la que sabía cuándo tenían que llevar merienda a la guardería o cuándo tenían que ponerse la vacuna en el centro de salud. Y mil cosas más. Ella era la que se daba cuenta de cuándo se estaba acabando el detergente, cuándo había que ir a comprar pañales; ella sabía qué crema funcionaba cuando les daba la dermatitis del pañal y la que sabía siempre dónde había dejado Maja el peluche favorito de turno. Todo ello lo llevaba ella en la sangre, pero para Patrik parecía imposible tenerlo presente. Ni queriendo. Era una sospecha que siempre había abrigado de forma más o menos latente, pero en la que había optado por no pensar más de la cuenta, sino que con la mayor naturalidad había asumido el papel de directora de aquel proyecto, y daba las gracias por tener un compañero que realizaba gustoso las tareas que se le asignaban. Muchas de sus amigas no tenían ni eso.

El frío casi la hizo retroceder cuando abrió la puerta. Menudo invierno de perros. Esperaba que no hubiera mucho hielo en la carretera. No es que le entusiasmara conducir, precisamente, y solo lo hacía cuando no tenía más remedio.

Cerró con llave al salir. Para bien y para mal, Kristina tenía su propia llave, puesto que solía recoger a los niños cuando la cosa se complicaba. Erica frunció el ceño mientras se encaminaba al coche. Kristina le había preguntado si podía ir acompañada, dado que le habría avisado con tan poco tiempo. Su suegra tenía una vida social de lo más intensa con sus numerosas amigas, y a veces la acompañaban cuando venía a quedarse con los niños, así que aquello no tenía nada de extraño. Pero el modo en que dijo que iba a ir «acompañada» dio que pensar a Erica. ¿No sería que, por primera vez desde que se separó del padre de Patrik, Kristina había conocido a otro hombre?

La idea alegró a Erica, que arrancó el coche sonriendo. A Patrik le daría un ataque. No tuvo ningún inconveniente a la hora de aceptar que su padre tuviera otra mujer desde hacía muchos años, pero, por alguna razón, cuando se trataba de su madre, era diferente. Cada vez que Erica le tomaba el pelo diciéndole que iba a dar de alta a Kristina en algún portal de citas de internet, Patrik se echaba a temblar. Pero ahora quizá hubiera llegado el momento de aceptar que su madre tenía vida propia. Erica se rio para sus adentros y tomó la carretera de Gotemburgo.

Jonas estaba limpiando la consulta con movimientos bruscos. Todavía lo irritaba la idea de que Marta hubiera suspendido la competición. No debería haberle negado esa posibilidad a Molly. Sabía lo importante que era para ella, y le dolía haberla decepcionado.

Cuando Molly era pequeña, tener la consulta en casa constituía una ventaja enorme. No confiaba en que Marta la cuidara adecuadamente; y cuando estaba en la consulta, podía ir a echar un vistazo casi entre un paciente y otro para asegurarse de que la niña estaba bien.

A diferencia de Marta, él sí quería tener hijos, alguien que transmitiera su herencia. Quería verse a sí mismo en ese hijo, y siempre se imaginó que sería un niño. Pero tuvieron a Molly, y ya en el parto lo sorprendió una serie de sentimientos cuya existencia desconocía.

Marta, en cambio, le dejó a la recién nacida en los brazos con una cara inexpresiva. Los celos que asomaron a los ojos de Marta desaparecieron en el acto. Jonas esperaba que ella se sintiera así, era lo normal. Marta era suya, y él era de ella, pero, llegado el momento, comprendería que su hija no cambiaba nada, sino que más bien reforzaba su unión.

Jonas supo que Marta le iría de perlas desde el instante en que la vio. Su media naranja, su alma gemela. Eran palabras gastadas, clichés, pero en su caso, totalmente ciertas. Lo único en lo que tenían opiniones diferentes era Molly. Aun así y solo por él, Marta lo había hecho lo mejor posible. Había educado a la hija de ambos como él quería, y había permitido que él y Molly tuvieran su relación paternofilial en paz, al tiempo que invertía toda su energía en la relación de pareja.

Esperaba que Marta fuera consciente de cuánto la quería, de lo importante que era para él. Jonas intentaba demostrarlo, era tolerante y le permitía compartirlo todo. Tan solo en una ocasión había dudado. Por un instante, sintió un abismo entre los dos, una amenaza contra la simbiosis en la que tanto tiempo llevaban viviendo. Pero aquel atisbo de duda estaba ya erradicado.

Jonas sonrió y colocó bien la caja de guantes de látex. Tenía mucho por lo que estar agradecido. Y lo sabía.

Mellberg le puso la correa a *Ernst* y el perro empezó a saltar de felicidad y salió corriendo hacia la entrada de la comisaría. Annika levantó la vista de su puesto en la recepción, y Mellberg le dijo que iba a almorzar en casa y salió aliviado al aire libre. En cuanto se cerró la puerta, respiró hondo. Después de lo que le acababa de contar Hedström, el despacho se le antojó asfixiante como una prisión.

La calle Affärsvägen estaba desierta. En invierno no había mucho movimiento en el pueblo, lo que, por lo general, implicaba que él podía echarse un sueñecito de vez en cuando. En verano, en cambio, los despropósitos de la gente no tenían límite, bien por pura necedad, bien por un consumo excesivo de alcohol. Los turistas eran una plaga, y Mellberg preferiría que Tanumshede y las localidades de la comarca estuvieran igual de desiertas todo el año. Cuando por fin terminaba el mes de agosto, él estaba por lo general al borde de la extenuación de tanto trabajar. Desde luego, era una profesión terrible la que había elegido, pero claro, tenía un talento innato para el trabajo policial, lo cual era su perdición. Y despertaba no pocas envidias, además. No le pasaban inadvertidas las miradas envidiosas que Patrik, Martin y Gösta le lanzaban a veces. Paula, en cambio, no parecía tan impresionada, pero seguramente no era nada extraño. No era tonta, no sería él quien dijera tal cosa, y en alguna ocasión se le había encendido la bombilla y se le había ocurrido algo. Pero le faltaba la lógica masculina y, con ello, la capacidad para apreciar al cien por cien su agudeza mental.

Cuando llegó a su casa, se sentía un poco más animado. El aire fresco le había permitido pensar de nuevo con claridad. Aunque bien era verdad que lo de la muchacha era una tragedia horrible que, además, generaba un montón de trabajo en una estación del año por lo general de lo más tranquila, le parecía un tanto emocionante. Y le ofrecía, por añadidura, una excelente oportunidad de lucirse.

—¿Hola? —gritó al entrar. Vio que los zapatos de Paula estaban en la entrada, lo que significaba que había ido a verlos con Lisa.

—¡Estamos en la cocina! —respondió Rita, y Mellberg soltó a *Ernst* para que corriera a saludar a *Señorita*. Se sacudió la nieve de los zapatos en la alfombra, se quitó el abrigo y entró detrás del perro.

En la cocina, Rita estaba poniendo la mesa, y Paula rebuscaba algo en un armario, con la niña en una mochila que llevaba colgada en la barriga.

—Se nos ha terminado el café —dijo.

—Está al fondo a la derecha —dijo Rita señalando—. Pongo un plato para ti también, ya que estás aquí, así comes algo, hija.

—Gracias, mamá. Bueno, ¿y qué pasa en el trabajo? —preguntó Paula, y se volvió hacia Mellberg con el paquete de café en la mano. Lo había encontrado allí donde le había dicho Rita, ni más ni menos. En su cocina reinaba un orden militar.

Mellberg sopesó si de verdad debía hablarle del resultado de la autopsia a aquella mujer agotada que estaba aún amamantando a su hija. Pero sabía que Paula se pondría furiosa si luego se enteraba de que le había ocultado información, así que le resumió lo que Patrik acababa de contarle en la comisaría. Delante del fregadero, Rita se quedó helada, aunque siguió sacando los cubiertos.

—Madre mía, qué barbaridad —dijo Paula, se sentó a la mesa y empezó a acariciar a Lisa con gesto ausente—. ¿Dices que le habían cortado la lengua?

Mellberg aguzó el oído. A pesar de todo, Paula había demostrado de vez en cuando tener cierta aptitud para el trabajo policial, además de una memoria increíble.

—¿Por qué lo dices? —Se sentó a su lado, mirándola con interés.

Paula meneó la cabeza.

—No sé, me recuerda a algo... ¡Ayyy, este cerebro inundado de leche materna! ¡No lo soporto!

—Es transitorio —dijo Rita desde la encimera, donde estaba preparando la ensalada.

—Ya, pero ahora mismo es muy irritante. Lo de la lengua me resulta familiar...

—Te acordarás si dejas de pensar en ello, siempre pasa —dijo Rita para consolarla.

—Ya... —respondió Paula, mientras Mellberg casi podía verla rebuscar en la memoria—. Me pregunto si no será algo que leí en un viejo informe policial. ¿Te parece bien que me pase luego un rato por la comisaría?

—¿De verdad que piensas ir a la comisaría con Lisa, con el frío que hace fuera? Y encima, a trabajar, con lo cansada que estás —protestó Rita.

—Lo mismo da que esté cansada aquí o allí —dijo Paula—. Y a Lisa... igual puedo dejártela un rato, ¿no? No voy a tardar mucho, solo voy a echar un vistazo en el archivo.

Rita murmuró algo inaudible por respuesta, pero Mellberg sabía que no tenía absolutamente nada en contra de quedarse con Lisa, a pesar de que existía el riesgo de que la pequeña sufriera uno de sus ataques y se pusiera a llorar. La verdad, le pareció que a Paula le mejoraba un poco la cara ante la sola idea de pasar por la comisaría.

—Pues entonces, me gustaría poder ver el informe de la autopsia —dijo—. Espero que no haya inconveniente, aunque oficialmente esté de baja maternal, ¿no?

Mellberg soltó un resoplido. Qué más daría que estuviera de baja maternal o no. En realidad, no tenía ni idea de cuál era la norma, pero si tuviera que seguir todas las normas y preceptos que regulaban los lugares de trabajo en general y la profesión de policía en particular, no tendría tiempo de hacer nada más.

—Annika lo tiene entre el material de la investigación. No tienes más que pedírselo cuando llegues.

—Estupendo. En ese caso y por el bien de todos, voy a ver si me adecento un poco antes de ir.

—Ya, pero antes tienes que comer —dijo Rita.

—Claro, mamá.

De la encimera se difundían aromas que le arrancaban al estómago de Mellberg rugidos de placer. La cocina de Rita lo superaba casi todo. El único fallo era lo tacaña que se mostraba con los postres. Mellberg recreó la imagen de los dulces del horno del barrio. Ya se había pasado por allí, pero quizá podía asomarse otra vez luego, camino de la comisaría. Ninguna comida podía considerarse completa sin algo dulce con lo que coronarla.

Gösta ya no le pedía mucho a la vida. «Si consigues tener calientes los pies y la cabeza, ya puedes estar satisfecho», solía decir su abuelo. Y Gösta empezaba a comprender a qué se refería: todo consistía en no tener grandes pretensiones. Y ahora que Ebba había vuelto a su vida, después de los sucesos extraordinarios del verano, estaba más que satisfecho con su existencia. La joven se había mudado otra vez a Gotemburgo y, durante un tiempo, Gösta temió que volviera a desaparecer, que no le interesara mantener el contacto con un vejete al que conoció muy poco tiempo cuando era pequeña. Pero Ebba lo llamaba de vez en cuando, y cuando iba a Fjällbacka a ver a su madre, aprovechaba siempre para hacerle una visita también a Gösta. Claro que estaba muy afectada después de todo lo que había sufrido, pero cada vez que se veían parecía más fuerte. Deseaba con todas sus fuerzas que sus heridas sanaran y que recuperase la fe en el amor. ¿Quién sabe, quizá en el futuro encontrara otro hombre y pudiera volver a ser madre? Y, quién sabe, con un poco de suerte, Gösta podría hacer de abuelo de apoyo y mimar otra vez a un pequeñín. Era su mayor sueño: acercarse a los arbustos de frambuesa del jardín de su casa con un niño agarrado de la mano encantado de ayudarle a recoger los frutos más dulces.

Pero ya estaba bien de soñar despierto. Ahora tenía que concentrarse en la investigación. Le daban escalofríos ante la sola idea de lo que Patrik le había contado sobre las lesiones de Victoria, pero hizo un esfuerzo por dejar a un lado esas sensaciones desagradables. No debía obsesionarse con ellas. Había visto muchos horrores a lo largo de los años en la Policía, y aunque esto superaba a todo lo demás, el principio era el mismo: no quedaba otra que hacer el trabajo.

Ojeó el informe que tenía delante y reflexionó unos minutos. Luego, se levantó y fue al despacho de Patrik, que estaba pared con pared.

—Jonas denunció el robo unos días antes de que Victoria desapareciera. Y la ketamina es una de las sustancias robadas. Yo puedo ir a Fjällbacka a hablar con él mientras que Martin y tú vais a Gotemburgo.

Observó la mirada de Patrik y, aunque le dolía un poco, comprendía la sorpresa que expresaba. Gösta no siempre fue el policía más dispuesto a trabajar de la comisaría y, en honor a la verdad, tampoco lo era ahora. Pero era capaz y, últimamente, albergaba un sentimiento nuevo. Quería que Ebba se sintiera orgullosa. Además, lo sentía por la familia Hallberg, de cuyo sufrimiento llevaba meses siendo testigo.

—Desde luego, parece que existe alguna conexión, es estupendo que te hayas dado cuenta —dijo Patrik—. Pero ¿quieres ir tú solo? Si no, podemos ir juntos mañana.

Gösta rechazó la oferta con un gesto.

—No, no, voy yo solo, no es nada del otro mundo; además, fui yo quien tomó nota de la denuncia. Que os vaya bien en Gotemburgo. —Se despidió y se dirigió al coche.

No le llevó más de cinco minutos llegar a la granja, a las afueras de Fjällbacka, y enseguida entró en la explanada y aparcó delante de la casa de Marta y Jonas.

—Toctoc —dijo al abrir la puerta de la parte trasera.

La consulta no era grande. Una sala de espera minúscula, no mucho mayor que un recibidor, una cocinita y la sala de curas.

—Nada de boas, arañas u otros bichos raros, espero —bromeó al ver a Jonas.

—Hola, Gösta. No, tranquilo, por suerte, no hay muchos ejemplares de esos en Fjällbacka.

—¿Puedo pasar un momento? —Gösta entró y se limpió los zapatos en la alfombra.

—Claro, el próximo paciente no llegará hasta dentro de una hora. Parece que hoy va a ser un día tranquilo, así que deja el abrigo. ¿Quieres un café?

—Sí, gracias, si no es molestia.

Jonas negó con la cabeza y se dirigió a la cocina, donde había una cafetera eléctrica y una caja con cápsulas de distintos colores.

—He invertido en una de estas, por mi propia supervivencia. ¿Fuerte o flojo? ¿Leche? ¿Azúcar?

—Fuerte, sí, y leche y azúcar, por favor. —Gösta se quitó el chaquetón y se sentó en una de las sillas.

—Pues aquí tienes. —Jonas le dio a Gösta una taza y se sentó enfrente—. Es por Victoria, supongo.

—Bueno, no, me gustaría preguntarte por el robo.

Jonas enarcó las cejas.

—Ah, creía que lo habíais archivado ya. Tengo que reconocer que me decepcionó un poco que no sacarais nada en claro de esa investigación, aunque comprendo que tuvisteis que dar prioridad al caso de Victoria. Supongo que no me podrás contar por qué, de repente, os interesa otra vez el robo, ¿no?

—Pues no, lo siento —dijo Gösta—. ¿Cómo descubriste que te habían robado? Ya sé que me lo dijiste en su momento, pero me gustaría oírtelo contar otra vez. —Hizo un gesto de disculpa y estuvo a punto de volcar la taza, pero consiguió evitarlo en el último momento y ya no la soltó, por si acaso.

—Pues, como os conté, la puerta estaba forzada cuando llegué por la mañana. Serían las nueve más o menos. Es la hora a la que suelo empezar, porque a la gente no le entusiasma venir antes. En fin, que me di cuenta enseguida de que la habían forzado.

—¿Y qué aspecto tenía la consulta?

—Pues nada desastroso, la verdad. Algunas cosas de los armarios estaban en el suelo, pero poco más. Lo peor es que el armario donde guardo los fármacos catalogados como estupefacientes estaba forzado, aunque yo siempre lo tengo bien cerrado. El índice de criminalidad en Fjällbacka no es alarmante, pero los pocos adictos que haya sabrán seguramente que aquí tengo material. Aunque hasta ese momento no había habido ningún incidente.

—Sí, sé a quiénes te refieres, y mantuvimos una charla con ellos inmediatamente después del robo. No les sacamos nada, pero yo no creo que hubieran podido mantener la boca cerrada si alguno de ellos hubiera conseguido entrar aquí. Además, tampoco encontramos huellas que coincidieran con las suyas.

—Ya, claro, creo que tienes razón, seguro que fue otra persona.

—¿Qué era lo que faltaba después del robo? Ya sé que figura en la denuncia, pero me gustaría que me lo recordaras.

Jonas frunció el entrecejo.

—Pues, la verdad, no lo recuerdo con exactitud, pero los preparados clasificados como estupefacientes que tenemos aquí son etilmorfina, ketamina y codeína. Además se habían llevado algún material de enfermería, como vendas, desinfectante y... guantes de látex, creo. Cosas normales y baratas que se pueden comprar en cualquier farmacia.

—A menos que uno no quiera llamar la atención por comprar un montón de material de enfermería —dijo Gösta como pensando en voz alta.

—Ya, claro. —Jonas tomó un trago de café. Era el último, y se levantó para preparar más—. ¿Quieres otro?

—No, gracias, todavía tengo —dijo Gösta, y se dio cuenta de que no había bebido nada—. Háblame de los fármacos, ¿alguno por el que los drogadictos se interesen en particular?

—Pues la ketamina, supongo. Tengo entendido que se ha puesto de moda en esos ambientes. Al parecer, en las fiestas la llaman Special K.

—¿Y tú cómo la usas en veterinaria?

—Tanto nosotros como los médicos la usamos como anestésico en intervenciones quirúrgicas. Al utilizar anestesia normal existe el riesgo de que se inhiban la actividad cardiaca y la respiración, y con la ketamina se evita ese efecto secundario.

—¿Y con qué animales lo usáis?

—Sobre todo con perros y caballos, para anestesiarlos de forma segura y eficaz.

Gösta estiró las piernas despacio. Cada vez le crujían más las articulaciones y cada invierno se sentía más rígido.

—¿Cuánta ketamina se llevaron?

—Si no recuerdo mal, cuatro frascos de cien mililitros cada uno.

—¿Y eso es mucho? ¿Cuánto hay que administrarle a un caballo, por ejemplo?

—Pues depende del peso —dijo Jonas—. Por lo general suele calcularse algo más de dos mililitros por cada cien kilos.

—¿Y para una persona?

—La verdad, no lo sé, eso tendrás que preguntárselo a un cirujano o a un anestesista. Ellos te podrán dar datos exactos. Hice un curso de medicina general, pero de eso hace ya mucho. Yo sé de animales, no de personas. Pero ¿por qué te interesa tanto la ketamina, precisamente?

Gösta dudaba. No sabía si debería decírselo y revelar así el verdadero motivo de su visita. Al mismo tiempo, sentía curiosidad por saber cómo reaccionaría Jonas. Si, contra todo pronóstico, fuera él quien hubiera usado la ketamina y hubiera denunciado el robo para despistar, quizá se le notaría en la cara.

—Tenemos el resultado de la autopsia —dijo al final—. Y Victoria tenía restos de ketamina en la sangre.

Jonas se sobresaltó y lo miró con sorpresa y con horror.

—¿Quieres decir que creéis que el que se llevó a Victoria usó con ella la ketamina robada en mi consulta?

—Bueno, eso no podemos asegurarlo todavía, pero teniendo en cuenta que la robaron poco antes del secuestro y cerca de donde la vieron por última vez, no es del todo inverosímil.

Jonas meneó la cabeza.

—Es espantoso.

—¿No tienes ninguna sospecha de quién pudo asaltar la consulta? ¿No viste nada raro los días previos, o poco después?

—No, la verdad, no tengo ni idea. Ya os dije que en todos estos años es la primera vez que me pasa. Siempre he sido extremadamente cuidadoso a la hora de mantenerlo todo bien cerrado.

—¿Y no crees que alguna de las chicas podría...? —Gösta señaló los establos.

—No, desde luego que no. Seguro que han probado el aguardiente a escondidas, y no te digo que no se hayan fumado algún cigarro, pero ninguna está ni de lejos tan espabilada como para saber que las drogas que tiene un veterinario se pueden usar para ir de fiesta. Habla con ellas si quieres, pero te puedo asegurar que ni siquiera han oído hablar de ello.

—Ya, seguro que sí —murmuró Gösta. No se le ocurría nada más que preguntar, y Jonas pareció advertir que vacilaba.

—¿Alguna otra cosa? —preguntó sonriendo con cierto apuro—. En todo caso, podríamos dejarlo para otra ocasión.

Es que pronto tendré que atender al próximo paciente. Parece que el ratón *Nelly* ha comido algo que le ha sentado mal.

—Puaj, no me explico que la gente tenga esos animales en casa. —Gösta arrugó la nariz asqueado.

—Si tú supieras... —dijo Jonas, y le dio un apretón de manos de despedida.

Uddevalla, 1968

Desde muy al principio, se dio cuenta de que allí fallaba algo. Era como si faltara algo que debería existir, solo que Laila era incapaz de señalar qué, y parecía que ella fuese la única en percibirlo. Trataba de hablar del tema una y otra vez, y propuso que llevaran a la niña al médico, pero Vladek no la escuchaba. Era una niña preciosa y se portaba muy bien, seguro que no le pasaba nada.

Pero los signos eran cada vez más claros. La cara de la niña solo expresaba gravedad, y Laila esperaba sin descanso una sonrisa que nunca llegó. También Vladek empezó a comprender que algo pasaba, pero nadie se lo tomó en serio. En el centro de salud infantil le dijeron a Laila que cada niño era de una forma, que no había ningún patrón, que algunos niños eran más lentos. Pero a ella no le cabía duda. A su hija siempre le faltaría algo.

La niña tampoco lloraba. A veces Laila tenía que contenerse para no darle un pellizco, zarandearla o hacer cualquier cosa para provocar algún tipo de reacción. Cuando estaba despierta, se quedaba en silencio observando el mundo con una negrura tal en la mirada que Laila sentía pavor. Era una negrura inveterada, que no residía exactamente en los ojos, sino que irradiaba todo el cuerpo.

La maternidad no había resultado ni mucho menos como ella pensaba. La imagen que tenía, los sentimientos que creyó que abrigaría por la criatura cuando la tuviera en sus brazos..., nada coincidía con la realidad. Sospechaba que se debía a la niña, pero era su niña. Y la obligación de una madre es proteger a sus hijos pase lo que pase.

Ir en coche con Patrik resultó tan horrible como siempre. Martin se agarraba fuerte al asidero de encima de la puerta del copiloto y rezaba una y otra vez, aunque no era creyente.

—Menos mal que el firme está estupendo hoy —dijo Patrik.

Dejaron atrás la iglesia de Kville y, mientras cruzaban el pueblo, aminoró un poco la marcha. Pero no tardó en acelerar otra vez y, un par de kilómetros más adelante, al llegar a esa curva tan cerrada que había a la derecha, a Martin se le quedó la cara pegada al cristal helado de la ventanilla.

—¡Patrik! ¡Tienes que dejar de acelerar al salir de las curvas! Olvida lo que te dijo un día el profesor de la autoescuela, te digo que no es la técnica más adecuada.

—Yo conduzco de maravilla —masculló Patrik, aunque soltó un poco el acelerador. No era la primera vez que mantenían aquella discusión, y seguramente, no sería la última.

—¿Qué tal está Tuva? —preguntó al cabo de unos minutos, y Martin vio con el rabillo del ojo que él también lo miraba de soslayo. Le encantaría que la gente no anduviera con tanto cuidado. No pasaba nada porque le preguntaran, al contrario, eso quería decir que él y Tuva les importaban. Las preguntas no empeoraban las cosas, lo peor ya había ocurrido. Y tampoco abrían nuevas heridas, eran siempre las mismas, cada noche, cuando acostaba a su hija y ella le preguntaba por su madre. O cuando él se iba a la cama y se acostaba en su lado, junto al lado vacío de Pia. O cada vez que llamaba a casa para preguntar si compraba algo en el supermercado y caía en la cuenta de que ella no iba a responder nunca más.

—Bien, diría yo. Pregunta por Pia, claro, pero sobre todo para que le cuente cosas de ella. Creo que ya ha aceptado que no está. Los niños son más listos que nosotros en ese aspecto, me parece a mí. —Martin calló de pronto.

—Yo no puedo ni imaginarme lo que habría hecho si Erica hubiera muerto —dijo Patrik en voz baja.

Martin comprendió que estaba pensando en lo que les pasó dos años atrás, cuando no solo Erica, sino también los gemelos de los que estaba embarazada estuvieron a punto de morir en un accidente de coche.

—No sé si habría podido seguir viviendo. —A Patrik le temblaba la voz ante el mero recuerdo del día en que casi perdió a su mujer.

—Habrías podido —dijo Martin, y dirigió la vista al paisaje nevado que recorrían—. Es así. Y siempre hay alguien por quien vivir. Habrías tenido a Maja. Tuva lo es todo para mí en estos momentos, y Pia sigue viva en ella.

—¿Tú crees que algún día conocerás a otra mujer?

Martin se dio cuenta de que a Patrik le costaba preguntar, como si le pareciera inadecuado.

—En estos momentos me parece impensable; casi tan impensable como la idea de vivir solo el resto de mi vida. Ya llegará el momento. Ahora mismo tengo más que de sobra con la tarea de encontrar el equilibrio para Tuva y para mí. Estamos aprendiendo a llenar como podemos los huecos que ha dejado Pia. Y no solo tengo que estar listo yo, Tuva también tendrá que estar dispuesta a permitir que entre otra persona en la familia.

—Me parece sensato. —Patrik sonrió—. Además, tampoco quedan tantas chicas en Tanum, ¿no? Ya las tanteaste a casi todas antes de conocer a Pia, así que tendrás que ampliar la zona de búsqueda si no quieres repetir.

—Ja, ja, muy gracioso. —Martin notó que se ponía colorado. Patrik estaba exagerando, pero algo de razón sí tenía. Nunca había sido un tipo muy convencional, pero, con la combinación de ese encanto suyo de niño adorable y el pelo pelirrojo y las pecas, siempre había conseguido que las chicas tuvieran debilidad por él. En todo caso, cuando conoció a Pia se terminaron esos jueguecitos y, mientras estuvieron juntos, nunca miró a otra chica. La quería tanto que, ahora, la echaba de menos cada segundo.

De repente sintió que no tenía fuerzas para seguir hablando de ella. El dolor lo sacudió con toda su fuerza y su crueldad, y decidió cambiar de tema. Patrik se dio cuenta, y se pasaron el resto del viaje a Gotemburgo hablando de deporte.

Erica dudó un momento antes de llamar al timbre. Siempre resultaba una delicada cuestión de equilibrio cómo abordar la conversación con los familiares de la víctima, pero la madre de Minna le pareció amable y tranquila por teléfono. Ni rastro de ese tono agrio y escéptico tan habitual cuando se ponía en contacto con los familiares para recabar documentación para sus libros. En esta ocasión, además, no se trataba de un caso cerrado hacía tiempo, sino de una investigación en curso.

Llamó al timbre. Pronto se oyeron pasos al otro lado de la puerta, que alguien entreabrió enseguida.

—Hola —dijo Erica un tanto insegura—. ¿Anette?

—Todos me llaman Nettan —dijo la mujer, que se hizo a un lado y la invitó a pasar.

Triste. Ese fue el primer pensamiento de Erica cuando entró en el recibidor. Tanto la mujer como el apartamento le parecieron tristes, lo cual, seguramente, no solo se debía a la desaparición de Minna. La mujer que tenía delante parecía haber perdido la esperanza hacía mucho tiempo, humillada por las decepciones que la vida le había acarreado.

—Pasa —dijo Nettan, y se adelantó hacia el salón.

Por todas partes se veían objetos que, simplemente, habían ido a parar allí, y allí se habían quedado. Nettan miró nerviosa un montón de ropa que había en el sofá, y lo dejó en el suelo.

—Es que... quería ordenar un poco... —comenzó, pero dejó la frase inacabada.

Erica miró a hurtadillas a la madre de Minna, y se sentó en el borde del sofá. Nettan tenía casi diez años menos que ella, pero parecía tener la misma edad, como mínimo. Tenía la piel ajada, de tanto fumar, seguramente, y el pelo quebradizo y sin brillo.

—Estaba pensando... —Nettan se cruzó más aún la rebeca llena de bolillas que llevaba, como armándose de valor para preguntar algo—. Perdona, estoy un poco nerviosa. Aquí no suelen venir famosos. Bueno, nunca ha venido ninguno, para ser exactos.

Soltó una risa seca y, por un instante, Erica vio cuál debió de ser su aspecto cuando era más joven, cuando aún tenía ganas de vivir.

—Uf, qué raro me suena oírte decir eso —respondió, e hizo una mueca. No le gustaba ni pizca que la gente se refiriera a ella como a un famoso. Era una condición con la que, desde luego, no se identificaba.

—Ya, bueno, pero eres famosa. Yo te he visto en la tele. Aunque ibas más maquillada. —Nettan observó con discrección la cara de Erica, sin rastro de maquillaje.

—Sí, te ponen un montón de potingues cuando vas a salir en la tele. Pero es muy necesario, esos focos le dan a uno un aspecto horrible. Por lo general, yo casi nunca me maquillo. —Sonrió y se dio cuenta de que Nettan empezaba a relajarse.

—No, yo tampoco —comentó Nettan, y Erica encontró conmovedor que señalara algo tan evidente—. Lo que quería preguntarte es... ¿para qué querías hablar conmigo? La policía ya me ha interrogado varias veces.

Erica reflexionó unos segundos. En honor a la verdad, no tenía ninguna explicación razonable. La curiosidad era el motivo que más se acercaba a la verdad, pero claro, eso no lo podía decir abiertamente.

—He colaborado con la Policía local en ocasiones anteriores, y ahora que andan faltos de recursos, cuentan conmigo. Después de lo ocurrido con la chica que desapareció en Fjällbacka, necesitan un poco más de ayuda.

—Ajá, qué raro, porque... —Nettan dejó otra vez la frase inacabada, y Erica no le dio importancia. Quería empezar a plantear sus preguntas sobre Minna cuanto antes.

—Háblame del día que desapareció tu hija.

Nettan se cerró la rebeca un poco más. Se miró la rodilla y, cuando empezó a hablar, sonaba tan bajito que Erica apenas la oía.

—Al principio no comprendía que había desaparecido. O sea, no de verdad. Minna entraba y salía a su antojo. Nunca pude controlarla. Siempre tuvo mucho carácter y yo no... —Nettan levantó la vista y miró hacia la ventana—. A veces se quedaba un par de días en casa de alguna amiga. O de algún chico.

—¿Alguno en particular? ¿Salía con alguien? —intervino Erica.

Nettan negó con la cabeza.

—No que yo sepa, desde luego. Había varios, pero no, no creo que saliera con ninguno en particular. Es cierto que las últimas semanas parecía más contenta y me dio que pensar. Pero pregunté a varias de sus amigas y ninguna había oído hablar de ningún novio. En esa pandilla estaban muy unidos, seguro que lo habrían sabido.

−Entonces, ¿por qué crees que estaba más contenta?

Nettan se encogió de hombros.

−No lo sé. Pero yo me acuerdo de cómo era de adolescente. Los cambios de humor tan repentinos. También pudo deberse a que Johan se fue.

−¿Johan?

−Sí, mi novio. Estuvo viviendo en casa un tiempo, pero Minna y él no se llevaban bien.

−¿Cuándo se mudó Johan?

−No lo sé. Unos seis meses antes de que Minna desapareciera.

−¿La policía habló con él?

Nettan volvió a encogerse de hombros.

−Yo creo que hablaron con varios de mis antiguos novios. A veces he tenido un poco de lío...

−¿Alguno tuvo con Minna una actitud amenazante o violenta? −Erica se tragó la ira que empezaba a bullirle por dentro. Estaba al tanto de cómo podían reaccionar las víctimas de la violencia de género. Y después de lo que Lucas le había hecho a Anna, sabía perfectamente cómo el miedo se apoderaba de la voluntad. Pero ¿cómo podía nadie permitir que sus hijos sufrieran algo así? ¿Cómo podía debilitarse el instinto materno hasta el punto de permitir que otra persona hiciera daño psíquico o físico a tu propio hijo? No se lo explicaba. Por un instante pensó en Louise, sola y encadenada en el sótano de la familia Kowalski. Era lo mismo, o mucho peor.

−Sí, bueno, alguna vez. Pero Johan nunca le pegó, era solo que discutían a gritos por cualquier cosa. Así que creo que, cuando él se mudó, ella se sintió aliviada. Un día, Johan hizo la maleta y se fue sin más. Y nunca volvimos a saber de él.

—¿Cuándo te diste cuenta de que no estaba en casa de una amiga?

—Nunca había estado fuera de casa más de un día o dos, a lo sumo. Así que cuando pasaron más de dos días y al ver que no respondía al móvil, empecé a llamar a sus amigos. Ninguno sabía nada de ella desde hacía tres días, y entonces...

Erica se mordió la lengua. ¿Cómo había tardado tres días en reaccionar sin tener noticias de una niña de catorce años? Desde luego, ella pensaba ejercer un control férreo sobre sus hijos cuando llegaran a la adolescencia. Jamás los dejaría salir sin saber adónde iban y con quién.

—Al principio la policía no me tomó en serio —continuó Nettan—. Conocían a Minna, había tenido... algún problemilla, así que no querían ni admitir la denuncia de desaparición.

—¿Cuándo se dieron cuenta de que tenía que haberle pasado algo?

—Al cabo de otras veinticuatro horas. Luego encontraron a esa señora que decía que había visto a Minna subirse a un coche. Con el precedente de las otras chicas desaparecidas, deberían haberlo relacionado antes. Mi hermano dice que debería denunciarlos. Dice que, si hubiera sido una niña rica como las demás, habrían dado la alarma enseguida. Pero que a la gente como nosotros no la escuchan. No me parece justo. —Nettan bajó la vista y empezó a quitarle bolillas a la rebeca.

Erica se tragó sus opiniones. Resultaba interesante oír que Nettan llamaba ricas a las otras muchachas. En realidad, pertenecían más bien a la clase media, pero las diferencias de clase eran algo relativo. Ella, por su parte, se había presentado allí con un puñado de prejuicios, que se acentuaron nada más entrar en el apartamento. ¿Qué derecho tenía a censurar a Nettan? No tenía ni idea de las circunstancias que habían rodeado su vida.

—Deberían haberte escuchado, sí —dijo Erica y, en un impulso, le dio la mano a Nettan.

Ella se sobresaltó como si se hubiera quemado, pero no retiró la mano. Y las lágrimas empezaron a rodarle por las mejillas.

—He hecho tantas barbaridades... He... he... y ahora puede que sea demasiado tarde. —La voz empezó a sonar entrecortada y las lágrimas acudían cada vez más abundantes a sus ojos.

Era como si hubieran abierto un grifo, y Erica intuyó que Nettan llevaba mucho tiempo conteniendo el llanto. En aquellos momentos lloraba no solo por su hija, que había desaparecido y que, con toda probabilidad, no volvería nunca, sino también por todas las decisiones equivocadas que había tomado y que le habían procurado a Minna una vida muy distinta de la que, seguramente, había soñado para ella.

—Yo solo quería que fuéramos una familia completa. Que Minna y yo tuviéramos alguien que se ocupara de nosotras. Nadie se ha ocupado nunca de nosotras. —Nettan temblaba entre sollozos y Erica se le acercó un poco más, la abrazó y dejó que le llorase en el hombro. Le acarició el pelo y la calmó igual que solía hacer con Maja y los gemelos cuando necesitaban consuelo. Se preguntó si alguien habría consolado así a Nettan con anterioridad. Quizá ella tampoco consoló así a Minna en su vida. Una triste cadena de decepciones en una vida que no resultó como uno esperaba.

—¿Quieres ver fotos? —dijo Nettan de pronto, liberándose del abrazo de Erica. Se secó las lágrimas con la manga de la rebeca y miró expectante a Erica.

—Pues claro que sí.

Nettan se levantó y volvió con unos álbumes que había en una estantería de Ikea desvencijada.

El primer álbum, de cuando Minna era pequeña, contenía fotos de una Nettan joven y sonriente con su hija en brazos.

—¡Qué contenta se te ve! —dijo Erica sin poder contenerse.

—Sí, fue una época maravillosa. La mejor. Yo solo tenía diecisiete años cuando la tuve, pero era inmensamente feliz. —Nettan pasó el dedo por una de las fotos—. Aunque, madre mía, qué pintas llevaba... —Se rio, y Erica asintió con una sonrisa. La moda de los años ochenta era horrible, pero la de los noventa no fue mucho mejor.

Siguieron hojeando álbumes mientras los años pasaban por sus manos. Minna era una niña preciosa, pero a medida que iba creciendo, más huraño se le iba volviendo el semblante, y más se le iba apagando el brillo de los ojos. Erica comprobó que Nettan también se había dado cuenta.

—Yo pensaba que hacía todo lo que estaba en mi mano —dijo en voz baja—. Pero no era verdad. No debería haber... —Clavó la vista en uno de los hombres que aparecía en los álbumes. Eran bastantes, constató Erica para sus adentros. Hombres que entraban en sus vidas, causaban una decepción más y se marchaban otra vez.

—Este es Johan, por cierto. Nuestro último verano juntos. —Señaló otra foto en la que reinaba un ambiente de pleno verano. Un hombre alto con el pelo rubio le rodeaba los hombros con el brazo en un cenador. Detrás de ellos había una cabaña roja con las ventanas pintadas de blanco y rodeada de verde follaje. Lo único que estropeaba el idilio era Minna, a todas luces enfadada, que, sentada a su lado, los miraba furiosa.

Nettan cerró el álbum de golpe.

—Lo único que quiero es que vuelva a casa. Lo haría todo de forma muy diferente. Todo.

Erica guardó silencio. Se quedaron así un rato, sin saber qué decir. Pero no era un silencio incómodo, sino apacible y seguro. De repente, llamaron a la puerta y se llevaron un sobresalto. Nettan se levantó para ir a abrir.

Al ver quién entraba en el recibidor, Erica se levantó atónita.

—Hola, Patrik —dijo con una sonrisa bobalicona.

Paula entró en la cocina de la comisaría y, tal y como se había imaginado, allí estaba Gösta. Al verla, se le iluminó la cara.

—¡Hombre, Paula! ¡Hola!

Ella le sonrió encantada. También Annika se había alegrado muchísimo al verla y salió a toda prisa de la recepción para darle un abrazo y hacerle mil preguntas sobre la pequeña Lisa.

Se le acercó Gösta, la abrazó, con más comedimiento que Annika, y luego la alejó un poco. La escrutó con la mirada.

—Estás blanca como la cera y parece que llevaras semanas sin dormir.

—Gracias, Gösta, desde luego, eres un hacha de los cumplidos —bromeó Paula, hasta que vio lo serio que estaba—. Sí, han sido unos meses muy duros. Ser madre no es solo una maravilla —añadió.

—Ya, me han dicho que esa niña te está poniendo a prueba, así que espero que esto solo sea una visita de cortesía, que no vengas pensando en el trabajo.

La llevó con tanta suavidad como firmeza hasta la silla que había al lado de la ventana.

—Siéntate. Un café, ahora mismo. —Llenó una taza y la plantó encima de la mesa. Luego se sirvió una y se sentó enfrente de Paula.

—Bueno, las dos cosas, podríamos decir —respondió Paula, y dio un sorbito de café. Le resultaba raro verse en la calle ella sola, sin los niños, pero también era muy agradable sentirse otra vez la de siempre.

Gösta frunció el entrecejo.

—Hacemos lo que podemos.

—Ya lo sé. Pero Bertil ha dicho antes una cosa que me ha recordado algo. O más bien, me ha hecho sentir que hay algo que debería recordar.

—¿Qué quieres decir?

—Pues sí, verás, me ha hablado de los resultados de la autopsia. Y eso de la lengua me resultaba familiar. No sé dónde lo he visto, así que había pensado hurgar un poco en los archivos y ver si se me activa la memoria. Ya no tengo la misma cabeza que antes, por desgracia. Eso de que se te llena el cerebro de serrín cuando das el pecho no es ningún mito, según parece. Ya casi no puedo ni controlar el mando a distancia.

—Sí, por Dios, sé perfectamente cómo va eso de las hormonas. Recuerdo cuando Maj-Britt... —Gösta guardó silencio, volvió la cara y se puso a mirar por la ventana. Paula sabía que estaba pensando en el hijo que él y su mujer tuvieron y perdieron casi enseguida, y Gösta sabía que ella lo sabía, y que por eso lo dejaría en paz un rato para que recordara en silencio.

—¿Y no tienes ni idea de qué puede ser? —dijo Gösta al fin, volviendo la vista a Paula.

—Pues no, lo siento —suspiró ella—. Sería un poco más fácil si al menos supiera por dónde empezar. El archivo no es pequeño que digamos.

—No, la verdad, revisarlo sin un plan es muchísimo trabajo —dijo Gösta.

Paula hizo una mueca.

—Lo sé. Así que más vale que empiece cuanto antes.

—¿Seguro que no deberías estar en casa descansando y cuidando de Lisa? —Gösta tenía aún una expresión preocupada.

—Lo creas o no, esto es más descansado que estar en casa. Y es estupendo poder quitarse el pijama un día. ¡Gracias por el café!

Paula se levantó. Hoy por hoy, casi todo se archivaba digitalizado, pero todo el material de las investigaciones antiguas se conservaba en papel. Si hubieran tenido recursos para ello, habrían podido escanearlo todo para que cupiera en un único disco duro, en lugar de que ocupara una habitación del sótano entera. Pero no disponían de esos recursos y la cuestión era si alguna vez los tendrían.

Bajó la escalera, abrió la puerta y se quedó un instante en el umbral. Madre mía, ¡qué cantidad de documentos! Había incluso más de lo que recordaba. Las investigaciones se archivaban por años, y, a fin de seguir algo así como una estrategia, decidió empezar por los más antiguos. Bajó resuelta la primera caja y se sentó con ella en el suelo.

Una hora después solo había llegado a la mitad de la caja y comprendió que el proyecto podía resultar tan lento como infructuoso. No solo no estaba segura de lo que buscaba, ni siquiera sabía si estaría en aquella habitación. Pero desde que empezó a trabajar en la comisaría, había dedicado bastante tiempo a revisar material antiguo y documentación de archivo. En parte porque le interesaba, en parte para conocer la historia de la delincuencia en la zona. Así que lo más lógico era que lo que trataba de recordar estuviese allí.

Unos toquecitos en la puerta la sacaron de su ensimismamiento. Mellberg asomó la cabeza.

—¿Cómo vas? Rita acaba de llamar, quería que viera cómo estás y que te dijera que Lisa se encuentra perfectamente.

—Estupendo, yo también estoy fenomenal. Pero supongo que, en realidad, no era eso lo que tú querías saber...

—Pues, bueno...

—Lo siento, no he avanzado mucho, y todavía no he caído en la cuenta de qué es lo que tengo que buscar. Puede que no sea más que este pobre cerebro mío que está agotado y me juega malas pasadas. —Presa de la frustración, se hizo rápidamente una cola de caballo con una goma que llevaba en la muñeca.

—No, no, no empieces a dudar ahora —dijo Mellberg—. Tienes mucha intuición y hay que confiar en el pálpito del primer momento.

Paula lo miró perpleja. Bertil manifestando su apoyo y alentando con frases positivas. Ya podía salir corriendo a comprar lotería.

—Sí, seguramente tienes razón —dijo, a la vez que ordenaba los documentos del archivador que tenía delante—. Algo tiene que ser, seguiré intentándolo un poco más.

—Toda sugerencia será bienvenida. En estos momentos no tenemos nada. Patrik y Martin han ido a Gotemburgo a hablar con un tipo que va a adivinar quién es el secuestrador pero mirando algo así como una bola de cristal mental. —Mellberg adoptó una expresión de superioridad y continuó con afectación—: En mi opinión, el asesino tiene entre veinte y setenta años, puede ser hombre o mujer y vive en un piso o, por qué no, en un chalé. Ha realizado uno o varios viajes al extranjero a lo largo de su vida, suele hacer la compra en el ICA o en el Konsum, come tacos los viernes y no se pierde un programa de *Let's dance*. Ni el Allsång, el canto colectivo de verano en el Skansen de Estocolmo.

Paula no pudo contener una carcajada al oír la retahíla.

—Bertil, eres un modelo de hombre sin prejuicios. Pues no estoy de acuerdo contigo. Yo sí que creo que puede aportarnos algo, sobre todo, teniendo en cuenta lo particulares que son las circunstancias en este caso.

—Bueno, bueno, ya veremos quién tiene razón. Sigue buscando, anda. Pero no te agotes, que Rita me mata si se entera.

—Te lo prometo —dijo Paula con una sonrisa. Y volvió a la tarea de rebuscar y leer.

Patrik echaba humo de indignación. La sorpresa que se había llevado al ver a su mujer en el salón de la madre de Minna se transformó en ira en un abrir y cerrar de ojos. Erica tenía la molesta tendencia de meterse en asuntos que no le concernían, y en algunas ocasiones había estado a punto de estropearlo todo. Pero no podía descubrirse ante Nettan, así que tuvo que poner buena cara durante la conversación, mientras Erica escuchaba al lado, con los ojos como platos y una sonrisa de Mona Lisa.

En cuanto salieron del bloque y Nettan no podía oírlos, Patrik explotó.

—¿Qué demonios te crees que estás haciendo? —No era nada frecuente que Patrik perdiera la calma, y notó que empezaba a dolerle la cabeza nada más pronunciar la primera sílaba.

—Pensaba que... —comenzó Erica, tratando de seguir los pasos de Patrik y de Martin hacia el aparcamiento. Martin iba muy callado y con cara de querer encontrarse en cualquier otro sitio.

—¡No, desde luego que no! ¡No me puedo creer que estuvieras pensando! —Patrik tosió un poco. Se había acelerado tanto y respiraba tan rápido que el aire helado le llenó los pulmones.

—No os da tiempo de hacerlo todo solos, con la falta de recursos que tenéis, así que pensé que... —dijo Erica, haciendo otro intento.

—¿No podrías habérmelo dicho por lo menos? Claro que jamás habría permitido que vinieras a hablar con los familiares implicados en una investigación, y me figuro que no me preguntaste precisamente por eso.

Erica asintió.

—Sí, más o menos. También ha sido porque necesitaba alejarme del libro. Estoy atascada y se me ocurrió que si me concentraba en otra cosa, quizá...

—¡Como si este caso fuera una especie de terapia laboral! —Patrik gritaba de tal modo que los pájaros que había posados en un poste de teléfono echaron a volar aterrados—. Si te has atascado con la novela, búscate otra forma de resolverlo mejor que meter las narices en una investigación en curso. ¿Es que no estás en tu sano juicio, criatura?

—Vaya, así que hablando como tu abuelo, ¿eh? —Erica trató de ser chistosa, pero lo único que consiguió fue que Patrik se enfadara aún más.

—Es ridículo, vamos. Como una novela policíaca inglesa de las malas, en la que una anciana curiosa se dedica a correr de un sitio a otro interrogando a todo el mundo.

—Ya, pero al escribir yo hago lo mismo que vosotros. Hablo con la gente, compruebo hechos, cubro las lagunas que hay en las investigaciones, leo declaraciones de testigos...

—Sí, claro, y como escritora se te da muy bien, pero esto es una investigación policial que, como su nombre indica, deben llevar a cabo policías.

Habían llegado al coche. Martin estaba en el lado del copiloto, indeciso y sin saber cómo actuar al verse sin querer en plena línea de fuego.

—Pero tienes que reconocer que yo os he ayudado en otras ocasiones —dijo Erica.

—Sí, claro —reconoció Patrik, a su pesar. Y no solo había sido de ayuda, sino que había contribuido activamente a resolver varios de los casos de asesinato de la comisaría, pero él no tenía intención de reconocerlo.

—¿Ya os vais a casa? Es mucho viaje solo para hablar un rato con Nettan, ¿no?

—Bueno, es lo que has hecho tú, ¿verdad?, venir hasta aquí solo para hablar con ella.

—*Touché.* —Erica sonrió y Patrik notó que empezaba a pasársele el enfado. No era capaz de estar enfadado con su mujer mucho rato y, por desgracia, ella lo sabía perfectamente.

—Pero yo no tengo que andar ahorrando recursos —continuó—. ¿Qué otra cosa os ha traído por aquí?

Patrik soltó un taco para sus adentros. Erica era a veces más lista de lo que le convenía. Miró a Martin en busca de apoyo, pero su colega meneó la cabeza sin más. Menudo cobarde, pensó Patrik.

—Vamos a hablar con una persona.

—¿Una persona? ¿Qué persona? —dijo Erica, y Patrik apretó los labios. Tenía plena conciencia de lo tozuda que era Erica, y de hasta qué extremos llegaba su curiosidad. Y la combinación podía resultar increíblemente insoportable.

—Vamos a hablar con un experto —dijo—. Por cierto, ¿quién va a recoger a los niños? ¿Mi madre? —preguntó en un intento por desviar la conversación.

—Sí, Kristina y su novio —respondió Erica, y puso la misma cara que un gato que acabara de tragarse un canario.

—¿Mi madre y su qué? —Patrik notaba como si fuera a darle la migraña. Este día iba de mal en peor.

—Seguro que es un tipo encantador. Bueno, pero dime, ¿con qué clase de experto habéis quedado?

Patrik se apoyó en el coche, hecho polvo. Y se rindió.

—Vamos a ver a un experto en perfiles de delincuentes.

—¿Un experto en conducta criminal? —A Erica le brillaban los ojos.

Patrik dejó escapar un suspiro.

—Bueno, no sé, no creo que sea eso exactamente.

—Muy bien, pues os sigo —dijo Erica, dirigiéndose al coche.

—¡Que no, vamos a ver...! —gritó Patrik, hablándole a la espalda de Erica, que no le hacía ni caso; pero Martin lo interrumpió.

—Más te vale abandonar, no tienes la menor oportunidad. Deja que venga con nosotros. Es verdad que nos ha

149

sido de gran ayuda en otras ocasiones, y esta vez, estamos nosotros delante y podemos controlar el asunto. Tres pares de ojos ven más que dos.

—Ya, sí, bueno, pero de todos modos... —masculló Patrik.

Entró en el coche y se sentó al volante.

—Y encima, tampoco hemos sacado nada en limpio de la madre de Minna.

—No, pero puede que tengamos suerte y que Erica sí haya sacado información —dijo Martin.

Patrik le lanzó una mirada matadora. Luego arrancó el coche y salió derrapando.

—¿Con qué ropa la vamos a enterrar? —La pregunta de su madre le partió el alma a Ricky. No creía que pudiera sentir más dolor, pero la idea de sumir a Victoria en una oscuridad eterna le resultaba tan dolorosa que le entraban ganas de gritar.

—Sí, es verdad, algo bonito habrá que podamos ponerle, ¿no? —dijo Markus—. Tal vez ese vestido rojo que tanto le gustaba.

—Ese vestido es de cuando tenía diez años —dijo Ricky. A pesar del dolor, no pudo por menos de sonreír ante el proverbial despiste de su padre.

—¿No me digas? ¿Tanto? —Markus se levantó y empezó a recoger los platos, pero se paró de pronto y volvió a sentarse a la mesa. Así estaban todos, trataban de hacer las tareas cotidianas, pero enseguida se daban cuenta de que les faltaba energía. Carecían de fuerzas. Y ahora tendrían que tomar un montón de decisiones acerca del homenaje y el entierro, aunque no eran capaces ni de pensar en lo que iban a desayunar por las mañanas.

—El negro. El de Filippa K —dijo Ricky.

—¿Ese cuál es? —preguntó Helena.

—Ese que a papá y a ti siempre os parecía demasiado corto. A Victoria le encantaba. Y no le daba un aspecto vulgar en absoluto. Le quedaba muy bien. Divinamente.

—¿De verdad? —dijo Markus—. Negro... ¿No es un poco deprimente?

—No, que sea ese —insistió Ricky—. Se veía guapísima con él. ¿No os acordáis? Se pasó seis meses ahorrando para poder comprárselo.

—Tienes razón. Sí, ese es el vestido que tiene que llevar. —Helena lo miró suplicante—. ¿Y la música? ¿Qué música elegimos? Ni siquiera sé lo que le gustaba... —Helena rompió a llorar y Markus le acarició el brazo torpemente.

—Pondremos a Laleh, con *Some Die Young,* y también *Beneath your Beautiful,* de Labrinth. Eran dos de sus canciones favoritas. Y van muy bien.

Lo consumía tener que ocuparse de todo aquello, y el llanto le hacía un nudo en la garganta. El dichoso llanto, siempre amenazando con aflorar.

—¿Y la invitación? —Otra pregunta lanzada al aire de pronto. Su madre movía con nerviosismo las manos por encima de la mesa. Tenía los dedos finos y pálidos.

—Pastel salado de pan de molde. Le gustaban los platos tradicionales. ¿No os acordáis de que era su plato favorito?

Se le quebró la voz, y sabía que había sido injusto: por supuesto que se acordaban. Ellos recordaban mucho, muchísimo más que él. Y sus recuerdos se retrotraían mucho más lejos en el tiempo. Seguro que tenían tantos que no eran capaces ni de clasificarlos. Él tendría que ayudarles, sin más.

—Y refresco de Navidad. Era capaz de beber litros y litros. No pueden haber dejado de venderlo ya, ¿no? ¿Verdad que no? —Trató de recordar si lo había visto recientemente en los estantes del supermercado y casi le da un ataque al ver que no le venía a la memoria la imagen del refresco navideño. De repente le parecía lo más importante del mundo: encontrar refresco navideño para el entierro.

—Estoy seguro de que todavía lo venden. —Su padre lo tranquilizó poniéndole la mano en el hombro—. Es una idea estupenda. Todo lo que has propuesto es estupendo. Le pondremos el vestido negro. Mamá seguro que sabe dónde está, y puede plancharlo antes. Y le pediremos a la tía Anneli que haga unos pasteles salados. A ella le salen muy bien, y a Victoria le encantaban. Si hasta habíamos pensado encargárselos a Anneli para la fiesta de fin de curso este verano... —Ahí pareció perder el hilo un instante—. En fin, que sí, que en la tienda venden todavía refresco navideño. Haremos eso, saldrá estupendamente. Todo saldrá estupendamente.

No, nada saldrá bien, quería gritar Ricky. Estaban hablando de que a su hermana iban a meterla en un ataúd para luego enterrarla. Nada volvería a salir bien nunca.

En lo más recóndito, aquel secreto seguía atormentándolo. Tenía la sensación de que seguramente se le notaría que estaba ocultando algo, pero sus padres no parecían darse cuenta. Se pasaban el tiempo sentados en aquella cocina con las típicas cortinas estampadas de arándanos que tanto gustaban a su madre y que Victoria y él querían que cambiara.

¿Cambiarían las cosas cuando despertaran del sopor? ¿Lo comprenderían todo entonces? Ricky era consciente de que, tarde o temprano, tendría que hablar con la policía. Pero ¿soportarían sus padres la verdad?

A veces, Marta se sentía como la institutriz de *Annie*. Niñas, niñas, niñas por todas partes.

—¡Liv ha montado a *Blackie* tres veces seguidas! —Ida se le acercaba por la explanada con las mejillas encendidas—. Ahora debería tocarme a mí.

Marta soltó un suspiro. Siempre las mismas disputas. La jerarquía en las caballerizas era muy rígida, y ella veía, oía e intuía las peleas mucho más de lo que las chicas creían. Por lo general, le gustaban los juegos de poder entre ellas, y los encontraba interesantes, pero hoy no tenía fuerzas para aguantarlo.

—Vosotras sabréis. A mí no me vengáis con esas tonterías.

Vio que Ida retrocedía horrorizada. Las chicas sabían que era estricta, pero no solía estallar de aquel modo.

—Perdona —dijo enseguida, aunque no lo sentía. Ida era una protestona y una consentida, y debería aprender a comportarse, pero Marta tenía que ser práctica. Dependían de los ingresos de la escuela de equitación, nunca podrían vivir solo de lo que Jonas ganaba como veterinario, y las chicas, más bien sus padres, eran sus clientes. Así que no tenía más remedio que darles coba.

—Perdona, Ida —repitió—. Estoy conmocionada con lo de Victoria, espero que me comprendas. —Hizo de tripas corazón y sonrió a Ida, que se relajó enseguida.

—Claro que sí. Es horrible. Que esté muerta y todo eso.

—Bueno, pues yo creo que hablamos con Liv y que hoy montas tú a *Blackie*. A menos que prefieras montar a *Scirocco*, claro.

A Ida se le encendió la mirada de alegría.

—¿De verdad? ¿No va a montarlo Molly?

—Hoy no —dijo Marta, y puso cara de amargura solo de pensar en su hija, que estaba en casa llorando por una competición a la que no podría ir.

—Pues entonces, prefiero a *Scirocco*, así Liv puede quedarse con *Blackie* hoy también —dijo Ida, en un rapto de generosidad.

—Estupendo, pues resuelto. —Marta le pasó el brazo por los hombros y entraron juntas en el establo. El olor a caballo le dio en la cara. Era uno de los pocos lugares del mundo donde se sentía en casa, donde se sentía plena como persona. Solo a Victoria le gustaba aquel olor tanto como a ella. Cada vez que entraba en las caballerizas le afloraba a los ojos la misma expresión de felicidad que Marta sabía que ahora se apreciaba en los suyos. Se sorprendió al comprobar que la echaba de menos. Y esa nostalgia la abatió con una fuerza inesperada que la dejó aturdida. Se quedó en el pasillo y oyó como en la lejanía la voz de Ida que le decía triunfal a Liv que estaba cepillando a *Blackie* en la cuadra:

—Puedes montarlo hoy también. Marta me ha dicho que yo montaré a *Scirocco*. —Era obvio lo mucho que se alegraba de poder chincharle así.

Marta cerró los ojos y recordó a Victoria. El pelo negro que le revoloteaba por la cara cuando cruzaba la pista a toda velocidad. Cómo conseguía, con una firmeza suave, que todos los caballos obedecieran el menor de sus movimientos. Marta poseía el mismo poder inexplicable sobre aquellos animales, pero existía una gran diferencia. Los caballos obedecían a Marta porque la respetaban, pero también porque la temían. A Victoria la obedecían por la suavidad de su trato y por la fortaleza de su voluntad. Y ese contraste siempre fascinó a Marta.

—¿Por qué ella sí puede montar a *Scirocco* y yo no?

Marta miró a Liv, que, de repente, se le plantó delante con los brazos cruzados.

—Porque tú no pareces muy dispuesta a dejar que otras monten a *Blackie*. Así que lo montarás hoy también. Tal como querías. ¡Todas contentas!

Notó que estaba a punto de perder los estribos otra vez. Su trabajo habría sido mucho más sencillo si solo hubiera tenido que ocuparse de los caballos.

Además, para discutir, ya tenía a su mocosa. Jonas detestaba que llamara así a Molly incluso cuando fingía que se lo decía de broma. No se explicaba cómo podía estar tan ciego. Molly empezaba a convertirse en un ser insoportable, pero Jonas se negaba a escucharla, y ella no podía hacer nada.

Desde que se vieron por primera vez, Marta supo que él era la pieza que faltaba en el rompecabezas de su vida.

Después de intercambiar tan solo una mirada, supieron que eran el uno para el otro. Cada uno se había visto a sí mismo en el otro, y aún se veían reflejados y así sería siempre. Lo único que se interponía entre los dos era Molly.

Jonas la amenazó con dejarla si no aceptaba tener hijos, así que ella cedió. En realidad, no creyó que lo dijera en serio. Él sabía tan bien como ella que si se separaban, no encontrarían a nadie que los comprendiera igual. Pero no se atrevió a correr el riesgo. Había encontrado a su alma gemela y, por primera vez en la vida, cedió a la voluntad ajena.

Cuando Molly nació, todo fue tal y como ella se temía. Tuvo que compartir a Jonas con otra persona. Alguien que, al principio, ni siquiera tenía voluntad o identidad propias y le arrebataba una gran parte de él. No se lo explicaba.

Jonas quiso a Molly desde el primer momento, de un modo tan automático e incondicional que Marta casi no lo reconocía. Y, a partir de entonces, se abrió una brecha entre los dos.

Fue a ayudar a Ida con *Scirocco*. Sabía de antemano que Molly se volvería loca de rabia cuando supiera que había dejado que lo montara otra chica, pero después de la escenita de su hija, Marta experimentaba cierta satisfacción ante la idea. Seguro que también Jonas le soltaría una regañina, pero ya sabía ella cómo hacer que pensara en otra cosa. La siguiente competición era dentro de una semana; para entonces, Jonas sería como cera entre sus dedos.

No era nada fácil la tarea que había emprendido Paula. Y Gösta no podía evitar preocuparse por ella. Tenía muy mala cara.

Revolvía los documentos que tenía encima de la mesa un poco sin ton ni son. Era frustrante no saber con exactitud cómo seguir adelante con la investigación. Todo el trabajo que habían realizado desde que desapareció Victoria había sido en vano, y ahora no les quedaban muchas pistas. El interrogatorio a Jonas tampoco les había facilitado ninguna información nueva. Gösta le pidió que le refiriera otra vez la historia con toda la intención, solo para comprobar si variaba algún detalle con respecto a la denuncia; pero el relato de los acontecimientos fue el mismo que el descrito la primera vez, sin desviaciones. Y al saber que habían usado ketamina con Victoria tuvo una reacción natural y totalmente lógica. Gösta dejó escapar un suspiro. La verdad, podía dedicar un rato a examinar las otras denuncias, que llevaban un tiempo acumulando polvo encima de la mesa.

La mayoría eran cosas de poca monta: el robo de una bicicleta, hurtos, disputas vecinales con las tonterías de siempre y acusaciones ficticias de por medio. Pero algunas de ellas llevaban demasiado tiempo sin ser atendidas, y se sintió un poco avergonzado.

Decidió examinar la que estaba debajo del montón y que, en consecuencia, era la más antigua. Una sospecha de asalto con allanamiento. Pero ¿se podía considerar un allanamiento? Una mujer, Katarina Mattsson, había descubierto unas huellas sospechosas en su jardín, leyó Gösta, y una noche vio a alguien observando fijamente desde su parcela en la oscuridad. Fue Annika quien tomó nota de la denuncia y, por lo que él sabía, la mujer no había vuelto a llamar, con lo que se deducía que no había tenido más problemas. De todos modos, deberían hacer un seguimiento, así que Gösta decidió que la llamaría un poco más tarde.

Estaba a punto de dejar la denuncia otra vez encima de la mesa cuando se fijó en la dirección de la denunciante, y empezó a darle vueltas a la cabeza. Podía tratarse de una coincidencia, pero quién sabía. Leyó otra vez la denuncia con suma atención durante unos minutos, y tomó una decisión.

Poco después iba en el coche camino de Fjällbacka. La dirección que buscaba se encontraba en un barrio que se llamaba el Vivero, nadie sabía por qué. Giró hacia la tranquilidad de la calle de casas muy próximas y con parcelas minúsculas. No había comprobado antes que estuviera en casa, probó suerte sin más; pero al llegar al sitio vio que había luz en las ventanas. Lleno de expectación, llamó al timbre. Si no estaba equivocado, podía ser que hubiera descubierto algo decisivo. Gösta miró de reojo la casa de la izquierda. No se veía a nadie de la familia, y esperaba que ningún miembro se asomara justo en ese momento.

Oyó pasos que se acercaban, y finalmente abrió la puerta una mujer que lo miraba sorprendida. Gösta se presentó en el acto y le explicó el motivo de su visita.

—Ah, sí, hace tanto que llamé para denunciarlo que casi lo había olvidado. Adelante, adelante.

Se hizo a un lado para dejarlo pasar. Dos niños de unos cinco años de edad asomaron la cabeza desde una habitación de la planta baja, y Katarina los señaló antes de presentarlos.

—Mi hijo Adam y su amigo Julius.

A los niños se les iluminó la cara al verlo vestido de policía, Gösta les hizo una seña discreta y los pequeños se le acercaron corriendo y empezaron a examinarlo de arriba abajo.

—¿Eres un policía de verdad? ¿Llevas pistola? ¿Le has disparado a alguien? ¿Tienes aquí las esposas? ¿Y la radio para hablar con los demás policías?

Gösta se echó a reír y levantó las dos manos para que pararan.

—Tranquilos, chicos. Sí, soy un policía de verdad. Y sí, tengo una pistola, aunque no la llevo encima, y no, nunca le he disparado a nadie. ¿Y qué más? Ah, sí, claro que tengo una radio para llamar y pedir refuerzos si sois demasiado traviesos. Y las esposas las llevo aquí. Si me dejáis hablar primero con la mamá de Adam, os las enseño luego.

—¿De verdad? ¡Bieeeen! —Los niños se pusieron a bailar de alegría y Katarina meneó encantada la cabeza.

—Les has alegrado el día. E incluso el año entero, diría yo. Pero a ver, ya habéis oído a Gösta. Solo os dejará ver las esposas y la radio si os portáis bien mientras hablamos, así que seguid viendo la película y ya os llamaremos cuando hayamos terminado.

—Vale... —dijeron los pequeños, que se alejaron por el pasillo no sin antes lanzar a Gösta una mirada de admiración.

—Siento el asalto —dijo la mujer, y se adelantó en dirección a la cocina.

—No importa, es más, me encanta —dijo Gösta siguiéndola—. Hay que disfrutarlo mientras dura. Dentro de diez años puede que me griten poli de mierda si me ven por la calle.

—Madre mía, no digas eso. Ya sufro de pensar en las maravillas que traerá consigo la adolescencia.

—No creo que tengáis ningún problema. Tú y tu marido conseguiréis que sea un buen chico. Por cierto, ¿tenéis más niños? —Gösta se sentó a la mesa de una cocina muy usada y desgastada, pero luminosa y agradable.

—No, solo tenemos a Adam. Pero estamos... Bueno, nos separamos cuando Adam tenía un año, y a su padre no le interesa mucho involucrarse en sus cosas. Tiene otra mujer, tiene hijos y parece que el amor no da para tantos. Las pocas veces que invitan a Adam, se siente un estorbo.

Katarina le hablaba de espaldas, mientras echaba cucharadas de café de un tarro en la cafetera. Luego se volvió y se encogió de hombros como disculpándose.

—Perdona que me haya desahogado así, sin más. A veces se me desborda la amargura. Pero Adam y yo nos las arreglamos muy bien, y si su padre no quiere enterarse de lo maravilloso que es su hijo, él se lo pierde.

—No tienes por qué disculparte —dijo Gösta—. Me parece que tienes motivos de sobra para sentirte decepcionada.

Desde luego, hay cada mentecato..., pensó Gösta. ¿Cómo podían dejar de lado a un niño para dedicarse por entero a la nueva camada? Observó a Katarina mientras llevaba las tazas a la mesa. Irradiaba una especie de serenidad agradable y calculó que tendría unos treinta y cinco años. Recordaba de la denuncia que era profesora de primaria, y pensó que, seguramente, sería buena y muy querida por sus alumnos.

—Ya no esperaba que os pusierais en contacto conmigo —dijo, y se sentó después de haber servido el café y de abrir una lata de galletas—. Y no es una queja, que conste. Cuando Victoria desapareció, comprendí que, obviamente, teníais que concentraros en ese caso.

Le ofreció a Gösta la lata invitándolo a probar las galletas, y Gösta se decidió por tres. Obleas de avena. Después de las galletas Ballerina, sus favoritas.

—Pues sí, lógicamente, ha ocupado la mayor parte de nuestro tiempo, pero, de todos modos, yo debería haberme ocupado de tu denuncia un poco antes, así que siento mucho que hayas tenido que esperar.

—Bueno, ya estás aquí —dijo Katarina, y se llevó una galleta a la boca.

Gösta le sonrió agradecido.

—¿Podrías contarme lo que recuerdes del suceso, y por qué decidiste denunciarlo?

—Pues... —Katarina hacía memoria, y frunció el entrecejo—. Lo primero que me llamó la atención fueron unas huellas en el jardín. Esto se convierte en un lodazal cuando llueve, y a primeros de otoño llovió muchísimo. Vi aquellas pisadas varias mañanas seguidas. Eran grandes, así que supuse que serían de un hombre.

—Y luego viste a alguien ahí fuera, ¿no?

Katarina arrugó la frente otra vez.

—Sí, yo creo que fue un par de semanas después de haber visto las pisadas. Primero pensé si no sería Mathias, el padre de Adam, pero no me pareció muy verosímil, la verdad. ¿Por qué iba a espiarnos así, cuando no quiere tener ningún contacto con su hijo? Además, quienquiera que fuese fumaba, y Mathias no fuma. No sé si lo dije en su momento, pero también encontré colillas en el jardín.

—Ya, y no guardarías ninguna, ¿verdad? —preguntó Gösta, aunque consciente de que no era nada probable.

Katarina puso cara de asco.

—Qué va. Creo que conseguí quitarlas todas. No quería que Adam las encontrara. Claro que se me pudo pasar alguna, pero... —Katarina señaló hacia el jardín, y Gösta comprendió a qué se refería. Una gruesa capa de nieve cubría la parcela.

Gösta dejó escapar un suspiro.

—¿Pudiste ver cómo era aquella persona?

—No, lo siento. En realidad lo que vi fue más bien el ascua del cigarrillo. Ya nos habíamos ido a la cama, pero Adam se despertó y quería agua, así que bajé a la cocina a oscuras. Y entonces vi el ascua del cigarrillo en el jardín. Alguien estaba ahí fuera fumando, pero no vi más que una silueta.

—De todos modos, crees que era un hombre, ¿no?

—Sí, si es que fue la misma persona que dejó las pisadas. Y, ahora que lo pienso, parecía alguien muy alto.

—¿Y tú, hiciste algo? ¿Le diste a entender de alguna forma que lo habías visto, por ejemplo?

—No, lo único que hice fue llamar y denunciarlo. Fue un poco desagradable, la verdad, aunque no puedo decir que me sintiera amenazada. Pero luego se produjo la desaparición de Victoria y, la verdad, no era fácil pensar en otra cosa. Además, no volví a ver nada más.

–Ya... –Gösta maldijo para sus adentros por no haberse encargado de la denuncia en su día y no haberla relacionado antes. Pero ya no valía la pena lamentarse. Tendría que tratar de recuperar el tiempo perdido. Se puso de pie.

–¿Tienes una pala para quitar la nieve? Estaba pensando que puedo salir a ver si encuentro alguna colilla, a pesar de todo.

–Claro, está en el garaje, es toda tuya. Ya puestos, podrías animarte y retirar la nieve de la entrada.

Gösta se puso los zapatos y el abrigo y fue al garaje. Estaba limpio y ordenado, y vio la pala apoyada en la pared, junto a la entrada.

En el jardín se paró a reflexionar un instante. Era absurdo trabajar sin necesidad, así que se trataba de elegir el lugar antes de empezar. Katarina abrió la puerta de la terraza, y Gösta le preguntó:

–¿Dónde recogiste las colillas?

–Allí, a la izquierda, pegando a la fachada.

Gösta asintió y se abrió paso por la nieve hasta el lugar que le había señalado. La nieve era compacta y pesaba mucho, y Gösta notó el latigazo en la espalda con la primera carga de la pala.

–Gösta, ¿no sería mejor que lo hiciera yo? –dijo Katarina preocupada.

–Qué va, es bueno para el cuerpo ponerlo a trabajar un poco.

Vio que los niños lo miraban por la ventana llenos de curiosidad, y los saludó con la mano antes de reanudar el trabajo. De vez en cuando paraba para descansar, y al cabo de un rato había despejado un metro cuadrado aproximadamente. Se agachó y lo inspeccionó a conciencia, pero lo único que encontró fue barro congelado con algo de hierba. De pronto, enfocó bien la vista. Justo en el borde del rectángulo que había despejado asomaba algo amarillo. Con mucho cuidado, apartó la nieve que rodeaba el objeto. Una colilla. La sacó despacio y se puso de pie con la espalda dolorida. Se quedó mirando el hallazgo. Luego levantó la vista hacia lo que, con total seguridad, la persona que estuvo allí fumando había visto exactamente igual que él ahora. En efecto, desde aquel lugar del jardín de Katarina se veía perfectamente la casa de Victoria. Y su ventana, en el piso de arriba.

Uddevalla, 1971

Cuando se dio cuenta de que estaba embarazada otra vez, la invadieron no pocos sentimientos encontrados. Y si no era una persona adecuada para ser madre, y si era incapaz de sentir por un niño el amor que se esperaba...

Pero se preocupaba sin necesidad. Todo fue distinto por completo con Peter. Maravilloso y distinto. No se cansaba de mirar a su hijo, no podía dejar de aspirar su olor, de acariciarle aquella piel suave con las yemas de los dedos. Cuando, como ahora, lo tenía en brazos, él la miraba a los ojos con tal confianza que le caldeaba enseguida el corazón. Es decir, aquello era querer a un hijo. Jamás imaginó que era posible sentir tanto amor por una persona. Incluso su amor por Vladek palidecía en comparación con el que sentía ante la sola contemplación del hijo recién nacido.

En cambio, en cuanto veía a su hija se le hacía un nudo en el estómago. Aquellas miradas, la negra sombra que le recorría el pensamiento... Los celos del hermano se transformaban en pellizcos y golpes constantes, y el miedo hacía que Laila pasara las noches en vela. A veces se sentaba a vigilar al lado de la cuna de Peter, sin atreverse a apartar la vista ni un segundo.

Vladek se alejaba cada vez más de ella. Y ella de él. Los separaban fuerzas que jamás habrían podido prever. En sueños, ella corría a veces tras él, cada vez más rápido, pero cuanto más corría, tanto mayor era la distancia. Al final solo lo atisbaba de espaldas a lo lejos.

También desaparecieron las palabras. Las conversaciones nocturnas después de la cena, las pequeñas muestras de amor que antes iluminaban su vida cotidiana. Todo lo había engullido un silencio interrumpido solo por el llanto de los niños.

Ella no dejaba de contemplar a Peter, y la inundaba un instinto protector que anulaba todo lo demás. Vladek no podía serlo todo para ella. Sobre todo ahora que tenía a Peter.

El cobertizo era grande y estaba silencioso y frío. El viento había arrastrado algo de nieve hacia el interior a través de las grietas de la pared, y la había mezclado con el polvo y la suciedad. El pajar estaba vacío desde hacía mucho, y la escalera que subía hasta él llevaba rota desde que a Molly le alcanzaba la memoria. Aparte de los remolques para los caballos, allí solo había vehículos viejos ya olvidados. Una cosechadora oxidada, un tractor Grålle inservible y, sobre todo, un montón de coches.

Molly oía a lo lejos el ruido de voces procedentes de las caballerizas, que estaban un trecho más allá, pero hoy no tenía ganas de montar. Le parecía absurdo, si no iba poder competir mañana... Seguramente, alguna de las otras chicas estaría encantada montando a *Scirocco*.

Muy despacio, fue caminando por entre aquellos coches viejos. Los restos de la antigua empresa del abuelo. Se pasó la infancia oyéndolo hablar de ella. Siempre andaba presumiendo de todos los hallazgos que había hecho recorriendo el país, coches que, en principio, eran chatarra, que compró por cuatro cuartos y que luego restauró y vendió por mucho más. Pero desde que enfermó, el cobertizo se había convertido en un cementerio de coches, lleno de vehículos a medio montar, que nadie se había molestado en desechar.

Pasó la mano por un viejo Volkswagen Escarabajo que se marchitaba oxidado en un rincón. No faltaba tanto para que ella pudiera empezar a practicar. Quizá podría convencer a Jonas de que le arreglara aquel coche.

Tiró un poco de la manivela y la puerta se abrió. También el interior exigiría mucho trabajo. Estaba oxidado y sucio y tenía rota la tapicería, pero Molly veía que el coche tenía muchas posibilidades de quedar precioso. Se sentó al volante, colocó las manos alrededor, muy despacio. Sin duda, aquel Escarabajo le pegaba muchísimo; las demás chicas se morirían de envidia.

Ya se veía conduciendo por Fjällbacka y llevando generosamente a las amigas. Todavía faltaban unos años para que pudiera conducir sola, pero decidió que hablaría con Jonas cuanto antes. Tenía que arreglarle ese coche, quisiera o no. Molly sabía que él podría hacerlo. El abuelo le había contado cuánto le ayudaba Jonas a restaurar los coches antiguos, y le había dicho lo bien que se le daba. Fue la única vez que le oyó decir al abuelo algo bueno de Jonas. Por lo general, siempre andaba quejándose de él.

—Así que aquí es donde te metes, ¿eh?

Se sobresaltó al oír la voz de Jonas.

—¿Te gusta? —le preguntó con una sonrisa mientras ella abría avergonzada la puerta del coche. Era un poco ridículo que te pillaran sentada haciendo como que conducías.

—Es muy bonito —respondió—. Estaba pensando que podría ser mío, cuando me saque el carné de conducir.

—No está en condiciones...

—Ya, pero...

—Pero se te ha ocurrido que yo podría arreglarlo, ¿verdad? Bueno, por qué no, todavía tenemos tiempo. Si le dedico algún rato de vez en cuando, estará listo para cuando llegue el momento.

—¿En serio? —dijo Molly radiante de alegría, y abrazándosele al cuello.

—En serio. —Jonas la abrazó también. Hasta que la apartó un poco, con las manos en los hombros, y añadió—: Eso sí, se acabó el estar enfurruñada. Sé que la competición era importante para ti, ya hemos hablado del tema, pero no falta mucho para la siguiente.

—Ya, eso es verdad.

Molly empezó a estar de mejor humor. Se paseó por entre los coches. Había alguno que otro que también podía quedar chulísimo, pero el que más le gustaba era el Escarabajo.

—¿Por qué no los arreglas? O te deshaces de ellos. —Se había detenido delante de un coche negro enorme en el que se leía «Buick».

—El abuelo no quiere. Así que se quedarán aquí hasta que se descompongan del todo. O hasta que se muera el abuelo.

—Pues a mí me parece una pena. —Se dirigió a una furgoneta de color verde, que parecía el coche misterioso de Scooby Doo. Jonas la apartó de allí.

—Vamos, no termina de gustarme que estés aquí dentro. Está lleno de cristales y de trastos oxidados. Y no hace mucho que vi hasta ratas.

—¡Ratas! —dijo Molly, y dio un paso atrás rápidamente, mirando alrededor.

Jonas se echó a reír.

—Anda, vamos a tomarnos un café. Hace frío. Y te garantizo que dentro de la casa no hay ratas.

Le echó el brazo por el hombro y se dirigieron a la puerta. Molly se estremeció. Jonas tenía razón. Fuera hacía muchísimo frío; y, si hubiera aparecido una rata se habría muerto del susto. Pero la felicidad por lo del coche lo compensaba. Se moría de ganas de contárselo a las demás chicas.

Tyra estaba secretamente satisfecha de que a Liv la hubieran puesto en su sitio. Era una consentida, más si cabe que Molly, y la cara que puso al ver que Ida montaría a *Scirocco* fue impagable. El resto de la clase se lo pasó protestando, y *Blackie* lo notaba, porque el animal estuvo bastante rebelde, con lo que Liv se enfadó todavía más.

Tyra iba sudando con la ropa de abrigo. Le costaba tanto trabajo caminar con toda aquella nieve que le dolían las piernas. Estaba deseando que llegara la primavera para poder ir a las caballerizas en bicicleta. La vida era mucho más sencilla en primavera.

La pista de trineo Siete Saltos estaba llena de niños. Ella se había tirado por allí muchas veces cuando era pequeña, y recordaba la sensación de vértigo cuando iba volando en el trineo por la empinada pendiente. Claro que ya no le parecía ni tan larga ni tan empinada como entonces, pero era más emocionante que la del Doctor, que se encontraba cerca de la farmacia. Por esa solo se tiraban los niños muy pequeños. Recordaba que allí había hecho incluso esquí de fondo, lo cual le causó problemas en sus primeras y únicas vacaciones de invierno en una escuela de esquí. En efecto, le explicó a un monitor perplejo que ella ya sabía esquiar, porque había aprendido en la pista del Doctor. Acto seguido, se dejó caer por la pista más larga y empinada. La cosa terminó bien, y su madre siempre contaba aquella historia llena de admiración y muy orgullosa del desparpajo de su hija.

Dónde habría quedado aquel desparpajo era un misterio para Tyra. Bueno, salía a relucir con los caballos, pero por lo demás, se sentía más bien como una liebre. Desde aquel accidente de tráfico en el que falleció su padre siempre pensó que la tragedia acechaba a la vuelta de la esquina. Ya había comprobado que las cosas podían ir como de costumbre para, en un segundo, cambiar por completo para siempre.

Con Victoria se sentía valiente, eso era verdad. Era como si, estando juntas, ella se volviera otra persona, una persona mejor. Siempre iban a casa de Victoria, nunca a la suya. Lo achacaba a que sus hermanos pequeños armaban demasiado jaleo, pero la verdad era que se avergonzaba de Lasse; primero, de sus borracheras, y luego de su delirio religioso. También se avergonzaba de su madre, porque se dejaba subyugar y se paseaba por la casa como un ratón asustado. No como los padres de Victoria, que eran encantadores y de lo más normal del mundo.

Tyra dio una patada a la nieve. Le corría el sudor por la espalda. Había que andar un trecho, pero aquella mañana ya había decidido que no pensaba echarse atrás ahora. Había cosas por las que debería haberle preguntado a Victoria, respuestas que debería haber exigido. La atormentaba pensar que nunca llegaría a saber lo que le ocurrió. Pero ella habría hecho cualquier cosa por Victoria, y eso era lo que pensaba hacer.

El pasillo del Departamento de Sociología de la Universidad de Gotemburgo tenía el aspecto de un pasillo cualquiera y estaba casi desierto. Habían preguntado por los criminólogos, y allí se encontraban ahora, delante de una puerta cerrada, con el nombre de Gerhard Struwer en la placa. Patrik llamó discretamente.

—¡Adelante! —se oyó una voz al otro lado; y entraron.

Patrik no sabía exactamente qué esperaba encontrarse, pero, desde luego, no a un hombre que parecía recién salido de un anuncio de moda masculina.

—Bienvenidos. —Gerhard se levantó y les estrechó la mano. En último lugar saludó a Erica, que se había mantenido un poco al margen—. Hombre, qué honor conocer a Erica Falck.

Gerhard parecía más entusiasmado de lo recomendable y Patrik no se sintió muy cómodo que digamos. Sin embargo, tal y como se iba desarrollando el día, no le extrañaba que Struwer resultara ser un conquistador. Suerte que su mujer no era receptiva a ese tipo de caballeros.

—El honor es solo mío. He visto en la televisión los análisis tan sesudos que haces —dijo Erica.

Patrik la miró perplejo. ¿A qué venía aquel tonito arrullador?

—Gerhard tiene una intervención fija en el programa *Se busca* —explicó Erica sonriéndole al sociólogo—. Me encantó el retrato que hiciste de Juha Valjakkala. Pusiste el dedo en una llaga que nadie había detectado, y creo que...

Patrik carraspeó un poco. Aquello no marchaba como él había previsto. Observó a Gerhard y tomó nota de que no solo tenía una dentadura perfecta, sino además, un tono gris ideal en las sienes. Y los zapatos recién lustrados. ¿Quién puñetas llevaba los zapatos relucientes en pleno invierno? Patrik echó una rápida ojeada a sus botas, que más bien necesitaban pasar por un túnel de lavado para quedar limpias.

—Bueno, tenemos varias preguntas que hacerte —dijo, y se sentó en una de las sillas libres. Se esforzaba por mantener una expresión neutra. Erica no debía llevarse la satisfacción de sospechar siquiera que estuviera celoso. Porque, además, no lo estaba. Simplemente, le parecía innecesario perder un tiempo precioso en toda aquella charla sobre un montón de cosas que no tenían nada que ver con el motivo de su visita.

—Sí, claro. He leído atentamente el material que me enviasteis. —Gerhard se sentó ante su escritorio—. Tanto el relativo a Victoria como el del resto de las desapariciones. Naturalmente no puedo hacer un análisis como es debido con tan poco tiempo y con tan poca información, pero hay varios detalles que me llaman la atención... —Cruzó las piernas y unió las yemas de los dedos en un gesto que a Patrik le resultó de lo más irritante.

—¿Tomamos nota? —preguntó Martin, dándole un codazo a Patrik en el costado. Este se sobresaltó y asintió enseguida.

—Sí, claro, ve tomando nota —dijo. Martin sacó el cuaderno y el bolígrafo y esperó a que Gerhard continuara.

—Creo que se trata de una persona organizada y racional. Él o ella, en aras de la sencillez, vamos a decir «él», se las ha arreglado para no dejar señales de ser una persona psicótica o perturbada, por ejemplo.

—¿Cómo puede considerarse racional a alguien que secuestra a otra persona? ¿O que le causa las lesiones que tuvo que sufrir Victoria, por ejemplo? —Patrik oyó que sonaba un tanto cortante.

—Con racional me refiero a que se trata de una persona capaz de planear con antelación, de prever las consecuencias de sus actos y de reaccionar según esas previsiones. Una persona capaz de modificar rápidamente sus planes si se produce un cambio en las condiciones.

—A mí me parece que está clarísimo —dijo Erica.

Patrik se mordió la lengua y dejó que Struwer continuara con su exposición.

—Con toda probabilidad, este sujeto es, además, relativamente maduro. Un adolescente, un veinteañero sería incapaz de tal autocontrol y tal capacidad de planificación. Pero, teniendo en cuenta la fuerza física necesaria para controlar a las víctimas, debería tratarse de alguien que aún sea lo bastante fuerte y que se encuentre en buena forma.

—O quizá sean varios sujetos —intervino Martin.

Gerhard asintió.

—Sí, claro, no podemos descartar que sean varios. Incluso existen casos en los que el autor del delito era un grupo de personas. Por lo general, en esos casos, existía una especie de móvil religioso, como en el caso de Charles Manson y su secta.

—¿Qué opinas de los intervalos temporales? Las tres primeras desaparecieron de forma regular, cada seis meses. Pero luego transcurrieron solo cinco meses hasta la desaparición de Minna. Y unos tres meses después secuestraron a Victoria —intervino Erica, y Patrik tuvo que reconocer que era una buena pregunta.

—Si pensamos en los asesinos en serie más conocidos de Estados Unidos como Ted Bundy, John Wayne Gracy o Jeffrey Dahmer, seguro que habéis oído esos nombres muchísimas veces, suelen seguir un patrón en el que su necesidad se acrecienta como por una especie de presión interior. Los sujetos empiezan con fantasías en torno al secuestro, luego persiguen a la víctima que eligen, la observan durante un tiempo y, finalmente, atacan. O bien se trata de casualidades. Que el asesino se recree en una situación imaginaria con cierto tipo de víctima y luego ataque a alguien que encaje con la situación imaginada.

—Puede que sea una pregunta tonta, pero ¿hay también asesinas en serie? —preguntó Martin—. La verdad, solo he oído hablar de hombres.

—Es más frecuente que sean hombres, pero también hay algún caso femenino. Aileen Wuornos es un ejemplo, pero tenemos más.

Struwer volvió a juntar las yemas de los dedos.

—Pero, volviendo a la cuestión temporal, puede ser que el secuestrador retenga prisionera a la víctima por un período más largo. Cuando la víctima, por así decirlo, ya ha cumplido su función o muere a causa de las heridas y la extenuación, el sujeto necesitará tarde o temprano otra víctima que pueda satisfacer su necesidad. La presión aumenta más y más, hasta que el sujeto tiene que darle salida. Y entonces, actúa de nuevo. Muchos asesinos en serie entrevistados lo describen no como un acto de voluntad o de libre albedrío, sino como un imperativo.

—¿Tú crees que estamos ante algo así? —preguntó Patrik. Muy a su pesar, lo que Struwer les estaba contando lo tenía cada vez más fascinado.

—Eso parece indicar la línea temporal. Y es posible que esa necesidad se haya convertido en algo cada vez más acuciante. El sujeto ya no puede esperar tanto entre una víctima y otra. Eso, si lo que estáis buscando es un asesino en serie. Por lo que tengo entendido, no habéis encontrado los cadáveres, y Victoria Hallberg estaba viva cuando apareció.

—Sí, es verdad. Aunque lo más verosímil es que el agresor no pensara dejarla con vida, sino que la chica logró escapar de algún modo, me parece.

—Ya, es lo más probable, sin duda. Pero aunque solo se tratara de secuestro, este delito también puede seguir el mismo patrón de comportamiento. Por otro lado, puede tratarse de un asesino que mata por placer simplemente; un psicópata que asesina por puro disfrute. Y por la satisfacción sexual. La autopsia de Victoria demostró que no había sufrido abusos sexuales, pero este tipo de casos suelen tener un móvil sexual. Por el momento, sabemos demasiado poco para asegurar si es así en este.

—¿Sabéis que hay estudios que demuestran que un cero coma cinco por ciento de la población puede definirse como psicópata? —preguntó Erica emocionada.

—Sí —dijo Martin—. Me parece que lo leí en *Café*. No sé qué de los jefes...

—Bueno, no sé si debemos confiar en las investigaciones científicas de una revista como *Café,* pero en principio tienes razón, Erica. —Gerhard le sonreía mostrándole una blanquísima hilera de dientes—. Un porcentaje de la población normal encaja a la perfección en los criterios de las psicopatías. Y aunque, por lo general, asociamos la palabra psicópata a un asesino o, al menos, a un delincuente, esa creencia está lejos de ajustarse a la verdad. La mayoría lleva una vida normal de cara a la galería. Aprenden a comportarse para adaptarse a la norma social y pueden incluso ser miembros destacados de la sociedad. No sienten empatía y son incapaces de comprender los sentimientos de los demás. Todo su mundo y su pensamiento gira en torno a su persona, y lo bien que sea capaz de interactuar con el entorno depende de lo bien que aprenda a imitar los sentimientos que se esperan en diversas situaciones. Pero, de todos modos, nunca lo consiguen por completo. Siempre hay un toque falso en ellos, y les cuesta entablar relaciones íntimas duraderas con otras personas. Con frecuencia, utilizan para sus propios fines a las personas de su entorno, y cuando deja de funcionar, pasan a la siguiente víctima sin sentir el menor arrepentimiento, la menor culpa o el más mínimo remordimiento. Y, en respuesta a tu pregunta, Martin: hay estudios que respaldan la idea de que el porcentaje de psicópatas es muy superior en las altas esferas empresariales que entre el resto de la población. Muchas de las características que acabo de exponer pueden resultar ventajosas en las posiciones de poder, donde la falta de consideración y de empatía cumple una función.

—En otras palabras, es posible que uno sea psicópata y no se note, ¿no? —preguntó Martin.

—Sí, al principio. Los psicópatas pueden ser encantadores. Pero quien mantenga con ellos una relación más o menos prolongada notará tarde o temprano que algo falla.

Patrik se retorcía en la silla. No era muy cómoda, y empezaba a notar el dolor de espalda. Lanzó una mirada a Martin, que tomaba notas sin descanso. Luego se volvió hacia Struwer.

—En tu opinión, ¿por qué habrá elegido precisamente a estas chicas?

—Es muy posible que sea cuestión de preferencias sexuales. Jóvenes, intactas, sin experiencia sexual previa.

Una chica jovencita es, además, más fácil de controlar y de asustar que una mujer adulta. Creo que es una combinación de esos dos factores.

—¿Puede ser relevante el hecho de que se parezcan físicamente? Todas tienen, o tenían, el pelo castaño y los ojos azules. ¿Crees que es el tipo que busca el sujeto?

—Podría ser. O, en realidad, creo que lo más probable es que sea relevante. Las víctimas podrían recordarle a alguien, y lo que les hace es algo que sufrió esa persona. Ted Bundy es un ejemplo de esto último. La mayoría de sus víctimas también se parecían entre sí, y recordaban a una antigua novia que lo había rechazado. Así que se vengaba de ella a través de las víctimas.

Martin no había dejado de escuchar con suma atención, y se adelantó en la silla.

—Antes has dicho que la víctima cumple una función. ¿Cuál podría ser el objetivo de las lesiones que presentaba Victoria? ¿Por qué hará algo así?

—Como decía, lo más probable es que las víctimas guarden parecido con alguna persona importante para el sujeto. Y si atendemos a las lesiones, creo que lo que perseguía era una sensación de control. Al arrebatarle esos sentidos, controla a la víctima por completo.

—¿Y no habría bastado con mantenerla prisionera? —preguntó Martin.

—Para la mayoría de los asesinos que quieren controlar a las víctimas suele bastar. Pero en este caso, ha ido un paso más allá. Pensad que a Victoria la privó de la vista, el oído y el gusto; la dejó como encerrada en un cuarto oscuro y silencioso, sin posibilidad de comunicarse. En principio, lo que hizo fue crear una muñeca viviente.

Patrik sintió un escalofrío. Lo que aquel hombre acababa de describir era tan extravagante y tan atroz que parecía que lo hubiera sacado de una película de terror; pero era realidad. Reflexionó unos segundos. Aunque todo era muy interesante, le costaba ver de qué forma concreta les permitiría avanzar en la investigación.

—Teniendo en cuenta lo que acabamos de decir —continuó—, ¿tienes idea de lo que podemos hacer para encontrar a alguien así?

Struwer se quedó en silencio unos segundos, como si estuviera reflexionando sobre cómo formular lo que pensaba decir.

—Puede que esté arriesgándome demasiado, pero yo diría que la víctima de Gotemburgo, Minna Wahlberg, tiene un interés especial. Presenta unas características distintas de las demás chicas, y también es la única con la que el secuestrador se relajó lo bastante como para que lo vieran con ella.

—Bueno, no sabemos si el que estaba en el coche blanco era el secuestrador —señaló Patrik.

—No, claro, eso es verdad. Pero si nos imaginamos que sí, es interesante que Minna se subiera al coche por propia voluntad. Claro que no sabemos cómo captaron a las otras chicas, pero el hecho de que Minna subiera al coche indica o bien que el conductor no daba la impresión de ser peligroso, o bien que ella no le tenía miedo.

—¿Quieres decir que es posible que Minna conociera al secuestrador? ¿Que puede tener alguna relación con ella o con la zona?

Lo que Struwer estaba diciendo corroboraba en cierto modo las sospechas de Patrik, él también pensaba que Minna era distinta.

—Él no tenía por qué conocerla, pero sí puede ser que ella supiera quién era. El hecho de que lo vieran recoger a Minna pero no a las demás puede indicar que estaba en su territorio y se sentía más seguro de la cuenta.

—¿Y no debería haberse mostrado más cauto precisamente por eso? El riesgo de que lo reconocieran era mucho mayor —objetó Erica, y Patrik la miró orgulloso.

—Sí, claro, sería lo lógico —dijo Struwer—. Pero los seres humanos no siempre somos del todo lógicos, y es difícil renunciar a los hábitos y costumbres. Seguro que se sentía más relajado en su entorno, y así aumenta el riesgo de cometer algún error. Y eso fue lo que le pasó, que cometió un error.

—Sí, yo también tengo la sensación de que Minna es diferente en cierto sentido —dijo Patrik—. Hemos hablado con su madre hace un rato, pero no hemos sacado nada en claro. —Con el rabillo del ojo vio que Erica asentía.

—Bueno, pues si yo estuviera en vuestro lugar, seguiría indagando por ahí. Me centraría en las diferencias, es una recomendación general a la hora de hacer perfiles. ¿Por qué se ha roto la pauta? ¿Por qué esa víctima es tan especial como para que el agresor cambie su conducta?

—Es decir, tenemos que pensar en las anomalías, no en el denominador común, ¿verdad? —Patrik comprendió que tenía razón.

—Sí, ese es mi consejo. Aunque, en primera instancia, estéis investigando la desaparición de Victoria, el caso de Minna puede seros útil. —Gerhard se detuvo—. Por cierto, ¿os habéis coordinado?

—¿A qué te refieres? —preguntó Patrik.

—A todos los distritos. ¿Habéis revisado juntos toda la información que tenéis?

—Estamos en contacto y compartimos el material de que disponemos.

—Está bien, pero yo creo que ganaríais mucho si os vierais. A veces puede ser una sensación, algo que no esté por escrito, algo que solo se lea entre líneas en el material de investigación. Seguro que tienes experiencia en dejarte llevar por el sexto sentido. En muchos casos de investigación es precisamente eso, lo indefinible, lo que al final nos lleva a atrapar al asesino. Y no tiene nada de raro. El subconsciente desempeña un papel más importante de lo que muchos creen. Dicen que solo utilizamos un porcentaje ridículo de nuestra capacidad cerebral, y puede que sea verdad. Procura que podáis reuniros todos, y escuchad lo que tengan que decir los demás.

Patrik asintió.

—Tienes razón, deberíamos haberlo hecho. Pero no hemos conseguido ponernos todos de acuerdo.

—Pues yo creo que valdría la pena —insistió Gerhard.

Se hizo el silencio. A nadie se le ocurrían más preguntas, pero seguían pensando en lo que les había dicho Struwer. Patrik tenía sus dudas de si les ayudaría a avanzar, pero estaba dispuesto a considerarlo todo. Prefería eso a darse cuenta tarde de que Struwer tenía razón y de que ellos no lo habían tomado en serio.

—Gracias por dedicarnos tu precioso tiempo —dijo Patrik, y se levantó.

—Ha sido un verdadero placer. —Gerhard clavó sus ojos azules en Erica, y Patrik respiró hondo. No le faltaban ganas de hacerle el perfil a Struwer. No sería nada difícil. En el mundo había demasiados tipos como él.

A Terese siempre le resultaba un tanto extraño ir a las caballerizas. La granja le era tan conocida... Jonas y ella estuvieron juntos dos años. Eran muy jóvenes o, al menos, eso le parecía ahora, y desde entonces habían ocurrido muchas cosas. Pero un tanto extraño sí que era, máxime cuando fue Marta la causa de que ellos rompieran.

Un buen día, Jonas llegó y le dijo tranquilamente que había conocido a otra mujer y que era su alma gemela. Lo dijo así, literalmente, y a Terese le pareció una forma demasiado seria y más que insólita de expresarlo. Más tarde, cuando conoció a su alma gemela, comprendió a qué se refería Jonas. Porque eso fue lo que sintió cuando Henrik, el padre de Tyra, se adelantó y la invitó a bailar en el muelle,

menuda y delicada, y Terese se sintió de golpe gigantona y torpe.

—Qué bien —dijo, y bajó la vista al suelo.

—Tiene una habilidad natural para los caballos. Debería competir. Yo creo que quedaría en buen lugar. ¿No lo habéis pensado?

—Ya, bueno... —Terese balbucía y se sintió más nula si cabe. No se lo podía permitir, pero ¿cómo iba a decírselo?—. Hemos tenido tanto lío con los niños y todo eso. Y Lasse está en paro... Pero lo tendré presente. Me alegra saber que la consideras buena. Tyra es... En fin, yo estoy muy orgullosa de ella.

—Lo comprendo —dijo Marta, y la observó un instante—. Está muy triste por lo que le ha pasado a Victoria, ya me he dado cuenta. Bueno, todos lo estamos.

—Sí, para ella está siendo muy duro. Le llevará un tiempo recuperarse.

Terese buscaba un modo de concluir la conversación. No le apetecía nada quedarse allí de charla. Empezaba a sentirse inquieta. ¿Dónde se habría metido Tyra?

—Bueno, los niños esperan en el coche, así que más vale que me vaya antes de que empiecen a pelearse.

—Claro. Y no te preocupes por Tyra. Seguro que se le ha olvidado que hoy venías a buscarla, ya sabes cómo son las adolescentes.

Marta volvió al establo y Terese se apresuró a cruzar la explanada en dirección al coche. Quería llegar a casa cuanto antes. Con un poco de suerte, Tyra ya estaría allí.

Anna estaba sentada a la mesa de la cocina, hablando con la espalda de Dan. A través de la camiseta veía cómo se le tensaban los músculos, pero no decía nada, sino que seguía fregando los platos.

—¿Qué vamos a hacer? Así no podemos seguir.

181

Aunque la sola idea de una separación le daba pánico, tenían que hablar del futuro. Ya antes de lo que ocurrió en verano, las cosas no iban del todo bien. Ella se había animado un poco, pero por las razones equivocadas, y ahora su vida en común era un verdadero caos, lleno de esperanzas frustradas. Y todo por su culpa. De ninguna manera podía compartir la culpa con Dan, ni cargarle a él la responsabilidad.

—Ya sabes lo arrepentida que estoy de lo que pasó, y me gustaría muchísimo poder deshacer lo hecho, pero no puedo. Así que si quieres que me vaya, lo haré. Emma, Adrian y yo encontraremos un apartamento, seguro que en los bloques de aquí al lado hay alguno que esté libre y que nos puedan alquilar enseguida. Porque así no podemos vivir, es imposible. Nos estamos destrozando. Nosotros dos y los niños también. ¿Es que no lo ves? Ni siquiera se atreven a discutir, apenas se atreven a hablar por el miedo que tienen a decir alguna inconveniencia y empeorar la situación. No lo soporto, prefiero irme de casa. Por favor, ¡di algo! —Los sollozos le quebraron las últimas palabras. Era como oír hablar a otra persona, como si fuera otra quien llorase. Se sentía como si flotara por encima de sí misma, como si observara los despojos de lo que fue su vida, como si observara al hombre que había sido su gran amor y al que tanto daño hizo.

Muy despacio, Dan se giró. Se apoyó en el borde de la encimera y se miró los pies. Anna sintió una punzada en el corazón al ver la mala cara que tenía, el tono gris de la desesperanza. Lo había cambiado por completo, y eso era lo que más le costaba perdonarse. Él, que pensaba bien de todo el mundo, que a todos consideraba tan honrados como él mismo. Ella le demostró que no era verdad, le arrebató la confianza que tenía en ella y en el mundo.

—No lo sé, Anna. No sé lo que quiero. Pasan los meses y lo único que hacemos es ocuparnos de las cosas prácticas, nos movemos en círculos uno al lado del otro.

—Pero tenemos que tratar de resolver el problema. La otra opción es romper. No soporto seguir viviendo en un limbo como este. Y los niños también se merecen que nos decidamos.

Anna notó que empezaba a aflorar el llanto y se secó con la manga. No tenía fuerzas para levantarse en busca de una servilleta de papel. Además, el rollo estaba detrás de Dan, y necesitaba mantener la distancia de seguridad para poder lidiar con aquella conversación. Sentir su olor de cerca, notar el calor de su cuerpo la haría flaquear. Ni siquiera habían dormido juntos desde el verano. Dan dormía en un colchón, en el despacho, y ella en la cama de matrimonio. Le había ofrecido a él la cama, pensaba que ella debería dormir en aquel colchón tan delgado e incómodo, y despertarse por la mañana con dolor de espalda. Pero él no quiso, y todas las noches se iba a dormir al colchón.

—Quiero intentarlo —dijo Anna, ahora con un susurro—. Pero solo si tú quieres, y si crees que existe la menor posibilidad. Si no, más vale que los niños y yo nos mudemos. Puedo llamar a la inmobiliaria municipal de Tanum esta misma tarde y ver qué tienen. Para empezar no necesitamos demasiado espacio, solo para los niños y para mí. Ya hemos vivido en un piso pequeño, así que nos arreglaremos.

Dan hizo una mueca. Se tapó la cara con las manos y empezó a temblar. Llevaba desde el verano con una máscara de decepción y de rabia, pero ahora empezó a llorar, y las lágrimas le rodaban por la barbilla y le caían en la camiseta gris. Anna no pudo resistirse, se le acercó y lo abrazó. Dan se quedó de piedra, pero no se apartó. Anna notaba el calor, pero también los temblores que le provocaba un llanto que iba en aumento, así que lo abrazó cada vez más fuerte, como tratando de impedir que se rompiera en pedazos. Cuando por fin se calmó, se quedaron así, y Dan también respondió con un abrazo.

Lasse notaba la rabia ardiéndole por dentro cuando giró a la izquierda en dirección a Kville. Que Terese no pudiera ir con él ni una sola vez... ¿Era mucho pedir que compartieran la vida cotidiana, que ella mostrara interés por algo que había cambiado su vida por completo y lo había convertido en una persona nueva? Él y la congregación tenían tanto que enseñarle... Pero ella prefería vivir en la oscuridad en lugar de dejar que el amor de Dios la iluminara, exactamente igual que lo iluminaba a él.

Pisó más a fondo el acelerador. Había perdido tanto tiempo rogándole que lo acompañara que ahora llegaría tarde a la reunión de liderazgo. Además, tuvo que explicarle por qué no quería que estuviera en la granja, cerca de Jonas. Ella había pecado con Jonas, se había acostado con él sin estar casada, y no importaba que hubiese ocurrido muchos años atrás. Dios quería que el hombre fuera limpio y sincero, sin un montón de actos sucios del pasado pesándole en el alma. Él, por su parte, lo había reconocido todo, se había purificado.

No siempre era fácil. El pecado lo rodeaba por doquier. Mujeres desvergonzadas que se ofrecían sin respetar la voluntad y los mandatos de Dios, que trataban de seducir a todos los hombres. Esas pecadoras merecían un castigo, y él estaba convencido de que esa era su misión. Dios le había hablado, y nadie podía dudar de que se había convertido en un hombre nuevo.

En la congregación todos lo veían, se habían dado cuenta. Lo colmaban de amor como prueba de que Dios lo había perdonado y de que ahora era una página en blanco. Pensó en lo cerca que había estado de recaer en su comportamiento de antaño. Pero Dios lo salvó milagrosamente de la debilidad de la carne y lo convirtió en un discípulo fuerte y valeroso. Aun así, Terese se negaba a ver lo mucho que había cambiado.

Siguió irritado hasta que llegó, pero, como siempre, lo inundó la paz tan pronto como cruzó las puertas del moderno edificio de la congregación, financiado gracias a la generosidad de algunos fieles. Para encontrarse tan apartada era una congregación grande, en buena medida gracias al líder, Jan-Fred, que se hizo cargo de ella diez años atrás, después de duras luchas internas. Entonces se llamaba Iglesia de Pentecostés de Kville, pero él le cambió enseguida el nombre por el de Christian Faith; o simplemente Faith, como solían llamarla.

—Hola, Lasse, qué alegría que hayas venido. —Leonora, la mujer de Jan-Fred, se acercaba a recibirlo. Era una rubia encantadora que rondaba los cuarenta y que, junto con su marido, llevaba el grupo de liderazgo.

—Bueno, venir aquí siempre es una maravilla —dijo, y le dio un beso en la mejilla. Notó el olor a champú y, con él, una brisa pecaminosa. Pero solo duró un instante. Lasse sabía que, con la ayuda de Dios, llegaría a combatir a los viejos demonios. La debilidad por el alcohol había conseguido vencerla, eso sí, pero la debilidad por las mujeres había resultado ser más dura.

—Jan-Fred y yo hemos estado hablando de ti esta mañana. —Leonora lo llevó del brazo hacia la sala de reuniones donde celebraban el curso de liderazgo.

—No me digas —respondió, y esperó ansioso a que continuara.

—Sí, hablábamos del fantástico trabajo que has hecho. Estamos muy orgullosos de ti. Eres un discípulo auténtico y digno, y vemos que tienes un gran potencial.

185

—Solo hago lo que Dios me encomienda. Todo es obra suya. Él fue quien me dio la fuerza y el valor necesarios para reconocer mis pecados y limpiarme de ellos.

Leonora le dio una palmadita en el brazo.

—Sí, Dios es bueno con nosotros, hombres débiles y pecadores. Su paciencia y su amor son infinitos.

Ya habían llegado a la sala y vieron que los demás participantes del curso ya estaban en sus puestos.

—¿Y la familia? ¿Hoy tampoco han podido venir? —Leonora lo miró apenada. Lasse se mordió la lengua y negó con un gesto.

—Para Dios es importante la familia. Lo que Dios ha unido no puede separarlo el hombre. Y una mujer debe compartir la vida de su marido, y la vida de este con Dios. Pero ya verás, tarde o temprano, ella también descubrirá lo hermosa que es el alma que Dios ha descubierto en tu interior. Que Él te ha sanado.

—Seguro que sí, pero necesita algo de tiempo —murmuró Lasse. Notó en la boca el olor metálico de la ira, pero se esforzó por ahuyentar aquellos pensamientos tan negativos. Lo que hizo fue repetir en silencio su mantra: luz y amor. Eso era él, luz y amor. Tenía que conseguir que Terese lo comprendiera.

—¿De verdad tenemos que ir? —Marta se estaba vistiendo después de quitarse el olor a caballo bajo la ducha—. ¿Y no podemos quedarnos en casa y hacer lo que quiera que haga la gente los viernes por la noche? Comer tacos, qué sé yo.

—No tenemos otra opción, y lo sabes.

—Pero ¿por qué tenemos que ir a cenar con ellos precisamente los viernes? ¿No lo has pensado? ¿Por qué no podemos cenar con ellos los domingos, que es cuando la gente cena con sus suegros? —Se abrochó la blusa y se peinó delante del espejo de cuerpo entero que tenía en el dormitorio.

—¿Cuántas veces lo hemos hablado, eh? Como los fines de semana casi siempre nos vamos de competición, solo nos quedan los viernes. ¿Por qué preguntas cosas cuya respuesta ya conoces?

Marta oyó que Jonas terminaba la pregunta con voz chillona, como siempre que empezaba a irritarse. Claro que ella ya conocía la respuesta a aquella pregunta. Solo que no se explicaba por qué Helga y Einar tenían que organizarles la vida.

—Es que, además, a ninguno de nosotros le parece agradable. Yo creo que todo el mundo sentiría un gran alivio si nos ahorráramos las cenas de los viernes. Lo que pasa es que nadie se atreve a decirlo —insistió, y se puso un par de medias extra encima del que llevaba. En casa de los padres de Jonas hacía tantísimo frío... Einar era muy tacaño y quería ahorrar en electricidad. Tendría que ponerse también una rebeca encima de la blusa. De lo contrario, se habría quedado congelada para el postre.

—Molly tampoco quiere ir. ¿Cuánto tiempo crees que podremos seguir obligándola hasta que se rebele?

—No conozco a ningún adolescente al que le gusten las cenas familiares, pero no le queda otro remedio que venir con nosotros. Tampoco es para tanto, ¿no?

Marta se quedó un momento observándolo en el espejo. Estaba más guapo aún que cuando se conocieron. Entonces era tímido y desgarbado y tenía marcas rojas de acné en las mejillas. Pero ella supo ver que debajo de aquella capa de inseguridad había algo; algo que ella reconoció. Y, con el tiempo y con su ayuda, la inseguridad desapareció. Ahora era esbelto, fuerte y musculoso y, después de tantos años, aún conseguía que le temblara todo el cuerpo.

Aquello que compartían mantenía vivo el deseo, y en ese momento notó cómo despertaba, igual que siempre.

Se quitó las medias y las bragas a toda prisa, pero no la blusa. Se le acercó y le desabotonó los vaqueros, que acababa de ponerse. Sin decir una palabra, Jonas dejó que ella se los bajara y comprobara que él ya había reaccionado. Lo tumbó en la cama con un empujón decidido y se le sentó encima a horcajadas, lo cabalgó con la espalda arqueada hasta que notó cómo se le derramaba dentro con fuerza. Marta le enjugó de la frente unas gotas de sudor y se apartó. Sus miradas se cruzaron en el espejo mientras ella volvía a ponerse las bragas y las medias de espaldas a él.

Un cuarto de hora después entraban en casa de Helga y Einar. Molly iba rezongando detrás. Efectivamente, su hija protestó airadamente al oír que tenían que pasar otro viernes con los abuelos. Al parecer, sus amigas tenían miles de cosas divertidas que hacer esa noche, y a ella le arruinarían la vida si no la dejaban ir. Pero Jonas fue implacable, y Marta dejó que él se encargara del tema.

—Buenas noches —dijo Helga.

Venía un olor riquísimo de la cocina y Marta notó que el estómago le rugía de hambre. Era el único atenuante de pasar la noche de los viernes con sus suegros: la cocina de Helga.

—He preparado solomillo de cerdo al horno. —Se empinó para besar a su hijo en la mejilla. A Marta le dio un abrazo frío—. ¿Quieres bajar a papá? —Helga señaló hacia arriba con la cabeza.

—Claro —dijo Jonas, y subió escaleras arriba.

Marta oyó el rumor de unas voces y luego el ruido de algo pesado hacia la escalera. Habían recibido una subvención para instalar una rampa por la que bajar la silla de ruedas; aun así, hacía falta bastante fuerza física para bajar a Einar. El sonido de la silla de ruedas al deslizarse por las guías de la escalera le era muy familiar a aquellas alturas. Marta apenas recordaba a Einar antes de que le amputaran las piernas. Antes siempre pensaba en él como en un toro enorme e iracundo. Ahora lo veía más bien como un sapo gordo mientras se deslizaba escaleras abajo.

—Vaya, la visita de compromiso, como siempre —dijo mirando maliciosamente—. Ven aquí y dale un beso a tu abuelo.

Molly se le acercó a regañadientes y le dio un beso en la mejilla.

—Vamos, vamos, que se enfría la comida —dijo Helga, y los animó con la mano a que la siguieran a la cocina, donde ya estaba todo listo.

Jonas ayudó a su padre a instalarse frente a la mesa, y todos se sentaron en silencio.

—Así que mañana no hay competición, ¿no? —preguntó Einar al cabo de un rato.

Marta le vio un destello malicioso en los ojos y supo que había sacado el tema solo por chinchar. Molly soltó un suspiro, y Jonas le hizo a su padre una advertencia con la mirada.

—Después de todo lo ocurrido, pensamos que no era buen momento —dijo, y alargó el brazo en busca del cuenco de las patatas chafadas.

—Ya, claro, lo comprendo. —Einar le lanzó una mirada intimidatoria, y Jonas le sirvió las patatas antes de ponerse él mismo.

—¿Y cómo va ese tema? ¿Ha averiguado algo la Policía? —preguntó Helga, que sirvió los filetes de solomillo de una bandeja grande antes de sentarse.

—Gösta ha estado hoy en la consulta y me ha preguntado por el robo —respondió Jonas.

Marta se lo quedó mirando perpleja.

—¿Por qué no me lo has dicho?

Jonas se encogió de hombros.

—No tenía importancia. Al parecer, al hacer la autopsia, encontraron restos de ketamina en el cadáver de Victoria, y Gösta me ha preguntado qué fue lo que me robaron de la consulta.

—Menos mal que lo denunciaste. —Marta bajó la mirada. Detestaba no tener control absoluto sobre lo que ocurría, y que Jonas no le hubiera hablado de la visita de Gösta la llenaba de rabia. Ya hablarían de ello luego, cuando estuvieran solos.

—Pobre niña —dijo Einar, y se metió en la boca un buen bocado. Un hilillo de salsa oscura le rodaba por la comisura de los labios—. Era guapa, por lo poco que la vi. Como me tenéis aquí prisionero, no tengo nada con lo que entretener la vista. Lo único que veo últimamente es a este vejestorio. —Se echó a reír señalando a Helga.

—¿Tenemos que hablar de Victoria? —Molly daba vueltas a la comida en el plato y Marta se preguntó cuándo fue la última vez que la vio comer en condiciones. En fin, sería la típica obsesión adolescente por los kilos. Ya se le pasaría.

—Molly ha descubierto el viejo Escarabajo que hay en el cobertizo y dice que le gustaría que fuera suyo. Así que he pensado empezar a arreglarlo para que esté listo cuando se saque el carné —dijo Jonas, cambiando así de tema. Le lanzó un guiño a Molly, que removía con desinterés las judías verdes.

—¿Y tú crees que está bien que vaya al cobertizo? Puede hacerse daño —dijo Einar, y se llevó a la boca otra carga de comida. El rastro de la salsa aún se advertía en la barbilla.

—Sí, la verdad, deberías hacer un poco de limpieza allí dentro. —Helga se levantó para poner más carne en la bandeja—. Y quitar de en medio toda esa chatarra y la basura.

—A mí me gusta como está —dijo Einar—. Son mis recuerdos. Y son buenos recuerdos. Además, ya lo estás oyendo, Helga. Esos recuerdos seguirán vivos con Jonas.

—No sé para qué querrá Molly ese trasto. —Helga volvió a poner la bandeja en el centro de la mesa y se sentó.

—Va a quedar precioso. ¡Y chulísimo! Nadie va a tener uno igual. —A Molly le brillaban los ojos.

—Sí, puede quedar precioso —dijo Jonas, y se sirvió por tercera vez. Marta sabía que le encantaba cómo cocinaba su madre, y quizá fuera esa la razón por la que tenían que ir a su casa todos los viernes.

—¿Te acordarás de cómo se hacía? —preguntó Einar.

Marta casi podía ver el remolino de recuerdos dándole vueltas en la cabeza. Recuerdos de un tiempo en el que él era un toro y no un sapo.

—Me lo sé de memoria, diría yo. Te ayudé a arreglar tantos coches que creo que me acordaré perfectamente. —Jonas intercambió una mirada con su padre.

—Sí, no es ninguna tontería que un padre deje en herencia a su hijo conocimientos y aficiones. —Einar alzó la copa—. ¡Un brindis por los Persson, padre e hijo, y por las aficiones compartidas! Y felicidades a la jovencita, que tendrá un coche nuevo.

Molly alzó el vaso de coca-cola y brindó con él. Aún le brillaban los ojos de la felicidad que sentía al pensar en el coche.

—Bueno, pero que tenga cuidado —dijo Helga—. Cuando menos lo piensas se produce un accidente. Hay que dar las gracias por la suerte que hemos tenido hasta ahora, y no hay que tentar a la suerte.

—Que siempre tengas que ser tan agorera... —A Einar se le empezaba a subir el color del vino, y se volvió hacia los demás—. Así ha sido siempre. Yo he sido el intelectual, el visionario, y mi querida esposa se ha dedicado a gruñir y a ver problemas por todas partes. Creo que no te has atrevido a vivir la vida plenamente un solo instante. ¿Qué me dices, Helga? ¿Es o no es? ¿Has vivido de verdad? ¿O has estado siempre tan asustada que te has limitado a aguantar y a tratar de que los demás sucumbiéramos contigo al miedo?

Hablaba con la voz pastosa y Marta sospechaba que habría caído algún que otro trago antes de que ellos llegaran. Pero hasta eso era como todos los viernes por la noche en casa de sus suegros.

–Bueno, he hecho lo que he podido. Y no ha sido fácil –dijo Helga. Acto seguido se levantó y empezó a quitar la mesa. Marta vio que le temblaban las manos. Helga siempre había tenido los nervios a flor de piel.

–Con la suerte que tuviste, que te llevaste un marido mejor de lo que merecías. Y deberían darme una medalla por todos los años que he tenido que aguantar. No sé en qué estaba pensando, la verdad, con la de muchachas que tenía correteándome detrás, pero claro, supongo que pensé que tú tenías buenas caderas para traer hijos al mundo. Y luego resultó que casi no sirves ni para eso. ¡Venga, salud! –Einar volvió a levantar la copa.

Marta se examinaba las uñas. Aquello ni siquiera la violentaba. Había presenciado el mismo espectáculo demasiadas veces. Tampoco Helga solía molestarse con las monsergas de borracho de Einar, pero esa noche algo era distinto. De pronto, Helga agarró un cazo, lo arrojó con todas sus fuerzas en el fregadero y lo salpicó todo de agua. Luego se volvió despacio. Habló en voz baja, apenas audible. Pero en el silencio y la perplejidad reinantes, se oyeron perfectamente sus palabras:

–No. Aguanto. Más.

–¿Hola? –Patrik entró en el vestíbulo. Todavía estaba de mal humor después del viaje a Gotemburgo y, en el trayecto de vuelta, nada lo había distraído de sus pensamientos. Pensar, además, que Erica le había dicho que creía que su madre había llevado allí a otro hombre no mejoraba las cosas.

—¡Hola! —gorjeó la madre desde la cocina, y Patrik miró suspicaz alrededor. Por un instante se preguntó si no se habría equivocado de casa, de tan ordenado y limpio como estaba todo.

—¡Hala! —dijo Erica con los ojos como platos cuando entró por la puerta. No parecía del todo complacida con el cambio.

—¿Es que ha venido alguna empresa de limpieza? —Patrik no sabía que el suelo de la entrada pudiera verse tan limpio y libre de grava. Estaba reluciente, y los zapatos ordenados en la zapatera, un mueble que, por lo demás, rara vez usaban en casa, puesto que la mayoría de las veces dejaban los zapatos amontonados en el suelo.

—La empresa Hedström y Zetterlund —dijo su madre al salir de la cocina con la misma voz cantarina de antes.

—¿Zetterlund? —repitió Patrik, aunque ya intuía la explicación.

—¡Hola! Soy Gunnar. —Un hombre se le acercaba desde el salón ofreciéndole la mano. Patrik lo escrutó y, con el rabillo del ojo, vio cómo Erica lo observaba a él muerta de risa. Patrik le estrechó la mano al hombre, que empezó a agitarla arriba y abajo con cierto exceso de entusiasmo.

—¡Qué casa más acogedora tenéis! ¡Y qué niños más graciosos! Y bueno, a esta señorita no es fácil engañarla a la primera, es más lista que el hambre, desde luego. Y con este par de trastos comprendo que no paréis, pero son tan adorables que se lo aguantaréis todo, ¿no? —El hombre seguía agitando la mano de Patrik, que se obligó a esbozar una sonrisa.

—Sí, son fantásticos los tres —dijo, e hizo amago de retirar la mano. Al cabo de unos segundos, Gunnar lo soltó por fin.

—He supuesto que vendríais con hambre, así que he preparado la cena —dijo Kristina, y volvió a los fogones—. También he puesto un par de lavadoras. Y, como veníamos para acá, le he dicho a Gunnar que se traiga la caja de herramientas y ha arreglado un par de cosas que tú no habías tenido tiempo de hacer, Patrik.

En ese momento, Patrik se dio cuenta de que la puerta del aseo, que llevaba suelta un tiempo, quizá unos años, estaba ahora bien atornillada. Se preguntó qué otras cosas habría arreglado Bob el Chapuzas y, muy a su pesar, se puso de mal humor. Él pensaba arreglar esa puerta. La tenía en la lista. Solo que no había encontrado el momento.

—Bueno, no me ha supuesto ninguna molestia. Tuve una empresa de reformas durante años, así que esto ha sido pan comido. El truco está en hacer las cosas en el acto, así no se acumulan —dijo Gunnar.

Patrik le sonrió horrorizado.

—Ya... Gracias. Muchas gracias, de verdad.

—Hombre, yo comprendo que para vosotros los jóvenes no es fácil sacarlo todo adelante, el trabajo, los niños, las tareas domésticas y, encima, los arreglos. A las casas que, como esta, tienen sus años, siempre les salen goteras. Pero es una casa muy bonita, bien hecha. Antes sí que sabían cómo levantar una casa, y no ahora, que las tienen listas en unas semanas y claro, luego la gente se pregunta por qué tienen humedades y moho y esas cosas. La artesanía de antaño, eso se ha olvidado por completo... —Gunnar empezó a menear la cabeza y Patrik aprovechó para batirse en retirada en dirección a la cocina, donde su madre hablaba sin parar con Erica, delante de la encimera. Con una alegría un tanto ruin, notó que su querida esposa también exhibía una sonrisa más bien forzada.

—Ya, si ya sé yo que Patrik y tú tenéis muchas cosas en la cabeza y que no es fácil combinar los hijos y la profesión y los de vuestra generación os habéis creído que podéis hacerlo todo al mismo tiempo, pero lo más importante para una mujer, y no quiero que te lo tomes a mal, Erica, te lo digo con la mejor intención, lo más importante son los niños y la casa, y que se ría quien quiera de las que fuimos amas de casa, pero era muy satisfactorio poder cuidar a los niños en casa y no tener que llevarlos a ninguna institución de esas. Y, además, se criaron rodeados de orden y concierto, eso de que es sano que haya un poco de mugre en los rincones no me lo creo yo ni mucho ni poco, seguro que por eso los niños de hoy sufren tantas alergias y enfermedades, porque la gente ya no es capaz de mantener la casa en condiciones, y luego es que nunca se insistirá bastante en la importancia de que los niños coman comida casera, y cuando el marido llega a casa, y desde luego, Patrik tiene un trabajo de mucha responsabilidad, no es ni más ni menos que justo que todo esté limpio y agradable y que le sirvan una comida decente, no esos platos preparados asquerosos con montones de aditivos raros con los que llenáis el congelador, y debo decir que...

Patrik escuchaba fascinado y se preguntaba si su madre habría respirado siquiera en algún punto de aquella alocución. Vio que Erica apretaba los dientes y la alegría ruin dio paso a un leve sentimiento de compasión.

—Mamá, es solo que nuestra forma de hacer las cosas es un poco diferente —la interrumpió—. Lo que no significa que sea peor. Tú lo hiciste maravillosamente con nosotros, pero Erica y yo hemos decidido compartir la responsabilidad de los niños y la casa, y su profesión es igual de importante que la mía. Claro que tengo que reconocer que a veces me relajo y dejo que cargue con un peso mayor, pero trato de mejorar en ese punto. Así que, si a alguien tienes que criticar es a mí, porque Erica trabaja como una mula para que todo funcione. Y estamos estupendamente juntos. Puede que haya un poco de mugre en los rincones y es verdad que aquí comemos palitos de merluza y budín de sangre y albóndigas congeladas, pero no parece que nadie se haya muerto por ahora. —Dio un paso y besó a Erica en la mejilla—. Dicho lo cual, te agradecemos muchísimo todo lo que haces para que podamos disfrutar de tu exquisita comida casera de vez en cuando. Después de los palitos y las albóndigas congeladas, la apreciamos más todavía.

Le dio también a su madre un beso en la mejilla. Lo último que quería era ofenderla. No podrían arreglárselas sin su ayuda, y Patrik quería muchísimo a su madre. Pero aquella era su casa, la suya y la de Erica, y Kristina tenía que entenderlo.

—Ya, bueno, no era mi intención hacer ninguna crítica. Solo quería daros unos consejos que pueden seros de utilidad —dijo, y no parecía muy ofendida.

—Bueno, háblame de tu novio. —Patrik vio encantado cómo su madre se ruborizaba. Al mismo tiempo, le parecía un tanto extraño o, a decir verdad, muy extraño.

—Pues sí, verás —comenzó Kristina, y Patrik respiró hondo y se armó de valor. Su madre tenía novio. Miró a Erica, que le mandó un beso silencioso.

Terese apenas podía quedarse quieta en la silla. Los niños gritaban tan alto que estuvo a punto de levantarse y chillarles para que se callaran, pero al final se contuvo. No era culpa suya que a ella la estuviera devorando la preocupación.

¿Dónde demonios estaría? Como de costumbre, la preocupación se convirtió en rabia, y el miedo se le clavaba como un puñal en el pecho. ¿Cómo podía Tyra hacer algo así, después de lo que le había pasado a Victoria? Todos los padres de Fjällbacka tenían los nervios a flor de piel desde la desaparición de Victoria. ¿Y si el secuestrador seguía en la zona, y si sus hijas estaban en peligro?

El sentimiento de culpa reforzaba la preocupación y la rabia. Quizá no fuera tan extraño que a Tyra se le hubiese olvidado que iba a recogerla. Por lo general, tenía que volver a casa a pie, y varias veces, después de prometerle que iba a buscarla, se le habían complicado las cosas y al final no había podido ir.

¿No debería llamar ya a la policía? Cuando llegó a casa y vio que Tyra no estaba, trató de convencerse de que estaría al llegar, que se habría entretenido con alguna amiga. Incluso se preparó para los comentarios de malestar que Tyra le dejaría caer cuando llegara sudorosa y muerta de frío. Se imaginó mimándola un poco más, con un chocolate caliente y un bocadillo de queso gouda con mucha mantequilla.

Pero Tyra no apareció. Nadie abrió la puerta, se sacudió la nieve a patadas y se quitó el chaquetón tiritando. Y allí, sentada en la cocina, Terese intuía cómo debieron de sentirse los padres de Victoria el día que no volvió a casa. Solo los había visto en un par de ocasiones, lo cual era bastante extraño a decir verdad. Las niñas habían sido inseparables desde la infancia, pero si hacía memoria, tampoco había visto a Victoria con mucha frecuencia, en realidad. Siempre iban a su casa. Por primera vez se preguntó por qué, pero ya sabía cuál era la dolorosa respuesta. No había sabido crear para sus hijos el hogar que había soñado, ese lugar seguro que necesitaban. Las lágrimas empezaron a arderle detrás de los párpados. Si Tyra volvía a casa, haría cuanto estuviera en su mano para cambiar todo eso.

Miró el móvil, como si pudiera aparecer un mensaje de Tyra como por arte de magia. Terese la había llamado desde las caballerizas, pero cuando lo intentó otra vez al llegar a casa, lo oyó sonar en su cuarto. Como tantas otras veces, se lo había dejado en casa. Qué descuidada era.

De repente se oyó un ruido en la entrada. Dio un respingo. Podían ser figuraciones suyas, de tantas ganas como tenía, porque era casi imposible oír nada con el jaleo que estaban armando los chicos. Pero sí, el ruido de una llave en la cerradura. Se levantó y fue al vestíbulo a toda prisa, giró el pomo y abrió la puerta. Un segundo después estaba abrazando a su hija, y pudo dejar correr las lágrimas que llevaba varias horas conteniendo.

—Hija mía de mi alma —le susurró con la cara entre la melena. Ya le preguntaría después. Lo único importante en aquellos momentos era que Tyra había vuelto a casa.

Uddevalla, 1972

*L*a niña la seguía con la mirada adonde quiera que iba, y Laila se sentía prisionera en su propia casa. Vladek estaba tan desconcertado como Laila, pero, a diferencia de ella, él sí se desahogaba.

Le dolía el dedo. Había empezado a curarse, pero le picaba cuando se iba soldando el hueso. En los últimos seis meses, había visitado la consulta del médico bastantes veces. Habían empezado a sospechar y a hacer preguntas. Para sus adentros gritó las ganas de apoyar la frente en la mesa del médico, dejar correr las lágrimas y contarlo todo. Pero solo pensar en Vladek la hacía detenerse. Los problemas había que resolverlos en el seno familiar, según él. Y si no mantenía la boca cerrada, él jamás se lo perdonaría.

Se había apartado de su familia. Sabía que a su hermana le extrañaba, igual que a su madre. Al principio iban a verlos a Uddevalla, pero luego lo fueron dejando. Ya hacía tiempo que se limitaban a llamar de vez en cuando y a preguntar discretamente cómo iban las cosas. Se habían dado por vencidas, y Laila deseaba poder hacer como ellas, pero era imposible, así que las mantenía apartadas, respondía sin extenderse a sus preguntas y trataba de mantener un tono desenfadado y utilizar palabras corrientes. No podía contarles nada.

La familia de Vladek llamaba con menos frecuencia todavía, pero así había sido desde el principio. Viajaban mucho y no tenían dirección fija, entonces, ¿cómo iban a mantener el contacto? Y mejor así. Habría sido igual de imposible contárselo a ellos como a los suyos. Vladek y ella apenas podían explicárselo a sí mismos.

Aquella era una carga que tendrían que llevar solos.

Lasse iba silbando alegremente mientras paseaba por la calle. La satisfacción después del encuentro de ayer con la congregación aún le duraba. La sensación de pertenecer al grupo era como una borrachera en la sobriedad, y resultaba muy liberador evitar todas esas escalas grises y comprender que la respuesta a todas las preguntas se encontraba entre las cubiertas de la Biblia.

Por eso sabía que lo que estaba haciendo era lo correcto. ¿Por qué, si no, le habría dado Dios la oportunidad? ¿Por qué lo habría colocado tan oportunamente, justo en el momento en que era preciso castigar al pecador? El mismo día que sucedió, pidió a Dios que le ayudara a salir de aquella situación, que él mismo veía cada vez más difícil. Él creyó que la respuesta a sus plegarias se manifestaría en forma de contrato de trabajo, pero no fue así, y la salida se le presentó de otra manera. Y el que resultó afectado fue un pecador de la peor clase, un pecador que merecía el rigor de la justicia bíblica.

Terese había empezado a preguntar por la economía. Era él quien se encargaba de pagar las facturas, pero ella no se explicaba cómo era posible que el salario de su trabajo en el supermercado Konsum alcanzara para todo ahora que él no tenía trabajo. Él respondió evasivo hablando del paro, pero ella se mostró escéptica. En fin, ya se solucionaría. Ya vendrían las respuestas.

En estos momentos iba camino de la playa de Sälvik. Había elegido ese lugar como punto de encuentro porque estaría desierto en aquella época del año. En verano, la playa que se encontraba al lado del cámping de Fjällbacka era un hormiguero de gente; pero ahora estaba vacía y la vivienda más próxima se encontraba a un trecho de allí. Era un lugar perfecto para verse, y era el que proponía siempre.

El suelo estaba resbaladizo y bajaba con precaución por el camino que desembocaba en la playa. Una gruesa capa de nieve cubría la arena, y vio que el hielo se extendía mar adentro. Al final del embarcadero, alrededor de las escalerillas, habían hecho un agujero para los chiflados que se empeñaban en tirarse al agua en invierno. Él, por su parte, tenía clarísimo que el clima sueco no era apto para el baño en general, ni siquiera en verano.

Fue el primero en llegar. El frío le traspasaba la ropa y se arrepintió de no haberse puesto otro jersey. Pero le había dicho a Terese que iba a un encuentro de la congregación y no quiso despertar sospechas abrigándose demasiado.

Lleno de impaciencia, subió al embarcadero, que estaba mudo bajo sus pies, congelado y hecho un bloque con el hielo. Miró el reloj y frunció el ceño irritado. Luego caminó hasta el extremo, se asomó por la barandilla de la escalera y miró hacia abajo. Los locos de los bañistas debían de haber estado por allí recientemente, porque todavía no había empezado a formarse hielo en el agua del agujero. Sintió escalofríos. El agua no podía estar a muchos grados.

Oyó pasos en el embarcadero y se giró.

−Llegas tarde −dijo, señalando el reloj−. Dame el dinero y acabemos cuanto antes. No quiero que me vean aquí. Además, me voy a morir de frío.

Alargó el brazo y sintió la expectación en todo el cuerpo. Dios era bueno y había encontrado para él aquella solución. Y despreciaba al pecador que tenía delante con un ardor que le encendía las mejillas.

Pero el sentimiento no tardó en cambiar del desprecio a la sorpresa. Y al miedo.

No podía dejar de pensar en el libro. Cuando Patrik le dijo que tenía que trabajar, Erica se irritó un poco al principio, porque había planeado hacer otra visita al psiquiátrico. Pero luego se avino a razones. Por supuesto que tenía que ir a la comisaría aunque fuera sábado. La investigación de la desaparición de Victoria había entrado en una nueva fase que requería un trabajo intenso, y sabía que Patrik no se rendiría hasta haber resuelto el caso.

Por suerte, Anna podía echarle una mano y hacer de canguro, así que Erica se encontraba una vez más en la sala de visitas del psiquiátrico. No sabía cómo iniciar la conversación, pero el silencio no parecía molestar a Laila, que miraba pensativa por la ventana.

—El otro día estuve en la casa —dijo Erica al fin. Observó a Laila para ver cómo reaccionaba a sus palabras, pero aquellos ojos azul hielo no desvelaron nada—. Creo que debería haber ido antes, pero puede que lo fuera rehuyendo inconscientemente.

—No es más que una casa. —Laila se encogió de hombros. Toda su persona irradiaba indiferencia y a Erica le entraban ganas de inclinarse y zarandearla. Después de haber vivido en aquella casa en la que permitió que un hijo suyo permaneciera encadenado en un sótano como un animal, ¿cómo podía mostrarse indiferente ante semejante crueldad, por terrible que fuera el tormento al que la tuviera sometida Vladek, y por mucho que la hubiera anulado?

—¿Con cuánta frecuencia te agredía? —dijo Erica, tratando de mantener la calma.

Laila frunció el entrecejo.

—¿Quién?

—Vladek —dijo Erica, preguntándose si Laila se estaría haciendo la tonta. Había leído la historia clínica de Uddevalla y conocía las lesiones.

—Es fácil juzgar —dijo Laila, y clavó la vista en la mesa—. Pero Vladek no era malo.

—¿Cómo puedes decir una cosa así después de lo que os hizo a Louise y a ti?

A pesar de que conocía algo de la psicología de las víctimas, Erica no comprendía que Laila siguiera defendiendo a Vladek. Si incluso lo había matado en defensa propia o en venganza por la violencia a la que los había sometido a todos, a los niños y a ella misma.

—¿Le ayudaste a encadenar a Louise? ¿Te obligó a hacerlo? ¿Por eso no quieres hablar, porque te sientes culpable? —Erica presionaba por primera vez a Laila. Quizá fue la charla del día anterior con Nettan, su desesperación por la desaparición de su hija, lo que ahora la indignaba tanto. No era normal permanecer tan indiferente ante el sufrimiento de un hijo.

Sin poder dominarse, abrió el bolso que siempre llevaba consigo y sacó la carpeta con las fotografías.

—¡Mira! ¿Es que has olvidado el aspecto que tenía todo cuando la policía llegó a vuestra casa? Pues mira, ¡míralo bien! —Erica empujó una foto por encima de la mesa hacia Laila, que la miró a su pesar al cabo de un rato. Erica le mostró otra—. Y mira. Aquí está el sótano, tal y como lo encontraron ese día. ¿Ves la cadena y los cuencos de comida y agua? ¡Como si fuera un animal! Era una niña la encadenada, ¡tu hija! Y tú permitiste que Vladek la tuviera prisionera en un sótano oscuro. Comprendo que lo mataras, yo también lo haría si alguien tratara así a un hijo mío. Pero ¿por qué lo defiendes?

Guardó silencio y recobró el aliento. El corazón le martilleaba en el pecho, y recordó que la vigilante que había fuera la estaba viendo a través del cristal de la puerta. Erica bajó la voz.

—Perdona, Laila, es que... No pretendía ofenderte, pero me ha afectado mucho la casa.

—Tengo entendido que la llaman la Casa de los Horrores —dijo Laila, y le devolvió las fotos empujándolas sobre la superficie de la mesa—. Le va bien el nombre. Era una casa de los horrores. Pero no por lo que todos piensan. —Se levantó y llamó a la puerta para que la dejaran salir.

Erica se quedó allí maldiciendo para sus adentros. Ahora Laila no querría hablar más con ella, y no podría terminar el libro.

Pero ¿a qué se refería Laila con lo último que dijo? ¿Qué no era como todos creían? Recogió las fotos refunfuñando y las guardó otra vez en la carpeta.

Notó una mano en el hombro, que vino a interrumpir tan rabiosos pensamientos.

—Ven, quiero enseñarte algo. —Era la vigilante que había al otro lado de la puerta.

—¿Qué? —preguntó Erica, mientras se ponía de pie.

—Ya lo verás. Está en la habitación de Laila.

—¿Es que ella no está?

—No, ha salido al jardín. Cuando se altera, siempre sale a dar un paseo. Seguro que se queda ahí un rato, pero date prisa, por si acaso.

Erica leyó el nombre en la camisa de la mujer: Tina. La siguió, cayendo en la cuenta de que era la primera vez que veía la habitación en que Laila pasaba la mayor parte de su tiempo.

Tina abrió una puerta que quedaba al fondo del pasillo y Erica entró. No tenía ni idea de cómo eran las habitaciones

205

de los internos, y, probablemente, había visto demasiadas series americanas, porque esperaba encontrarse algo así como una sala acolchada. Sin embargo, aquella era una habitación agradable y tan acogedora como era posible. Una cama impoluta, una mesita con un despertador y un elefantito rosa monísimo, de porcelana, que estaba dormido, una mesa con un televisor encendido. En la ventana, que no era grande y estaba en alto, pero que, aun así, dejaba entrar bastante luz, colgaban unas cortinas amarillas.

—Laila cree que no sabemos nada. —Tina se acercó a la cama y se puso de rodillas.

—¿Te está permitido hacer esto? —preguntó Erica, y miró hacia la puerta. No sabía si estaba más nerviosa por si apareciera Laila o por si venía algún jefe que pensara que estaban violando los derechos de la interna.

—Tenemos derecho a ver todo lo que haya en las habitaciones —dijo Tina, y alargó el brazo por debajo del colchón.

—Ya, pero yo no formo parte del personal —objetó Erica mientras trataba de dominar la curiosidad.

Tina sacó una cajita, se levantó y se la dio a Erica.

—¿Quieres verlo o no?

—Claro que sí.

—Pues me quedo vigilando, yo ya sé lo que hay. —Tina se fue hacia la puerta, la dejó entreabierta y se puso a observar el pasillo.

Después de lanzarle a Tina una mirada llena de inquietud, Erica se sentó en el borde de la cama con la caja en las rodillas. Si Laila apareciera en ese momento, la poca confianza que aún tuviera en ella se esfumaría en el acto. Pero ¿cómo iba a poder resistir la tentación de ver lo que había en la caja? Tina parecía creer que podía parecerle interesante...

Abrió la tapa con expectación. No sabía qué esperaba, pero el contenido la sorprendió. Fue sacando uno a uno los recortes de periódico, y las ideas empezaron a bullirle en la cabeza sin orden ni concierto. ¿Por qué había guardado Laila los recortes de las chicas desaparecidas? ¿Por qué le interesaba aquello? Erica fue revisando rápidamente los artículos y constató que Laila había debido de recortar la mayoría de lo que se había publicado sobre las desapariciones en la prensa local.

—Puede presentarse en cualquier momento —dijo Tina con la mirada fija en el pasillo—. Pero estarás de acuerdo en que es raro, ¿verdad? Se abalanza sobre los periódicos en cuanto llegan y, cuando todo el mundo los ha leído, los pide. No sabía para qué los quería hasta que encontré la caja.

—Gracias —dijo Erica, y dejó otra vez los artículos en su sitio—. ¿Dónde estaba?

—Al lado de la pata de la cama, al fondo, en la esquina —dijo Tina, tratando de no perder de vista el pasillo por si veía a Laila.

Erica empujó la caja despacio y la devolvió a su lugar. No sabía exactamente cómo seguir con lo que acababa de averiguar. Quizá no significara nada. Quizá a Laila simplemente le interesaban los casos de las chicas desaparecidas. La gente podía obsesionarse por las cosas más extrañas. Al mismo tiempo, no creía que fuera así. En alguna parte existía una relación entre la vida de Laila y unas chicas a las que de ninguna manera pudo conocer. Y Erica estaba resuelta a averiguar cuál era la conexión.

—Bueno, tenemos bastante información que repasar —dijo Patrik.

Todos asintieron. Annika estaba preparada, con el cuaderno y el bolígrafo en la mano, y *Ernst,* tumbado debajo de la mesa, esperaba a que le cayeran algunas migajas. Es decir, todo como siempre. Solo la tensión reinante en la cocina revelaba que aquella no era una de las habituales pausas para el café.

—Martin y yo estuvimos ayer en Gotemburgo. Hablamos con Anette, la madre de Minna Wahlberg; pero también con Gerhard Struwer, que nos dio su punto de vista sobre el caso a partir del material que le enviamos.

—Chorradas —masculló Mellberg como por encargo—. Una pérdida de recursos.

Patrik hizo caso omiso de sus comentarios y continuó:

—Martin ha pasado a limpio las notas que tomó, os pasaremos una copia a cada uno.

Annika empezó a repartir un montón de papeles que había en la mesa.

—Había pensado resumir los puntos más importantes, pero luego me gustaría que leyerais el informe completo, por si se me escapa algo.

Lo más sucintamente posible, Patrik les refirió las dos conversaciones.

—De lo que dijo Struwer hay dos cosas que creo que debemos tener en cuenta. Para empezar, observó que Minna se distingue de las otras chicas. Tanto su entorno como el modo en que desapareció son diferentes. La cuestión es si existía alguna razón para elegirla a ella pese a todo. Yo creo que Struwer tiene razón, y que debemos estudiar más de cerca su secuestro; y por ese motivo quería ver a la madre de Minna. Puede que el secuestrador tuviera una relación personal con ella. Lo que, a su vez, nos acercaría a la solución del caso de Victoria. Como es lógico, en colaboración con la Policía de Gotemburgo.

—Claro —saltó Mellberg—. Pero como ya he mencionado, estas cosas pueden ser delicadas y...

—No vamos a pisarle el terreno a nadie —lo interrumpió Patrik, y se asombró al comprobar que Mellberg tenía que decir las cosas dos veces por lo menos–. Espero que tengamos ocasión de verlos a ellos también. Por otro lado, Struwer nos aconsejó precisamente que nos reuniéramos con representantes de los demás distritos para revisar juntos toda la información. No es fácil, pero creo que deberíamos tratar de organizar una reunión conjunta.

–Costará una barbaridad. Los viajes, el alojamiento, las horas extra. La jefatura no lo aceptará en la vida –dijo Mellberg, y le dio a *Ernst* un trozo de bollo por debajo de la mesa.

Patrik tuvo que contenerse para no resoplar alto y claro. Trabajar con Mellberg podía ser como que te sacaran una muela, pero muy despacio. O sea, nunca era indoloro.

–Resolveremos ese problema cuando se nos plantee. No me extrañaría nada que a este caso le concedan tanta prioridad que nos manden recursos desde la comisaría general.

–Deberíamos poder reunirnos todos. Podríamos lanzar la propuesta de celebrar la reunión en Gotemburgo, ¿no? –Martin se inclinó hacia delante en la silla.

–Sí, es una idea excelente –dijo Patrik–. Annika, ¿podrías encargarte de coordinarlo? Ya sé que es fiesta y que puede resultar difícil localizar a algunos de ellos, pero me gustaría dejarlo cerrado cuanto antes.

–Claro. –Annika lo anotó en el cuaderno y remató la frase con un signo de exclamación enorme.

–¿Es verdad que también te encontraste con la parienta en Gotemburgo? –dijo Gösta.

Patrik levantó la vista al cielo.

–En fin, está visto que aquí es imposible mantener nada en secreto.

–¿Qué? ¿Erica estaba en Gotemburgo? ¿Y a qué había ido? ¿Ya está otra vez metiéndose donde no debe? –Mellberg se había indignado tanto que se le cayó el mechón en la oreja—. Tienes que aprender a controlar a esa mujer. No se puede consentir que ande interfiriendo en nuestro trabajo.

—Ya he hablado con ella y no lo volverá a hacer —dijo Patrik tranquilamente, pero sintió la irritación del día anterior latiéndole por dentro. Era inexplicable que Erica no terminara de entender hasta qué punto podía complicar las cosas y dificultar el trabajo policial con sus ocurrencias.

Mellberg lo miró escéptico.

—Ya, pero no puede decirse que te haga mucho caso, ¿no?

—Lo sé, pero prometo que no volverá a pasar. —Patrik se dio cuenta de lo poco creíble que resultaba y, por si acaso, se apresuró a cambiar de tema—. ¿Por qué no nos cuentas otra vez lo de ayer, Gösta? Lo que me dijiste por teléfono.

—¿El qué? —dijo Gösta.

—Las dos visitas, pero la segunda me parece más interesante.

Gösta asintió. Sin prisas y en orden, refirió la visita a Jonas y la conversación sobre la ketamina que habían robado poco antes de que secuestraran a Victoria. Luego expuso cómo había relacionado la denuncia de Katarina con el caso de Victoria y, finalmente, el hallazgo de la colilla en el jardín.

—Buen trabajo —dijo Martin—. En otras palabras, el dormitorio de Victoria se ve perfectamente desde el jardín de esa mujer, ¿no?

Gösta se irguió orgulloso: no elogiaban su capacidad de iniciativa todos los días.

—Sí, eso es, y yo creo que la persona en cuestión estuvo allí espiándola; y fumando. Encontré la colilla exactamente en el sitio en el que Katarina vio a alguien.

—¿Y has enviado la colilla al laboratorio? —intervino Patrik.

Gösta asintió otra vez.

—Sí, señor. Torbjörn ya la tiene, y si hay ADN, podremos compararlo y ver si coincide con el de algún sospechoso.

—Bueno, no nos precipitemos, pero yo creo que sí, que fue el secuestrador el que estuvo allí vigilando. Seguramente, para hacerse una idea de los hábitos de Victoria y luego poder llevársela. —Mellberg entrecruzó los dedos encima de la barriga con cara de satisfacción—. Podríamos hacer lo mismo que en ese pueblo de Inglaterra, ¿no? Tomar el ADN de todos los habitantes de Fjällbacka y luego comparar los resultados con el ADN de la colilla. Y, en un santiamén, tenemos a nuestro hombre. Sencillo y genial.

—Para empezar, no sabemos si es un hombre. —Patrik hizo un esfuerzo por ser paciente—. Y para continuar, y teniendo en cuenta dónde desaparecieron las demás chicas, no sabemos si el culpable es de la zona. Al contrario, hay varios datos que indican que la conexión está en Gotemburgo, en el caso de Minna Wahlberg.

—Que siempre tengas que ser tan negativo... —dijo Mellberg contrariado al ver que aquel plan, brillante en su opinión, quedaba descartado de inmediato.

—Realista, más bien —objetó Patrik, pero se arrepintió enseguida. Era absurdo enfadarse con Mellberg. Y si cedía a esa tentación, no tendría nunca tiempo de hacer otra cosa—. Creo que Paula estuvo ayer por aquí, ¿no? —preguntó cambiando de tema. Mellberg asintió.

—Sí, estuvimos hablando un poco del caso y el asunto de la lengua cortada parece que le recordó a algo que había visto en un informe antiguo. El problema es que no recuerda qué ni dónde. Ya se sabe, el cerebro de la recién parida.

Mellberg se llevó el dedo a la sien y empezó a moverlo en círculos, pero paró enseguida al oír el resoplido de protesta de Annika. Si había alguien en el mundo a quien Mellberg no quería irritar era a la secretaria de la comisaría; y quizá tampoco a Rita, cuando se ponía rara.

—Estuvo en el archivo un par de horas —dijo Gösta—. Pero me parece que no encontró lo que buscaba.

—No, pensaba volver hoy. —Mellberg sonrió mirando sumiso a Annika, que seguía irritada.

—Siempre y cuando sea consciente de que no cobrará horas extra —dijo Patrik.

—Sí, sí, lo sabe. Si he de ser sincero, creo que necesita salir de casa un poco —añadió Mellberg con una lucidez insólita.

Martin sonrió.

—Bueno, si prefiere el archivo a estar en casa es que debía de estar subiéndose por las paredes.

La sonrisa le iluminó la cara y Patrik cayó en la cuenta de lo raro que eso era últimamente. Tenía que estar más pendiente de Martin. No podía ser fácil llevar el duelo por la muerte de Pia, haberse quedado solo con la niña y, además, participar en una investigación de aquella envergadura.

Le devolvió la sonrisa.

—Esperemos que saque algo en claro. Y nosotros también.

Gösta levantó la mano.

—¿Sí? —dijo Patrik.

—No puedo dejar de pensar en el robo en casa de Jonas. Tal vez valiera la pena preguntar a las chicas de las caballerizas, después de todo... Puede que alguna viera algo.

—Buena idea. Puedes hacerlo después del minuto de silencio de hoy, ve con tiento, seguro que estarán muy afectadas.

—Claro, y Martin podría venir conmigo, así será más fácil.

Patrik echó una ojeada a Martin.

—No sé, ¿de verdad crees que haría fal...?

—Por mí, estupendo, voy contigo —lo interrumpió Martin.

Patrik dudó un instante.

—De acuerdo —dijo, y se volvió hacia Gösta—. ¿Te encargas también de mantener el contacto con Torbjörn por lo de los resultados del análisis de ADN?

Gösta asintió.

—Perfecto. Además creo que deberíamos hablar con los vecinos de Katarina, para saber si alguien más recuerda haber visto a alguien merodeando por allí. Y con la familia de Victoria, por si notaron que alguien los vigilara.

Gösta se pasó la mano por el pelo entrecano, que se le quedó de punta.

—De ser así, ya lo habrían dicho. Yo creo que les preguntamos si habían visto a alguien merodeando por la casa, pero puedo consultar los informes de los interrogatorios.

—Bueno, de todos modos, habla con ellos otra vez. Ahora sabemos que, de hecho, alguien estaba vigilando la casa. Yo puedo hablar con los vecinos. Y Bertil, ¿podrías tú tener esto controlado y ver si, con la ayuda de Annika, puedes organizar la reunión conjunta?

—Por supuesto. ¿Quién iba a hacerlo si no? A quien querrán ver es al jefe y al responsable de la investigación.

—Estupendo, entonces, tened cuidado ahí fuera —dijo Patrik, pero se sintió un tanto ridículo, como si aquello fuera un episodio de *Canción triste de Hill Street*. De todos modos, valió la pena, porque vio que Martin sonreía otra vez.

—Dentro de una semana hay otra competición. Olvida la que te has perdido y piensa en la siguiente. —Jonas acariciaba la melena de Molly. Siempre lo llenaba de asombro lo mucho que se parecía a su madre.

—Pareces el doctor Phil ese de la tele —refunfuñó Molly con la cara hundida en la almohada. La alegría por la promesa del coche ya se le había pasado, y ahora estaba otra vez enfadada por la competición a la que no había podido ir.

—Te arrepentirás si no entrenas lo suficiente. Y no tendrá ningún sentido que vayamos allí. Y quien más se enfadará si no ganas eres tú, no yo, ni mamá.

—A Marta le importa poco —dijo Molly en voz baja.

Jonas detuvo la mano en el aire y dejó de acariciarla.

—O sea que todos los kilómetros que hemos recorrido y todas las horas que hemos dedicado no cuentan. Mamá... Marta ha invertido un montón de dinero y de tiempo en tus competiciones, y es muy desagradecido por tu parte hablar así. —Jonas se dio cuenta de que le estaba hablando con aspereza, pero su hija tenía que madurar de una vez.

Molly se incorporó despacio. Toda ella irradiaba estupefacción ante el tono con el que le había hablado su padre, y abrió la boca como para protestar. Pero luego bajó la vista.

—Perdón —se disculpó en voz baja.

—Perdona, ¿cómo has dicho?

—¡Perdón! —El llanto se le agolpó en la garganta, y Jonas la abrazó. Sabía que la había mimado siempre, y era consciente de que había contribuido a sus virtudes, también a sus defectos. Pero ahora lo había hecho bien. Tenía que aprender que, a veces, la vida exigía que uno se amoldara.

—Venga, preciosa, vamos... ¿No vamos a bajar a montar? Tienes que entrenar si quieres acabar con Linda Bergvall. No se vaya a creer que tiene el trono asegurado.

—No... —dijo Molly, y se secó las lágrimas con la manga.

—Vamos. Hoy no tengo trabajo, así que he pensado que podría acompañarte mientras entrenas. Mamá está esperándote abajo con *Scirocco.*

Molly bajó las piernas de la cama y Jonas advirtió el instinto competitivo como un destello en los ojos. En eso se parecían como dos gotas de agua. A ninguno de los dos le gustaba perder.

Cuando entraron en la pista, Marta los esperaba con *Scirocco,* que ya estaba ensillado y listo. Miró el reloj con un gesto elocuente.

—Así que la señora ha tenido a bien bajar por fin. Hace media hora que deberías estar aquí.

Jonas le lanzó a su mujer una mirada de advertencia. Una palabra imprudente y Molly volvería corriendo a la cama y se pondría a lloriquear otra vez. Vio que Marta deliberaba consigo misma. No soportaba tener que adaptarse a los deseos de su hija y, aunque ella así lo había elegido, detestaba no formar parte del equipo padre e hija. Pero también le gustaba ganar, aunque fuera a través de una hija que nunca quiso tener y a la que nunca comprendió.

—He preparado la pista —dijo, y le entregó el caballo a Molly.

Molly montó de un salto y se hizo con las riendas. Con los muslos y los talones, espoleó a *Scirocco,* que obedeció como siempre. En cuanto Molly subía a lomos de un caballo, era como si la adolescente y sus rabietas desaparecieran. Allí era una joven fuerte, segura de sí misma, tranquila y llena de confianza. A Jonas le encantaba presenciar aquella transformación.

Subió a las gradas y se sentó para poder observar el trabajo de Marta. Iba instruyendo a su hija con sabia maestría, y sabía a la perfección cómo conseguir que tanto el jinete como el caballo dieran el máximo. Molly tenía un talento natural para todas las disciplinas ecuestres, pero era Marta quien perfeccionaba ese talento. Estaba fantástica en la pista mientras, con breves instrucciones, conseguía que caballo y jinete volaran por encima de los obstáculos. Le iría bien en la competición. Formaban un equipo imbatible: Marta, Molly y él. Poco a poco sintió cómo le crecía dentro aquella expectación que tan bien conocía.

Erica estaba en su despacho, repasando la larga lista de cosas que debería hacer. Anna le había dicho que ella y los niños podían quedarse todo el día si hacía falta, y Erica no dudó en aceptar la oferta. Eran tantas las personas con las que debería hablar y tenía tanto material por leer... Y quisiera haber avanzado más. Así quizá comprendería por qué había reunido Laila todos aquellos artículos. Por un instante pensó en preguntárselo directamente, pero luego comprendió que no serviría de nada. Así que dejó el psiquiátrico y fue a casa para tratar de averiguar algo más.

—¡Mamáaaaaa! ¡Los gemelos se están peleando! —Se llevó un susto al oír la voz de Maja. Según Anna, los niños se habían portado de un modo ejemplar, pero ahora parecía que estuvieran matándose allá abajo.

Bajó la escalera de dos zancadas y entró como una tromba en el salón. Allí estaba Maja, mirando con inquina a sus hermanos, que, efectivamente, se estaban peleando en el sofá.

—No me dejan ver la tele, mamá. Se han empeñado en que les dé el mando a distancia y la apagan todo el rato.

—Pues nada —atajó Erica, un poco más enfadada de lo que pretendía—. Entonces será mejor que nadie vea la tele y punto.

Se acercó al sofá y echó mano del mando a distancia. Los niños se la quedaron mirando asombrados y empezaron a llorar a coro. Erica contó despacio hasta diez pero, a pesar de todo, notó aflorar el sudor y la irritación. Jamás se imaginó que ser madre exigiera tantísima paciencia. Y se avergonzaba de, una vez más, haber castigado a Maja por algo de lo que no era culpable.

Anna, que estaba en la cocina con Emma y Adrian, apareció también en el salón. Al ver la expresión de Erica, sonrió a medias.

—Yo creo que te sentaría bien salir un poco más. ¿No tienes que ir a ningún otro sitio, aprovechando que estoy aquí?

Erica iba a responder que se alegraba de poder trabajar en paz un rato cuando se le ocurrió una idea. Sí que había una cosa que tenía que hacer. Un punto de la lista que le interesaba más que ningún otro.

—Mamá tiene que irse a trabajar un rato más, pero Anna se queda con vosotros. Y si os portáis bien, os preparará una merienda.

Los niños se callaron en el acto. Estaba claro que la palabra merienda surtía en ellos un efecto mágico.

Erica le dio un abrazo a su hermana. Fue a la cocina para llamar y asegurarse de que no hacía el viaje en balde y quince minutos después estaba en camino. A aquellas alturas, lo niños ya se sentían más que satisfechos, sentados alrededor de una mesa llena de bollos y galletitas. Tomarían un montón de azúcar, pero ya se ocuparía de eso después.

No fue difícil encontrar la casita adosada a las afueras de Uddevalla donde vivía Wilhelm Mosander. Parecía lleno de curiosidad cuando Erica llamó por teléfono, y de hecho le abrió la puerta antes de que hubiera puesto el dedo en el timbre.

—Adelante —dijo un hombre mayor, y Erica se sacudió un poco la nieve de las botas antes de entrar.

Era la primera vez que veía a Wilhelm Mosander en persona, pero lo conocía muy bien. Ya en su juventud fue una leyenda como periodista del *Bohusläningen,* y el más célebre de sus reportajes fue precisamente el que trataba del asesinato de Vladek Kowalski.

—Así que estás escribiendo otro libro. —El hombre se adelantó y entró en la cocina. Erica miró alrededor y constató que era pequeña pero limpia y ordenada. Acogedora. No había indicios de presencia femenina, así que supuso que Wilhelm era soltero. Como si le hubiera leído el pensamiento, el hombre dijo:

—Mi mujer murió hace diez años, entonces vendí el viejo caserón que teníamos y me mudé aquí. Es mucho más fácil de mantener, pero claro, resulta un tanto espartano, porque no hay ni cortinas ni otros adornos.

—Bueno, a mí me parece muy bonito. —Erica se sentó a la mesa de la cocina y el hombre sirvió enseguida el obligado café—. Sí, trata sobre la Casa de los Horrores —dijo respondiendo a su pregunta.

—¿Y qué crees que puedo aportar yo? Doy por hecho que has leído la mayor parte de lo que escribí.

—Sí, Kjell Ringholm, del *Bohusläningen,* me facilitó los artículos. Y, como puedes suponer, he reunido datos sobre cómo sucedió y sobre el juicio. Lo que querría más bien es oír las impresiones de alguien que estuvo allí. Supongo que observaste y averiguaste cosas de las que luego no pudiste escribir. Quizá tienes alguna teoría propia sobre el caso, no sé. Según me han dicho, nunca lo dejaste del todo.

Erica tomó un sorbito de café, sin dejar de observar a Wilhelm.

—Sí, bueno, había mucho de lo que escribir. —Wilhelm la miraba sin apartar la vista, y Erica le vio un destello en los ojos—. Ni antes ni después me encontré con un caso más interesante. Todo aquel que se relacionara con el caso por una u otra vía se veía afectado.

—Ya, es una de las historias más terribles de las que he tenido noticia en la vida. Y me gustaría tanto saber qué pasó exactamente aquel día...

—Pues ya somos dos —dijo Wilhelm—. Aunque Laila confesó el asesinato, nunca me libré de la sensación de que había algo que no encajaba. No tengo ninguna teoría, pero yo creo que la verdad era mucho más complicada.

–Exacto –dijo Erica ansiosa–. El problema es que Laila se niega a hablar del tema.

–Ah, pero ¿ha accedido a verte? –preguntó Wilhelm interesado–. Jamás lo habría imaginado.

–Sí, nos hemos visto unas cuantas veces. Me pasé un tiempo intentándolo, envié cartas, llamé por teléfono..., y había empezado a perder la esperanza cuando, de repente, dijo que sí.

–Mira tú por dónde. Con todos los años que llevaba guardando silencio y ahora resulta que quiere hablar contigo... –Movía la cabeza como si no diera crédito–. Yo he intentado que me conceda una entrevista no sé cuántas veces y nunca lo he conseguido.

–Ya, bueno, de todos modos, no es que diga gran cosa. En realidad, no he conseguido sacarle nada interesante. –Hasta a Erica le pareció pesimista lo que acababa de decir.

–Cuéntame, ¿cómo es? ¿Cómo la has visto?

Erica sintió que la conversación estaba tomando un giro equivocado. Era ella quien tenía que hacer las preguntas, no al contrario, pero decidió ser un poco complaciente, dar y recibir, ese debía ser el juego.

–Está serena. Tranquila. Pero, al mismo tiempo, parece preocupada por algo.

–¿Dirías que tiene sentimiento de culpa por el asesinato? ¿Y por lo que le hizo a su hija?

Erica hizo memoria.

–Pues sí y no. No puede decir que esté arrepentida, aunque, al mismo tiempo, se responsabiliza de lo que ocurrió. Es difícil de explicar. Puesto que, en realidad, no dice nada al respecto, lo único que puedo hacer es leer entre líneas y, claro, es posible que me equivoque al interpretarla y que me deje llevar por mis sentimientos ante lo que hizo.

—Pues sí, fue horroroso. —Wilhelm asentía—. ¿Has estado en la casa?

—Fui el otro día. Está muy deteriorada, con el tiempo que lleva vacía es normal. Pero era como si algo hubiera impregnado las paredes... Y el sótano. —Se le erizó el pelo solo de acordarse.

—Sé a qué te refieres. Es un misterio, cómo puede uno tratar a un niño como lo hizo Vladek. Y cómo Laila pudo permitir que sucediera. Personalmente, considero que ella es tan culpable como él, aunque viviera aterrorizada por lo que él pudiera hacer. Siempre hay alguna salida, y yo creo que el instinto materno debería ser más poderoso.

—Al hijo no lo trataban así. ¿Por qué crees que Peter salió mejor parado?

—Pues la verdad, nunca logré aclararlo. Seguro que has leído la entrevista que mantuvo al respecto con algunos psicólogos.

—Sí, decían que la misoginia de Vladek lo impulsaba a ser violento únicamente con las mujeres de la familia. Pero eso no es del todo cierto. Según la historia clínica, Peter también tenía lesiones. Le habían dislocado el brazo, una profunda herida de arma blanca...

—Sí, pero no se puede comparar con lo que le hicieron a Louise.

—¿Tienes idea de lo que fue de Peter? Yo no he conseguido dar con él. Todavía.

—Yo tampoco. Si lo localizas, te agradeceré que me avises.

—¿Tú no estás jubilado? —preguntó Erica, y cayó en la cuenta de que era una pregunta absurda. Hacía mucho que el caso Kowalski había dejado de ser para Wilhelm un simple encargo periodístico, si es que alguna vez lo fue. Le vio en la mirada que, con los años, se había convertido más bien en una obsesión. Y el hombre no respondió a la pregunta, sino que siguió hablando de Peter.

—Es algo así como un misterio. Como sabrás, después del asesinato tuvo que irse a vivir con la abuela materna, y allí parecía estar bien. Pero cuando tenía quince años, la abuela murió asesinada durante un robo en su casa. Peter estaba en Gotemburgo el día que ocurrió, en un campamento para jugar al fútbol; a partir de entonces, fue como si se lo hubiera tragado la tierra.

—¿Y si se suicidó? —preguntó Erica, pensando en voz alta—. De algún modo extraño y el cadáver nunca apareció, no sé.

—Quién sabe. Sería una tragedia más en la familia.

—¿Estás pensando en la muerte de Louise?

—Sí, se ahogó cuando vivía con una familia de acogida que, según pensaban, le daría el mejor apoyo después del trauma que había sufrido.

—Fue un accidente inexplicable, ¿verdad? —Erica trataba de recordar los detalles de lo que había leído.

—Sí, tanto Louise como la otra niña acogida por la familia, que tenía más o menos la misma edad, corrieron la misma suerte extraña y nunca las encontraron. Un final trágico para una vida trágica.

—O sea, el único pariente cercano que sigue vivo es la hermana de Laila, que vive en España, ¿no?

—Sí, pero las hermanas no tenían mucha relación, ni siquiera antes del asesinato. Traté de hablar con ella varias veces, pero no quería tener nada que ver con Laila. Y Vladek había dejado a su familia y su vida anterior cuando decidió quedarse en Suecia con Laila.

—Qué mezcla más extraña de amor y... maldad —dijo Erica, a falta de otra manera mejor de describirlo.

De repente, le pareció que Wilhelm estaba muy cansado.

—Bueno, lo que yo vi en aquel salón y en aquel sótano es lo más próximo al mal que he visto en mi vida.

—¿Estuviste en el lugar del crimen?

Wilhelm asintió.

—Supongo que, en aquella época, era más fácil entrar en sitios donde uno no debía. Yo tenía buenos contactos en la Policía, así que me dejaron entrar y echar un vistazo. Había tanta sangre en aquel salón... Y al parecer, cuando la Policía llegó, Laila estaba allí sentada sin más. No se inmutó; simplemente, se fue con ellos.

—Y Louise estaba encadenada cuando la encontraron —recordó Erica.

—Sí, en el sótano, flaca y magullada.

Erica se imaginó la escena y tragó saliva.

—¿Llegaste a ver a los niños?

—No. Peter era muy pequeño cuando ocurrió. Los periodistas fuimos lo bastante sensatos como para dejar en paz a los niños. Además de que tanto la abuela como la familia de acogida los mantuvieron fuera del foco de atención.

—¿Por qué crees que Laila confesó inmediatamente?

—Bueno, no tenía muchas opciones, la verdad. Ya te digo, cuando llegó la policía estaba sentada al lado del cuerpo de Vladek, con el cuchillo en la mano. Y fue ella quien llamó para dar el aviso. Y eso fue lo que dijo por teléfono: «He matado a mi marido». Por lo demás, es lo único que consiguieron sobre el asesinato. Lo repitió durante el juicio y, desde entonces, nadie la ha hecho romper su silencio.

—¿Y por qué crees que ha accedido a hablar conmigo? —preguntó Erica.

—Pues sí, la verdad, no lo entiendo... —Wilhelm la miró meditabundo—. A la policía tenía que verla, igual que a los psicólogos; pero en tu caso es totalmente voluntario.

—Bueno, puede que necesite compañía y que se haya cansado de ver siempre las mismas caras —dijo Erica, aunque ella misma no se creía del todo esa explicación.

—No es propio de Laila. Tiene que haber otra razón. ¿No ha dicho nada que te haya llamado la atención, nada que te hiciera reaccionar, ninguna pista de que haya cambiado algo, de que haya ocurrido algo? —Se inclinó acercándose más todavía, ya sentado en el filo de la silla.

—Bueno, hay una cosa... —Erica dudó un instante. Luego respiró hondo y le habló de los artículos que Laila tenía escondidos en su habitación. Ella misma oía lo rebuscado que parecía que eso tuviera relación con sus encuentros, pero Wilhelm la escuchaba con interés y Erica le vio en los ojos que ponía los cinco sentidos.

—¿No has pensado en la fecha exacta? —dijo.

—¿Qué fecha?

—La fecha en la que Laila accedió por fin a verte.

Erica rebuscaba febrilmente en la memoria. Fue hacía unos cuatro meses, pero no recordaba el día. Hasta que de pronto cayó en la cuenta: fue la víspera del cumpleaños de Kristina. Le dijo la fecha a Wilhelm, que, con una sonrisa se agachó y recogió del suelo una pila de números antiguos del *Bohusläningen*. Empezó a hojearlos, estuvo buscando unos instantes, luego asintió satisfecho y le mostró a Erica un periódico abierto. Maldijo su idiotez. Pues claro. Tenía que ser eso. La cuestión era qué significaba.

El aire del cobertizo no se movía y le salía vaho de la boca al respirar. Helga se cerró más el abrigo. Sabía que Jonas y Marta consideraban una obligación lo de la cena de los viernes. Se les veía en la cara de sufrimiento. Pero aquellas cenas eran su punto de anclaje en la existencia, el único momento en que, por unos minutos, se veía como parte de una familia de verdad.

Ayer fue más difícil que de costumbre mantener la ilusión. Porque eso era exactamente, una ilusión, un sueño.

Había albergado tantos sueños... Cuando conoció a Einar, él se impuso en su mundo y lo colmó entero con aquellos hombros anchos, aquel pelo rubio y una sonrisa que ella tomó por cálida, pero cuyo verdadero significado vio después.

Se detuvo delante del coche del que hablaba Molly. Sabía perfectamente cuál era y, si ella hubiera tenido su edad, también habría elegido ese. Helga paseó la mirada por los vehículos que había en el cobertizo. Allí estaban todos olvidados, cada vez más corroídos por el óxido.

Recordaba exactamente de dónde había salido cada coche, cada viaje que hizo Einar para comprar la pieza adecuada. Y todas las horas de trabajo que empleaba hasta que podía vender el coche. En realidad, no conseguía grandes ingresos, pero sí lo suficiente para vivir bien, y Helga nunca tuvo que preocuparse por el dinero. Eso, al menos, lo había cumplido bien Einar: los había mantenido a ella y a Jonas.

Muy despacio, dejó el coche de Molly, como ya había empezado a llamarlo en el pensamiento, y se dirigió a un viejo Volvo negro con la carrocería muy oxidada y una ventanilla rota. Habría quedado muy bonito si a Einar le hubiera dado tiempo de arreglarlo. Si cerraba los ojos, veía perfectamente su cara cuando llegaba a casa con un coche nuevo. Se le notaba si le había ido bien. A veces estaba fuera un par de días; en otras ocasiones, los viajes lo llevaban a regiones remotas de Suecia y se pasaba fuera de casa una semana. Cuando entraba en la explanada con el brillo del triunfo en los ojos y las mejillas encendidas, Helga sabía que había encontrado lo que quería. Luego se pasaba días o semanas inmerso en el trabajo. Y ella podía dedicarse a Jonas, a la casa. Se libraba de los accesos de ira, del odio helado de su mirada, del dolor. Eran sus momentos de mayor felicidad.

Tocó el coche y se estremeció al notar en la mano la fría chapa. En el cobertizo, la luz se había ido desplazando despacio mientras ella caminaba entre los coches, y los rayos de sol que entraban por las rendijas de la pared se reflejaron de pronto en la pintura negra. Helga retiró la mano. Aquel coche no volvería a andar nunca. Era un objeto inerte, algo que pertenecía al pasado. Y ella pensaba encargarse de que siguiera siendo así.

Erica se echó hacia atrás en la silla. Había ido directamente desde casa de Wilhelm hasta el psiquiátrico. Tenía que hablar con Laila otra vez. Por suerte, parecía que se había tranquilizado después de la visita de aquella mañana y accedió a verla. Tal vez no se había enfadado tanto como temía Erica.

Ya llevaban un rato en silencio y Laila la examinaba con cierta preocupación en la mirada.

—¿Por qué querías verme hoy otra vez?

Erica deliberó consigo misma. No sabía qué decir, pero tenía la certeza de que Laila se cerraría como una ostra si mencionaba los recortes y le daba a entender que sospechaba que existía una conexión.

—No he podido dejar de pensar en lo que dijiste esta mañana —respondió al fin—. Lo de que era la casa de los horrores, pero no por lo que creían todos. ¿Qué querías decir exactamente?

Laila miró por la ventana.

—¿Y por qué iba a querer yo hablar de eso? No es nada que uno quiera recordar.

—Lo comprendo, pero como quieres verme, supongo que en realidad sí quieres. Y puede que te sentara bien contárselo a alguien y poder hablar del tema.

—La gente exagera con eso de hablar. Van a terapeutas y psicólogos, machacan a los amigos, tienen que analizar cualquier cosa que pase. Hay cosas que puede que estén mejor encerradas.

—¿Te estás refiriendo a ti misma o a lo que ocurrió? —preguntó Erica con tono discreto.

Laila apartó la vista de la ventana y la miró con aquellos ojos suyos de un azul helado.

—A las dos cosas, puede —dijo. Tenía el pelo más corto si cabe; se lo acabarían de cortar poco antes.

Erica decidió cambiar de táctica.

—No hemos hablado mucho del resto de tu familia, ¿te parece que lo hagamos? —Intentaba encontrar una grieta en el muro de silencio que había levantado alrededor.

Laila se encogió de hombros.

—Por qué no.

—Tu padre murió cuando eras pequeña, pero ¿tenías buena relación con tu madre?

—Sí, mi madre era mi mejor amiga. —Una sonrisa le afloró a la cara y la rejuveneció varios años.

—¿Y tu hermana mayor?

Laila guardó silencio un instante.

—Vive en España desde hace muchos años —dijo al fin—. Nunca nos llevamos muy bien, y se distanció de mí por completo cuando..., cuando ocurrió aquello.

—¿Tiene familia?

—Sí, está casada con un español y tiene un hijo y una hija.

—Tu madre se hizo cargo de Peter. ¿Por qué de él, pero no de Louise?

Laila soltó una risotada fría.

—Mi madre jamás habría podido cuidar de la Niña. Pero con Peter era distinto. Él y mi madre se querían mucho.

—¿La Niña? —Erica miró a Laila extrañada.

—Sí, la llamábamos así —dijo Laila en voz baja—. O, bueno, fue Vladek quien empezó a llamarla así, y ya se quedó con el nombre.

Pobre criatura, pensó Erica. Trató de contener la rabia y concentrarse en las preguntas que tenía que hacerle.

—¿Y por qué no podía Louise, o la Niña, quedarse a vivir con tu madre?

Laila la miró irritada.

—Pues porque era una niña que exigía mucha atención. Es todo lo que puedo decir al respecto.

Erica tuvo que aceptar que no conseguiría sonsacarle más y cambió de tema.

—¿Qué crees que le pasó a Peter cuando tu madre... murió?

Un halo de tristeza le empañó la cara.

—No lo sé. Simplemente, desapareció. Yo creo que... —Tragó saliva, parecía que le costara pronunciar las palabras—. Yo creo que no pudo más. Nunca fue muy fuerte. Era un niño sensible.

—¿Quieres decir que crees que se quitó la vida? —preguntó Erica, con toda la consideración de que fue capaz.

Al principio, Laila no reaccionó, pero luego asintió despacio, bajando la vista.

—Pero nunca encontraron el cadáver —dijo Erica.

—No.

—Debes de ser una persona muy fuerte para haber soportado tantas pérdidas.

—Uno es capaz de soportar más de lo que cree. Si no le queda otro remedio —añadió Laila—. No soy creyente, pero dicen que Dios no nos pone sobre los hombros más carga de la que podemos soportar. Seguramente, sabrá que yo aguanto mucho.

—Hoy habrá un minuto de silencio en la iglesia de Fjällbacka —dijo Erica, y observó a Laila con atención. Era arriesgado introducir el tema de Victoria en la conversación.

—¿Ah, sí? —Laila la miró extrañada, pero Erica se dio cuenta de que sabía perfectamente de qué le hablaba.

—Es por la chica que desapareció y que luego murió. Seguro que has oído hablar de ella. Se llamaba Victoria

Hallberg. Sus padres deben de estar pasándolo fatal. Igual que los padres de las chicas que siguen desaparecidas.

—Sí, desde luego. —Laila parecía estar luchando por conservar la calma.

—Figúrate, sus hijas están desaparecidas, y ahora que saben lo que le pasó a Victoria, deben de estar padeciendo todos los tormentos del infierno ante la sola idea de que les haya pasado lo mismo.

—Yo solo sé lo que he leído en los periódicos. —Laila tragó saliva—. Pero sí, tiene que ser horrible.

Erica asintió.

—¿Has seguido el caso de cerca?

Laila hizo una mueca ambigua.

—Bueno, aquí leemos el periódico todos los días. Así que lo he seguido igual que los demás.

—Ya veo —dijo Erica, pensando en la caja llena de recortes cuidadosamente doblados que Laila tenía en su cuarto, debajo del colchón.

—Mira, estoy muy cansada. No tengo ganas de hablar más hoy, tendrás que venir otro día. —Laila se levantó bruscamente.

Por un segundo, Erica sopesó si debía ponerla entre la espada y la pared, decirle que conocía la existencia de esos recortes y que sospechaba que tenía una relación personal con esos casos, aunque no sabía cuál. Pero se contuvo. Laila tenía una expresión hermética en la cara y se aferraba tan fuerte al respaldo de la silla que se le habían puesto los nudillos blancos. Fuera lo que fuera lo que quería decirle, no se atrevía.

Erica se dejó llevar por un impulso, dio un paso al frente y le acarició la mejilla. Era la primera vez que la tocaba, y tenía la piel de una suavidad sorprendente.

—Nos veremos otra vez —dijo con dulzura. Después se dirigió a la puerta con la mirada de Laila clavada en la nuca.

Tyra oía a su madre canturrear en la cocina. Cuando Lasse salía siempre estaba mucho más contenta. Y tampoco parecía enfadada por lo que había pasado el día anterior. Había aceptado la explicación de Tyra de que se despistó y se fue a casa de una amiga. Lo mejor era no contarle nada; si averiguaba la verdad, sería un tostón. Tyra fue a la cocina.

—¿Qué estás haciendo?

Su madre estaba delante de la mesa, con las manos llenas de harina. También tenía algunas manchas en la cara. La pulcritud nunca fue su fuerte, y cuando preparaba la cena, Lasse siempre se quejaba de que aquello se convertía en un campo de batalla.

—Bollos de canela. He pensado que podríamos tomarlos hoy para merendar, después de la ceremonia en la iglesia, y también pensaba congelar algunos.

—Y Lasse, ¿está en Kville?

—Claro, como de costumbre. —Terese se apartó un mechón de pelo con la mano enharinada, y se manchó la cara aún más.

—Como sigas así te vas a parecer al Joker —dijo Tyra, y notó un cosquilleo en el estómago cuando vio reír a su madre. Ocurría tan rara vez últimamente... Casi siempre la veía cansada y triste. Pero la sensación se esfumó como había llegado. El recuerdo de Victoria estaba siempre presente y apagaba todos los sentimientos alegres en cuanto aparecían. Solo de pensar en la ceremonia se le hacía un nudo en el estómago. No quería despedirse de verdad.

Observó a su madre en silencio unos instantes.

—Dime, ¿cómo era Jonas de novio? —dijo al fin.

—¿Por qué lo preguntas?

—No sé. De repente pensé que habíais sido pareja.

—Pues era un poco difícil saber qué se le pasaba por la cabeza, la verdad. Un tanto cerrado y retraído. Y, en cierto modo, un pánfilo. Tuve que esforzarme mucho para que se atreviera a meterme la mano por debajo de la camisa siquiera.

—¡Mamá! —Tyra se tapó los oídos con las manos y censuró a Terese con la mirada. Era el tipo de cosas que una chica no quería oír de su madre. Prefería pensar en Terese como en una muñeca Barbie, totalmente asexuada.

—Pero si es verdad, era un pánfilo. Su padre era del tipo dominante, y tanto él como su madre parecían tenerle miedo a veces.

Terese extendió la masa y la cubrió de mantequilla.

—¿Tú crees que los maltrataba?

—¿Quién? ¿Einar? Mmm, no sé, yo nunca vi nada de eso. Siempre andaba gruñendo y sentenciando. Yo creo que es uno de esos hombres que ladra más que muerde. Tampoco lo veía mucho, si he de ser sincera. O estaba fuera comprando coches, o trabajando en el cobertizo.

—¿Y cómo se conocieron Jonas y Marta? —Tyra pellizcó la masa y se llevó el trozo a la boca.

Terese dejó de hacer lo que estaba haciendo y tardó unos segundos en responder.

—Pues mira, la verdad es que nunca lo he sabido. Un buen día, apareció sin más. Todo fue muy rápido. Yo era joven e ingenua y creía que estaríamos juntos para siempre, pero Jonas cortó de buenas a primeras. Y a mí nunca se me ha dado muy bien discutir, así que me retiré y punto. Claro que estuve triste una temporada, pero luego se me pasó. —Empezó a espolvorear canela sobre la masa cubierta de mantequilla y la enrolló.

—¿Y no ha hablado la gente de Jonas y Marta desde entonces? ¿Algún cotilleo?

—Ya sabes lo que pienso de los cotilleos, Tyra —dijo Terese con tono severo, y cortó la masa en rodajas—. Pero te diré: no, nunca he oído nada, salvo que están bien juntos. Y luego yo conocí a tu padre, así que... El destino no tenía planes de que Jonas y yo fuéramos pareja. Además, éramos muy jóvenes. Ya verás, tú también tendrás algún amor adolescente.

—Anda ya —dijo Tyra, y notó que se ruborizaba. Detestaba que su madre quisiera hablar con ella de chicos y esas cosas. De todos modos, no se enteraba de nada.

Terese la miró como estudiándola.

—Pero ¿por qué me haces tantas preguntas sobre Jonas y Marta?

—No, por nada en particular. Curiosidad... —Tyra se encogió de hombros, continuó con cara de indiferencia y cambió de tema—. A Molly le van a dar uno de los coches que hay en el cobertizo, un Escarabajo. Jonas le ha prometido que se lo va a arreglar.

No pudo evitar que le resonara en la voz la envidia que sentía y, por la cara que puso su madre, supo que se le había notado.

—Siento mucho no poder darte todo lo que quisiera darte. Nosotros... Bueno, yo... En fin, que la vida no siempre resulta como uno la había imaginado. —Terese respiró hondo y espolvoreó azúcar cristalizada sobre los rollos de masa que tenía en la bandeja del horno.

—Ya lo sé, no pasa nada —dijo Tyra enseguida.

No era su intención parecer desagradecida. Sabía que su madre hacía todo lo que estaba en su mano. Y se avergonzaba de poder pensar siquiera en un coche en aquellos momentos. Ahora Victoria jamás podría tener un coche.

—¿Cómo le va a Lasse con la búsqueda de trabajo? —preguntó.

Terese resopló.

—Parece que Dios no es capaz de encontrarle uno en tan poco tiempo.

—Vaya, puede que Dios tenga otras cosas que hacer que buscarle un trabajo a Lasse.

Terese dejó lo que estaba haciendo y se la quedó mirando.

–Tyra... –Parecía estar buscando las palabras adecuadas–. ¿Cómo crees que nos las íbamos a arreglar solos, sin Lasse?

Por un instante se hizo el silencio en la cocina. Lo único que se oía en el apartamento era el jaleo del cuarto de los niños. Luego Tyra respondió con calma:

–Bien. Yo creo que nos las arreglaríamos muy bien.

Dio un paso adelante y le dio a su madre un beso en la mejilla llena de harina, antes de ir a su cuarto a cambiarse. Todas las chicas de la escuela de equitación iban a ir a la iglesia. Casi parecía que les resultara emocionante. Las había oído susurrar alteradas e incluso deliberar sobre qué iban a ponerse. Idiotas. Idiotas superficiales, tontas. Ninguna había conocido a Victoria como ella. Muy despacio, fue sacando del armario su vestido favorito. Había llegado el momento de decir adiós.

Había sido maravilloso tomarse un descanso de la casa e ir a cuidar a Maja y a los gemelos. Anna no le había mentido a Erica, habían tenido un comportamiento ejemplar todo el día, como solían hacer los niños. Solo con los padres mostraban su peor cara. Y además, seguro que facilitó las cosas el hecho de que Emma y Adrian estuvieran con ella. Ellos eran los ídolos de los tres pequeños por el simple hecho de tener la codiciada condición de ser «niños graaaandes».

Sonrió para sus adentros mientras limpiaba la encimera. Llevaba mucho tiempo sin sonreír, había perdido la costumbre. Ayer, cuando Dan y ella estuvieron hablando en la cocina, se le encendió en su interior una chispa de esperanza. Sabía que no tardaría en apagarse, porque después Dan volvió a retirarse a su silencio. Pero tal vez hubieran dado un pasito de acercamiento, a pesar de todo.

Hablaba en serio cuando le dijo que estaba dispuesta a mudarse si él quería. De hecho, había estado mirando en internet un par de veces, buscando un apartamento para ella y los niños. Pero no era eso lo que quería. Quería a Dan.

A pesar de todo, los últimos meses habían hecho algunos intentos de superar la distancia que los separaba. En un momento cargado de vino y de angustia, él llegó incluso a tocarla, y ella se aferró a él como si se estuviera ahogando. Se acostaron, pero después lo vio tan atormentado que lo único que Anna quería era irse lejos. Desde aquel día, no habían vuelto a tocarse. Hasta el abrazo de ayer.

Anna miró por la ventana de la cocina. Los niños jugaban en la nieve. Aunque hasta los pequeños empezaban a ser mayores, todos disfrutaban haciendo muñecos y jugando a la guerra con bolas de nieve. Se secó con un paño de cocina y se puso la mano en el vientre, tratando de recordar cómo se sintió cuando esperaba al que habría sido hijo suyo y de Dan. No podía disculpar lo que había hecho con el dolor de la pérdida, no era posible cargar una culpa así a un niño inocente. Pero la añoranza se mezclaba con la culpa, y Anna no podía por menos de pensar que todo habría sido distinto si el hijo de ambos no hubiera muerto. Ahora estaría jugando en la nieve con sus hermanos mayores, como un muñeco de Michelin, forrado de ropa, como siempre cuando eran pequeños.

Sabía que Erica se había preocupado pensando que los gemelos le recordarían al hijo que había perdido. Y así fue al principio. Anna sentía envidia, y pensaba cosas horribles y que era una injusticia. Pero luego se le pasó. En este mundo no existía ninguna balanza que repartiera las cosas con equidad, como tampoco existía ninguna explicación lógica de que Dan y ella no pudieran conservar al hijo que tanto querían. Lo único que podía esperar ahora era que fueran capaces de encontrar el camino hacia una rutina común.

Una bola de nieve dio en la ventana, y Anna vio el terror en los ojos de Adrian, que se llevó a la boca la mano enguantada. Se le encogió el estómago al verlo, y tomó una decisión. Se encaminó al vestíbulo decidida, se puso el anorak y abrió la puerta, imitó lo mejor que supo a un monstruo horrendo y rugió: «¡Ahora veréis lo que es una guerra de bolas de nieve!».

Al principio los niños se la quedaron mirando perplejos. Luego, los gritos de alegría subieron al cielo invernal.

Gösta y Martin se sentaron en los últimos bancos de la iglesia. Gösta decidió que iría a la ceremonia en memoria de Victoria en cuanto se enteró de que se iba a celebrar. El cruel destino de la joven había sembrado el miedo y la desazón en Fjällbacka, y amigos y familiares se habían reunido a la espera de que se celebrase el entierro. Necesitaban hablar de Victoria, recordarla, procesar el dolor que les había provocado saber lo que le habían hecho. Que Martin y él estuvieran allí como representantes de la comisaría era lo mínimo, por supuesto.

Le costaba mantener a raya sus propios recuerdos mientras estaba allí sentado. En ese mismo lugar había celebrado dos entierros: el del niño y, muchos años después, el de su mujer. Gösta daba vueltas al anillo de casado, que aún llevaba. Nunca le pareció el momento adecuado para quitárselo. Maj-Britt fue el amor de su vida, su compañera; y nunca se planteó sustituirla por nadie.

Los caminos de la vida eran en verdad inescrutables, se dijo. A veces casi dudaba de que existiera un poder superior que dispusiera los destinos de los hombres. Antes nunca creyó en ese tipo de cosas; la verdad, se consideraba ateo, pero cuanto más envejecía, tanto más notaba la presencia de Maj-Britt. Era como si todavía estuviera a su lado. Y el que, después de tantos años, Ebba ocupara un lugar tan prominente en su vida y en su corazón era casi un milagro.

Miró alrededor. Era una iglesia muy bonita. Construida con ese granito por el que la región de Bohuslän era famosa, con altas ventanas que dejaban entrar ríos de luz, un púlpito de color azul a la izquierda y el altar al fondo, detrás de la balaustrada semicircular del reclinatorio. Familia, parientes y muchos jóvenes de la edad de Victoria. Algunos serían del instituto, pero Gösta reconoció también a varias de las chicas de la escuela de equitación. Se habían sentado juntas en dos de los bancos centrales, y algunas sollozaban ruidosamente.

Gösta miró a Martin de reojo y comprendió que no debería haberle propuesto que lo acompañara. No hacía tanto que la que estaba en el ataúd era Pia y, a juzgar por la palidez de la cara de su colega, estaba pensando en eso precisamente.

—Oye, si quieres me encargo yo solo. No tienes que quedarte.

—No pasa nada —dijo Martin con una sonrisa forzada, pero luego mantuvo la vista al frente durante el minuto de silencio.

Fue todo muy emotivo y, cuando resonó el último salmo, Gösta pensó que ojalá hubiera consolado a la familia. En la primera fila se levantaron penosamente los padres de Victoria. Helena iba apoyada en Markus. Empezaron a andar por el pasillo central y los demás los fueron siguiendo despacio.

Delante de la iglesia se reunieron en grupitos amigos y familiares. Era un día frío pero hermoso y la nieve reflejaba el sol reluciente. Llorosos y helados de frío, todos hablaban con discreción de lo mucho que echaban de menos a Victoria y de lo espantoso que era lo que le había ocurrido. Gösta vio también el miedo en la cara de algunas de las muchachas. ¿Sería su turno? ¿Seguiría en la comarca el que se había llevado a Victoria? Decidió esperar un poco antes de hablar con ellas, hasta que todos empezaran a separarse para ir a sus casas.

Markus y Helena iban de grupo en grupo con la mirada vacía, intercambiando unas palabras con todos y cada uno. Ricky, en cambio, se quedó solo y apartado. Se miraba los zapatos y apenas respondía cuando le dirigían la palabra. Algunas de las amigas de Victoria se congregaron a su alrededor, pero no parecía que pudieran sacarle nada más que algún que otro monosílabo y, al final, lo dejaron solo otra vez.

De pronto, Ricky levantó la vista y se encontró con la mirada de Gösta. Parecía dudar, pero luego se les acercó.

—Tengo que hablar contigo —dijo en voz baja—. Donde nadie pueda oírnos.

—Claro. ¿Puede venir mi colega?

Ricky asintió y se les adelantó hasta un rincón solitario del cementerio.

—Hay una cosa que tengo que contaros —dijo, y pateó el suelo con la bota. Había nieve en polvo y la patada levantó una nube a su alrededor, antes de posarse otra vez brillando en el suelo—. Es algo que, seguramente, debería haberos contado hace mucho tiempo.

Gösta y Martin se miraron extrañados.

—Victoria y yo nunca tuvimos secretos entre nosotros. Nunca jamás. Es difícil de explicar, pero siempre estuvimos muy unidos hasta que, un día, noté que me ocultaba algo. Además, empezó a esquivarme, y entonces me preocupé. Yo intentaba hablar con ella, pero me evitaba cada vez más. Hasta que... hasta que comprendí a qué se debía.

—¿Qué era? —preguntó Gösta.

—Ella y Jonas. —Ricky tragó saliva. Tenía los ojos llenos de lágrimas y se diría que le doliera físicamente pronunciar aquellas palabras.

—¿Qué pasaba con Victoria y Jonas?

—Que estaban juntos —dijo Ricky.

—¿Estás seguro?

—No, seguro no estoy, pero todo indicaba que era así. Y ayer vi a Tyra, la mejor amiga de Victoria; y me contó que ella también tenía sus sospechas.

—De acuerdo, pero, de ser así, ¿por qué crees que no te habló de Jonas?

—No lo sé. O bueno, sí, sí que lo sé. Creo que se sentía avergonzada. Seguramente, sabía que a mí no me parecería bien, pero no tenía por qué sentir vergüenza conmigo. Nada de lo que hiciera habría cambiado mi opinión sobre ella.

—¿Cuánto tiempo crees que se prolongó la relación? —preguntó Martin.

Ricky meneó la cabeza. No llevaba gorro y se le habían puesto las orejas coloradas por el frío.

—Ni idea, pero yo empecé a notarla un tanto... rara antes del verano.

—Rara, ¿en qué sentido? —Gösta se balanceaba sobre los dedos de los pies. Habían empezado a dormírsele.

Ricky hacía memoria.

—Tenía un halo de misterio que no le había visto antes. Por ejemplo, estaba fuera un par de horas y, cuando le preguntaba dónde había estado, me respondía que no era asunto mío. Nunca me había dicho algo así. Además, estaba contenta y, al mismo tiempo..., no sé ni cómo describirlo, se la veía contenta y deprimida a la vez. Le cambiaba el humor completamente, como de la noche al día, y muy rápido. Pensé que sería la adolescencia, pero no, había algo más. —Gösta se asombraba de lo maduro que parecía, a pesar de que solo tenía dieciocho años.

—¿Y no sospechaste que estuviera saliendo con alguien? —preguntó Martin.

—Sí, claro que sí. Pero ni se me pasó por la cabeza que pudiera ser Jonas. Madre mía, Jonas es... ¡un vejestorio! ¡Y está casado!

Gösta no pudo por menos de sonreír un poco. Si Jonas, que tenía unos cuarenta años, era un vejestorio, él debía de ser una momia a ojos de Ricky.

El chico se secó una lágrima que le rodaba por la mejilla.

—Me enfadé tanto cuando me enteré que era como si me ardiera la cabeza. Era algo así como... pederastia.

Gösta meneó la cabeza.

—En principio, estoy de acuerdo contigo, pero el límite legal de edad son los quince. Claro que la opinión que nos merezca es otra historia. —Hizo una pausa e intentó poner un poco de orden en el relato de Ricky—. Pero cuéntanos, ¿cómo te diste cuenta de que tenían una relación?

—Como os decía, me figuraba que Victoria estaba con alguien que no nos iba a gustar ni a mis padres ni a mí. —Ricky dudó un segundo—. Pero no sabía con quién, y se negó a contarme nada cuando le pregunté. Era tan raro en ella... ¡Me lo contaba todo! Luego, un día, fui a recogerla a la escuela de equitación y entonces los vi discutiendo. No oí lo que decían, pero lo comprendí enseguida. Eché a correr hacia ellos y le grité a Victoria que por fin lo entendía todo y que me parecía asqueroso, pero ella me respondió también a gritos que no entendía nada y que era un idiota. Luego se fue corriendo. Jonas se quedó allí como un pasmarote, y yo estaba tan furioso que le eché una bronca.

—¿Os oyó alguien?

—No, no creo. Las chicas mayores habían salido a montar con las más jóvenes, y Marta tenía clase con Molly en la pista de entrenamiento.

—Pero ¿Jonas no reconoció nada? —Gösta notó que la ira también se adueñaba de él.

—Qué va, nada de nada. Trató de calmarme y seguía diciendo que no era verdad, que nunca había tocado a Victoria, que eran imaginaciones mías. Un montón de patrañas. Y luego le sonó el móvil y tuvo que irse. Seguro que solo fue una excusa barata para no seguir hablando del tema.

—O sea que no lo creíste, ¿no? —A aquellas alturas, a Gösta se le habían dormido por completo los dedos de los pies. Con el rabillo del ojo vio que Markus los estaba mirando y pensó que, seguramente, se estaría preguntando de qué hablaban con su hijo.

—¡Desde luego que no! —Ricky escupió las palabras—. Estaba tan tranquilo, pero yo vi por el modo en que discutían que aquello era algo personal. Y la respuesta de Victoria no hizo más que confirmarlo.

—Pero ¿por qué no nos lo dijiste? —preguntó Martin.

—No lo sé, todo era un verdadero caos. Victoria no volvió a casa aquella noche y, cuando comprendí que la habían secuestrado cuando volvía de la escuela de equitación, llamamos a la policía. ¡Lo peor es que yo sabía que había sido por mi culpa! Si no le hubiera gritado y no hubiera discutido con Jonas, si la hubiera llevado a casa en el coche, según los planes, no la habría secuestrado ningún psicópata de mierda. No quería que mis padres supieran nada de su relación con Jonas, ni que, además de la preocupación, sufrieran la tortura del escándalo y las habladurías. Sobre todo, cuando yo estaba convencido de que Victoria iba a volver a casa. Y, como no lo conté enseguida, se me hacía casi imposible contarlo después. He tenido unos remordimientos horribles y... —Ya no pudo contener las lágrimas y Gösta se le acercó instintivamente y lo abrazó.

—Venga, venga... No es culpa tuya, no pienses así. Y nadie te acusa de nada. Querías proteger a tu familia, lo comprendemos. No es culpa tuya —repitió Gösta, y al final, notó que Ricky empezaba a relajar los músculos y dejaba de llorar poco a poco.

Ricky lo miró a los ojos.

—Lo sabía alguien más —dijo en voz baja.

—¿Quién?

—No lo sé. Pero encontré un montón de cartas muy raras en el dormitorio de Victoria. Un montón de disparates de no sé qué de Dios y los pecadores y de arder en el infierno.

—¿Conservas las cartas? —preguntó Gösta, temeroso de la respuesta.

Ricky negó con la cabeza.

—No, las tiré. Es que... eran tan repulsivas... Y tenía miedo de que mis padres las encontraran. Habría sido un dolor para ellos. Así que me deshice de ellas. ¿Cometí una tontería?

Gösta le dio una palmadita en el hombro.

—Lo hecho, hecho está. Pero ¿dónde las encontraste? ¿Podrías recordar con más exactitud lo que decían?

—Revisé su habitación de cabo a rabo antes de que llegarais vosotros. Pensé que quizá encontrara algo que desvelara su relación con Jonas. Las cartas estaban en el fondo de uno de los cajones. No recuerdo lo que decían exactamente, solo que me recordaban a citas de la Biblia. Hablaban de «pecadores» y «rameras» y cosas así.

—¿Y supusiste que aludían a la relación de Victoria con Jonas? —preguntó Martin.

—Sí, era lo más lógico. Que se trataba de alguien que lo sabía y que quería... asustarla.

—Ya, y no tienes ni idea de quién podría ser, ¿no?

—No, lo siento.

—De acuerdo, pues nada, muchas gracias por contárnoslo. Lo has hecho muy bien —dijo Gösta—. Anda, vete con tus padres, seguro que están empezando a preguntarse de qué estarás hablando con nosotros.

Ricky no respondió, agachó la cabeza y se alejó con pasos pesados en dirección a la iglesia.

Cuando Patrik llegó a casa hacía ya varias horas que había anochecido. En cuanto cruzó el umbral, notó el aroma de la cocina. Olía como si Erica hubiera hecho algo especial para la cena por ser sábado, y supuso que sería su solomillo de cerdo con Roquefort y patatas asadas, uno de sus platos favoritos. Fue a la cocina.

—Espero que tengas hambre —dijo Erica, y lo abrazó.

Se quedaron así un buen rato hasta que él se acercó a la encimera y levantó la tapa de la cocotte turquesa de Le Creuset, que Erica solo utilizaba en ocasiones señaladas. Tal y como pensaba, los filetes de solomillo burbujeaban en una exquisita salsa cremosa. Y las patatas ya se doraban en el horno. La ensalada estaba lista en una fuente, y Patrik advirtió que también era una variante lujosa con hojas de espinaca, tomate, queso parmesano y piñones, todo ello aderezado con un aliño a las finas hierbas que le encantaba.

—Me muero de hambre, literalmente —dijo, y era la pura verdad. De hecho, se le retorcía el estómago, y cayó en la cuenta de que no había comido nada en todo el día—. ¿Y los niños?

Señaló la mesa, que estaba puesta para dos, con la vajilla de porcelana y las velas encendidas. En la mesa se oxigenaba una botella de Amarone, y pensó que, después de unos días de trabajo horribles, aquella podía ser una noche de sábado extraordinaria.

—Ya han cenado, están viendo *Cars*. Y se me ha ocurrido que podríamos cenar tú y yo tranquilamente por una vez. A menos que quieras a toda costa que se sienten con nosotros mientras cenamos, claro —dijo Erica con un guiño.

—No, no, yo creo que lo mejor es que los niños se queden lo más lejos posible de la cocina. Amenazas, sobornos, lo que sea: esta noche quiero cenar solo con mi preciosa mujer.

Se inclinó y le dio un beso en la boca.

—Voy a decirles hola, enseguida vuelvo. Ya me dirás si quieres que haga algo en la cocina.

—Lo tengo todo controlado. —Erica removía el guiso—. Ve a darles un beso y nos sentamos a comer.

Patrik se dirigió al salón sonriendo. Las luces estaban apagadas y, como hipnotizados por la luz del televisor, los niños seguían el avance imparable de Rayo McQueen por la pista.

—Hala, qué rápido Rayo —dijo Noel, con la mantita de dormir bien agarrada, como siempre que se sentaban a disfrutar en el sofá.

—¡Pero no tanto como papá! —gritó Patrik, se abalanzó sobre ellos y empezó a hacerles cosquillas.

—¡Paraaaaa, paraaaaaa! —gritaban a coro, aunque a juzgar por sus movimientos y por la expresión de su cara estaban pensando «más, más».

Continuó jugueteando con ellos un rato, sintiendo esa energía, que parecía inagotable; la calidez de su aliento en la mejilla; las risas y los gritos, que subían hasta el techo. Y en ese momento olvidó todo lo demás. Lo único que existía eran los niños y aquel instante juntos. Al cabo de unos minutos, oyó un carraspeo discreto.

—Cariño, la cena...

Patrik paró.

—Muy bien, niños. Ahora a papá le toca ir con mamá. Acomodaos en el sofá, dentro de un rato os llevamos a la cama.

Los tapó con la manta y fue con Erica a la cocina, donde todo estaba dispuesto en la mesa, y el vino servido en las copas.

—Está espectacular. —Empezó a servirse y luego alzó la copa hacia Erica.

—Salud, querida.

—Salud —dijo Erica, y tomaron unos sorbos en silencio. Patrik cerró los ojos y paladeó el sabor.

Estuvieron hablando un rato, y Patrik le contó cómo había evolucionado la investigación a lo largo del día, que los vecinos no habían visto a nadie que anduviera espiando la casa de la familia Hallberg y que, después de la ceremonia en la iglesia, Gösta y Martin no habían logrado sonsacarles a las chicas de la escuela de equitación nada digno de mención sobre el robo en la consulta de Jonas, pero que sí habían averiguado algo muy interesante.

—Tienes que prometerme que no se lo contarás a nadie —dijo—. Ni siquiera a Anna.

—Claro, prometido.

—Bueno, pues según Ricky, el hermano de Victoria, la chica tenía una relación con Jonas Persson.

—Anda ya... —dijo Erica.

—Lo sé, es de lo más extraño. Él y Marta son la pareja perfecta. Parece ser que Jonas lo ha negado todo, pero si es verdad, tendríamos que plantearnos que puede estar relacionado con la desaparición.

—Puede que Ricky lo haya malinterpretado. Puede que tuviera una relación con otra persona, alguien a cuya casa se dirigía cuando desapareció. Puede que esa misma persona la secuestrara, ¿quién sabe?

Patrik reflexionaba sobre lo que acababa de decir Erica. ¿Tendría razón?

Al cabo de un instante, se dio cuenta de que su mujer quería hablar de otra cosa.

—Hay una cosa que me gustaría comentarte —dijo—. Es rebuscada y, por ahora, la tengo solo con alfileres y no sé si no me estaré colando del todo, pero quiero que la oigas, por si acaso.

—Cuéntame. —Patrik dejó los cubiertos. El tono serio de Erica le había despertado la curiosidad.

Empezó a hablarle de su trabajo con el libro, de sus conversaciones con Laila, de la visita que hizo a la casa y de toda la investigación que tenía en curso. Mientras hablaba, Patrik comprendió lo poco que se había interesado por su nuevo proyecto. Su única excusa era que la desaparición de Victoria le exigía tanta atención que, sencillamente, no había tenido fuerzas.

Cuando llegó al asunto de la caja de los recortes, aguzó el oído, pero seguía pensando que no era nada extraordinario. No era raro que a la gente le diera por un caso en concreto y que reuniera la información periodística relacionada con él. Pero luego, Erica continuó hablándole de la otra visita del día, la que le había hecho a Wilhelm Mosander, del *Bohusläningen*.

—Wilhelm investigó y escribió sobre el caso de Laila en su momento, y lleva años tratando de hablar con ella. No es el único, y soy consciente de lo importante que fue que, de pronto, accediera a verme a mí. Pero yo creo que no fue casualidad. —Erica hizo una pausa y tomó un trago de vino.

—¿Qué quieres decir? ¿Que no fue casualidad? —dijo Patrik.

Su mujer lo miró fijamente.

—Que Laila accediera a hablar conmigo el mismo día que apareció el primer artículo sobre la desaparición de Victoria.

En ese momento sonó el móvil de Patrik y, con el instinto propio de un policía, supo que aquella conversación no traería nada bueno.

Einar estaba solo y a oscuras. Fuera, en los edificios de la explanada, había unas cuantas luces encendidas. Algo más allá oía algún relincho procedente de las caballerizas. Los animales estaban inquietos esa noche. Einar sonrió. Él siempre había disfrutado mucho más cuando no reinaba la armonía. Lo había heredado de su padre.

A veces pensaba en él y lo echaba de menos. No fue un hombre cariñoso, pero los dos se comprendieron, al igual que él y Jonas. Helga, en cambio, estaría siempre fuera de su alianza, tan tonta y tan ingenua como era.

Las mujeres eran seres simples, siempre se lo pareció, aunque tenía que reconocer que Marta era distinta. Con los años había llegado incluso a admirarla. Ella era totalmente diferente de aquella mosquita muerta de Terese, que se ponía a temblar en cuanto él la miraba. La detestó desde el primer momento, y eso que hubo un tiempo en el que Jonas y ella llegaron a hablar de compromiso. A Helga le encantaba Terese, claro. Era la típica jovencita a la que le habría encantado acoger bajo sus alas, y no le habría importado pasarse las horas muertas charlando con ella de cosas de mujeres mientras le daba consejos de ama de casa y les sonaba los mocos a los nietos.

Menos mal que eso no salió. Un buen día, Terese había desaparecido y Jonas se presentó con Marta. Le dijo que se quedaría a vivir con ellos y que Marta y él estarían siempre juntos; y Einar lo creyó. Marta y él intercambiaron una mirada, que fue más que suficiente para saber quién era quién. Dio su consentimiento con un simple gesto de cabeza. Helga se pasó varias noches llorando en silencio sobre la almohada, pero comprendió que no valía la pena decir nada, que estaba decidido.

Einar nunca habló con Helga de lo distinta que era su opinión sobre Marta. Ellos no hablaban así. Por un tiempo, cuando la pretendía, antes de la boda, se esforzó y charló con ella de las cosas de la vida, según sabía que se esperaba que hiciera. Pero lo dejó en cuanto pasó la noche de bodas, después de que la violara, tal y como había deseado hacer desde el primer día. Ya no había razón para seguir con aquel juego tan ridículo.

Notó cómo se le mojaba la entrepierna en la silla de ruedas. Se miró. Exacto, la bolsa de la sonda que había soltado unos minutos antes se había derramado bastante. Con gran satisfacción, llenó de aire los pulmones.

—¡Helgaaaaa!

Uddevalla, 1973

Laila nunca había creído en el mal, pero ahora sí que creía en él. Podía mirarlo a los ojos a diario, y el mal le devolvía la mirada. Estaba asustada y cansada hasta lo indecible. ¿Cómo podía dormir con el mal en su propia casa? ¿Cómo descansar un segundo siquiera? Impregnaba las paredes, habitaba cada rincón, cada escondrijo, por diminuto que fuera.

Ella misma lo había dejado entrar, incluso lo había creado. Lo había nutrido, lo había alimentado, lo había dejado crecer hasta que se volvió incontrolable.

Se observó las manos. Las cicatrices cruzaban el dorso de la mano como rayos de color rojo, y el meñique derecho tenía un ángulo extraño. Tendría que ir otra vez al médico y, una vez más, enfrentarse a aquellas miradas suspicaces, a aquellas preguntas que no podría contestar. Porque ¿cómo iba a contarles la verdad? ¿Cómo iba a compartir el terror que la embargaba? No habría palabras para describirlo. No serviría de nada.

Tendría que seguir callando y mintiendo, aunque se les notaba en la cara que no la creían.

El dolor le latía en el dedo. Le costaría cuidar de Peter y hacer las tareas, pero había aprendido mucho de su capacidad. De lo mucho que era capaz de soportar, con cuánto miedo y cuánto horror podía convivir, lo cerca que podía estar del mal sin retroceder un palmo. De alguna forma, funcionaría.

Terese había llamado a todas las personas que se le ocurrieron. A los escasos parientes de Lasse, la mayoría de ellos, lejanos. A sus viejos amigos de borrachera, a los amigos más recientes, a los antiguos compañeros de trabajo, a aquellos miembros de la congregación cuyo nombre conocía.

Los remordimientos le provocaban náuseas. Ayer, mientras hacía bollos en la cocina, sintió algo parecido a la alegría solo de pensar que había tomado la decisión de dejarlo. No empezó a preocuparse hasta las siete y media de la tarde, cuando vio que no llegaba a casa para la cena y que no contestaba al teléfono. Lasse iba y venía a su antojo y, por lo general, cuando no estaba en casa, estaba en la iglesia. Pero esta vez no fue así. No lo habían visto en la iglesia en todo el día, lo que la preocupó muchísimo. En realidad, Lasse no tenía otro sitio al que ir.

El coche tampoco estaba. Terese le pidió prestado al vecino el suyo y se pasó la mitad de la noche buscándolo, aunque la policía le había dicho que se encargarían del asunto al día siguiente. Después de todo, Lasse era un adulto y podía haberse ido voluntariamente. Pero no podía quedarse en casa muerta de preocupación y sin hacer nada. Mientras Tyra se quedaba con los chicos, buscó por toda Fjällbacka y fue incluso a Kville, donde tenía su sede la congregación. Sin embargo, por ninguna parte vio el Volvo Combi de color rojo. Al menos la policía se había tomado en serio su llamada, menos mal. Quizá al oír el pánico con que les dio el parte de la desaparición. Incluso en los períodos en los que más bebía, Lasse siempre volvía a casa por la noche. Y ahora llevaba mucho tiempo sin probar ni una gota.

El policía que fue a casa a hablar con ella le preguntó por el alcohol, como era de esperar. Aquel era un pueblo pequeño y todo el mundo conocía el pasado de Lasse. Ella aseguró con firmeza que Lasse no había vuelto a beber, pero que, pensándolo bien, sí que había notado algún cambio los últimos meses. No era solo la obsesión con el tema religioso, había algo más. De vez en cuando lo sorprendió sonriendo satisfecho para sus adentros, como si guardara un secreto fantástico, algo que no quería que ella averiguase.

No sabía cómo explicarle algo tan vago a la policía, a ella misma le parecía un disparate. Aun así, de pronto lo vio clarísimo: Lasse tenía un secreto. Y lo que más temía Terese aquella mañana, mientras la luz del sol ahuyentaba la oscuridad de la cocina, era la certeza de que aquel secreto lo había llevado por el camino equivocado.

Marta guiaba a *Valiant* por el sendero del bosque. Una bandada de pájaros levantó el vuelo asustada cuando ella pasó con el caballo, y *Valiant* reaccionó saliendo nervioso al trote. Se dio cuenta de que el animal quería correr, pero lo obligó a seguir al paso en aquella mañana apacible. Hacía frío, pero ella no lo notaba. La caldeaba el cuerpo del animal y, además, sabía cómo vestirse, con varias capas. Con la ropa adecuada podía estar montando fuera varias horas seguidas incluso en invierno.

El entrenamiento de Molly había ido bien el día anterior. Su hija no paraba de evolucionar como jinete y Marta se sentía un tanto orgullosa, la verdad. Por lo demás, siempre era Jonas el que alardeaba de su hija, pero tal vez estuviera tan claro de dónde procedía ese talento que era como si la elogiara a ella.

Espoleó a *Valiant* y disfrutó de la sensación cuando el caballo empezó a moverse más rápido. Nunca se sentía tan libre como a lomos de un caballo. Era como si el resto del tiempo estuviera representando un papel, y solo fuera su verdadero yo en la relación con el caballo.

La muerte de Victoria lo había cambiado todo. Lo notaba en el ambiente en la escuela de equitación, lo notaba en casa e incluso en Einar y Helga. Las chicas andaban taciturnas y amedrentadas. Varias fueron al picadero directamente después del minuto de silencio. Jonas y ella habían llevado a algunas en el coche. Iban calladas en el asiento trasero, sin hablar, sin reír, sin alborotar como solían. Y la rivalidad entre ellas parecía haberse recrudecido. Se peleaban por los caballos, luchaban por obtener la atención de Marta y fulminaban con miradas llenas de envidia a Molly, cuya posición sabían que nunca se vería amenazada.

Era un espectáculo fascinante. A veces no podía resistir la tentación de fomentarlo. Permitía que alguien montara demasiadas veces seguidas a alguno de los caballos favoritos, dedicaba más tiempo de la cuenta a una de las chicas durante un par de clases, mientras que a otras no les hacía caso... Y siempre funcionaba. Enseguida surgían las intrigas y empezaba a bullir el descontento. Marta veía las miradas, los grupitos, y eso la divertía. Era facilísimo aprovecharse de su inseguridad y prever sus reacciones.

Siempre había tenido esa capacidad, y quizá por eso le resultó tan insoportable cuando su hija era pequeña. Los niños pequeños son imprevisibles y no podía hacer que se acomodaran a sus deseos con la misma facilidad. Al contrario, se vio obligada a acomodarse a las necesidades de Molly, a cuándo quería dormir y comer, o de repente se ponía penosa, sin que hubiera ninguna razón lógica. En honor a la verdad, lo de ser madre ya no era para tanto. A medida que Molly se hacía mayor, era más fácil controlarla, prever sus reacciones y actitudes. Y, al descubrir el talento que tenía para los caballos, empezó a tener con ella otra relación. Como si de verdad fueran familia, y Molly no fuera un ser extraño que un día se le alojó en las entrañas.

Valiant corría y galopaba ya raudo y feliz. Marta conocía tan bien el camino que se atrevió a dejarlo correr tan rápido como quería. Alguna que otra rama la obligaba a bajar la cabeza y, a veces, cuando pasaban retumbando, les caían encima puñados de nieve. La nieve se arremolinaba alrededor de las pezuñas y era como cortar el viento sobre las nubes. Jadeaba y sentía el esfuerzo de cada músculo. La gente que no montaba creía que no era más que ir tranquilamente sentado a lomos del caballo. No sabían que trabajaban todos y cada uno de los músculos. Después de una buena carrera, Marta solía sentir un agotamiento maravilloso.

Jonas había salido a atender una urgencia aquella mañana. Siempre tenía el teléfono encendido, las veinticuatro horas del día, y lo llamaron de una de las granjas cercanas poco antes de las cinco. Una vaca que estaba muy mal; unos minutos después, Jonas se había vestido y se había sentado al volante. Marta se despertó al oír el teléfono y se quedó en silencio observando en la penumbra su espalda mientras se vestía. Después de tantos años como llevaban juntos, la conocía bien y, aun así, le resultaba extraña. Vivir juntos no siempre resultaba fácil. Tenían sus peleas, y había momentos en los que sentía deseos de gritar y de golpearlo de pura frustración. Pero la certeza de que eran el uno para el otro persistía siempre.

Hubo un tiempo en que tuvo miedo. Nunca lo reconoció, ni siquiera quería pensar en ello, pero a lomos del caballo, cuando la libertad permitía que el cuerpo y los sentidos se relajaran, acudían los pensamientos. Habían estado a punto de perderlo todo: su relación, su existencia, la lealtad y la unión que sintieron desde el momento en que se vieron por primera vez.

Había un toque de locura en su amor. Tenía los bordes carbonizados por aquel fuego siempre ardiente, y los dos sabían cómo mantenerlo con vida. Habían explorado su amor de todas las maneras posibles, habían puesto a prueba los límites para ver si aguantaba. Y así era. Tan solo una vez estuvo a punto de romperse, pero en el último momento, todo se arregló y volvió a la normalidad. El peligro pasó, y Marta había optado por pensar en ello lo menos posible. Era lo mejor.

Espoleó un poco más a *Valiant* y, casi sin hacer ruido, cruzaron el bosque a la carrera. Hacia la nada, hacia todo.

Patrik se sentó en la cocina y aceptó agradecido el café que Erica le ofrecía. La cena romántica de la noche anterior tuvo un final decepcionante cuando Terese Hansson llamó preocupadísima por Lasse, su marido. Patrik fue a verla y estuvo hablando con ella y, cuando volvió a casa, Erica había recogido y ya no quedaba ni rastro de la cena. Había dejado la cocina reluciente, seguramente de pura rabia, dado que Kristina y Gunnar vendrían el domingo a tomar café.

Miró de reojo el cuadro que había apoyado contra la pared. Llevaba allí un año por lo menos, y nadie lo colgaba. Si no lo remediaba, Bob el Chapuzas no tardaría en presentarse con el martillo. Patrik sabía que era algo infantil, pero no se sentía a gusto con la idea de que otro hombre arreglara cosas en casa. Debería hacerlo él o, al menos, pagar a alguien que lo hiciera, añadió enseguida, consciente de sus limitaciones con las manualidades.

—Olvídate del cuadro —dijo Erica sonriendo, como si le hubiera leído el pensamiento—. Puedo quitarlo del medio si temes que te lo cuelgue otro.

Por un instante, Patrik sopesó la posibilidad de aceptar la propuesta, pero luego se sintió ridículo.

—No, déjalo. He tenido tiempo de sobra para colgarlo y no lo he hecho; exactamente igual que hay un montón de cosas que debería haber hecho. Así que me aguantaré y me alegraré si alguien me echa una mano.

—Bueno, no eres el único que habría podido colgar el cuadro o arreglar lo demás. Yo también sé manejar un martillo. Pero hemos dado prioridad a otras cosas. El trabajo, los niños, incluso nosotros, diría yo. Así que, ¿qué importa un cuadro sin colgar? —Erica se le sentó en las rodillas y lo abrazó. Él cerró los ojos y aspiró con fruición aquel olor del que nunca se cansaba. Claro que la vida cotidiana había hecho su trabajo y había matado el enamoramiento voraz del principio, pero, en su opinión, había venido a sustituirlo algo mejor. Un amor apacible, firme y fuerte, y había momentos en que sentía por su mujer la misma atracción que en la pasión primera. Era solo que ahora le ocurría más de tarde en tarde, lo cual, quizá, era el modo en que la naturaleza procuraba que la humanidad hiciera algo de provecho en lugar de pasarse el día en la cama.

—Ayer tenía yo unos planes... —Erica le mordisqueó el labio. A pesar de que estaba hecho polvo después del trabajo intenso de los últimos días y de una noche en que le había costado conciliar el sueño, Patrik notó que una parte de él reaccionaba.

—Ajá... y yo... —dijo.

—¿Qué hacéis? —Se oyó una voz desde la puerta, y los dos se sobresaltaron con sentimiento de culpa. Estaba claro que en una casa llena de niños pequeños no podían meterse mano tranquilamente.

—Nada, nos dábamos un beso —dijo Erica, y se levantó.

—Puaj, qué asco —dijo Maja, y salió corriendo de vuelta al salón.

Erica se sirvió un café.

—Dentro de diez años no pensará lo mismo.

—Ay, ni lo menciones. —Patrik se estremeció de espanto. Si hubiera podido, habría detenido el tiempo para que Maja no llegara a la adolescencia en la vida.

—¿Qué vais a hacer ahora? —preguntó Erica, y tomó un poco de café apoyada en el borde de la encimera. Patrik bebió un par de sorbitos antes de responder. La cafeína surtía un efecto mínimo sobre su cansancio.

—Acabo de hablar con Terese y Lasse sigue sin aparecer. Se ha pasado la mitad de la noche buscándolo, y creo que ahora tenemos que intervenir.

—¿Ninguna teoría de qué puede haber ocurrido?

—No, no exactamente. Pero Terese me ha dicho que los últimos meses notaba algo extraño en él, algo diferente, aunque no sabía decir qué con exactitud.

—¿No tenía ni idea? La mayoría se huelen si es una amante, problemas con el juego...

Patrik negó con la cabeza.

—No, pero haremos una ronda de preguntas entre los conocidos, y le he pedido a Malte, el director del banco, que me pase los extractos de la cuenta para ver si ha hecho algún pago o una compra que explique dónde se ha metido. Malte me ha dicho que se llegaría al banco de un salto para hacerlo enseguida. —Miró el reloj. Eran casi las nueve y la luz empezaba a salir por el horizonte. Detestaba el invierno con aquellas noches eternas.

—Una de las ventajas de vivir en un pueblo tan pequeño: que el director del banco puede «llegarse de un salto» a la oficina.

—Pues sí, por suerte, eso simplifica el proceso. Y espero que nos proporcione alguna pista. Según Terese, era Lasse el que llevaba las riendas de la economía.

—Comprobaréis si ha pagado algo con tarjeta o si ha sacado dinero en un cajero desde que desapareció, ¿verdad? Puede que se haya hartado y decidiera largarse en el primer avión a Ibiza. Por cierto, también deberíais mirar los vuelos. No sería la primera vez que un padre de familia en el paro huye de la vida cotidiana.

—Desde luego, a mí se me ha pasado por la cabeza muchas veces, aunque no esté en el paro. —Patrik sonrió y se ganó un manotazo en el hombro.

—¡No serías capaz! Largarte a Magaluf a beber chupitos con jovencitas.

—Me dormiría después del primer trago. Y llamaría a los padres para que vinieran a recoger a sus hijas.

Erica soltó una risotada.

—Un punto para ti. Pero bueno, mira los vuelos, nunca se sabe. No todos están tan cansados como tú, ni tienen tu ética.

—Ya le he dicho a Gösta que lo mire. Y Malte me dará la información sobre los pagos con tarjeta y los reintegros en cajero. Además de que comprobaremos las llamadas al móvil en cuanto podamos, como es lógico. Así que tengo la cosa controlada, tranquila. —Le guiñó un ojo—. ¿Y qué planes tienes hoy?

—Kristina y Gunnar van a venir luego. Y, a menos que tengas algo en contra, pensaba dejarles a los niños un rato mientras yo trabajo un poco. Tengo muchas ganas de seguir avanzando, o no conseguiré averiguar por qué Laila se ha interesado tanto por las desapariciones. Si encuentro la conexión, puede que termine contándome por fin qué pasó cuando Vladek fue asesinado. Todo el tiempo he tenido la sensación de que quiere contarme algo, pero no sabe cómo o no se atreve.

La luz de la mañana inundaba ya toda la cocina. El pelo rubio de Erica resplandecía delante de la ventana y Patrik volvió a pensar en lo mucho que quería a su mujer. Tanto más en momentos como aquel, en que irradiaba entusiasmo y pasión por su trabajo.

—Por lo demás, el hecho de que se haya llevado el coche indica que Lasse no sigue por aquí —dijo Erica cambiando de tema.

—Puede. Terese ha estado buscándolo, pero hay muchos sitios en los que puede haber dejado el coche. Algún camino en medio del bosque, por ejemplo, y si lo tiene en algún garaje de cualquier granja, no será fácil de encontrar. Esperemos que la opinión pública coopere, así será más fácil dar con él, si es que sigue por la comarca.

—¿Qué coche es?

Patrik se levantó después de apurar el café.

—Un Volvo Combi rojo.

—¿Uno como ese? —preguntó Erica, y señaló hacia el gran aparcamiento que había delante de la playa, frente a la casa.

Patrik miró en la dirección en que ella señalaba con el dedo. Se quedó boquiabierto. Allí estaba: el coche de Lasse.

Gösta colgó el teléfono. Malte lo había llamado para comunicarle que acababa de enviar a la comisaría un fax con la documentación del banco, así que se levantó para ir a buscarla. Todavía le resultaba extraño que alguien pudiera meter un papel en una máquina y que ese mismo papel apareciera en otra máquina de otro sitio como por arte de magia.

Soltó un gran bostezo. Se habría quedado remoloneando en la cama un rato más. O incluso se habría tomado el domingo libre, pero no estaban las cosas para esos lujos. Poco a poco fueron saliendo los documentos, y cuando pareció que no había más, los reunió y se dirigió a la cocina. Aquello era más agradable que su despacho.

—¿Quieres que te eche una mano? —preguntó Annika, que ya estaba allí, sentada a la mesa.

—Sí, te lo agradecería. —Dividió el montón en dos mitades y le dio una.

—¿Qué ha dicho Malte del uso de la tarjeta?

—Pues sí, que Lasse no ha usado la tarjeta desde antes de ayer, y tampoco ha sacado dinero del cajero.

—De acuerdo. He enviado una consulta a las compañías aéreas, tal y como me pediste. Pero no parece verosímil que se haya ido al extranjero sin usar la tarjeta, a menos que tuviera una gran cantidad de dinero en efectivo.

Gösta empezó a hojear los documentos, que estaban en la mesa.

—Bueno, eso podemos verlo en los reintegros, si ha sacado alguna suma reseñable en los últimos días.

—Aunque, la verdad, no parece que tuvieran margen para eso —señaló Annika.

—No, claro, Lasse estaba sin trabajo, y no creo que Terese gane mucho. Más bien deberían andar cortos de dinero. O no... —dijo lleno de asombro, al ver las cifras que tenía delante.

—¿Qué pasa? —Annika se inclinó para ver a qué se refería Gösta. Él giró el documento y señaló la última línea de saldo.

—Anda —dijo Annika asombrada.

—En esta cuenta hay cincuenta mil coronas. ¿Cómo demonios pueden tener tanto dinero? —Ojeó rápidamente los asientos del extracto bancario—. Hay bastantes ingresos. Ingresos al contado, según parece. Cinco mil coronas cada vez, una vez al mes.

—Pues los ingresos debía de hacerlos Lasse, si era él quien se encargaba de la economía.

—Sí, seguramente. Pero tendremos que preguntarle a Terese.

—¿De dónde ha podido sacar ese dinero? ¿Del juego? Gösta tamborileaba con los dedos en la mesa.

—No he oído nada de que jugara, no creo. Habrá que revisar su ordenador, por si jugaba por internet, pero claro, en ese caso deberían haberse registrado ingresos de alguna casa de apuestas. Puede ser el pago de algún trabajo que haya hecho, algo turbio que no pudiera contarle a Terese.

—¿No te parece un poco rebuscado? —Annika frunció el entrecejo.

—No, si tenemos en cuenta que ahora está desaparecido. Y que Terese dice que puede que le estuviera ocultando algo.

—Pues no va a ser fácil averiguar de qué trabajo se trata. Es imposible rastrear ese dinero.

—Claro, antes tenemos que encontrar a quien le haya dado el trabajo. Entonces podremos investigar la cuenta de esa persona y ver si hay reintegros por las mismas cantidades.

Gösta repasó otra vez todos los números, con las gafas en la punta de la nariz, pero no encontró nada raro. Aparte de los ingresos al contado, efectivamente, la familia llegaba a fin de mes a duras penas, y tomó nota de que parecían controlar mucho los gastos.

—Es un tanto preocupante que haya desaparecido y que no haya sacado nada de todo ese dinero —dijo Annika.

—Sí, a mí también me lo parece. No presagia nada bueno.

Se oyó un móvil en la cocina, Gösta echó mano de su teléfono. Vio en la pantalla que era Patrik y respondió enseguida.

—Hola. ¿Qué? ¿Dónde? Vale, vamos ahora mismo.

Colgó, se levantó y se guardó el teléfono.

—El coche de Lasse está en Sälvik. Y hay sangre en la playa.

Annika asintió despacio. No parecía sorprendida.

Tyra miraba a su madre desde la puerta de la cocina. Le partía el corazón verla tan preocupada. Llevaba allí, como paralizada, sentada en la cocina, desde que volvió a casa después de haberse pasado casi toda la noche buscando a Lasse.

—Mamá —dijo Tyra, pero no obtuvo ninguna reacción—. ¡Mamá!

Terese levantó la vista.

—¿Sí, cariño?

Tyra se le acercó, se sentó a su lado y le dio la mano. Aún la tenía fría.

—¿Cómo están los chicos? —preguntó Terese.

—Están bien. Se han ido a jugar a casa de Arvid. Oye, mamá...

—Sí, perdona, querías decirme algo. —Terese parpadeó con gesto cansino. Apenas podía mantener los ojos abiertos.

—Es que quería enseñarte una cosa, ven.

—¿Ah, sí? —Terese se levantó y siguió a Tyra hasta el salón.

—Lo descubrí hace algún tiempo. Y no he... No sabía si contarlo o no.

—¿El qué? —Terese la miró extrañada—. ¿Tiene algo que ver con Lasse? Porque, en ese caso, deberías contármelo ahora mismo.

Tyra asintió despacio. Luego, tomó impulso.

—Lasse tiene dos biblias, pero solo lee una. Me preguntaba por qué nunca usaba la otra. Y un día fui a leerla. —Sacó una de las biblias de la estantería y la abrió—. Mira.

El interior estaba hueco y era un escondite.

—¿Qué es esto...? —dijo Terese.

—Lo descubrí hace unos meses, y he mirado de vez en cuando. A veces había dinero, y siempre la misma cantidad. Cinco mil coronas.

—No lo entiendo. ¿De dónde habrá sacado Lasse tanto dinero? ¿Y por qué lo escondía?

Tyra meneó la cabeza. Notó que se le hacía un nudo en el estómago.

—No lo sé, pero debería haberlo dicho. ¿Y si le ha pasado algo que tiene que ver con el dinero? Será culpa mía, porque si te lo hubiera contado, puede que... —Y ya no pudo aguantar más las lágrimas.

Terese la abrazó y la consoló acariciándola.

—No es culpa tuya, comprendo perfectamente que no dijeras nada. Yo tenía la sensación de que Lasse me estaba ocultando algo, y seguramente tiene que ver con este dinero, pero nadie podía prever lo que iba a pasar. Y ni siquiera sabemos si ha pasado algo de verdad. Puede que haya recaído y esté borracho tirado en algún sitio, y en ese caso, la policía lo encontrará pronto.

—Ni tú misma te lo crees, mamá... —sollozó Tyra, apoyada en el hombro de su madre.

—Vamos, vamos, no sabemos nada; y es una tontería andar con especulaciones. Llamo a la policía ahora mismo y les cuento lo del dinero, a ver si les ayuda a averiguar algo. Y nadie te va a recriminar nada. Has sido leal con Lasse, no querías causarle problemas sin necesidad, y me parece bien. ¿De acuerdo? —Terese le enmarcó la cara entre las manos: tenía las mejillas ardiendo y el frescor de las manos de su madre le resultó agradable.

Después de darle un beso en la frente, fue a llamar por teléfono. Tyra se quedó sola, secándose las lágrimas. Luego fue detrás de su madre. Pero no había llegado a la cocina cuando la oyó gritar.

Mellberg miraba al fondo del agujero desde el borde del muelle.

—Bueno, pues ya lo hemos encontrado.

—Eso todavía no lo sabemos —dijo Patrik. Estaba a unos pasos del lugar, a la espera de que llegaran los técnicos. Pero Mellberg no se había dejado retener.

—El coche de Lasse está aparcado ahí arriba. Y aquí hay sangre. Claro como el agua, lo han matado y lo han soltado en el agujero. No creo que le veamos el pelo hasta que emerja a la superficie para la primavera. —Mellberg dio otro par de pasos hacia el borde del muelle y Patrik se mordió la lengua.

—Torbjörn viene de camino, estaría bien que tocáramos lo menos posible hasta que llegue —dijo con tono de súplica.

—No tienes que decírmelo. Sé perfectamente cómo hay que moverse en el escenario del crimen —dijo Mellberg—. Yo creo que tú ni habías nacido cuando yo hice mi primera investigación, y deberías mostrar algo de respeto por...

Dio un paso atrás y, cuando se dio cuenta de que tenía el pie en el aire, cambió la expresión altanera por otra de sorpresa. Con gran estruendo, cayó en el agujero, y arrastró consigo otro trozo de hielo.

—¡Nooo! —gritó Patrik, y echó a correr hacia él.

Por poco le da un ataque de pánico cuando se dio cuenta de que no había salvavidas ni ninguna otra herramienta cerca, y sopesó la posibilidad de tumbarse boca abajo en el hielo y tratar de izar a Mellberg. Pero justo cuando iba a hacerlo, el jefe logró agarrarse a la escalerilla y subir por sus propios medios.

—¡Joder, qué fría está! —Se tumbó jadeando en los tablones cubiertos de nieve. Patrik observaba el desastre con pesadumbre. Torbjörn sería el hombre de los milagros si encontraba algo útil en aquella escena del crimen después de que Mellberg hubiera pasado por encima.

—Vamos, Bertil, tienes que entrar en calor. Vamos a mi casa —dijo, y tiró de Mellberg para ponerlo de pie. Con el rabillo del ojo, vio que Gösta y Martin bajaban corriendo hacia la playa mientras él iba empujando a Mellberg.

—¿Pero qué...? —Gösta miraba perplejo a su jefe que, empapado, pasó tiritando delante de ellos para subir la empinada pendiente que conducía al aparcamiento y a la casa de Patrik.

—No digáis nada —suspiró Patrik—. Esperad a que lleguen Torbjörn y su equipo. Y avisadles de que el lugar del crimen no está en condiciones óptimas. Tendrán suerte si pueden obtener una sola huella.

Jonas llamó al timbre con cuidado. Nunca había estado antes en casa de Terese, y tuvo que comprobar la dirección en la red.

—Hola, Jonas. —Tyra se quedó asombrada al abrir la puerta, pero lo invitó a pasar.

—¿Está tu madre en casa?

Tyra asintió y señaló al interior. Jonas miró alrededor. Todo estaba limpio y era acogedor, sin pretensiones, tal y como él se había imaginado. Entró en la cocina.

—Hola, Terese. —Vio que también ella se asombraba—. Solo quería ver cómo estabais Tyra y tú. Sé que hace mucho que no nos vemos, pero las chicas de la escuela de equitación me han contado lo de Lasse. Que ha desaparecido.

—Ya no. —Terese tenía los ojos hinchados por el llanto, y hablaba con voz monótona y quebrada.

—¿Lo han encontrado?

—No, solo el coche. Pero lo más probable es que esté muerto.

—¿Es eso verdad? ¿No quieres llamar a alguien? Puedo llamar yo si quieres, no sé, un sacerdote, algún amigo... —Jonas sabía que sus padres habían fallecido hacía unos años, y sabía que no tenía hermanos.

—Gracias, tengo a Tyra conmigo. Y los pequeños están en casa de unos buenos amigos. Todavía no saben nada.

—Ya. —Se quedó en la cocina sin saber qué hacer—. ¿Prefieres que me vaya? Querréis estar solas, claro.

—No, quédate. —Terese señaló la cafetera—. Hay café, y tengo leche en el frigorífico. Creo recordar que lo tomabas con leche, ¿no?

Jonas sonrió.

—Vaya memoria. —Se sirvió una taza y puso otra para ella. Luego se sentó enfrente.

—¿Sabe la policía qué ha podido pasar?

—No. Tampoco querían decirme demasiado por teléfono. Solo que tenían razones para creer que Lasse está muerto.

—¿Es que suelen comunicar la muerte de un familiar por teléfono?

—No, yo había llamado a Patrik Hedström por... Por otro asunto. Y me di cuenta por su tono de voz de que había pasado algo, así que supongo que se sintió obligado a decírmelo. Pero iba a venir alguien de la Policía.

—¿Cómo se lo ha tomado Tyra?

Terese tardó un poco en responder.

—Bueno, Lasse y ella no tenían una relación muy estrecha que digamos —dijo al fin—. Los años en que él era alcohólico estaba siempre ausente, y luego se metió en otra cosa que a veces nos parecía más extraña todavía.

—¿Tú crees que lo que le ha pasado puede tener algo que ver con ese nuevo interés? ¿O con el antiguo?

Terese lo miró extrañada.

—¿Qué quieres decir?

263

—Bueno, alguna disputa que se haya disparado en la congregación. O que haya retomado el contacto con sus viejos amigos de borrachera y se haya metido en algo ilegal, no sé. Que alguien quisiera hacerle daño...

—No, me cuesta creer que haya vuelto al mundo de la bebida. Se diga lo que se diga, la iglesia lo mantenía alejado del alcohol. Y nunca le he oído una palabra sobre nadie de la congregación. Solo le aportaban amor y perdón, como él decía siempre. —Terese dejó escapar un sollozo—. Pero yo no lo había perdonado. Había decidido dejarlo. Y ahora que no está, lo echo de menos. —Ya no pudo contener más el llanto y Jonas le dio una servilleta del servilletero que había en la mesa. Terese se secó las mejillas.

—¿Estás bien, mamá? —Tyra apareció en la puerta y la miraba preocupada.

Terese le respondió entre lágrimas con una sonrisa forzada.

—Sí, hija, tranquila, no pasa nada.

—Bueno, puede que no haya sido muy acertado por mi parte presentarme aquí —dijo Jonas—. Pensé que quizá fuera de ayuda...

—Has sido muy amable, es un gesto muy bonito, Jonas —dijo Terese.

En ese instante llamaron a la puerta y los dos dieron un respingo. El timbre tenía un sonido chillón; se repitió otra vez, hasta que Tyra abrió la puerta. Al oír que alguien entraba en la cocina, Jonas se volvió a mirar y se encontró con otra cara de sorpresa.

—Hola, Gösta —dijo apresuradamente—. Estaba a punto de irme. —Se levantó y miró a Terese—. Si hay algo que yo pueda hacer, dímelo. No tienes más que llamar.

Ella le respondió con una mirada elocuente y le dio las gracias.

Cuando se dirigía a la puerta, notó una mano en el brazo. En voz baja, para que Terese no lo oyera, Gösta le dijo:

—Tengo que hablar contigo de una cosa. Me pasaré a verte en cuanto termine aquí.

Jonas asintió. Notó que se le secaba la garganta. No le había gustado el tono de Gösta.

Erica no podía dejar de pensar en Peter, el niño del que se hizo cargo la madre de Laila y que luego se esfumó. ¿Por qué se hizo cargo de él y no de la hermana? ¿Y se fue por voluntad propia después de la muerte de su abuela?

Había demasiados interrogantes en torno a la figura de Peter, y ya era hora de aclarar al menos alguno de ellos. Erica hojeó el cuaderno hasta que llegó a las páginas de los datos de contacto de todos los implicados. Siempre trataba de ser muy metódica y de anotarlos en la misma página. El único problema era su letra, que a veces no entendía ni ella misma.

Desde el piso de abajo llegaban las risas alegres de los niños, que estaban jugando con Gunnar. A pesar de lo poco que hacía que lo conocían, les gustaba el amigo de la abuela, como lo llamaba Maja. Los niños estaban bien, así que Erica podía trabajar un rato con la conciencia tranquila.

Se le fue la mirada hacia la ventana. Había visto a Mellberg llegar en coche, frenar derrapando y luego bajar a medio correr hasta la playa. Pero por mucho que estiraba el cuello, no alcanzaba a ver la orilla, y le habían dado órdenes muy estrictas de mantenerse lejos del lugar a la espera de que Patrik llegara a casa y le contara qué habían encontrado allá abajo.

Volvió a centrarse en el cuaderno. Junto al nombre de la hermana de Laila había garabateado un número de teléfono de España, y Erica alargó la mano en busca del teléfono mientras entornaba los ojos para descifrar lo que había escrito. ¿Lo último era un siete o un uno? Dejó escapar un suspiro y pensó que, en el peor de los casos, tendría que hacer varios intentos. Decidió probar primero con el siete y marcó el número.

Se oyó una señal sorda. El tono de llamada sonaba distinto cuando uno llamaba al extranjero, y Erica siempre había querido saber por qué.

—¡Hola! —respondió una voz masculina.

—*Hello. I would like to speak to Agneta. Is she at home?* —dijo Erica. Había estudiado francés como segundo idioma en el colegio, así que sus conocimientos de español eran inexistentes.

—*May I ask who is calling?* —preguntó el hombre en un inglés impecable.

—*My name is Erica Falck.* —Dudó un instante—. *I'm calling about her sister.*

Se hizo un largo silencio en el auricular. Luego, la voz dejó el inglés y dijo con cierto acento:

—Soy Stefan, el hijo de Agneta. No creo que mi madre quiera hablar de Laila. Hace muchos años que perdieron el contacto.

—Lo sé, me lo ha dicho Laila. Pero para mí sería muy valioso hablar con tu madre. Puedes decirle que es por Peter.

Un nuevo silencio. Era capaz de notar la aversión a través del hilo telefónico.

—¿No te preguntas nunca cómo le irá a la familia que tienes en Suecia? —A Erica se le escapó la pregunta.

—¿Qué familia? —dijo Stefan—. Allí solo queda Laila, y yo ni siquiera la he visto en persona. Mi madre ya se había mudado a España cuando yo nací, así que no tenemos ningún contacto con esa parte de la familia. Y creo que eso es lo que quiere mi madre.

—¿No podrías preguntarle de todos modos, por favor? —Se oyó suplicarle al joven.

—De acuerdo, pero no cuentes con que vaya a aceptar.

Stefan dejó el auricular en la mesa y se lo oyó deliberar con alguien entre susurros. Erica pensó que hablaba bien el sueco. Tenía un acento muy leve y muy bonito, en el que se intuía el tenue ceceo que sabía que existía en el español.

—Puedes hablar con ella unos minutos. Te la paso.

Erica dio un respingo al oír de nuevo la voz de Stefan, absorta como estaba en sus reflexiones lingüísticas.

—¿Hola? —dijo una voz de mujer.

Erica volvió en sí y se presentó brevemente, le dijo que estaba escribiendo un libro sobre el caso de su hermana y que le agradecería mucho que le permitiera hacerle unas preguntas.

—No sé qué podría aportar. Laila y yo interrumpimos la relación hace muchos años, y no sé nada ni de ella ni de su familia. No podría ayudarte ni aunque quisiera.

—Laila dice exactamente lo mismo, pero las preguntas que quería hacerte son sobre Peter, y esperaba que pudieras decirme algo.

—Ah, ¿y qué quieres saber? —preguntó Agneta con resignación.

—Pues una duda que me asalta es por qué vuestra madre no se hizo cargo también de Louise, solo de Peter. ¿No habría sido lo más natural que la abuela se quedara con los dos nietos, en lugar de separarlos? Louise fue a parar a una casa de acogida.

—Es que Louise necesitaba... cuidados especiales. Y mi madre no podía dárselos.

—Ya, pero ¿qué tenía la niña de especial? ¿Es por lo traumatizada que estaba? ¿Y nunca sospechasteis que Vladek maltrataba a su familia? Tu madre vivía aquí, en Fjällbacka, me figuro que debió de imaginarse que algo no iba bien, ¿no? —Las preguntas brotaban de sus labios como una tromba, y en un primer momento no oyó más que silencio al otro lado.

—De verdad, no quiero hablar de esto. Pasó hace muchos años. Fue una mala época y prefiero dejarla atrás. —La voz de Agneta sonaba débil y quebradiza a través de la conexión telefónica—. Nuestra madre hizo lo que pudo para proteger a Peter, es lo que puedo decir.

—¿Y Louise? ¿Por qué no la protegió a ella también?

—Vladek se encargaba de Louise.

—¿Porque era niña, por eso se llevó la peor parte? ¿Por eso la llamaban simplemente la Niña? ¿Acaso Vladek odiaba a las mujeres, pero trataba mejor a su hijo? Laila también tenía lesiones... —Continuó bombardeándola a preguntas, por miedo a que, en cualquier momento, Agneta concluyera la conversación.

—Era... complicado. No puedo responder a tus preguntas. Y no tengo nada más que decir.

Parecía que Agneta estaba a punto de colgar, y Erica se apresuró a cambiar de tema.

—Comprendo que es doloroso hablar de todo esto, pero ¿qué crees que ocurrió cuando murió vuestra madre? Según el informe policial, hubo un robo con violencia. Lo he leído, y he hablado con el policía responsable de la investigación. Pero me pregunto si es posible. Parece una casualidad extraordinaria que se den dos asesinatos en la misma familia, aunque pasaran tantos años entre uno y otro.

—Puede ser. Hubo un robo, tal y como constató la policía. Alguien, probablemente varias personas, entraron en la casa de noche. Mi madre se despertó y los ladrones se pusieron nerviosos y la mataron a golpes.

—¿Con un atizador?

—Sí, supongo que fue lo que encontraron a mano con las prisas.

—No había huellas dactilares, ningún rastro, nada. Tuvieron que ser unos ladrones muy cuidadosos. Resulta un tanto extraño que, a pesar de ser tan cuidadosos y haberlo planeado tan bien, se pusieran nerviosos cuando se despertó quien vivía en la casa.

—A la policía no le extrañó. Incluso tenían la teoría de que Peter estaba involucrado, pero luego lo descartaron por completo.

—Y después, Peter desapareció. ¿Tú qué crees que pasó?

—Quién sabe. Puede que ahora esté en alguna isla del Caribe. Es una idea reconfortante. Pero no lo creo. Yo creo que no pudo soportar el trauma de la infancia y el hecho de que otra persona a la que también quería muriera asesinada.

—O sea... o sea que tú crees que se suicidó.

—Sí —dijo Agneta—. Eso creo, por desgracia, aunque espero estar equivocada. En fin, lo siento, pero no tengo tiempo. Stefan y su mujer están a punto de irse y yo me quedo con sus hijos.

—Solo una pregunta más —le rogó Erica—. ¿Cómo era la relación con tu hermana? ¿Os llevabais bien? —Quería terminar con una pregunta neutral para que Agneta no se negara a hablar con ella si la llamaba otra vez.

—No —dijo Agneta, después de una larga pausa—. Éramos muy distintas y no teníamos mucho en común. Y yo no quise que se me relacionara con la vida de Laila y con los caminos que tomó. Ninguno de los ciudadanos suecos con los que me relaciono aquí sabe que soy su hermana, y preferiría que siguiera siendo así. Por eso no quiero que escribas sobre mí, y tampoco quiero que le cuentes a nadie que tú y yo hemos hablado, ni siquiera a Laila.

—Te lo prometo —dijo Erica—. Una última pregunta. Laila ha guardado todos los recortes de periódico de chicas que han desaparecido en Suecia en los dos últimos años. Una de ellas aquí, en Fjällbacka. Apareció esta semana, pero la atropelló un coche y murió. Sin embargo, presentaba lesiones graves ocasionadas durante el tiempo que estuvo en cautividad. ¿Se te ocurre por qué Laila podría estar interesada en esos casos? —Guardó silencio; solo se oía la respiración de Agneta.

—No —dijo brevemente y, acto seguido, se apartó del teléfono y gritó algo en español—. Tengo que ir a ocuparme de mis nietos. Pero, como he dicho, no quiero que se me relacione con este asunto de ninguna manera.

Erica le aseguró una vez más que no la nombraría, y concluyó la conversación.

Iba a pasar a limpio lo que acababa de garabatear cuando se oyó un tumulto procedente de la entrada. Se levantó a toda prisa de la silla de escritorio, salió corriendo de la habitación y miró por la barandilla de la escalera.

—¿Qué demo...? —dijo, y bajó a la carrera. Abajo estaba Patrik, quitándole como podía la ropa a un Bertil Mellberg iracundo, que tenía los labios morados y temblaba de frío.

Martin entró en la comisaría y pateó el suelo para sacudirse la nieve de las botas. Cuando pasó por delante de la recepción, Annika lo miró por encima de la montura de plástico de las gafas para el ordenador.

—¿Qué tal ha ido?

—Bueno, pues más o menos como siempre que Mellberg está presente.

Al ver la expresión interrogante de Annika, le dio cuenta de las hazañas de Mellberg con toda la calma de que fue capaz.

—Madre mía. —Annika meneaba la cabeza—. Ese hombre nunca dejará de sorprendernos. ¿Qué ha dicho Torbjörn?

—Que, por desgracia, no será fácil obtener huellas de pisadas ni nada parecido, después de que Mellberg haya pisoteado el escenario del crimen como lo ha hecho. Sin embargo, sí consiguió una muestra de sangre. Debería haber coincidencia con la de Lasse, y también con el ADN de los hijos, así sabremos si es suya.

—Bueno, pues menos mal. ¿Creéis que está muerto? —preguntó Annika.

—Había mucha sangre en el muelle, y también en el hielo, al lado del agujero, pero ningún rastro de sangre iba del agua a tierra, así que si la sangre es de Lasse, será lo más probable.

—Qué triste. —A Annika se le llenaron los ojos de lágrimas. Siempre había sido muy sensible, y desde que, junto con Lennart, su marido, adoptaron a una niña de China, se había vuelto aún más sensible a las injusticias.

—Pues sí, nunca pensamos que acabaría tan mal. Más bien creíamos que íbamos a encontrarlo como una cuba tirado en algún sitio.

—Qué destino más espantoso. Pobre familia. —Annika guardó silencio unos instantes, pero luego se serenó—. Por cierto, he conseguido localizar a todos los investigadores que se verían implicados si celebramos la reunión en Gotemburgo. Se lo he pasado a Patrik y, claro está, a Mellberg. ¿Qué vais a hacer Gösta y tú? ¿Participáis también?

Martin había empezado a sudar con la calefacción, y se quitó el chaquetón. Al pasarse la mano por el pelo rojizo notó que se le humedecía.

—A mí me habría gustado. Y yo creo que a Gösta también, pero no podemos dejar la comisaría desierta. Sobre todo ahora que, además, tenemos un caso de asesinato que investigar.

—Me parece sensato. Y a propósito de sensato, Paula está otra vez abajo, en el archivo. Podrías echarle un vistazo, ¿verdad?

—Claro, bajo ahora mismo —dijo Martin, pero antes pasó por su despacho para dejar allí la ropa de abrigo.

Una vez en el sótano comprobó que la puerta del archivo estaba abierta, pero dio unos golpecitos discretos, porque Paula parecía totalmente inmersa en el contenido de las cajas que tenía en el suelo.

—¿Todavía no te has rendido? —dijo al tiempo que entraba en la sala.

Paula levantó la vista y dejó a un lado una carpeta.

—Seguramente, no lo encontraré, pero al menos he estado sola un rato. ¿Quién iba a pensar que un recién nacido podía dar tanto que hacer? Con Leo no fue así para nada.

Hizo amago de ir a levantarse y Martin le dio la mano.

—Ya, ya me he dado cuenta de que Lisa es un tanto especial. Ahora estará con Johanna, ¿no?

Paula negó con la cabeza.

—Johanna se ha llevado a Leo. Iban a montar en trineo, así que Lisa se ha quedado en casa con la abuela. —Respiró hondo varias veces y estiró la espalda—. Bueno, y a vosotros, ¿qué tal os ha ido? Me han dicho que habéis encontrado el coche de Lasse, y que había sangre en la zona del hallazgo.

Martin le contó lo mismo que acababa de decirle a Annika sobre la sangre en el agujero, y también lo del baño involuntario de Mellberg.

—¡Estás de broma! ¿Cómo puede ser tan torpe? —Paula lo miraba perpleja—. Pero ¿se encuentra bien? —añadió después; y Martin sonrió para sus adentros al ver que, a pesar de todo, Paula se preocupaba por Mellberg. Sabía lo mucho que Bertil quería al hijo de Paula y de Johanna, y el hombre tenía algo que hacía que uno se encariñara con él, a pesar de lo trabajoso que era.

—Sí, sí, no le ha pasado nada. Ahora está descongelándose en casa de Patrik.

—Bueno, la verdad es que estando Bertil de por medio, siempre pasa algo. —Paula sonrió—. Cuando has llegado yo estaba pensando en tomarme un descanso. Me está doliendo muchísimo la espalda de estar sentada en el suelo. ¿Me acompañas?

Ya iban escaleras arriba y camino de la cocina cuando Martin se paró y le dijo:

—Voy a mi despacho un momento, tengo que mirar una cosa.

—Vale, voy contigo —dijo Paula, y echó a andar tras él.

Martin empezó a revolver entre sus papeles y Paula se puso a mirar la estantería mientras observaba de reojo lo que hacía. Como de costumbre, tenía la mesa hecha un verdadero lío.

—Echas de menos el trabajo, ¿verdad? —dijo Martin.

—Puedes estar seguro. —Ladeó la cabeza para leer los títulos—. Oye, ¿has leído todo esto? Libros de psicología, de técnica criminalística, madre mía, si hasta tienes... —Paula se interrumpió en mitad de la frase y se quedó mirando la colección de libros que Martin tenía primorosamente colocada en la estantería.

—Soy tonta de remate. No había leído sobre el asunto de la lengua en el archivo, sino ahí. —Señaló los libros y Martin se volvió extrañado a mirar. ¿Sería posible?

Gösta entró en la explanada de la escuela de equitación. Siempre resultaba difícil hablar con los familiares. En este caso, además, tampoco había podido dar ningún aviso claro de defunción. Existían indicios evidentes de que a Lasse le había ocurrido algo y de que, con toda probabilidad, no seguía con vida, pero Terese tendría que seguir en la incertidumbre por un tiempo todavía.

Se extrañó al ver a Jonas en su casa. ¿Qué había ido a hacer allí? Además, lo vio preocupado cuando le dijo que quería hablar con él. Y eso era bueno. Si Jonas estaba nervioso, a Gösta le resultaría más fácil conseguir que se delatara. O al menos, eso le decía la experiencia.

—Toctoc —dijo en voz alta al mismo tiempo que llamaba a la puerta de Jonas y Marta. Tenía la esperanza de poder hablar con Jonas a solas, así que si Marta o su hija estaban en casa, le propondría que fueran a la consulta.

Jonas abrió la puerta. Le ensombrecía la cara algo así como una película grisácea que Gösta no le había visto con anterioridad.

—¿Estás solo? Quería tratar contigo de un asunto.

Se hizo el silencio unos segundos mientras Gösta esperaba en la escalera. Luego, Jonas lo invitó a pasar con gesto de resignación, como si ya supiera lo que quería. Y quizá fuera así. Debía de saber que solo era cuestión de tiempo que la cosa llegara a oídos de la policía.

—Pasa —dijo—. Estoy solo.

Gösta miró a su alrededor. Habían decorado la casa sin sensibilidad y sin cariño, y no resultaba nada acogedora. Era la primera vez que iba a la casa de la familia Persson, y no sabía qué esperaba encontrarse, pero lo que sí se figuraba era que la gente guapa vivía en ambientes bonitos.

—Es horrible lo de Lasse —dijo Jonas. Señaló con un gesto el sofá del salón.

Gösta se sentó.

—Sí, y nunca es agradable presentarse con noticias así. Por cierto, ¿cómo es que estabas en casa de Terese?

—Fuimos pareja hace muchos años. Desde entonces habíamos perdido el contacto, pero cuando me enteré de que Lasse había desaparecido pensé que quizá podría ayudarle de alguna forma. Su hija viene mucho por la escuela y está muy afectada por lo que le pasó a Victoria. Solo quería que supieran que pueden contar conmigo ahora que lo están pasando tan mal.

—Comprendo —dijo Gösta. Luego se quedaron callados. Se dio cuenta de que Jonas esperaba en tensión a oír lo que tuviera que decirle.

—Bueno, yo quería preguntarte por Victoria. Por cómo era vuestra relación —añadió Gösta.

—Ya —dijo Jonas indeciso—. No hay mucho que decir al respecto. Era una de las alumnas de Marta. Una de las

chicas que siempre andan por la escuela de equitación.
—Retiró una mota invisible de los vaqueros.

—Según tengo entendido, esa no es toda la verdad —dijo
Gösta sin apartar la vista de Jonas.

—¿Qué quieres decir?

—¿Fumas, Jonas?

Jonas se lo quedó mirando con el ceño fruncido.

—¿Por qué me lo preguntas? No, no fumo.

—De acuerdo. Volvamos a Victoria. Ha llegado a mis
oídos que teníais... una relación más bien íntima.

—¿Quién ha dicho eso? Yo apenas hablaba con ella. Si
coincidía con ella en el establo, quizá intercambiaba unas
palabras, igual que con las demás chicas.

—Hemos hablado con su hermano, Ricky, y él asegura sin
asomo de duda que Victoria y tú teníais una relación íntima.
El mismo día que desapareció, os vio discutir delante de la
escuela de equitación. ¿Cuál era el motivo de la discusión?

Jonas agitó la cabeza con vehemencia.

—Ni siquiera recuerdo que hubiéramos hablado ese día.
Pero, en cualquier caso, seguro que no fue una discusión.
A veces les llamo la atención a las chicas, cuando hacen lo
que no deben en los establos, y seguro que era algo de eso.
No siempre les gusta que les llame la atención; después de
todo, son adolescentes.

—Pues si no me equivoco, acabas de decir que apenas
tenías contacto con las chicas en el establo —dijo Gösta
con calma, y se retrepó en el sofá.

—Claro, algo de contacto con ellas sí que tengo. Después de todo, soy copropietario de la escuela de equitación, aunque sea Marta quien esté al frente. A veces le
ayudo con las cosas prácticas, y si veo que hay algo que no
se está haciendo bien, lo digo, como es lógico.

Gösta reflexionaba. ¿Habría exagerado Ricky lo que
vio? Sin embargo, aunque no fuera una discusión, Jonas
debería acordarse del hecho en sí.

—Fuera o no una discusión, según Ricky, él te echó una bronca. Os vio de lejos, se acercó corriendo y empezó a gritaros a los dos; y después de que Victoria se fuera, siguió gritándote a ti solo. ¿De verdad que no te acuerdas de nada?

—Pues no, no sé de dónde se lo habrá sacado...

Gösta comprendió que no sacaría nada en claro, así que decidió avanzar por otro camino, por más que la respuesta de Jonas no lo hubiera convencido. ¿Por qué iba a mentir Ricky diciendo que se había enfrentado a Jonas?

—Además, Victoria había recibido cartas de amenazas que indicaban que, en efecto, mantenía una relación con alguien —dijo.

—¿Cartas? —Jonas lo miró con cara de tener un torbellino de ideas en la cabeza.

—Sí, cartas anónimas que le enviaban a su casa.

Jonas parecía sorprendido de verdad. Pero claro, eso no tenía por qué significar nada. No era la primera vez que Gösta se dejaba engañar por una apariencia de honradez.

—Yo no sé nada de ninguna carta anónima. Y, desde luego, no tenía ninguna relación con Victoria. Para empezar, estoy casado, y felizmente casado, por cierto. Y para continuar, Victoria era una niña. Ricky está muy equivocado.

—Bueno, pues muchas gracias por haberme atendido —dijo Gösta al tiempo que se levantaba—. Como comprenderás, debemos tomarnos en serio ese tipo de información, y lo examinaremos más a fondo, además de comprobar lo que otras personas tengan que decir al respecto.

—No podéis ir por ahí preguntando semejante cosa, ¿no? —Jonas también se puso de pie—. Ya sabes cómo es la gente de por aquí. Bastará con que formuléis la pregunta para que crean que es verdad. ¿No comprendes que se difundirán unos rumores de consecuencias nefastas para la escuela de equitación? Esto es un malentendido, una mentira. Por Dios, Victoria tenía la edad de mi hija. ¿Puede saberse por quién me tomáis? —Jonas tenía la cara descompuesta de ira, en lugar de la expresión afable y risueña que lo caracterizaba.

—Seremos discretos, te lo prometo —dijo Gösta.

Jonas se pasó la mano por el pelo.

—¿Discretos, dices? ¡Esto es un disparate!

Gösta se dirigió al vestíbulo y, cuando abrió la puerta, se encontró con Marta, que estaba allí mismo en la escalera. Dio un respingo de asombro.

—Hola —dijo—. ¿Tú por aquí?

—Pues... estaba comprobando unos detalles con Jonas, solo eso.

—¡Gösta quería hacerme unas cuantas preguntas más sobre el robo! —gritó Jonas desde el salón.

Gösta asintió.

—Sí, un par de cosas que se me olvidó preguntarle el otro día.

—Ya. Por cierto, qué horror, me he enterado de lo de Lasse —dijo Marta—. ¿Cómo está Terese? Según Jonas, parecía bastante serena, a pesar de todo.

—Pues... —Gösta no sabía qué responder.

—¿Qué ha pasado? Jonas me ha dicho que habéis encontrado el coche de Lasse.

—Por desgracia, no puedo hablar de una investigación en curso —dijo Gösta, y salió de la casa—. Lo siento, tengo que volver a la comisaría.

Fue agarrándose a la barandilla mientras bajaba la escalera. A su edad corría el riesgo de no levantarse otra vez si resbalaba y se caía al suelo.

—¡Avisad si podemos ser de alguna ayuda! —gritó Marta a su espalda mientras él se dirigía al coche.

Gösta le respondió con un gesto de la mano. Antes de sentarse en el coche miró hacia la casa, donde Marta y Jonas se perfilaban como sombras al otro lado de la ventana del salón. En el fondo, estaba seguro de que Jonas le había mentido sobre la discusión, y quizá también sobre la relación con Victoria. Había algo que sonaba falso en su declaración, pero no resultaría fácil demostrarlo.

Uddevalla, 1973

Vladek se volvía cada vez más imprevisible. El taller había quebrado y él se pasaba los días en casa como un animal enjaulado. Hablaba mucho de su antigua vida, del circo y de su familia. Era capaz de pasarse horas con ese tema, y toda la familia lo escuchaba.

A veces, Laila cerraba los ojos y trataba de imaginarse todo lo que contaba. Los sonidos, los aromas, los colores, todas las personas a las que describía con amor y con añoranza. Le dolía oírlo hablar de una nostalgia a través de la cual se entreveía la desesperación.

Al mismo tiempo, aquellos momentos le proporcionaban a Laila cierto respiro, aunque fuera transitorio. Por alguna razón, todo se apaciguaba y cesaba el caos. Se sentaban todos a escuchar a Vladek como si estuvieran en trance, se dejaban hechizar por su voz y sus anécdotas. Aquellas historias le daban a Laila la oportunidad de descansar.

Todo lo que Vladek describía sonaba como salido del mundo fantasioso de los cuentos. Hablaba de hombres capaces de andar por una cuerda tensada a mucha altura por encima del suelo, de princesas de circo capaces de hacer el pino a lomos de un caballo, de payasos que hacían reír a todo el mundo al rociarse con agua unos a otros, de cebras y elefantes que hacían cosas de las que nadie los habría creído capaces.

Y sobre todo, hablaba de los leones. Animales peligrosos y fuertes que le obedecían hasta cuando pestañeaba. A los que entrenaba desde que eran cachorros y que hacían cuanto él les pedía en la pista mientras el público contenía la respiración y esperaba que aquellas fieras se abalanzaran sobre él en cualquier momento y lo descuartizaran vivo.

Hora tras hora les hablaba de las personas y los animales del circo; de su familia, que había permitido que la emoción y la magia siguieran vivas durante generaciones. Pero en cuanto Vladek dejaba de hablar, la devolvía a una realidad que habría preferido olvidar por completo.

Lo peor era la incertidumbre. Era como si un león hambriento se paseara de un lado a otro a la espera de la siguiente presa. Las agresiones y los ataques eran siempre igual de inesperados, siempre llegaban de un lado distinto al que ella esperaba. Y, debido al cansancio, cada vez bajaba más la guardia.

—Madre mía, ¿pero qué hacéis? —Anna se rio a gusto al oír lo que le había ocurrido a Mellberg, que al final entró en calor y pudo ir con Patrik a la comisaría. Miró con curiosidad a Gunnar, al que Erica había descrito por teléfono con todo lujo de detalles. Le cayó bien en cuanto les abrió la puerta y saludó en primer lugar a los niños. Ahora Adrian le estaba ayudando a colgar un cuadro en la cocina, y el pequeño se mostraba radiante de alegría.

—¿Y cómo están? —dijo con un tono más serio—. Es terrible lo de Lasse. ¿Tienen idea de lo que ha podido pasar?

—Lo acaban de encontrar. Bueno, a él no, el coche y lo que parece ser el escenario de un asesinato. Los submarinistas ya están en camino, pero la cuestión es si encontrarán el cadáver o si lo habrá arrastrado la corriente.

—He llevado a las niñas al picadero y he visto allí a Tyra. Una chica estupenda. Y Terese también parece buena persona, aunque solo he hablado con ella en una ocasión. Pobrecillas...

Miró los bollos que Kristina acababa de poner en la mesa, pero no tenía ni apetito ni ganas de comer dulce.

—Oye, ¿tú comes como es debido? —dijo Erica con tono severo. Desde que eran pequeñas, Erica había ejercido con Anna más de madre que de hermana mayor, y no era capaz de abandonar del todo ese papel. Pero Anna había dejado de oponer resistencia. Sin las atenciones de Erica, no habría tenido fuerzas para superar todas las dificultades de la vida. Su queridísima hermana siempre estuvo a su lado, en las duras y en las maduras, y, en estos momentos, solo en su casa podía sentirse contenta y olvidarse un poco de los remordimientos.

—Tienes mala cara —continuó Erica, y Anna sonrió sin entusiasmo.

—Me encuentro bien, pero la verdad es que últimamente he estado fatal. Comprendo que es psicológico, pero no por ello tengo más apetito.

Kristina, que estaba trajinando delante de la encimera pese a que Erica le había dicho varias veces que por qué no se sentaba, se dio la vuelta y examinó a Anna con atención.

—Pues sí, Erica tiene razón. Tienes mala cara. Deberías comer y cuidarte más. En momentos de crisis es de lo más importante comer como es debido y dormir bien. ¿Tienes somníferos? Si no, te puedo dar un blíster de los míos. Sin dormir nada funciona, eso cae por su propio peso.

—Gracias, eres muy amable, pero es que no tengo ninguna dificultad para conciliar el sueño.

Era mentira. Pasaba casi todas las noches dando vueltas en la cama, mirando al techo y tratando de impedir que aflorasen los recuerdos. Pero no quería caer en la trampa de las pastillas y tratar de calmar con química una angustia cuya causa era ella misma. Quizá hubiera cierta dosis de autoflagelación en esa actitud, o un deseo de purgar los pecados.

—No sé si creerte, pero no te voy a dar la lata... —dijo Erica, aunque Anna sabía que eso, precisamente, era lo que pensaba hacer. Alargó el brazo en busca de un bollo para tranquilizarla, y Erica hizo lo propio.

—Claro, tú come, que en invierno viene bien una capa extra de grasa —dijo Anna alentándola con un gesto.

—Oye, oye —dijo Erica, y le apuntó con el bollo, como si fuera a arrojárselo a su hermana.

—Pero por Dios, no tenéis remedio... —Kristina soltó un suspiro y se puso a limpiar el frigorífico. Erica parecía querer impedírselo, pero comprendió que no podría ganar esa batalla.

—Por cierto, ¿cómo llevas el libro? —preguntó Anna, y se esforzó por tragarse un bocado que no hacía sino crecerle en la boca.

—No lo sé. Aquí hay tantas cosas raras que no sé por dónde empezar.

—Cuenta —dijo Anna, que tomó un trago de café para ver si así le pasaba la bola de harina que se le había formado en la boca. Se puso a escuchar boquiabierta mientras Erica la ponía al corriente de los sucesos de los últimos días.

—No sé cómo, pero tengo la impresión de que la historia de Laila guarda relación con la desaparición de las chicas. ¿Por qué, si no, iba a guardar todos esos recortes? ¿Y por qué accedió a verme el primer día que los periódicos escribieron sobre la desaparición de Victoria?

—¿No fue pura casualidad? —preguntó Anna, pero, por la cara que puso su hermana, supo cuál sería la respuesta.

—No, ahí hay una conexión. Laila sabe algo que no quiere contarnos. O bueno, sí, sí quiere, pero es como si no pudiera. Creo que por eso accedió por fin a verme, para tener a alguien a quien confiarse. Pero no he conseguido hacer que se sienta lo bastante segura como para que me cuente su secreto. —Erica se pasó la mano por la melena con un gesto de frustración.

—Qué barbaridad, es un milagro que la mitad de lo que hay aquí dentro no haya salido reptando hace tiempo —dijo Kristina con la cabeza dentro del frigorífico. Erica miró a

Anna como diciendo que no pensaba dejarse provocar, sino que se limitaría a dejar pasar la intervención de salvamento.

—Puede que antes tengas que averiguar más cosas por tu cuenta —sugirió Anna. Ya había abandonado todo intento de tragarse el bollo de canela y solo bebía café.

—Lo sé, pero mientras Laila no diga nada, es casi imposible. Todos los implicados han desaparecido. Louise está muerta, igual que la madre de Laila; Peter tampoco está, y puede que haya muerto también. La hermana de Laila parece no saber nada. No hay con quién hablar, puesto que todo sucedió entre aquellas cuatro paredes.

—¿Cómo murió Louise?

—Se ahogó. Ella y otra chica, que era hija de acogida en la misma familia fueron un día a bañarse y no volvieron a casa. Encontraron la ropa encima de una roca, pero los cadáveres no aparecieron jamás.

—¿Has hablado con los padres de acogida? —preguntó Kristina desde detrás de la puerta del frigorífico, y Erica dio un respingo.

—Pues no, ni se me había ocurrido. No tenían ninguna relación con lo que pasó en la familia Kowalski.

—Pero puede que Louise se lo contara a ellos o a alguno de los otros niños de acogida.

—Pues sí... —dijo Erica. De pronto se sintió un poco tonta al ver que su suegra tenía que sugerirle algo tan obvio.

—Pues a mí me parece muy buena la idea de Kristina —se apresuró a decir Anna—. ¿Dónde viven?

—En Hamburgsund, así que podría acercarme, claro.

—Nosotros nos quedamos con los niños, puedes ir ahora —dijo Kristina.

Anna se mostró de acuerdo.

—Sí, yo también puedo quedarme un rato. Los primos se lo pasan muy bien juntos, y no tengo prisa por volver a casa.

—¿Seguro? —Erica ya se había puesto de pie—. Aunque será mejor que llame primero para ver si les va bien que me presente, ¿no?

—Anda, vete ya —dijo Anna animándola con la mano—. Seguro que se me ocurre algo que hacer aquí, con el desorden que tenéis...

Erica se lo premió sacándole el dedo.

Patrik estaba delante de la pizarra de la cocina. Había demasiados cabos sueltos y sentía la necesidad de estructurar todo lo que había que hacer. Quería llegar a la reunión de Gotemburgo debidamente preparado y, en su ausencia, debían seguir adelante con la investigación de la muerte probable de Lasse. Estaba estresado y se dijo que debía relajar los hombros y respirar hondo. Se había llevado un buen susto un par de años atrás cuando el cuerpo le envió una señal y sufrió un colapso. Se había convertido en una alarma. Tarde o temprano se le apagaba la energía, por más que le gustara su trabajo.

—Nos enfrentamos a dos investigaciones —dijo—. Y he pensado que podemos empezar por Lasse. —Escribió «LASSE» con mayúsculas y lo subrayó.

—He estado hablando con Torbjörn, que ha hecho lo que ha podido —dijo Martin.

—Sí, ya veremos lo que sacan en claro... —A Patrik le costaba dominarse al pensar en cómo había contaminado su jefe el lugar de los hechos. Por suerte, se había ido a casa a meterse en la cama, así que hoy, al menos, no podría seguir saboteando la investigación.

—Terese nos ha dado su permiso para que le tomemos una muestra de sangre al mayor de sus hijos. En cuanto la tengamos, podrán compararla con la sangre del embarcadero —añadió Martin.

—Estupendo. No podemos asegurar que sea la sangre de Lasse la que vayamos a encontrar, pero propongo que, por ahora, partamos de la hipótesis de que a Lasse lo mataron allí, al lado del muelle.

—Estoy de acuerdo —dijo Gösta.

Patrik miró a los demás: todos estaban de acuerdo.

—Le he pedido a Torbjörn que examine también el coche de Lasse —dijo Martin—. Por si Lasse y su asesino llegaron juntos. Los técnicos obtuvieron también algunas rodadas arriba, en el aparcamiento. Estaría bien tenerlas para compararlas, por si hubiera que demostrar que alguien estuvo allí.

—Bien pensado —dijo Patrik—. Todavía no nos han llegado las listas de las llamadas al móvil, pero hemos tenido más suerte con el banco, ¿no, Gösta?

Gösta carraspeó.

—Sí, Annika y yo hemos revisado los extractos bancarios de Lasse, y ha estado efectuando ingresos de cinco mil coronas. Y según dijo Terese, su hija, había encontrado en casa un escondite donde Lasse guardaba cinco mil coronas de vez en cuando. Supongo que las metía allí mientras se le presentaba la oportunidad de ingresarlas en el banco.

—¿Tenía alguna idea de dónde sacaba el dinero? —preguntó Martin.

—No. Y yo creo que decía la verdad.

—Ella sospechaba que Lasse le ocultaba algo —dijo Patrik—. Lo que tenemos que averiguar es de dónde procedía ese dinero y qué pagaban con él.

—El hecho de que fuera una cantidad tan concreta y siempre la misma podría indicar chantaje, ¿no? —dijo Paula desde la puerta. Annika le había preguntado si no prefería sentarse a la mesa, pero Paula le dijo que debía estar cerca de la puerta para salir ya si Lisa se despertaba y Rita la llamaba.

—¿Qué quieres decir? –preguntó Gösta.

—Pues que si fuera dinero procedente del juego, por ejemplo, no habría sido siempre la misma cantidad. Y lo mismo podría decirse si fuera dinero de algún trabajo extra, que le pagarían por horas, con toda probabilidad, y no habría generado siempre la misma suma. En el caso de un chantaje, en cambio, sería más lógico que le pagaran lo mismo con regularidad.

—Puede que Paula tenga razón –dijo Gösta–. Es posible que Lasse estuviera chantajeando a alguien, y que ese alguien se hartara.

—La cuestión es averiguar de qué se trataba. Parece que la familia no sabe nada, así que tendremos que ampliar el círculo y hablar con los conocidos de Lasse, a ver si alguien sabe algo. –Patrik reflexionó unos instantes y añadió–: Habrá que preguntar también entre los vecinos, que son los míos, claro, por las casas de la carretera que conduce a Sälvik. Averiguad si han visto algún coche ir hasta la zona de baño del embarcadero. En esta época del año apenas hay tráfico, pero gente curiosa detrás de las cortinas siempre hay.

Anotó las tareas en la pizarra. Había que distribuirlas, pero por el momento lo que más le urgía era poner por escrito todo lo que había que hacer.

—De acuerdo, pues vamos a casa de Victoria. Mañana tenemos la reunión conjunta en Gotemburgo, con todos los implicados. Por cierto, Annika, gracias por organizarlo.

—No hay de qué. Tampoco ha sido difícil. Todo el mundo se mostró interesado, más bien se preguntaban cómo era que no se le había ocurrido a nadie mucho antes.

—Más vale tarde que nunca. ¿Qué novedad tenemos?

—Bueno –dijo Gösta–, lo más interesante, creo yo, es que, según Ricky, el hermano de Victoria, esta tuvo una relación con Jonas Persson.

—Aparte de Ricky, ¿ha confirmado alguien más esa información? –preguntó Martin–. ¿Y qué ha dicho Jonas?

—Pues no, nadie. Y Jonas lo niega, claro. Pero yo creo que no dice la verdad. Pensaba indagar un poco entre las chicas de la escuela de equitación. Ese tipo de cosas no se pueden mantener totalmente en secreto.

—¿Has hablado también con su mujer? –preguntó Patrik.

—Prefiero evitarlo hasta que sepamos más. Si al final resulta que no es verdad, se armará la gorda.

—Sí, claro, tienes razón. Pero tarde o temprano tendremos que hablar con ella también.

Paula carraspeó un poco para llamar la atención.

—Perdonad, pero no entiendo muy bien qué interés tiene eso para la investigación. Estamos buscando a alguien que ha secuestrado a chicas también en otras partes de Suecia, no solo aquí, ¿no?

—Bueno –dijo Patrik–. Si Jonas no tuviera coartada para el día de la desaparición de Victoria, ¿habría podido ser él igual que cualquier otra persona? Pero ahora puede que resulte que la chica no mantenía ninguna relación con él, sino con otra persona que, además, fue quien se la llevó. Lo que tenemos que averiguar es cómo entró Victoria en contacto con la persona que la secuestró, qué aspecto de su vida la hacía vulnerable. Puede ser cualquier cosa. Y sabemos que alguien vigilaba la casa. Si era el secuestrador, pudo tenerla vigilada un tiempo, lo cual implica que pudo hacer lo mismo con las otras chicas. Es posible que haya algo en la vida privada de Victoria que la convirtiera en candidata.

—Además, había recibido algunas cartas, con mensajes nada agradables, por cierto –dijo Gösta, y se volvió hacia Paula–. Ricky las encontró, pero, por desgracia, se deshizo de ellas. Le preocupaba que las encontraran sus padres.

—Ya, claro –dijo Paula–. Tiene su lógica.

—¿Cómo va el tema de la colilla? —preguntó Martin.

—Nada todavía —dijo Patrik—. Y, para que sea útil, necesitamos a alguien con quien compararlo. ¿Qué más tenemos? —dijo, y miró a su alrededor. Tenía la sensación de que las preguntas no hacían más que aumentar.

Al ver a Paula recordó de pronto que ella y Martin le habían comentado que tenían algo que decirles en la reunión. Efectivamente, a Martin parecía que le estuviera pinchando la silla, y Patrik le indicó con una señal que comenzara.

—Bueno —dijo Martin—. Paula se ha pasado un tiempo diciendo que había algo en las lesiones de Victoria, o más bien en lo de la lengua, que le resultaba familiar.

—Ya, de ahí las horas que has pasado en el archivo. —Patrik empezó a sentir curiosidad al ver que Paula se ponía colorada.

—Sí, pero estaba equivocada. Lo que buscaba no estaba en el archivo, aunque sabía que lo había visto en algún sitio. —Se levantó y se colocó al lado de Patrik, para que no tuvieran que estar girando la cabeza hacia la puerta.

—Y creías que había sido en una investigación antigua —dijo Patrik, con la esperanza de que Paula fuese al grano cuanto antes.

—Exacto. Y, en el despacho de Martin, cuando me puse a mirar sus libros, caí en la cuenta. Era un caso sobre el que había leído en *Historia criminal nórdica*.

Patrik notó que se le aceleraba el pulso.

—Continúa —dijo.

—Hace veintisiete años, una noche de un sábado del mes de mayo, la joven Ingela Eriksson, recién casada, desapareció de su casa de Hultsfred. Solo tenía diecinueve años, y su marido se convirtió enseguida en sospechoso, puesto que lo habían acusado de maltratar tanto a varias novias anteriores como a Ingela. Hubo un despliegue policial enorme y su desaparición recibió mucha atención en la prensa, porque por esa época los periódicos de la tarde escribían mucho sobre violencia de género. Y cuando encontraron muerta a Ingela en una zona boscosa que había detrás de la casa de la pareja, fue el golpe final para el marido. Constataron que llevaba muerta un tiempo, pero el cadáver estaba en tan buen estado que pudieron comprobar que la habían torturado brutalmente. Al marido lo condenaron por el asesinato, pero él siguió asegurando que era inocente hasta que murió en la cárcel cinco años después. Lo mató otro recluso en una pelea por una deuda de juego.

—¿Y cuál es la conexión? —dijo Patrik, aunque ya adivinaba lo que iba a oír.

Paula abrió el libro que tenía en la mano y señaló el fragmento que describía las lesiones de Ingela. Patrik bajó la vista y lo leyó. Eran exactamente las mismas lesiones que presentaba Victoria.

—¿Qué? —Gösta le arrancó el libro de las manos y lo leyó rápidamente—. Joder.

—Pues sí, como mínimo —dijo Patrik—. Parece que nos las vemos con un asesino que lleva en activo mucho más de lo que pensábamos.

—O es un imitador —dijo Martin.

Todos se quedaron sin palabras.

Helga miraba de reojo a Jonas, que estaba sentado en la cocina. En el piso de arriba oía a Einar protestar y gruñir en la cama.

—¿Qué quería la policía?

—Nada, Gösta, que quería preguntarme una cosa —dijo Jonas, y se pasó la mano por la cara.

Helga notó que se le hacía un nudo en el estómago. La preocupación había ido creciendo los últimos meses y, a aquellas alturas, era tal la ansiedad que sentía que casi le faltaba el aire.

—¿El qué? —insistió.

—Nada de particular. Una cosa sobre el robo.

La hirió el tono arisco de su voz. Su hijo no solía ser tan cortante. Aunque era cierto que tenían un pacto y que había ciertas cosas de las que no hablaban, Jonas nunca había utilizado ese tono con ella. Helga se miró las manos. Las tenía arrugadas y agrietadas, con el dorso lleno de manchas. Eran las manos de una anciana, las manos de su madre. ¿Cuándo se habían transformado así? No lo había pensado hasta ese momento, allí, en la cocina, mientras el mundo que con tanto cuidado había construido empezaba a desmoronarse lentamente. No podía permitir que ocurriera.

—¿Qué tal está Molly? —dijo cambiando de tema. Le costaba ocultar su disgusto. Jonas no permitía la menor crítica de su hija, pero a Helga le entraban a veces unas ganas terribles de echarle un rapapolvo a aquella chiquilla tan consentida, hacer que comprendiera la suerte que tenía, lo privilegiada que era.

—Está bien —respondió Jonas, ya con mejor cara.

Helga notó una punzada en el corazón. Sabía que no era razonable sentir celos de Molly, pero, de todos modos, le habría gustado que Jonas la hubiera mirado con el mismo amor con el que miraba a Molly.

—El sábado tiene competición. —Evitó la mirada de su madre.

—¿De verdad que vais a ir? —dijo Helga con un tono de súplica en la voz.

—Marta y yo estamos de acuerdo.

—¡Marta esto y Marta lo otro! Quisiera que no os hubierais conocido nunca. Deberías haber seguido con Terese. Era una buena chica. Y todo habría sido diferente.

Jonas la miró estupefacto. Jamás había oído a su madre levantar la voz. Al menos, no desde que él era pequeño. Helga comprendía que debería callar y seguir viviendo del modo que le había permitido aguantar todos aquellos años, pero era como si una fuerza extraña se hubiera apoderado de ella.

—¡Ella te ha destrozado la vida! Se metió en nuestra familia y se ha alimentado como un parásito a tu costa, a nuestra costa, nos ha...

—¡Zas! —La bofetada la hizo callar, y se llevó la mano a la mejilla. Le escocía mucho, y se le llenaron los ojos de lágrimas. No solo por el dolor. Sabía que había sobrepasado un límite y que no había vuelta atrás.

Sin mirarla siquiera, Jonas salió de la cocina y, cuando Helga oyó el portazo, comprendió que ya no podría permitirse seguir callada. Eso se había terminado.

—¡Venga, chicas, más atentas! —La irritación se propagaba por la escuela de equitación. Todas las chicas estaban en tensión, y eso era lo que quería Marta. Sin un mínimo de miedo, no aprendían nada de nada.

—¿Qué crees que estás haciendo, Tindra? —Miró a la chica rubia que se esforzaba por saltar uno de los obstáculos.

—*Fanta* no quiere. No para de morder el freno.

—Tú eres la que manda, no el caballo. No lo olvides.

Marta se preguntaba cuántas veces no les habría dicho aquello. Miró a Molly, que mantenía a *Scirocco* totalmente bajo control. No tenía mala pinta. Después de todo, estaban bien preparadas.

En ese momento, *Fanta* volvió a resistirse por tercera vez y a Marta se le estaba agotando la paciencia.

—No me explico qué os pasa hoy. Si no os concentráis, paro la clase ahora mismo. —Vio con satisfacción que las chicas se ponían blancas como la cera. Frenaron un poco, se dirigieron al centro y se detuvieron delante de Marta.

Una de las chicas carraspeó un poco.

—Perdón, pero es que nos hemos enterado de lo que ha pasado con el padre de Tyra... Bueno, con el padrastro.

Así que aquella era la explicación de que hubiera tanto nerviosismo en el grupo. Debería haberlo imaginado, pero en cuanto entraba en la escuela de equitación, se le olvidaba el resto del mundo. Era como si todos los pensamientos, todos los recuerdos se anularan. Solo quedaba el olor a caballo, sus sonidos, el respeto con que la recibían los animales, un respeto mucho mayor que el que le mostraban los seres humanos. Y las primeras, aquellas niñas.

—Lo que ha ocurrido es terrible, y comprendo perfectamente que estéis tristes por Tyra, pero eso aquí no tiene nada que ver. Si no conseguís dejar de pensar en todo lo que no esté ocurriendo aquí en estos momentos, ya podéis desmontar y marcharos.

—A mí no me cuesta nada concentrarme. ¿No has visto cuando hemos saltado el obstáculo más alto? —dijo Molly.

Las demás chicas no pudieron evitar levantar la vista al cielo. La hija de Marta carecía por completo del sentido de lo que se podía decir y lo que solo había que pensar, lo cual resultaba bastante llamativo. Marta, en cambio, siempre había dominado ese arte. Las palabras, una vez pronunciadas, no se podían retirar; una falsa impresión resultaba difícil de reparar, y no comprendía cómo Molly podía tener tan poco tacto.

—¿Y quieres una medalla o qué? —dijo.

Molly se entristeció, y Marta advirtió que las demás trataban de ocultar su alegría. Y eso era precisamente lo que pretendía. Molly nunca sería una ganadora de verdad si no abrigaba cierto deseo de revancha. Eso era lo que Jonas no comprendía. Él le daba el gusto siempre, la mimaba y malograba con ello sus posibilidades de convertirse en una superviviente.

—Estoy pensando que vas a cambiar de caballo un rato, Molly. Ya veremos si te sigue yendo tan bien o si es mérito del caballo.

Parecía que Molly iba a protestar, pero se contuvo. Seguro que aún tenía en mente la competición a la que no había podido ir y no quería perder la oportunidad de presentarse a la próxima. Por el momento, sus padres tenían poder para decidir sobre ella, y lo sabía.

—¿Marta? —Se volvió al oír la voz de Jonas desde las gradas. Le hizo una seña para que se acercara, y ella se apresuró al verle la expresión de la cara.

—Seguid vosotras, ahora vengo —les dijo a las chicas, y subió la escalera en dirección a Jonas.

—Hay una cosa de la que tenemos que hablar —dijo mientras se frotaba una de las manos.

—¿No podemos dejarlo para luego? Estoy en plena clase —dijo Marta, aunque sabía por su cara cuál iba a ser la respuesta.

—No, tiene que ser ahora.

Salieron de la pista. Marta oía a su espalda el ruido de los caballos.

Erica giró delante de la cafetería de Hamburgsund. El camino desde Fjällbacka era precioso, y había disfrutado de un rato de tranquilidad en el coche. Cuando llamó a los Wallander para explicarles el motivo de su visita, ellos dudaron al principio. Hablaron entre sí un rato mientras Erica esperaba al teléfono oyendo el débil murmullo. Al final, accedieron a verla, pero no en casa, sino en un café del centro.

Los vio nada más entrar y se acercó rápidamente a su mesa. Ellos se levantaron y la saludaron un tanto avergonzados. Tony, el hombre de la casa, era alto y fuerte, tenía unos tatuajes enormes en la parte interior de los brazos y llevaba camisa de cuadros y pantalón azul de trabajo. En cambio Berit, su mujer, era diminuta, aunque se la veía musculosa y fuerte, y con la cara curtida.

—Vaya, ya habíais pedido. Y yo que pensaba invitar... —dijo Erica señalando las tazas de café. Al lado había un plato con dos pastelitos de mazapán a medio comer.

—Sí, es que hemos llegado un poco antes de tiempo —dijo Tony—. Y no tenías por qué invitarnos.

—Pero a ti seguro que te apetece un café, ¿por qué no vas y te pides uno? —dijo Berit con tono amable.

A Erica aquellas personas le gustaron en el acto de forma instintiva. Auténticas, esa fue la primera palabra que se le vino a la cabeza para describirlas. Se acercó a la caja, pidió un café y un bollo de crema y fue a sentarse con ellos.

—Por cierto, ¿por qué queríais que nos viéramos aquí? Habría podido ir con el coche hasta vuestra casa, así os ahorrabais el paseo —dijo, y dio un mordisco al bollo de crema, que tenía un sabor delicioso a dulce recién hecho.

—Bueno, nos pareció que no era del todo adecuado —respondió Berit mirando el mantel—. Lo tenemos todo desordenado, hecho un lío... No podíamos invitar a alguien como tú.

—Pero mujer, ¿por qué? —dijo Erica. Ahora le tocaba a ella sentirse mal. Detestaba la sensación de que la trataran de un modo distinto, como si valiera más solo porque de vez en cuando aparecía en la tele y en los periódicos.

—¿Qué querías saber de Louise? —preguntó Tony, dándole así la oportunidad de olvidar aquella situación tan embarazosa.

Erica lo miró aliviada y, antes de responder, tomó un sorbo de café. Estaba fuerte, muy rico.

—Pues veréis, lo primero que quería preguntaros es por qué os hicisteis cargo de ella vosotros, mientras que su hermano se quedó con la abuela.

Berit y Tony se miraron como para ver quién respondía a la pregunta. Al final, respondió Berit.

—La verdad es que nunca supimos con certeza por qué la abuela no se quedó con los dos nietos. Puede que fuera demasiada carga para ella. Además, Louise había salido peor parada que su hermano. En cualquier caso, nos llamaron de las oficinas municipales para avisarnos de que una niña de unos siete años necesitaba con urgencia un nuevo hogar, y que había sufrido un trauma. Nos la trajeron directamente del hospital, y el asistente social nos dio más detalles de las circunstancias después.

—¿Cómo estaba Louise cuando llegó a vuestra casa?

Tony juntó las manos encima de la mesa y se inclinó. Fijó la vista en un punto lejano, como si hubiera viajado atrás en el tiempo, hasta el día en que recibieron a Louise.

—Parecía un palillo de lo delgada que estaba y tenía todo el cuerpo lleno de cardenales y de heridas. Pero en el hospital la habían lavado y le habían cortado el pelo, así que no tenía un aspecto tan asilvestrado como en las fotos que le hicieron cuando la encontraron.

—Era una niña muy bonita, monísima —dijo Berit.

Tony asintió.

—Sí, desde luego, decir lo contrario sería mentir. Pero le hacía falta comer un poco y recuperarse, tanto física como psíquicamente.

—¿Y cómo era su carácter?

—Era callada. Tardamos varios meses en sonsacarle algo. Se pasaba los días observándonos sin decir nada.

—¿No decía nada de nada? —Erica se preguntó si no debería estar tomando notas, pero decidió que sería mejor escuchar con atención y luego escribirlo todo de memoria. A veces se le escapaban los matices cuando anotaba al mismo tiempo que hablaban los entrevistados.

—Bueno, alguna palabra que otra. Gracias, sed, cansada... Cosas así.

—Pero con Tess sí hablaba —intervino Berit.

—¿Con Tess? ¿La otra niña que vivía con vosotros?

—Sí, Tess y Louise congeniaron en el acto —dijo Tony—. A través de la pared las oíamos hablar por las noches. Así que supongo que con quien no quería hablar era con nosotros. Louise nunca hacía nada que no quisiera hacer.

—¿Qué quieres decir? ¿Era desobediente?

—Bueno, no exactamente, en cierto modo, era una buena niña. —Tony se rascó la calva—. No sé cómo describirlo, la verdad. —Miró a Berit indeciso.

—Nunca llevaba la contraria, pero si le pedías que hiciera algo que no quería hacer, se daba media vuelta y se iba. Y no importaba cuánto le riñeras, simplemente, le resbalaba. Por otro lado, no era nada fácil ser tan duro como habría hecho falta con alguien que había pasado lo que había pasado Louise.

—Sí, pobrecilla, te desgarraba el corazón. —A Tony se le entristeció la mirada—. ¿Quién puede tratar así a una niña?

—¿Se volvió más habladora después? ¿Os contó algo de sus padres o de lo ocurrido?

—Pues sí, cada vez nos contó más —dijo Berit—. Aunque lo que se dice habladora no llegó a ser nunca. Rara vez hablaba por iniciativa propia. Respondía cuando te dirigías a ella, pero evitaba mirar a los ojos al interlocutor, y nunca se confió a nosotros. Puede que a Tess le contara más acerca de lo que le había ocurrido. No me extrañaría, la verdad. Era como si las dos vivieran en un mundo propio.

—¿Cuáles eran los antecedentes de Tess? ¿Por qué se convirtió en niña de acogida? —Erica engulló lo que le quedaba del bollo.

—Se quedó huérfana y había tenido una infancia horrible —dijo Tony—. Al padre nunca lo conoció, por lo que sabemos. Y la madre era drogadicta y murió de sobredosis. Tess llegó a nuestra casa poco antes que Louise. Tenían la misma edad y casi parecían hermanas. Nos alegraba tanto pensar que se tenían la una a la otra... Las dos nos ayudaban mucho con los animales, y nos venía muy bien. Tuvimos unos años de mala suerte con varios animales enfermos y más de una cosa que se torció en la granja. Un par de manos dispuestas a ayudar valían su peso en oro, y tanto Berit como yo pensamos que el trabajo es una buena forma de curar el alma. —Tony apretó la mano de su mujer. Intercambiaron una sonrisa y Erica se enterneció al comprobar que, a pesar de los muchos años que llevaban juntos, los unía un amor cotidiano, pero intenso. Así quería que fueran las cosas entre ella y Patrik, y así creía que llegarían a ser.

—También jugaban mucho —añadió Berit.

—Sí, claro, el circo —dijo Tony, y se le iluminaron los ojos ante el recuerdo—. Era su distracción favorita, jugar al circo. El padre de Louise era artista de circo y, seguramente, eso puso en marcha la imaginación de las chicas. Hicieron una pequeña pista en el cobertizo y se dedicaban a practicar todo tipo de trucos. Una vez entré y sorprendí a las muy locas tratando de practicar equilibrio caminando sobre una cuerda que habían tensado allí dentro. Es verdad que había paja debajo, pero podrían haberse lastimado de lo lindo, así que tuvimos que prohibírselo. ¿Te acuerdas, Tony, de cuando las niñas querían caminar por la cuerda floja?

—Sí, madre mía, a veces se les ocurrían unas ideas... Y les gustaban mucho los animales. Recuerdo una ocasión en que una de nuestras vacas se puso enferma y las dos niñas se pasaron la noche despiertas, hasta que el animal murió al alba.

—¿Nunca os causaron problemas?

—No, ellas dos, nunca. Tuvimos otros niños que iban y venían, y que sí eran problemáticos. Tess y Louise se portaban bien. A veces tenía la sensación de que estaban un poco alejadas de la realidad, y nunca llegamos a intimar con ellas, pero parecían estar bien, sentirse seguras con nosotros. Incluso dormían juntas. Cuando me asomaba a verlas, siempre las encontraba durmiendo abrazadas. –Berit sonrió.

–¿La abuela de Louise venía a verla?

–Sí, vino una vez. Yo creo que Louise tenía entonces diez años... –Miró a su marido, que le confirmó el dato.

–¿Y cómo fue la visita? ¿Qué pasó?

–Fue... –Berit miró otra vez a Tony, que se encogió de hombros y continuó en su lugar.

–No pasó nada de particular. Estuvieron en la cocina, y Louise no dijo una palabra. La abuela tampoco habló demasiado. Prácticamente se limitaron a mirarse todo el rato. Y, si no recuerdo mal, Tess daba vueltas delante de la cocina, un tanto enfurruñada. La abuela de Louise insistió en verla a solas, pero yo me empeñé en estar presente. A aquellas alturas, Louise llevaba tres años en nuestra casa. Éramos responsables de ella y yo no tenía ni idea de cómo reaccionaría al ver a su abuela. Aquella visita debió de traerle a la memoria malos recuerdos, pero lo cierto es que no se le notó nada. Simplemente, se quedaron allí sentadas. Si quieres que sea sincera, no sé para qué vino aquella mujer.

–¿Peter no fue con ella?

–¿Peter? –dijo Tony–. ¿Te refieres al hermano pequeño de Louise? No, solo vino la abuela.

–¿Y Laila? ¿Llamó alguna vez para hablar con Louise?

–No –respondió Berit–. Jamás supimos nada de ella. La verdad, no me lo explico. ¿Cómo podía ser tan fría y no interesarse siquiera por cómo estaba su hija?

–Y Louise, ¿preguntó por ella alguna vez?

–No, nunca. Ya digo que apenas hablaba de su pasado, y nosotros tampoco la presionábamos. Estábamos en contacto con un psicólogo infantil que nos recomendó que dejáramos que hablase a su ritmo. Claro que algunas preguntas hicimos, por supuesto. Pero queríamos saber cómo estaba, claro.

Erica asintió y se caldeó las manos con la taza de café. Cada vez que abrían la puerta de la cafetería, entraba un viento que le helaba los huesos.

—¿Qué pasó después, el día en que desaparecieron? —preguntó con tono discreto.

—¿Tienes frío? Si quieres, te dejo mi rebeca —dijo Berit, y Erica comprendió que aquella pareja le hubiera abierto su hogar a tantos niños durante todos aquellos años. Los dos parecían bellísimas personas.

—No, gracias, no hace falta —dijo Erica—. Pero ¿os encontráis con fuerzas para hablar de ese día?

—Sí, ya han pasado tantos años... —respondió Tony. Erica vio que se ponían tristes al recordar aquel día funesto de verano. Había leído lo sucedido en los informes policiales, pero era muy distinto oírselo contar en persona a quienes lo habían vivido.

—Fue un miércoles del mes de julio. Bueno, aunque el día de la semana no tiene la menor importancia, claro... —A Tony se le quebró la voz, y Berit le puso la mano en el brazo. Él carraspeó un poco antes de continuar—. Las niñas dijeron que iban a bañarse. No nos preocupamos lo más mínimo, solían ir solas a nadar. A veces se pasaban todo el día fuera, pero siempre volvían a casa por la tarde, cuando empezaban a tener hambre. Sin embargo, aquel día no fue así. Las esperamos horas y horas, pero no llegaban. Y hacia las ocho de la tarde, empezamos a comprender que algo había pasado. Salimos a buscarlas y, como no las encontramos, llamamos a la policía. Hubo que esperar a la mañana siguiente, entonces encontraron su ropa en unas rocas.

—¿Quién la encontró? ¿Vosotros o la policía?

—La policía había organizado una batida y fue uno de los voluntarios quien la encontró. —Berit dejó escapar un sollozo.

—Debió de llevárselas la corriente, que por allí es muy fuerte. Nunca encontraron los cadáveres... Una tragedia horrible. —Tony bajó la vista, se notaba perfectamente lo mucho que aquel suceso les había afectado a los dos.

—¿Qué ocurrió después? —A Erica se le encogía el corazón, solo de imaginarse la lucha de las dos pequeñas contra las olas.

—La policía investigó el suceso y llegó a la conclusión de que se había tratado de un accidente. Nosotros... Bueno, nos sentimos culpables mucho tiempo. Pero, después de todo, las niñas tenían ya quince años y, por lo general, sabían cuidar de sí mismas. Con el tiempo hemos comprendido que no fue culpa nuestra. Nadie habría podido prever lo que iba a ocurrir. Aquellas dos niñas habían pasado prisioneras mucho tiempo, y nosotros las dejamos que anduvieran en libertad desde que vinieron a vivir a casa.

—Muy sensato —dijo Erica, y se preguntó si los niños de acogida que habían pasado por la casa de Berit y Tony eran conscientes de la suerte que habían tenido.

Se levantó y les estrechó la mano.

—Gracias por acceder a hablar conmigo. Os agradezco muchísimo vuestro tiempo, y siento haberos traído a la memoria algunos recuerdos dolorosos.

—Bueno, también nos has traído algunos recuerdos maravillosos —dijo Berit, y le dio un cariñoso apretón de manos a Erica—. Hemos tenido la suerte de ocuparnos de muchos niños a lo largo de los años, y todos han dejado su huella. Tess y Louise eran especiales, y no las hemos olvidado.

Era tal el silencio que reinaba en la casa... Como si estuviera llena del vacío que había dejado Victoria, como si ese vacío los colmara también a ellos y amenazara con hacerlos estallar por dentro.

Hacían torpes intentos por compartir el dolor, empezaban a hablar de Victoria, pero se interrumpían en medio de la frase y dejaban las palabras en el aire. ¿Cómo iba a volver a ser la vida como antes?

Ricky sabía que era cuestión de tiempo que la policía volviera a llamar a su puerta. Gösta ya lo había hecho, para comprobar por segunda vez que no habían visto a nadie sospechoso por las inmediaciones poco antes de la desaparición de Victoria. Al parecer, los habían informado de que alguien estuvo vigilando la casa por entonces. Ricky comprendía que también querrían hablar con sus padres y preguntarles si estaban al corriente de la relación entre Victoria y Jonas, o de las cartas que él había encontrado. En cierto modo, sería un alivio. Había sido un tormento cargar solo con ese secreto en medio de todo aquel dolor, consciente de que sus padres no lo sabían todo.

—¿Me pasas las patatas? —Su padre alargó el brazo sin mirarlo a la cara, y Ricky le dio la olla.

Aquel era el único tipo de conversación que mantenían: sobre cosas prácticas y cotidianas.

—¿Quieres zanahorias? —Su madre se las pasó. Se rozaron las manos, y ella se sobresaltó como si se hubiera quemado. Era tal el dolor que apenas soportaban tocarse.

Contempló a sus padres frente a él, sentados a la mesa de la cocina. Su madre había preparado la cena, pero sin cariño, y tenía un aspecto tan insulso como su sabor. Comieron en silencio, cada uno pensando en lo suyo. La policía no tardaría en venir a romper aquel silencio, y Ricky sabía que tendría que contarlo todo. Tomó impulso.

—Tengo que contaros una cosa. Es sobre Victoria...

Se detuvieron de pronto a mitad del movimiento y levantaron la vista. Lo miraron como hacía mucho que no lo miraban. El corazón empezó a latirle desbocado en el pecho, se le secó la boca, pero se obligó a continuar. Y les habló de Jonas, de la discusión en la escuela, de cómo Victoria salió corriendo aquel día, de las cartas que había encontrado, de aquellas palabras y aquellos insultos tan feos.

Ellos lo escucharon con atención, y luego su madre bajó la vista. Pero Ricky alcanzó a ver un brillo extraño en sus ojos. Le llevó un instante comprender lo que significaba.

Su madre ya lo sabía.

—Pero, entonces, no mató a su mujer, ¿no? ¿O sí la mató? —Rita fruncía el entrecejo mientras escuchaba a Paula con atención.

—Lo condenaron por el asesinato, pero él siempre sostuvo que era inocente. No he logrado dar con nadie que trabajara en ese caso, pero sí me han enviado por fax parte del material de investigación, y he leído algunos artículos de prensa. Y, en realidad, las pruebas no eran más que indicios.

Paula iba y venía por la cocina tratando de calmar a Lisa mientras hablaba. En aquellos momentos, la pequeña estaba tranquilísima, pero esa circunstancia cambiaría de inmediato si a Paula se le ocurría pararse. Se preguntaba cuándo había sido la última vez que había comido sentada.

Johanna le lanzó una mirada y Paula pensó para sus adentros que quizá ya le tocaba a ella pasearse con la niña. Nada indicaba que fuera más apta para ese cometido por el simple hecho de haberla traído al mundo.

—¡Que te sientes te digo! —rugió Johanna a Leo, que se empecinaba en levantarse en la trona entre cucharada y cucharada.

—Madre mía, si yo hiciera lo mismo mientras como estaría hecho una sílfide —constató Mellberg, y le lanzó un guiño a Leo.

Johanna soltó un suspiro.

—Bertil, por favor, ¿tienes que apoyarlo encima? Ya es bastante difícil educarlo para que vengas tú y le des ánimos.

—Vamos, pero ¿qué importancia tiene que el niño haga un poco de ejercicio entre bocado y bocado? Todos deberíamos hacer lo mismo. Mira. —Mellberg se llevó un bocado a lo boca, se puso de pie, se sentó y repitió la operación. Leo se moría de risa.

—¿Por qué no le dices algo? —Johanna se volvió hacia Rita con expresión suplicante.

Paula notaba el cosquilleo en el estómago. Sabía que Johanna se pondría furiosa, pero al final no pudo contener más la risa. Se echó a reír hasta que se le saltaron las lágrimas, y casi creyó ver que Lisa también se reía. Rita tampoco pudo contenerse y, animados por la respuesta del público, Leo y Mellberg empezaron a sentarse y a levantarse a un tiempo.

—¿Qué habré hecho en otra vida para dar con una pandilla como esta? —suspiró Johanna, a pesar de que también a ella empezaba a contagiársele la risa—. Bueno, pues vale, haced lo que queráis. De todos modos, yo ya he abandonado la esperanza de que este niño llegue a funcionar como adulto. —Muerta de risa, se inclinó y le dio a Leo un beso en la mejilla.

—Yo quiero saber más sobre ese asesinato —dijo Rita cuando las risas se habían calmado—. Si no había pruebas, ¿cómo es que lo condenaron? En Suecia no meten a la gente en la cárcel por cosas que no ha hecho, ¿verdad?

Paula sonrió ante la ingenuidad de su madre. Desde que llegaron de Chile en la década de los setenta, Rita empezó a profesar por Suecia una adoración de la que el país no siempre era digno. Además, había adoptado todas las tradiciones suecas y las celebraba con una pasión que hasta los Demócratas de Suecia habrían encontrado exagerada. Los demás días, Rita cocinaba platos típicos de su país, pero en el solsticio de verano, por ejemplo, era difícil encontrar en el frigorífico otra cosa que arenque.

—Bueno, ya te digo que había indicios, o sea, cosas que apuntaban a que él era el culpable, pero que no... ¿Cómo te lo explicaría yo...?

Mellberg se aclaró la garganta.

—«Indicios» es un término jurídico que alude a ciertas circunstancias más débiles que un hecho pero que, pese a todo, pueden conducir a que se condene o absuelva a un acusado de un delito.

Paula lo miró perpleja. Lo último que esperaba era una respuesta a esa pregunta. Y mucho menos, una respuesta sensata. En realidad, la hizo más bien pensando en voz alta.

—Exacto. Y en este caso podemos decir que el marido de Ingela tenía un pasado que influyó negativamente en la sentencia. Sus anteriores parejas, y también las amigas de Ingela, declararon que era agresivo. Por si fuera poco, había maltratado a Ingela en varias ocasiones, y la había amenazado con matarla. Como, además, no tenía coartada para el día en que ella desapareció, y encontraron el cadáver en el bosque, cerca de su casa... En fin, todo el mundo supuso que estaba claro.

—¿Y ahora lo dudáis? —dijo Johanna mientras le limpiaba la boca a Leo.

—Es imposible decirlo todavía. Pero las lesiones son muy singulares. Y, durante años, se han levantado voces a favor del marido de Ingela, voces que aseguraban que decía la verdad. Que, al negarse la policía a investigar otras posibilidades, andaba suelto un asesino.

—¿Y no será que alguien ha oído hablar de aquel caso y ahora está haciendo lo mismo? —preguntó Rita.

—Claro, eso es precisamente lo que ha dicho Martin en la reunión. Han pasado casi treinta años desde que asesinaron a Ingela y es más lógico que estemos ante alguien que imita las lesiones que ante el mismo asesino, que, de repente, se haya puesto a matar otra vez. —Paula echó una ojeada a Lisa. Parecía dormir profundamente, y ella se sentó a la mesa. Tendría que comer con la niña en brazos.

—Bueno, vale la pena investigarlo más a fondo —dijo Mellberg, y se sirvió otra vez—. Estaba pensando leer esta noche el material de la investigación, para poder exponerlo mañana en la reunión de Gotemburgo.

Paula ahogó un suspiro. Estaba segura de que Mellberg se atribuiría todo el mérito de su hallazgo.

Patrik entró por la puerta y se quedó atónito.

—¿Es que hemos llamado a la empresa de limpieza? No, calla, es que mi madre y Bob el Chapuzas han estado aquí. —Le dio un beso a Erica en la mejilla—. Venga, suéltalo. ¿Cuánto ha reparado y arreglado en mi ausencia?

—No creo que quieras saberlo —dijo Erica, y se dirigió a la cocina, donde ya había empezado a preparar la cena.

—¿Tan grave ha sido? —Patrik se sentó con un suspiro, y los niños acudieron corriendo y se le abalanzaron para abrazarlo. Aunque desaparecieron tan rápido como habían llegado. El programa infantil *Bolibompa* acababa de empezar en la tele—. ¿Cuándo empezó a tener más éxito que yo el dragón verde? —preguntó con media sonrisa.

—Huy, pues anda que no hace tiempo —dijo Erica, que se agachó y lo besó en los labios—. Aunque conmigo todavía eres tú el que más gancho tiene.

—Después de Brad Pitt, ¿no?

—Sintiéndolo mucho. A Brad Pitt nunca podrás superarlo. —Le guiñó un ojo y abrió el armario para sacar los vasos. Patrik se levantó para ayudarle a poner la mesa.

—Bueno, ¿cómo va el caso? ¿Habéis avanzado algo?

Él negó con un gesto.

—Pues no, todavía no. Los resultados del laboratorio llevan su tiempo. Lo único que hemos averiguado es que, al parecer, alguien pagaba a Lasse periódicamente la cantidad de cinco mil coronas.

—¿Chantaje?

Patrik asintió.

—Sí, esa es nuestra teoría, por el momento. Tratamos de no obcecarnos con ella, pero parece bastante verosímil que estuviera chantajeando a alguien que, finalmente, se hartó del juego. La cuestión es quién. Por ahora no tenemos ni la más remota idea.

—¿Y cómo llevas la reunión de mañana? —Erica removió la comida que tenía al fuego en la cacerola.

—Bueno, yo creo que vamos bien preparados. Y Paula ha aportado hoy una nueva teoría. Puede que exista una conexión con un caso de hace veintisiete años. Ingela Eriksson, a la que asesinaron en Hultsfred.

—¿Aquella mujer a la que torturó el marido hasta matarla? —Erica se volvió y lo miró perpleja—. ¿Y qué tiene que ver ese caso con el vuestro?

—Sí, es verdad, se me había olvidado que tú conoces algo de la historia criminal sueca; pero entonces deberías acordarte de cómo la torturaron, ¿no?

—Pues no, solo sé que la mató y la dejó en el bosque, cerca de donde vivían. Venga, dime cuál es la conexión. —No era capaz de esconder la curiosidad que sentía.

—Ingela Eriksson sufrió exactamente las mismas lesiones que Victoria.

Se hizo un silencio de unos segundos.

—¿Estás de broma? —dijo Erica al fin.

—Pues no, por desgracia. —Patrik olisqueó el aire—. ¿Qué hay para cenar?

—Guiso de pescado. —Erica empezó a servir la comida en los cuencos, pero se percibía que tenía la cabeza en otra parte—. Pues o bien su marido era inocente y ahora estamos ante el mismo asesino, o bien se trata de un imitador que ha copiado el modo de proceder del asesino. O también puede que sea pura casualidad.

—Yo no creo en la casualidad.

Erica se sentó a la mesa.

—Ni yo. ¿Vais a exponer esa teoría en la reunión de mañana?

—Sí, aquí tengo las copias del material de investigación. Y Mellberg también iba a echarle un vistazo al caso, según dijo.

—¿Vais los dos? —Erica probó el guiso con cuidado.

—Sí, saldremos muy temprano. La reunión empieza a las diez.

—Espero que saquéis algo en claro. —Miró preocupada a Patrik—. Te veo cansado. Sé que es muy importante resolver esto con rapidez, pero debes cuidarte.

—Sí, estoy cansado. Aunque sé hasta dónde puedo llegar. A propósito de cansancio, ¿qué tal ayer con Anna?

Erica pareció reflexionar un instante sobre cómo responder.

—Pues, sinceramente, no lo sé. Tengo la sensación de que no hay comunicación. Es como si se hubiera encerrado en el sentimiento de culpa, y no sé cómo hacer que vuelva a la realidad.

—Bueno, puede que no sea tarea tuya —dijo Patrik, aunque sabía que ella le haría caso omiso.

—Hablaré con Dan —dijo, y dejó claro que daba por concluida la conversación sobre Anna.

Patrik se dio por enterado y no hizo más preguntas. La preocupación por su hermana tenía muy agobiada a Erica; cuando quisiera hablar del tema, lo haría, sin lugar a dudas. Hasta ese momento, prefería seguir pensando sobre el asunto ella sola.

—Por cierto, voy a necesitar terapia urgente —añadió, y sirvió más guiso.

—¿No me digas? ¿Qué ha dicho mi madre ahora?

—Esta vez Kristina es totalmente inocente. Y no solo voy a necesitar terapia urgente. Lo más probable es que, además, necesite que me borren la memoria, después de haber visto a Mellberg casi desnudo esta mañana.

Patrik no pudo contenerse. Soltó tal carcajada que se le fue la comida por la nariz.

—Desde luego, ninguno de nosotros olvidará esa visión. Y tú y yo íbamos a compartir las penas y las alegrías... Procura no recordarla cuando estemos en la cama y ya está.

Erica se lo quedó mirando con cara de espanto.

Uddevalla, 1974

*E*mpezaban a desdibujarse los límites de la normalidad. Laila lo veía y lo comprendía, pero no podía resistir la tentación y, de vez en cuando, cedía a la voluntad de Vladek. Sabía que no estaba bien, pero a veces, por un rato, le hacía ilusión fingir que llevaban una vida normal.

Las historias de Vladek seguían hechizándolos. Combinaban lo insólito con lo cotidiano, lo terrible con lo fantástico. Solían sentarse a la mesa de la cocina, con una lucecilla encendida. En la penumbra era más fácil meterse en sus historias. Podían oír el resonar de los aplausos del público; veían a los equilibristas flotando allá arriba, casi en el techo; se reían de los payasos y sus gracias; se emocionaban con la princesa del circo, que, con gracia y con fuerza, hacía equilibrios sobre el caballo, decorado con plumas y lentejuelas, y daba vueltas y más vueltas. Pero sobre todo veían a Vladek con el león en la jaula. Lo veían allí, fuerte y orgulloso de su poder sobre aquellos animales salvajes. Y no porque llevara en la mano un látigo, como pensaba la gente, sino porque los leones lo querían y lo respetaban. Confiaban en él, por eso obedecían sus órdenes.

Su principal truco, su gran final, era cuando, con un desprecio absoluto por la muerte, metía la cabeza en las fauces de uno de los leones. En ese instante, el público se quedaba en silencio, sobrecogido, creyendo que era verdad. El truco del fuego también era *impresionante. Cuando apagaban las luces en la jaula, cundía la tensión entre los espectadores. Solo de pensar en los animales que había allí dentro, unos animales que veían en la oscuridad y que quizá los vieran como presas, le daban la mano a quien tuvieran al lado. Luego, de repente, unos aros de fuego que hipnotizaban con sus llamas ponían luz a la oscuridad. Y los leones superaban su miedo al fuego y saltaban con gracia por los aros, porque tenían confianza en su domador, que les pedía que hicieran el truco.*

Y mientras escuchaba allí sentada, Laila deseaba que algo despejase su propia oscuridad. Deseaba poder confiar en alguien otra vez.

Las calles estaban desiertas mientras Helga recorría Fjällbacka aquella fría mañana. En verano, el pueblecito vibraba de animación. Las tiendas estaban abiertas, los restaurantes, llenos; en el puerto, las embarcaciones estaban varadas en apretadas hileras y un mar de gente deambulaba por todas partes. Ahora, en invierno, no se oía el menor ruido. Todo permanecía cerrado a cal y canto, y era como si Fjällbacka estuviera hibernando, a la espera del próximo verano. Pero a Helga siempre le gustaron más las estaciones tranquilas. También su casa estaba entonces más tranquila. Los veranos, Einar solía volver borracho y de muchísimo peor humor.

Desde que enfermó era distinto, claro. Su única arma eran las palabras, pero ya no podía herirla. Nadie podía, salvo Jonas. Él conocía sus puntos débiles y sabía cuándo era más vulnerable. Lo absurdo era que ella no quería otra cosa que protegerlo. No importaba que, a aquellas alturas, fuera un adulto de pies a cabeza, alto y fuerte. Todavía la necesitaba, y ella lo defendería de cualquier tipo de peligro.

Dejó atrás la plaza de Ingrid Bergman y se asomó a contemplar aquel mar de hielo. Adoraba el archipiélago. Su padre era pescador y lo acompañó en barco muchas veces. Pero todo aquello acabó cuando se casó con Einar.

Él era de tierra adentro y nunca logró acostumbrarse al carácter caprichoso del mar. «Si el mar fuera un medio adecuado para el hombre, habríamos nacido con branquias», gruñía siempre. A Jonas tampoco le interesaron nunca los barcos, así que Helga llevaba sin salir a navegar desde los diecisiete años, a pesar de vivir en un archipiélago tan hermoso.

Por primera vez en mucho tiempo, sintió como una punzada el deseo de hacerse a la mar. Pero no habría sido posible ni aunque hubiera tenido un barco: la capa de hielo era demasiado gruesa y los pocos barcos que habían arrastrado a tierra estaban helados en el puerto. En eso se parecían a ella. Así se había sentido todos aquellos años: tan cerca de su elemento natural y, aun así, incapaz de salir de su prisión.

Sobrevivió gracias a Jonas. El amor que sentía por él era tan fuerte que todo lo demás palidecía. Durante toda su vida, ella estuvo preparada para poder interponerse entre él y el tren desbocado que ahora estaba a punto de arrollarlo. Estaba preparada y no abrigaba la menor duda. Todo lo que hacía por Jonas, lo hacía con alegría.

Se detuvo y contempló el busto de Ingrid Bergman. Estuvo con Jonas en la ceremonia de inauguración. También presentaron la variedad de rosa que habían cultivado en su memoria. Jonas estaba expectante. Los hijos de Ingrid iban a asistir, y también la novia del hijo, Carolina de Mónaco. Jonas tenía esa edad en la que el mundo está lleno de caballeros y dragones, príncipes y princesas. Seguramente, habría preferido ver a un caballero, pero una princesa también le valía. Era muy enternecedor ver el entusiasmo con el que se preparó para asistir al gran acontecimiento. Se peinó con gomina y recogió flores del jardín, dicentra y campanillas, que acabaron bastante ajadas en sus manos sudorosas antes de que llegaran a la plaza. Como era de suponer, Einar se burló de él sin compasión, pero, por una vez, Jonas no le hizo caso. Solo pensaba en que iba a ver a una princesa de verdad.

Helga aún recordaba la expresión de sorpresa y decepción cuando le señaló a Carolina de Mónaco. La miró temblando y dijo:

—Pero mamá, es como una señora cualquiera.

Aquella tarde, después de llegar a casa, Helga encontró todos los libros de cuentos en la parte trasera de la casa. Jonas los había tirado. Nunca había sabido llevar muy bien las decepciones.

Respiró hondo, se dio la vuelta y empezó a caminar de nuevo en dirección a su casa. Era responsabilidad suya ahorrarle todas las decepciones. Las grandes y las pequeñas.

El inspector de la Policía judicial Palle Viking, al que habían designado presidente de la reunión, carraspeó un poco antes de empezar.

—Bienvenidos a Gotemburgo. Quería dar las gracias por la excelente colaboración mantenida hasta ahora. Habrá quien piense que deberíamos haber celebrado esta reunión antes, sin embargo todos sabemos lo lento e ineficaz que puede ser el trabajo entre distritos, pero puede que resulte que este era el momento adecuado para ello. —Bajó la vista y añadió—: Que el cadáver de Victoria Hallberg apareciera, y que lo hiciera en tales condiciones, es una tragedia, por supuesto. Aunque, al mismo tiempo, nos da una idea de lo que pudo ocurrirles a las demás chicas; y por tanto, nos facilita información que puede permitirnos avanzar en la investigación.

—¿Siempre habla así? —susurró Mellberg.

Patrik asintió.

—Empezó tarde con los estudios de policía, pero hizo una carrera meteórica. Dicen que es muy bueno. Antes se dedicaba a la investigación filosófica.

Mellberg se quedó boquiabierto.

—Hay que fastidiarse. Pero el nombre será falso, ¿no?

—Pues no, aunque le va como anillo al dedo.

—Sí, madre mía, se parece a, ¿cómo se llama?, el sueco ese que se peleó contra Rocky...

—Ahora que lo dices... —Patrik sonrió. Mellberg tenía razón. Palle Viking era el doble del actor Dolph Lundgren.

Mellberg se inclinó para susurrarle otra vez al oído, pero Patrik le chistó y le dijo:

—Será mejor que escuchemos.

Entre tanto, Palle Viking había continuado con su introducción.

—Había pensado que podemos hacer una ronda y que cada uno exponga en qué punto se encuentra su investigación. Ya hemos intercambiado de antemano la mayor parte de los datos, pero he preparado unas carpetas con un resumen actualizado del caso. También os entregaré copias de los vídeos de las conversaciones con los familiares. Ha sido una excelente iniciativa. Gracias, Tage. —Le hizo una señal a un hombre bajo y recio de bigote generoso que era el responsable del caso de desaparición de Sandra Andersson.

Empezaron a intuir que existía una conexión ya con la desaparición de Jennifer Backlin, que se produjo seis meses después de la de Sandra, y Tage recomendó a la Policía de Falster que siguieran su ejemplo y filmaran las conversaciones con los familiares. La idea era que refiriesen tranquilamente sus observaciones en relación con la desaparición. Además, en la casa de las chicas, los investigadores podían forjarse una idea más clara de quién era la víctima. A partir de entonces, todos hicieron lo mismo y ahora iban a ver las grabaciones de las demás comisarías.

En la pared colgaba un mapa de Suecia de gran tamaño donde habían señalado el lugar del secuestro de cada una de las chicas. Aunque él también había hecho lo mismo en

Tanum, Patrik entornó los ojos tratando, por enésima vez, de distinguir algún tipo de patrón, pero no consiguió ver ningún vínculo entre las localidades, salvo el hecho de que todas se encontraban en el suroeste y el centro de Suecia. No había ninguna marca en el este, ni al norte de Västerås.

—¿Empiezas tú, Tage? —Palle señaló al investigador de Strömsholm, que se levantó y se colocó en la cabecera, ocupando el lugar de Palle.

Uno tras otro, todos fueron exponiendo los diferentes aspectos de su investigación. Patrik constató que no aportaban ni vías ni ideas nuevas. Todos adolecían de la misma falta de información que ya conocían por el material que habían visto. Comprendió que no era el único que había reaccionado así, porque el ambiente de la sala había decaído bastante.

Mellberg fue el último, dado que Victoria había sido la última en desaparecer. Patrik pudo ver con el rabillo del ojo que estaba deseando protagonizar su intervención bajo los focos. Esperaba de corazón que Mellberg estuviese a la altura del cometido y que hubiera hecho los deberes más o menos bien.

—¡Muy buenas a todos! —comenzó Mellberg, como de costumbre, incapaz de captar el ambiente o de actuar adecuadamente.

Respondieron con un murmullo disperso. Por Dios bendito, pensó Patrik, ¿cómo iba a salir aquello? Pero, para su sorpresa, Mellberg hizo una exposición rigurosa de su investigación y de las teorías de Gerhard Struwer sobre el sujeto. A ratos, incluso parecía competente. Patrik contuvo la respiración cuando comprendió que iba a llegar a lo que sería una novedad para los demás policías.

—En Tanumshede tenemos fama de llevar a cabo el trabajo policial con la máxima eficacia —dijo, y Patrik ahogó un resoplido. Los demás no parecían tener la misma capacidad de control, y hubo incluso quien soltó una risita—. Uno de nuestros agentes ha encontrado una conexión entre el caso de Victoria Hallberg y otro mucho más antiguo. —Hizo una pausa dramática a la espera de la reacción que, de hecho, se produjo: todos se irguieron en sus sillas—. ¿Alguien recuerda el asesinato de Ingela Eriksson, en Hultsfred?

Varios asintieron, y uno de los policías de Västerås dijo:

—Sí, encontraron el cadáver en el bosque, detrás de su casa, la habían torturado y asesinado. Condenaron al marido, aunque él lo negó todo.

Mellberg asintió.

—Murió en la cárcel años después. El caso se había basado en indicios y hay razones para creer que de verdad era inocente. Según decía, estaba solo en casa la noche en que su mujer desapareció. Le había dicho que iba a ver a una amiga, pero según la amiga, no fue así. En cualquier caso, no tenía coartada, y no había testigos que pudieran corroborar la afirmación de que la mujer estuvo en casa ese mismo día, horas antes. Según el hombre, los visitó un señor que respondió a un anuncio que su mujer y él habían puesto, pero la policía no consiguió localizarlo. Dado que el marido tenía antecedentes de maltrato a las mujeres, la suya incluida, los agentes centraron inmediatamente su atención en él, sin mostrar mucho interés por investigar otras pistas.

—Pero ¿qué relación guarda eso con las desapariciones? —preguntó el colega de Västerås—. De eso hace treinta años por lo menos, ¿no?

—Veintisiete. Pues sí, resulta que... —dijo Mellberg, que hizo otra pausa dramática para que lo que estaba a punto de decir causara el mayor impacto posible—... Ingela Eriksson presentaba exactamente las mismas lesiones que Victoria Hallberg.

Se hizo un largo silencio.

—¿Puede tratarse de un imitador? —preguntó al fin Tage, el policía de Strömsholm.

—Es una posibilidad.

—¿No es más verosímil que se trate del mismo asesino? Si no, ¿cómo han pasado tantos años entre un caso y otro? —Tage miró a sus colegas, varios de ellos asintieron.

—Sí —dijo Palle, y se volvió a medias en la silla giratoria, para que lo oyeran todos—. O el autor de los hechos no ha cometido ningún otro delito en todos estos años por otras razones. Por ejemplo, puede que haya estado en la cárcel, o viviendo en el extranjero. Y quizá hayamos pasado por alto a otras víctimas. En Suecia desaparecen seis mil personas al año, puede haber entre ellas muchachas cuyo caso nadie haya relacionado con este. Es decir, también tenemos que sopesar la posibilidad de que se trate del mismo asesino. Pero —levantó un dedo en el aire—, no podemos dar por hecho que exista un vínculo. ¿No podría ser sencillamente pura casualidad?

—Las lesiones son idénticas —objetó Mellberg—. Hasta el menor detalle. Podéis leer los documentos, hemos traído copias para todos.

—¿Nos tomamos un descanso para leerlos? —propuso Palle Viking.

Todos se levantaron y, cada uno con su copia, rodearon a Mellberg y empezaron a hacerle preguntas. Toda aquella atención lo hacía resplandecer como un sol.

Patrik enarcó una ceja. Mellberg no se había atribuido el mérito del hallazgo, y eso lo sorprendió. Incluso Mellberg tenía sus momentos. Claro que no habría estado mal que hubiera pensado en por qué estaban allí. Cuatro chicas desaparecidas. Y una, muerta.

Marta se había levantado temprano, como de costumbre. La tarea en los establos no podía esperar. Jonas, por su parte, se había levantado más temprano aún para acudir a una de las granjas de la zona, donde un caballo sufría un cólico grave. Bostezó. Se habían quedado hablando hasta tarde y les faltaban horas de sueño.

Oyó un zumbido en el móvil, lo sacó del bolsillo y miró la pantalla. Helga quería invitarlas a café a Molly y a ella. Seguramente, habría estado espiando por la ventana y, al ver que Molly ya había vuelto del colegio, querría saber por qué. Lo cierto era que Molly había dicho que le dolía el estómago y, por una vez, Marta había hecho como que se tragaba aquella mentira tan patética.

—Molly, la abuela nos invita a merendar.

—¿Tenemos que ir? —se oyó la voz de Molly desde una de las cuadras.

—Sí, tenemos que ir. Venga.

—Pero si me duele la barriga —protestó Molly.

Marta soltó un suspiro.

—Si puedes estar en los establos con dolor de barriga, también puedes ir a merendar con la abuela. Vamos, cuanto antes vayamos, antes terminaremos. Jonas y ella discutieron ayer, se pondrá contenta si nosotras hacemos las paces con ella.

—Yo había pensado preparar a *Scirocco* y montar un rato. —Molly salió cabizbaja de la cuadra.

—¿Con dolor de barriga? —dijo Marta, y Molly le lanzó una mirada iracunda—. Te dará tiempo de montar también. Nos tomamos un café rápido con la abuela y así podrás entrenar tranquilamente por la tarde. Hoy no empiezo las clases hasta las cinco.

—Bueno, vale —dijo Molly refunfuñando.

Mientras cruzaban la explanada, Marta iba apretando los puños. Molly se lo había encontrado todo servido. No tenía ni idea de lo que era una infancia dura, de lo que suponía tener que buscarse la vida por uno mismo. A veces le entraban ganas de mostrarle cómo podían ser las

319

cosas cuando uno no lo tenía tan fácil como la niña mimada que ella era.

—Ya estamos aquí. —Entró en casa de su suegra directamente, sin llamar a la puerta.

—Entrad y sentaos. He hecho un bizcocho y hay té para las dos. —Helga se volvió cuando entraron en la cocina. Era la estampa de la abuela por antonomasia, con el delantal manchado de harina atado a la cintura y el cabello ceniciento como una nube enmarcándole la cara.

—¿Té? —Molly arrugó la nariz—. Yo quería café.

—Sí, yo también prefiero café —dijo Marta, y se sentó a la mesa.

—Pues es que se ha terminado, lo siento. No he tenido tiempo de ir a comprar. Ponedle una cucharadita de miel, así está más rico. —Señaló un tarro que había en la mesa.

Marta alargó el brazo en busca de la miel y se puso una buena cucharada.

—Me he enterado de que vas a competir otra vez, ¿no? —dijo Helga.

Molly dio un sorbito del té caliente.

—Sí, como el sábado pasado no pudo ser, esta vez tengo que participar sí o sí.

—Ya, claro. —Helga les acercó la bandeja con el bizcocho—. Seguro que te va muy bien. Y tus padres van contigo, ¿verdad?

—Pues claro.

—No sé cómo tenéis energía para andar siempre así, de un lado para otro —dijo Helga, que miró a Marta y suspiró—. Pero es como debe ser. Los padres tienen que estar ahí apoyando a sus hijos.

Marta la miró con suspicacia. Helga nunca era tan alentadora.

—Sí, así es. Y los entrenamientos han ido muy bien. Creo que tenemos muchas posibilidades.

A Molly se le iluminó la cara sin querer. Su madre no solía alabar su talento.

—Sí, eres muy buena. Bueno, las dos lo sois —dijo Helga con una sonrisa—. Yo de niña soñaba con montar a caballo, pero nunca tuve la oportunidad. Y luego ya conocí a Einar...

La sonrisa se le extinguió en el semblante. Marta la observó en silencio mientras removía el té. Desde luego, Einar podía hacer que se le extinguiera la sonrisa a cualquiera, y ella también lo sabía.

—¿Cómo os conocisteis el abuelo y tú? —preguntó Molly, y Marta se sorprendió ante el interés repentino de su hija por alguien que no fuera ella misma.

—En un baile en Fjällbacka. Tu abuelo era guapísimo entonces.

—¿De verdad? —dijo Molly asombrada. Ella apenas recordaba al abuelo sin la silla de ruedas.

—Sí, y tu padre se le parece mucho. Espera, te voy a enseñar una foto. —Helga se levantó y fue al salón. Volvió con un álbum, que hojeó hasta encontrar la foto que buscaba.

—Mira, aquí está el abuelo en la flor de la edad. —Lo dijo con un tono de extraña amargura.

—Hala, era superguapo. Y se parece muchísimo a mi padre. —Molly examinó la foto—. ¿Cuántos años tenía aquí?

Helga reflexionó unos segundos.

—Pues calculo que treinta y cinco o así.

—¿Y qué coche es ese? ¿Era vuestro? —dijo Molly, señalando el coche en el que Einar estaba apoyado.

—No, era uno de los muchos coches que él compraba para reparar. Un Amazon con el que hizo un trabajo espléndido. En fin, será como sea, pero la mecánica se le daba de maravilla. —De nuevo aquel tono de amargura... Marta la miró otra vez con asombro, mientras se tomaba el té endulzado con miel.

—Me gustaría haber conocido al abuelo antes de que se pusiera enfermo —dijo Molly.

Helga asintió.

—Sí, lo entiendo. Tu madre sí lo conoció, puedes preguntarle a ella.

—Es que no se me había ocurrido hasta ahora. Siempre había pensado en el abuelo como en el viejo gruñón del piso de arriba —dijo Molly, con la franqueza de los adolescentes.

—«El viejo gruñón del piso de arriba». La verdad, es una descripción de lo más atinada. —Helga se echó a reír.

Marta sonrió también. Desde luego, su suegra estaba rara. Por una serie de razones más o menos evidentes, ellas dos nunca se cayeron bien. Pero hoy no la veía tan sosa como de costumbre, y a Marta le gustó. En fin, seguro que se le pasaría enseguida. Marta tomó un bocado de bizcocho. Aquella visita de cortesía terminaría dentro de nada.

En la casa reinaba un silencio indescriptible. Los niños estaban en la guardería; Patrik, en Gotemburgo. Lo que quería decir que ella podía trabajar tranquilamente. Había trasladado el trabajo de su despachito, en el piso de arriba, al suelo del salón, donde había papeles esparcidos por todas partes. La última aportación a la montaña de documentos fue una copia del expediente del asesinato de Ingela Eriksson. Le había supuesto una ardua tarea de persuasión, pero al final consiguió hacerse con una copia de los documentos que Patrik iba a llevarse a la reunión de Gotemburgo. La había leído con atención una y otra vez. Verdaderamente, eran muchas, y espeluznantes, las similitudes con las lesiones de Victoria.

También había leído todas las notas de sus reuniones con Laila, de la conversación con su hermana, con los padres de acogida de Louise y con el personal de la institución. Varias horas de conversaciones que había mantenido para comprender lo que ocurrió el día en que Vladek Kowalski murió asesinado, y ahora, además, para ver la posible conexión entre ese asesinato y la desaparición de cinco adolescentes.

Erica se puso de pie y trató de abarcar con la mirada el material que tenía delante. ¿Qué era lo que Laila quería comunicarle, pero que, por alguna razón, no lograba pronunciar en voz alta? Según el personal, en todos aquellos años no había tenido contacto con nadie de fuera de la institución. Nunca recibió visitas, ni llamadas telefónicas, ni...

Erica dio un respingo. Había olvidado comprobar si Laila había recibido cartas por correo ordinario. Menuda torpeza la suya. Marcó el número del psiquiátrico, que a aquellas alturas conocía de memoria.

—Hola, soy Erica Falck.

La vigilante, que la había reconocido, la saludó.

—Hola, Erica, soy Tina. ¿Habías pensado venir hoy?

—No, hoy no toca visita, solo quería comprobar una cosa. ¿Tú sabes si Laila ha recibido algún correo postal estos años? ¿O si ha enviado alguna carta?

—Sí, ha recibido varias postales. Y, si no me equivoco, también algunas cartas.

—¿Ah, sí? —dijo Erica. No se lo esperaba—. ¿Sabes de quién?

—No, pero puede que alguna otra persona de aquí sí lo sepa. En todo caso, las postales no tenían nada. Y ella no las quería.

—¿Cómo que no las quería?

—No quería ni tocarlas, por lo que yo sé. Nos pidió que las tirásemos a la basura. Pero las guardamos por si cambiaba de opinión.

—O sea que todavía las tenéis, ¿no? —Erica no podía ocultar su nerviosismo—. ¿Podría echarles un vistazo?

Tina le prometió que no habría inconveniente y Erica colgó el auricular, totalmente desconcertada. Aquello debía de significar algo. Pero ni por lo que más quería en el mundo podía imaginarse qué era.

Gösta se rascaba el pelo canoso. Estaba muy solitaria la comisaría... No había nadie salvo él y Annika. Patrik y Mellberg estaban en Gotemburgo, y Martin había ido a Sälvik para preguntar entre los vecinos de los chalés cercanos al embarcadero. Los buzos no habían encontrado aún el cadáver, pero seguro que era normal dadas las condiciones meteorológicas. Él había ido a hablar con algunos de los conocidos de Lasse, pero ninguno sabía nada del dinero. Y ahora estaba allí pensando si ir a Kville a hablar con los líderes de la parroquia de Lasse.

Estaba a punto de levantarse cuando sonó el teléfono. Se abalanzó sobre el auricular. Era Pedersen.

—De acuerdo, qué rapidez. ¿Y qué conclusión habéis sacado?

Escuchó atentamente unos minutos.

—¿De verdad? —dijo al cabo de un rato. Después de hacer unas cuantas preguntas más, colgó el auricular y se quedó sentado unos instantes. No paraba de darle vueltas a la cabeza sin saber cómo iba a encauzar lo que acababa de averiguar. Pero empezaba a entrever una posible teoría.

Se puso el chaquetón y pasó medio corriendo por delante de Annika, que estaba en la recepción.

—Voy a dar una vuelta por Fjällbacka.

—¿Qué vas a hacer allí? —le gritó Annika mientras se alejaba. Pero él ya había salido por la puerta. Se lo contaría después.

El trayecto entre Tanumshede y Fjällbacka solo duraba quince o veinte minutos, aunque se le hicieron eternos. Se preguntaba si no debería haber llamado a Patrik para ponerlo al corriente de los resultados de Pedersen, pero llegó a la conclusión de que no había por qué interrumpir la reunión. Más valía que él trabajara sobre ello, así tendría algo nuevo que presentar cuando Patrik y Mellberg volvieran. Ahora se trataba de tener iniciativa. Y él era perfectamente capaz de encargarse de aquello.

Una vez en la granja, llamó a la puerta de Jonas y Marta, y al cabo de un rato, le abrió Jonas, que estaba adormilado.

—¿Te he despertado? —Gösta miró el reloj. Era la una.

—Es que he tenido una emergencia muy temprano y estoy recuperando un poco de sueño perdido, pero pasa. Total, ya estoy despierto. —Hizo un intento de alisarse el pelo con la mano.

Gösta lo siguió hasta la cocina y se sentó, aunque Jonas no le había dicho que lo hiciera. Decidió ir al grano.

—¿Conocías mucho a Lasse?

—La verdad, casi puedo decir que no lo conocía en absoluto. Lo saludé un par de veces cuando venía a recoger a Tyra al picadero, pero poco más.

—Pues tengo motivos para creer que eso no es verdad —dijo Gösta.

Jonas seguía de pie, y ahora lo miraba con una mueca de irritación.

—Empiezo a estar un poco harto. ¿Se puede saber qué es lo que pretendes?

—Yo creo que Lasse estaba al corriente de tu relación con Victoria. Y que te hacía chantaje.

Jonas se quedó perplejo.

—No puedes hablar en serio.

Su sorpresa parecía sincera y, por un instante, Gösta dudó de la teoría que había ideado tras su conversación con Pedersen. Pero luego despejó la duda. Tenía que ser así, y no iba a resultar demasiado difícil demostrarlo.

—Lo mejor es que digas la verdad, ¿no? Vamos a comprobar las llamadas de tu móvil y los movimientos de la cuenta, y entonces veremos que sí te relacionabas con él y que has sacado dinero periódicamente para pagar a Lasse. Si nos dices la verdad, nos ahorrarás ese trabajo.

—Vete de aquí —dijo Jonas, señalando la puerta con el dedo—. Hasta aquí hemos llegado.

—Lo vamos a tener negro sobre blanco, Jonas... —continuó Gösta—. Dime, ¿qué fue lo que pasó? ¿Empezó a pedirte más? ¿Te cansaste de sus exigencias y por eso lo mataste?

—Quiero que te marches de aquí ahora mismo —dijo Jonas con frialdad. Acompañó a Gösta hasta la puerta y casi lo echó a la calle.

—Sé que estoy en lo cierto —insistió Gösta, ya en el porche.

—Te equivocas. En primer lugar, yo no tenía ninguna relación con Victoria; en segundo lugar, Terese me dijo que Lasse había desaparecido entre la mañana del sábado y la madrugada del domingo, y yo tengo coartada para todo ese tiempo. Así que la próxima vez que nos veamos, quiero que te disculpes. Y ya informaré de mi coartada, si alguno de tus colegas llega a preguntarme. Pero a ti no, desde luego.

Jonas cerró la puerta, y Gösta notó que volvían las dudas. ¿Y si se había equivocado a pesar de lo bien que encajaba todo? Quizá al final se demostraría. Tenía que hacer una visita más. Luego, haría exactamente lo que le había dicho a Jonas, comprobaría los movimientos bancarios y las llamadas del móvil, que lo confirmarían claramente. Y luego podría él hablar todo lo que quisiera de su coartada.

Ya no podía tardar. Laila presentía que le llegaría otra postal de un momento a otro. Había empezado a recibirlas de repente hacía dos años, y ya le habían llegado cuatro. Unos días después de la llegada de cada postal, llegaba una carta con un recorte de periódico. En las postales no había nada escrito, pero ella había terminado por comprender cuál era el mensaje.

Las postales la asustaban, y le había pedido al personal que las tirasen. Los recortes, en cambio, sí los había conservado. Cada vez que los sacaba del escondite, esperaba comprender algo más de aquella amenaza que ya no solo dirigían hacia ella.

Se tumbó en la cama, agotada. Dentro de un rato volvería a tener una de aquellas absurdas sesiones de terapia. Había dormido mal esa noche, había tenido pesadillas con Vladek y la Niña. Era difícil comprender cómo llegaron a aquello, cómo lo anormal se fue convirtiendo en normal paulatinamente. Poco a poco fueron cambiando hasta que terminaron por no reconocerse mutuamente.

—Ya puedes venir, Laila. —Ulla llamó a su puerta entreabierta, y Laila se levantó como pudo. A medida que pasaban los días, acusaba más el cansancio. Las pesadillas, la espera, todos los recuerdos de cómo él se torció la vida lento pero seguro. Ella lo quería tanto... Su pasado era totalmente distinto, y jamás se imaginó que conocería a alguien como él. Aun así, se convirtieron en pareja. Le pareció lo más natural del mundo, hasta que el mal se hizo con el poder y lo arruinó todo.

—Laila, ¿no vienes? —oyó la voz de Ulla.

Laila se obligó a mover las piernas. Se sentía como si fuera andando por el agua. Hasta el momento, el miedo le había impedido hablar o hacer nada. Y seguía asustada. Muerta de miedo. Pero la suerte de las chicas desaparecidas la había conmovido tanto que ya no podría callar por mucho más tiempo. Se avergonzaba de su cobardía, de haber permitido que el mal se cobrase tantas vidas inocentes. Ver a Erica había sido un buen principio, por lo menos, y quizá esos encuentros la llevaran a desvelar por fin la verdad. Pensaba en lo que había oído en una ocasión, aquello de que el aleteo de una mariposa en un lugar podía ocasionar una tormenta en otro punto del planeta. Quizá fuera eso lo que estaba a punto de ocurrir.

—¿Laila?

—Ya voy —dijo soltando un suspiro.

El miedo le arañaba la piel y allí donde mirase solo veía cosas horribles. En el suelo había serpientes de ojos brillantes que se enroscaban, y ríos de arañas y cucarachas recorrían las paredes. Ella gritaba con todas sus fuerzas y el eco formaba un coro aterrador. Luchaba por huir de aquellos animales, pero algo la retenía y, cuanto más tiraba, más dolor sentía. Oía voces que la llamaban a lo lejos cada vez más alto, y ella trataba de moverse hacia la voz que la reclamaba, pero, otra vez, algo la retenía, y el dolor multiplicaba el miedo más aún.

—¡Molly! —La voz atravesó sus gritos, y era como si todo se detuviera de pronto. Continuaron repitiendo su nombre, con un tono más bajo y más tranquilo ahora, y vio que los insectos se disgregaban y desaparecían como si nunca hubieran estado allí.

—Estás alucinando —dijo Marta; su voz resonó clara y limpia.

Molly entornó los ojos y trató de enfocar la vista. Se sentía mareada y no entendía una palabra. ¿Dónde se habían metido las serpientes y las cucarachas? Estaban allí, las había visto con sus propios ojos.

—Escúchame. Nada de lo que ves es real.

—Vale —dijo con la boca reseca y, una vez más, trató de moverse hacia el lugar del que procedía la voz de Marta.

—Ay, estoy amarrada. —Dio unas patadas al aire, pero no pudo soltarse. Estaba oscuro como boca de lobo alrededor y comprendió que Marta tenía razón. Aquellos bichos no podían ser reales, porque no habría podido verlos en la oscuridad. Pero tenía la sensación de que las paredes se le acercaban cada vez más y le faltaba el aire en los pulmones. Podía oír su respiración entrecortada y superficial.

—Tranquila, Molly —dijo Marta con aquel tono tan estricto; el mismo que siempre ponía firmes a las chicas en la escuela de equitación. También ahora funcionó. Molly se esforzó por respirar más despacio; al cabo de un rato, empezó a pasársele el miedo y se le llenaron de oxígeno los pulmones.

—Tenemos que conservar la calma. De lo contrario, no saldremos de esta.

—¿Qué es...? ¿Dónde estamos? —Molly se las arregló para ponerse en cuclillas y se pasó las manos por la pierna. Tenía un aro metálico alrededor del tobillo y, al seguir tanteando, notó los pesados eslabones de una cadena. En vano empezó a tirar de ellos mientras chillaba en la oscuridad.

—¡Cállate! Así no conseguirás liberarte.

Le hablaba con un tono tajante y resuelto, pero, esta vez, no pudo encubrir el miedo, que fue creciendo hasta que Molly comprendió por fin lo evidente. Guardó silencio de pronto y susurró en la oscuridad.

—El que se llevó a Victoria, nos tiene a nosotras también.

Aguardó la respuesta de Marta, pero ella no contestó. Y ese silencio aterrorizó a Molly más que ninguna otra cosa.

Almorzaron en el comedor de la comisaría y, cuando volvieron a reunirse, estaban saciados y un tanto amodorrados. Patrik se sacudió un poco para despabilarse. Había dormido demasiado poco últimamente y sentía el cansancio en el cuerpo como una carga.

—Venga, pues sigamos —dijo Palle Viking señalando el mapa—. La extensión geográfica de las desapariciones es bastante limitada, pero nadie ha conseguido hallar un vínculo entre las distintas localidades. En cuanto a las chicas, hay varias similitudes: el aspecto, los antecedentes..., pero no hemos encontrado ningún denominador común; es decir, no compartían intereses ni ninguna actividad como participar en el mismo foro de internet ni nada parecido. Además, también hay ciertas diferencias, y la más llamativa la constituye el caso de Minna Wahlberg, tal y como señalaba esta mañana la Policía de Tanum. Como es lógico, en Gotemburgo hemos hecho todos los esfuerzos a nuestro alcance por encontrar a más personas que vieran aquel coche blanco, pero como sabemos, el resultado ha sido cero.

—La cuestión es por qué el sujeto fue tan descuidado en este caso, precisamente —dijo Patrik, y todas las miradas se volvieron hacia él—. En los demás secuestros no dejó tras de sí una sola pista. Si es que partimos de la base de que el secuestrador de Minna era el conductor del coche blanco, porque, en realidad, no lo sabemos. En todo caso, según Gerhard Struwer, al que ya nos hemos referido, deberíamos concentrarnos en aquellos aspectos en los que el sujeto se aparta de su modo de proceder.

—Estoy de acuerdo. Una teoría que hemos barajado es que el asesino la conocía y tenía con ella alguna relación. Ya hemos interrogado a varias personas del entorno de Minna, pero yo creo que valdría la pena seguir intentándolo.

Todos apoyaron la propuesta de Palle con un murmullo de asentimiento.

—Por cierto, corre el rumor de que tu mujer también ha estado hablando con la madre de Minna.

Se oyeron unas risitas, y Patrik notó que se ponía colorado.

—Sí, mi colega Martin Molin y yo fuimos a hablar con la madre de Minna, y Erica, mi mujer... Bueno, también estaba allí. —Patrik oyó lo absurda que resultaba aquella disculpa.

Mellberg resopló.

—Como no es enterada esa mujer...

—Está todo en el informe —se apresuró a decir Patrik, en un intento de callarlo. Señaló los documentos que ya tenían todos—. O, bueno, la visita de mi mujer no figura ahí, pero...

Más risitas. Patrik suspiró para sus adentros. Quería a Erica, pero a veces lo ponía en situaciones de lo más embarazoso.

—Con vuestro informe será suficiente, seguro —dijo Palle sonriendo, antes de volver a ponerse serio—. Pero también corre el rumor de que Erica es una mujer lista, así que ya nos contarás si ella ha averiguado algo que se nos haya escapado.

—Bueno, como es lógico, ya he hablado con ella del tema, y no creo que haya sacado en claro mucho más que nosotros.

—De todos modos, habla con ella otra vez, por favor. Tenemos que encontrar lo que distingue el caso de Minna.

—De acuerdo, hablaré con ella —dijo Patrik más tranquilo.

Dedicaron las siguientes horas a examinar todos los casos desde todos los puntos de vista posibles e imposibles. Surgieron teorías, dieron mil vueltas a cada uno de los datos, tomaron nota de todas las líneas de investigación posibles y las distribuyeron entre los distritos. Acogían las ideas descabelladas con la misma mentalidad abierta que las más sensatas. Todos querían encontrar alguna pista que les tenían recuerdos de las conversaciones con los familiares, del dolor, la desesperación, la preocupación, el horror de no saber qué habría ocurrido. Y además, la desesperación aún mayor cuando apareció Victoria y comprendieron que sus hijas podrían haber corrido la misma suerte.

Al final de la jornada, eran un grupo abatido pero resuelto que se disolvía para volver a casa y seguir investigando. Llevaban sobre sus hombros el destino de cuatro muchachas aún desaparecidas. La quinta estaba muerta.

El psiquiátrico estaba en calma cuando llegó Erica. Saludó al personal y, después de anunciar su llegada y registrarse en recepción, la dejaron entrar en la sala de personal. Mientras esperaba allí, volvió a reprocharse semejante descuido. No le gustaba cometer esos errores.

–Hola, Erica. –Tina entró y cerró la puerta. Llevaba en la mano unas cuantas postales sujetas con una goma, y las dejó en la mesa, delante de Erica–. Aquí las tienes.

–¿Puedo verlas?

Tina asintió, y Erica alargó la mano y retiró la goma. De pronto se acordó de las huellas, pero enseguida comprendió que las postales habían pasado por tantas manos que hacía ya mucho tiempo que habían desaparecido todas las huellas que pudieran tener interés.

Había cuatro postales. Erica las puso boca arriba. Todas eran de España.

–¿Cuándo recibió la última?

–Pues sería... hace tres o cuatro meses, quizá.

–¿Y Laila nunca ha dicho nada de ellas, o de quién puede haberlas enviado?

–Ni una palabra. Pero se pone muy nerviosa y, después de recibirlas, siempre se pasa varios días muy alterada.

–¿Y no quiere quedarse con ellas?

–No, siempre nos ha dicho que las tiremos a la basura.

—Pero ¿a vosotros no os ha parecido extraño?

—Pues sí... —Tina dudaba—. Quizá por eso las guardamos, a pesar de todo.

Erica observó aquella habitación árida e impersonal mientras reflexionaba. El único intento de hacerla un tanto más agradable era la yuca mustia que había en un macetero en la ventana.

—No solemos usar esta sala —dijo Tina sonriendo a medias.

—Ya, lo entiendo —dijo Erica, y volvió a centrarse en las postales. Las puso boca abajo. Tal y como le había dicho Tina, estaban en blanco y lo único que se leía era el nombre de Laila y la dirección del psiquiátrico, escrita con bolígrafo azul. Cada una tenía el matasellos de una ciudad distinta, pero, que Erica supiera, ninguna relacionada con Laila.

¿Por qué España? ¿Las habría enviado la hermana de Laila? Pero, en tal caso, ¿por qué? No parecía verosímil, teniendo en cuenta que todos los matasellos eran de Suecia. Se preguntaba si debería pedirle a Patrik que comprobase los viajes de Agneta. Tal vez las dos hermanas hubieran tenido más contacto del que Laila dio a entender. O quizá aquello no tuviera nada que ver con Agneta...

—¿Quieres preguntarle por ellas a Laila? Puedo ir a ver si quiere recibirte... —dijo Tina.

Erica reflexionó un instante, observó la yuca mustia de la ventana y, finalmente, negó con un gesto.

—Gracias, pero prefiero meditarlo un poco primero y ver si puedo dilucidar qué significa esto.

—Pues suerte —dijo Tina, y se levantó.

Erica sonrió. Sí, desde luego, le haría falta suerte.

—¿Puedo llevarme las postales?

Tina dudó unos segundos.

—De acuerdo, pero prométeme que las devolverás cuando termines.

—Prometido —dijo Erica, y se las guardó en el bolso. Nada era imposible. En algún lugar estaba la conexión, y ella no se rendiría hasta encontrarla.

Gösta se preguntaba si, a pesar de todo, no debería esperar a que Patrik volviera; pero tenía la sensación de que no había tiempo que perder. Decidió fiarse de su instinto y seguir adelante con lo que sabía.

Annika lo había llamado para decirle que se había ido a casa un poco antes, porque su hija estaba enferma, así que lo que debería hacer, en realidad, era volver a la comisaría y atender el fuerte. Pero Martin no tardaría en regresar, estaba seguro, así que lo pensó mejor y continuó con el coche hacia Sumpan.

Ricky le abrió la puerta y lo invitó a pasar. Cuando iba de camino, Gösta le envió un mensaje al móvil para cerciorarse de que estaban en casa y, cuando entró en el salón, notó la tensión en el ambiente.

—¿Tenéis alguna novedad? —preguntó Markus.

Gösta vio en sus ojos el destello de una esperanza no ya de encontrar a su hija, sino de hallar una explicación y una posibilidad de paz. Y era para él un sufrimiento tener que decepcionarlos.

—No. O al menos, nada que sepamos que haya tenido que ver con la muerte de Victoria. Pero sí existe una circunstancia un tanto extraña que guarda relación con el otro caso cuyo esclarecimiento tenemos entre manos.

—¿El de Lasse? —preguntó Helena.

Gösta asintió.

—Hemos encontrado una conexión entre Victoria y Lasse. Que tiene que ver con otra circunstancia que hemos sabido recientemente. Y que es un tanto delicada.

Carraspeó un poco, sin saber muy bien cómo exponer aquello. Los tres aguardaban en silencio, y Gösta vio perfectamente la angustia que reflejaba la mirada de Ricky, los remordimientos con los que, seguramente, tendría que vivir el resto de sus días.

—Todavía no hemos encontrado el cadáver de Lasse, pero cerca de su coche había rastros de sangre. Los enviamos al laboratorio y han resultado ser suyos.

—Ajá —dijo Markus—. ¿Y qué tiene que ver eso con Victoria?

—Pues sí, como sabéis, sospechamos que alguien tenía vuestra casa vigilada. En el jardín del vecino encontramos una colilla que también enviamos al laboratorio —dijo Gösta, consciente de que se acercaba al tema que, en realidad, habría preferido poder evitar—. Resulta que, por iniciativa propia, los técnicos forenses han comparado la sangre del embarcadero con el ADN de la colilla, y coinciden. En otras palabras, era Lasse quien vigilaba a Victoria y, seguramente, también era él quien le enviaba aquellas cartas tan desagradables de las que nos habló Ricky.

—Sí, a nosotros también nos ha hablado de ellas —dijo Helena, que lanzó una mirada a Ricky.

—Siento haberme deshecho de las cartas —murmuró Ricky—. No quería que las vierais...

—No te preocupes por eso ahora —dijo Gösta—. Ya no importa. De todos modos, estamos trabajanado con la hipótesis de que Lasse estaba chantajeando a alguien que, finalmente, se cansó y terminó por matarlo. Y yo tengo una teoría sobre quién puede ser esa persona.

—Perdón, pero no entiendo —dijo Helena—. ¿Qué tiene que ver eso con Victoria?

—Sí, ¿y por qué la vigilaba? —preguntó Markus—. ¿Qué tenía ella que ver con que Lasse estuviera chantajeando a alguien? Explícate, por favor.

Gösta lanzó un suspiro y respiró hondo.

—Yo creo que Lasse le hacía chantaje a Jonas Persson porque sabía que Jonas mantenía una relación extramatrimonial con una chica mucho más joven que él. Con Victoria.

Por fin lo había dicho, y Gösta notó el alivio del peso que se había quitado de los hombros. Contuvo la respiración mientras esperaba la reacción de los padres de Victoria. Pero esta no fue en absoluto la que él esperaba. Helena levantó la vista y lo miró con firmeza. Luego le sonrió apenada.

—Me temo que estás confundido, Gösta.

Para sorpresa de Dan, Anna se había ofrecido voluntariamente a llevar a las niñas a equitación. Necesitaba salir de casa y tomar el aire, y ni siquiera la presencia de los caballos logró disuadirla. Se estremeció de frío y se abrigó bien con el chaquetón. Aparte de todo lo que ya tenía encima, las náuseas habían empeorado, y empezaba a estar convencida de que estaba incubando la gastroenteritis que arrasaba en el colegio. Hasta el momento había conseguido mantenerla a raya con los diez granos de pimienta blanca, pero estaba segura de que pronto estaría vomitando con la cabeza metida en un cubo.

Delante del establo tiritaban unas cuantas chicas. Emma y Lisen echaron a correr hacia ellas y Anna las siguió.

—Hola, ¿por qué estáis aquí fuera?

—Marta no ha llegado todavía —dijo una chica alta y morena—. Y ella nunca se retrasa.

—Estará al llegar, seguro.

—Pero es que Molly también tenía que estar aquí echando una mano —dijo la chica alta otra vez, y las demás asintieron. Estaba claro que era la líder del grupo.

—¿Habéis llamado a su casa? —preguntó Anna, y miró hacia la casa. Había luz, y parecía que hubiera alguien dentro.

—No, jamás se nos ocurriría. —La muchacha parecía horrorizada ante la sola idea.

—Bueno, entonces iré yo. Esperad aquí.

Anna cruzó la explanada medio a la carrera en dirección a la casa de Jonas y Marta. Las náuseas no mejoraron con los saltos y se apoyó en la barandilla para subir los peldaños del porche. Llamó dos veces antes de que Jonas acudiera a abrir. Se estaba secando las manos en un paño de cocina y, a juzgar por el olor, estaba preparando la comida.

—Hola —dijo extrañado.

Anna se aclaró un poco la garganta.

—Hola, ¿están Marta y Molly en casa?

—No, supongo que están en la escuela de equitación. —Jonas miró el reloj—. Marta tiene clase dentro de nada, y creo que Molly iba a ayudarle.

Anna negó con la cabeza.

—Pues no se han presentado. ¿Dónde crees que pueden estar?

—Ni idea —dijo Jonas como reflexionando—. No las he visto desde esta mañana muy temprano, porque me llamaron para una emergencia y cuando volví no había nadie en casa. Me eché un rato y luego he ido a la consulta. He dado por hecho que estaban en el establo. Molly tiene una competición importante dentro de poco, así que he supuesto que estaría entrenando. Y el coche está aquí... —Señaló el Toyota que había aparcado delante de la casa.

Anna asintió.

—Entonces ¿qué hacemos? Las chicas están esperando...

—La llamaré al móvil. Pero pasa —dijo, y se dio media vuelta.

Echó mano del móvil, que tenía en la consola de la entrada y marcó un número.

—Pues no contesta. Qué raro. Siempre lo lleva encima. —Jonas empezaba a preocuparse—. Voy a llamar también a mi madre, a ver si sabe algo.

337

Jonas llamó y Anna oyó cómo le explicaba a su madre la situación y, al mismo tiempo, trataba de tranquilizarla diciéndole que no pasaba nada, que todo estaba en orden. Concluyó la conversación diciéndole «adiós» varias veces.

—Hablar con una madre por teléfono, ya sabes —dijo con una mueca—. Es más fácil conseguir que vuelen los cerdos que una madre cuelgue el teléfono.

—Ya, sí —dijo Anna, como si supiera a qué se refería, cuando la verdad era que su madre casi no las llamó nunca ni a ella ni a Erica.

—Al parecer, fueron a tomar café con ella por la mañana, pero luego no las ha vuelto a ver. Molly no ha ido hoy al colegio porque le dolía el estómago, pero dice que, de todos modos, pensaban entrenar después del mediodía.

Se puso un chaquetón y le abrió la puerta a Anna.

—Voy contigo a buscarlas. No pueden andar muy lejos.

Dieron una buena batida por la explanada, miraron en el viejo cobertizo y en la escuela de equitación y, por último, en la sala de reuniones. Ni rastro de Molly ni de Marta.

Las chicas habían entrado en el establo y se oían sus voces hablando entre sí y también con los caballos.

—Bueno, vamos a esperar un poco —dijo Anna—. Si no aparecen, nos vamos a casa. Puede que haya habido algún malentendido con la hora.

—Sí, seguramente será eso —dijo Jonas, aunque la duda le resonó en la voz—. Pero voy a dar otra vuelta, no os deis por vencidas todavía.

—Claro —dijo Anna, y entró en el establo. Ya procuraría mantenerse a una distancia segura de las bestias un rato más.

Iban camino a casa. Patrik había insistido en conducir él, le vendría bien para relajarse.

—Bueno, ha sido un día muy completo —dijo—. Productivo, pero yo esperaba que sacáramos algo más concreto de todo esto, que haríamos algo así como un descubrimiento.

—Y lo haremos, más adelante —dijo Mellberg, con un entusiasmo poco frecuente. Seguro que aún le duraba el subidón de tanta atención como le habían dispensado mientras les hablaba del caso de Ingela Eriksson. Aquello le duraría semanas, pensó Patrik. Pero también comprendía que debían mantener el ánimo; en la reunión de mañana no podían transmitir la sensación de estar estancados.

—Puede que tengas razón, puede que la reunión de Gotemburgo termine por llevarnos a algo concreto. Palle iba a destinar recursos extra para revisar el caso de Ingela Eriksson, y si todos colaboramos, deberíamos dar con lo que se aparta de la norma en la desaparición de Minna Wahlberg.

Patrik pisó un poco más el acelerador. No veía el momento de llegar a casa, digerirlo todo y quizá comentarlo con Erica. A ella se le daba bien estructurar aquello en lo que él solo veía caos, y nadie le ayudaba tanto como ella cuando se trataba de poner orden en sus erráticas ideas.

Además, había pensado pedirle un favor. Y no tenía intención de poner en antecedentes a Mellberg, que era el que más protestaba por la mala costumbre de Erica de interferir en sus investigaciones. Aunque el propio Patrik se enfadaba con ella a veces, no podía negarse que Erica tenía la capacidad de descubrir puntos de vista diferentes a la hora de abordar las cosas. Palle le había pedido que aprovechara esa circunstancia, y su mujer ya estaba involucrada en el caso, en cierto modo, teniendo en cuenta que había encontrado una conexión entre Laila y la desaparición de las chicas. Había pensado si no debería mencionarlo en la reunión, pero finalmente decidió que no lo haría. Primero quería saber más, de lo contrario, existía el riesgo de que aquello los distrajera e interfiriese en la investigación, en lugar de contribuir a que avanzara. Erica aún no había encontrado nada que apoyara esa tesis, pero Patrik sabía por experiencia que, cuando ella tenía un presentimiento, valía la pena escuchar. En efecto, rara vez se equivocaba, lo que a veces podía resultar extremadamente irritante, pero tanto más útil. Y por eso pensaba pedirle que escuchara las conversaciones grabadas. Todavía tenían pendiente el gran reto de hallar un denominador común entre las chicas, y quizá Erica pudiera detectar algo que les hubiera pasado inadvertido a todos.

—Había pensado que podemos vernos mañana a las ocho para repasarlo todo —dijo—. Y pensaba pedirle a Paula que asistiera, si es que puede.

En el coche reinaba el silencio, y Patrik trataba de concentrarse en la conducción. El asfalto empezaba a estar demasiado resbaladizo para su gusto.

—¿Qué te parece, Bertil? —añadió al ver que su jefe no reaccionaba—. ¿Podrías preguntarle a Paula si tiene inconveniente en venir mañana?

Un sonoro ronquido fue cuanto obtuvo por respuesta. Echó una ojeada al asiento del copiloto. Sí, señor. Mellberg se había dormido. Estaría agotado después de una larga jornada de trabajo. Por la falta de costumbre, seguramente.

Fjällbacka, 1975

La situación se había vuelto insostenible. Las preguntas de los vecinos y las autoridades empezaban a ser demasiadas y comprendieron que no podrían seguir viviendo allí. Después de que Agneta se mudara a España, la madre de Laila empezó a llamarlos cada vez con más frecuencia. Se sentía sola y, cuando les habló de una casa que vendían a muy buen precio a las afueras de Fjällbacka, fue fácil tomar la decisión. Se mudarían allí otra vez.

Laila sabía que era una locura, que era peligroso estar demasiado cerca de su madre. Aun así, la llama de la esperanza prendió en su interior y creyó que tal vez ella les ayudaría y todo sería más sencillo si en la nueva casa, que estaba algo aislada y alejada de vecinos curiosos, los dejaban en paz.

Pero la llama de la esperanza no tardó en apagarse. La paciencia de Vladek disminuía y las discusiones se sucedían sin cesar. De lo que los unió en su día no quedaba ni rastro.

Ayer su madre se presentó de pronto en su casa. Se le veía la preocupación en la cara y, en un primer momento, Laila quiso arrojarse en sus brazos, ser pequeña otra vez y llorar como una niña. Luego notó la mano de Vladek en el hombro, percibió la fuerza cruel que poseía y se le pasó enseguida. Con toda la calma del mundo, Vladek le dijo lo que había que decir, a pesar de que a su madre le dolería oírlo.

La mujer se dio por vencida y cuando Laila la vio alejarse hacia el coche con los hombros hundidos, sintió deseos de llamarla a gritos, de decirle que la quería, que la necesitaba. Pero las palabras se le helaron en la garganta.

A veces se preguntaba cómo había podido ser tan tonta y creer que la mudanza cambiaría algo. El problema era suyo y nadie podía ayudarles. Estaban solos. Y no podía dejar que su madre entrara en el infierno en el que vivían.

A veces se acurrucaba junto a Vladek por las noches y recordaba los primeros años, cuando dormían así. Todas las noches dormían abrazados, aunque en realidad pasaban calor con el edredón. Ahora, ella ya no dormía. Se pasaba las noches despierta al lado de Vladek, escuchando sus leves ronquidos y su respiración. Y viendo cómo se estremecía en sueños y los ojos se le movían inquietos bajo los párpados.

Fuera estaba nevando y Einar seguía como hipnotizado la caída silenciosa de los copos. En la planta baja se oían los ruidos de siempre, los mismos que había oído día tras día los últimos años: Helga, que trajinaba en la cocina; el rumor de la aspiradora; el tintineo de la porcelana al meterla en el lavaplatos. Las tareas sempiternas de limpieza a las que Helga había dedicado toda su vida.

Madre mía, cómo despreciaba a aquel ser débil y miserable. Odiaba a las mujeres desde siempre. Su madre fue la primera, y luego vinieron las demás. Ella lo odió desde el primer momento, intentó cortarle las alas, impedirle ser él mismo. Pero ya llevaba mucho tiempo enterrada.

Murió de un infarto cuando él tenía doce años. La vio morir, y es uno de los mejores recuerdos de su vida. Lo guardaba como un tesoro y solo lo disfrutaba en momentos especiales. Entonces recordaba todos los detalles como si estuvieran pasando una película: cómo se llevó la mano al pecho, cómo se le distorsionó la cara del dolor y de la sorpresa mientras se iba cayendo al suelo... Él no pidió ayuda, sino que se arrodilló a su lado para no perderse ni uno solo de sus gestos. Con suma atención, examinó su semblante, que, en primer lugar, se puso rígido; y luego adquirió una tonalidad cada vez más azul por la falta de oxígeno, cuando el corazón dejó de latir.

Años atrás, casi se le ponía dura cuando pensaba en su tormento y en el poder que sentía que tenía sobre su vida. A Einar le gustaría que le pasara ahora también, pero el cuerpo le negaba ese placer. Ninguno de sus recuerdos podía proporcionarle esa sensación tan grata de la sangre bombeándole ahí abajo. Ahora su único placer era torturar a Helga.

Respiró hondo.

—¡Helga! ¡Helgaaaa!

El ruido cesó en la planta baja. Seguro que Helga habría dejado escapar un suspiro, y Einar disfrutó con la idea. Entonces oyó pasos en la escalera y luego la vio entrar.

—Hay que cambiar la bolsa otra vez. —Él mismo la había soltado antes de llamarla, para que empezara a gotear. Sabía que ella lo sabía, y eso formaba parte del juego, saber que, a pesar de ello, Helga no tenía otra opción. Él jamás se habría casado con una mujer que considerase que tenía opciones entre las que elegir o incluso voluntad propia. El hombre era un ser muy superior en todos los ámbitos, mientras que la única misión de la mujer era tener hijos. Pero a Helga no se le había dado bien ni eso.

—Sé que la bolsa no se suelta sola —dijo Helga, como si le hubiera leído el pensamiento.

Einar no respondió, la miró sin más. No importaba lo que ella pensara; de todos modos, tendría que limpiarlo.

—¿Quién era el que llamaba? —preguntó.

—Era Jonas. Preguntando por Molly y Marta. —Con unos movimientos algo más bruscos de la cuenta, Helga le desabrochó la camisa.

—Ajá, ¿y por qué? —dijo Einar, y contuvo el impulso de darle una buena bofetada.

Echaba de menos la capacidad de controlarla con su fuerza; de hacer que bajara la mirada, con amenazas sin palabras, de que se amoldara, se sometiera. Pero nunca permitiría que ella lo controlara. Lo había traicionado el cuerpo, pero mentalmente seguía siendo más fuerte que ella.

—No las encontraban en la escuela de equitación. Unas chicas que tenían clase estaban esperando, pero ni Molly ni Marta han aparecido.

—¿Tan difícil es llevar un negocio como es debido? —dijo Einar, que dio un respingo al notar un pellizco—. ¿Qué mierda estás haciendo?

—Perdón, ha sido sin querer —dijo Helga. Le faltaba el tono sumiso al que Einar estaba acostumbrado, pero decidió dejarlo pasar. Hoy se sentía más cansado de la cuenta.

—¿Y, entonces, dónde están?

—¿Cómo quieres que lo sepa yo? —replicó Helga, y se fue al cuarto de baño a buscar agua.

Einar se llevó una sorpresa. Desde luego, no era aceptable que ella le hablara de aquel modo.

—¿Cuándo ha sido la última vez que las ha visto? —gritó Einar, y oyó su voz al responder mezclada con el ruido del agua cayendo en el barreño.

—Esta mañana, muy temprano. Estaban durmiendo cuando él se fue a atender una emergencia en la granja de los Leandersson. Pero esta mañana se han pasado por aquí y no me han dicho nada de que fueran a ningún sitio en particular. Y el coche sigue aquí.

—Bueno, pues entonces estarán por aquí. —Einar la observó con atención mientras volvía del baño con el barreño lleno de agua, y con un paño—. Pero Marta debe comprender que no puede faltar a las clases de ese modo. Lo de la consulta de Jonas está muy bien, claro, pero con eso no se van a hacer ricos. —Cerró los ojos, y disfrutó al notar el agua caliente, y de la sensación de estar limpio.

—Ya se arreglarán —dijo Helga, y estrujó el paño.

—Hombre, pero que no se vayan a creer que luego yo les voy a prestar dinero.

Había levantado la voz, ante la sola idea de tener que separarse de un dinero que había ido acumulando con esfuerzo, y cuya existencia Helga no conocía. Con los años, había logrado reunir una buena cantidad. Era bueno en lo suyo y sus aficiones no eran excesivamente caras. La idea era que ese dinero fuera en su día para Jonas, pero Einar temía que su hijo, en un arrebato de generosidad, le diera una parte a su madre. Jonas era como él, pero tenía también un lado débil, que habría heredado de su madre, claro. Einar no lo entendía, y le preocupaba.

—¿Estoy limpio ya? —preguntó cuando ella le había puesto una camisa limpia y le abrochaba los botones con aquellos dedos marcados por tantos años de trabajo doméstico.

—Sí, hasta la próxima vez que te apetezca soltar la bolsa.

Se levantó y se lo quedó mirando, y él notó la irritación que le hormigueaba bajo la piel. ¿Qué le pasaba a aquella mujer? Era como si estuviera examinando un insecto bajo una lupa. Tenía la mirada fría, como examinándolo y valorándolo, y, sobre todo, no había en sus ojos ni rastro de miedo.

Por primera vez en muchos años, Einar experimentó algo que lo disgustaba profundamente: inseguridad. Estaba en inferioridad de condiciones y sabía que debería restablecer la relación de poder entre los dos.

—Dile a Jonas que venga —le ordenó con tanta acritud como pudo. Pero Helga no respondió. Siguió mirándolo sin reaccionar.

Molly tenía tanto frío que le castañeteaban los dientes. Se le habían habituado los ojos a la oscuridad y distinguía a Marta como una sombra. Quería pegarse a ella y calentarse un poco, pero algo la retenía. Lo mismo que la había retenido siempre.

Sabía que Marta no la quería. Lo sabía desde que le alcanzaba la memoria, y en realidad, nunca echó de menos su amor. ¿Cómo podía uno echar de menos algo que nunca había tenido? Además, Jonas siempre había estado ahí. Él era quien le quitaba la arenilla de las heridas cuando se caía de la bicicleta, quien ahuyentaba a los monstruos que había debajo de la cama y el que la tapaba por la noche antes de dormir. Él le preguntaba los deberes, le explicaba todo lo que sabía sobre los planetas y el sistema solar, y lo sabía y lo podía todo.

Molly nunca comprendió por qué Jonas vivía tan obsesionado con Marta. A veces, cuando estaban sentados a la mesa de la cocina, los había visto intercambiar una mirada, había visto sus ojos hambrientos. ¿Qué era lo que veía Jonas? ¿Qué fue lo que vio en ella la primera vez, en esa cita de la que tantas veces había oído hablar?

—Tengo frío —dijo, y observó la figura inmóvil que se recortaba en la oscuridad. Marta no respondió y Molly dejó escapar un sollozo—. ¿Qué ha pasado? ¿Qué hacemos aquí? ¿Dónde estamos?

No podía dejar de hacer preguntas. Se le amontonaban en la cabeza, y la incertidumbre se mezclaba con el miedo. Volvió a tironear tanteando la cadena. Había empezado a hacérsele una herida en el tobillo, e hizo una mueca de dolor.

—Déjalo ya, no conseguirás soltarte —dijo Marta.

—Pero no podemos rendirnos sin más, ¿no? —Solo por llevar la contraria, Molly volvió a tirar, pero el dolor que le subió enseguida por la pierna castigó su empeño.

—¿Quién ha dicho que vamos a rendirnos? —La voz de Marta resonó tranquila en la oscuridad. ¿Cómo podía mantener la calma de aquel modo? La calma, más que contagiarse, la asustaba más aún, y Molly sintió que el pánico se apoderaba de ella.

—¡Socorroooo! —gritó, y el grito rebotó entre las paredes—. ¡Estamos aquí! ¡Socorroooo!

El eco de los gritos dio lugar a un silencio ensordecedor.

—Déjalo ya, anda. No sirve de nada —dijo Marta con la misma calma fría de antes.

Molly sentía deseos de golpearla y arañarla, quería tirarle del pelo, darle patadas, cualquier cosa con tal de ver otra reacción, y no esa serenidad espeluznante.

—Nos ayudarán —dijo Marta al fin—. Pero tenemos que esperar. Se trata de no perder el control. Cállate, y todo se arreglará.

Molly no comprendía a qué se refería Marta. Lo que acababa de decir le parecía una locura. ¿Quién las iba a encontrar allí? Pero luego se le pasó el miedo. Conocía a Marta lo bastante bien, y si ella decía que iban a ayudarles, les ayudarían. Molly se sentó de espaldas a la pared y apoyó la cabeza en las rodillas. Haría lo que le decía Marta.

—Por Dios, qué cansado estoy. —Patrik se pasó la mano por la cara. No acababa de entrar por la puerta cuando lo llamó Gösta, seguramente para que lo pusiera al corriente de cómo había ido la reunión, pero tras dudar unos segundos, decidió no hacer caso al móvil. Si ocurría algo urgente, tendrían que ir a buscarlo a casa. En aquellos momentos no era capaz de pensar en más de una cosa, y lo que quería era repasarlo todo tranquilamente con Erica.

—Esta noche, intenta descansar y nada más —dijo Erica.

Patrik sonrió. Ya le había visto en la cara que quería contarle algo.

—No, quiero que me ayudes con una cosa —dijo, y entró en el salón para decirles hola a los niños. Los tres se le acercaron y lo abrazaron a la vez. Era una de las muchas facetas maravillosas de tener hijos: después de un día fuera de casa, te recibían como si hubieras estado dando la vuelta al mundo.

—Vale, supongo que no pasa nada. —Patrik notó que lo decía aliviada. Se preguntaba qué iba a decirle, pero necesitaba comer algo antes.

Media hora después, había comido y estaba listo para escuchar lo que su mujer parecía tan ansiosa por contarle.

—Esta mañana caí en la cuenta de que se me había olvidado averiguar una cosa muy importante —comenzó Erica, y se sentó enfrente de Patrik—. Había comprobado si Laila había recibido visitas o llamadas telefónicas, y no, ninguna.

—Sí, recuerdo que me lo dijiste. —La observó al resplandor de las velas que ardían sobre la mesa. Qué guapa era. Era como si a veces se le olvidara, de vez en cuando, como si estuviera tan acostumbrado a verla que ya no reaccionaba. Debería decírselo más a menudo, y decirle cosas bonitas, aunque él sabía que ella estaba satisfecha con los ratos de la vida cotidiana, las noches en el sofá, con la cabeza apoyada en su hombro, las cenas de los viernes, buena comida y una copa de vino, las conversaciones en la cama antes de dormirse... En fin, todo aquello que a él también le encantaba de su vida.

—Perdona, ¿qué decías? —Comprendió que llevaba un rato absorto en sus pensamientos. Estaba tan cansado que le costaba concentrarse.

—Pues eso, que se me había olvidado una de las formas de contacto con el entorno. Una estupidez por mi parte, pero menos mal que al final he caído.

—Al grano, cariño —dijo Patrik en tono provocador.

—Sí, claro. El correo. Se me había olvidado comprobar si había recibido o enviado alguna carta.

—Teniendo en cuenta lo ansiosa que estás, doy por hecho que has encontrado algo, ¿no?

Erica asintió entusiasmada.

—Sí, pero no sé lo que significa. Espera, te lo voy a enseñar.

Se levantó y fue a la entrada en busca del bolso. Sacó unas postales y las puso encima de la mesa de la cocina.

—Las recibió Laila, pero no las quiso y le pidió al personal que las tirara a la papelera. Lo que, por suerte, no hicieron. Como ves, todos son paisajes de España.

—¿Quién las enviaba?

—No tengo ni idea. Tienen matasellos de distintos lugares de Suecia, y no se me ocurre ninguna conexión entre ellos.

—¿Qué dice Laila de las postales? —Patrik fue pasando las postales y leyendo los matasellos, que eran de color azul.

—Todavía no he hablado con ella. Primero quiero tratar de encontrar el hilo conductor.

—¿Tienes alguna teoría?

—No, llevo pensándolo desde que me las dieron. Pero, aparte de España, no hay otro denominador común.

—¿No vivía en España una hermana de Laila?

Erica asintió y observó una de las postales. Representaba a un torero que agitaba una capa rosa delante de un toro agresivo.

—Sí, pero parece que es verdad que llevan todos estos años sin hablarse, y además, las postales tienen el matasellos de Suecia, no de España.

Patrik frunció el entrecejo y trató de ver otro modo de encontrar una conexión.

—¿Has señalado las ciudades en un mapa?

—No, no se me había ocurrido. Ven, vamos a verlo en el mapa que tengo en el despacho.

Salió de la cocina con las postales en la mano y Patrik se levantó y la siguió con gesto cansino.

Una vez en el despacho, Erica le dio la vuelta a una de las postales, miró el matasellos y luego el mapa. Cuando encontró la ciudad que buscaba, puso una cruz junto al nombre, e hizo lo mismo con las otras tres postales. Patrik la observaba en silencio, apoyado en el quicio de la puerta, con los brazos cruzados. Abajo se oían en la tele los gritos del padre de Emil el de Lönneberga, que perseguía a su hijo para que fuera al cobertizo.

—¡Ya está! —Erica dio un paso atrás y observó el mapa con expresión crítica. Había señalado en rojo las ciudades donde habían desaparecido las chicas, y ahora marcó en azul los lugares desde los que se habían enviado las postales—. Pues sigo sin entender nada.

Patrik entró en la habitación y se colocó a su lado.

—No, yo tampoco veo ningún patrón.

—¿Y hoy, en la reunión, no ha salido a relucir nada que pueda ayudarnos? —dijo Erica sin apartar la vista del mapa.

—Nada de nada —respondió Patrik encogiéndose de hombros con resignación—. Pero en fin, ya que estás tan involucrada, puedo contarte lo que hemos hablado. Puede que a ti se te ocurra algo que se nos haya pasado a nosotros. Ven, vamos a hablar abajo.

Se dirigió hacia la escalera y empezó a bajar mientras le seguía hablando por encima del hombro.

—Como te decía, estaba pensando pedirte ayuda con una cosa. Todos los distritos han filmado las conversaciones con las familias de las muchachas, y tenemos copias de todo el material. Antes solo contábamos con la transcripción. Y quisiera que tú vieses esas grabaciones conmigo y me digas lo que se te vaya ocurriendo.

Erica iba detrás de él y le puso una mano en el hombro.

—Pues claro que sí. Podemos ponernos en cuanto se hayan dormido los niños. Pero antes, cuéntame de qué habéis hablado hoy, para que esté al tanto.

Se sentaron otra vez en la cocina, y Patrik se preguntó si no estaría bien proponerle hacer un registro para ver qué había en el congelador en lo que a helados se refería.

—El colega de Gotemburgo quería que me contaras otra vez tu conversación con la madre de Minna. Todos tenemos la sensación de que su caso es distinto, y cualquier cosa que se te ocurra, por insignificante que sea, puede sernos de ayuda.

—Claro, pero ya te lo conté después de haber hablado con ella, y ahora ya no lo tengo tan fresco.

—Cuéntame lo que recuerdes —insitió Patrik, y se puso la mar de contento al ver que Erica iba al congelador y volvía con un paquete de helado Ben & Jerry. A veces se preguntaba si las parejas no aprenderían a leerse el pensamiento al cabo de un tiempo de convivencia.

—¡Anda, conque comiendo helado! —Maja entró en la cocina; los miraba airada—. ¡Jolines, qué injusticia!

Patrik vio que tomaba aliento y supo lo que vendría inmediatamente después.

—¡Anton, Noel! Papá y mamá están comiendo helado y no nos han dicho nada.

Patrik soltó un suspiro y se levantó. Sacó un paquete grande de helado y tres cuencos y empezó a servirlo. Uno debía saber cuándo rendirse.

Acababa de llenar el tercer cuenco y ya estaba deseando ponerse una buena cantidad de *chocolate fudge brownie* cuando llamaron a la puerta. Con insistencia.

—Pero ¿qué pasa? —Echó una mirada a Erica, y fue a abrir la puerta. Allí estaba Martin, con la cara tensa.

—¿Puede saberse por qué demonios no contestas al teléfono? ¡Te hemos estado buscando como locos!

—Pero ¿qué ha pasado? —preguntó Patrik, que notó que se le hacía un nudo en el estómago.

Martin lo miró muy serio.

—Nos ha llamado Jonas Persson. Molly y Marta han desaparecido.

Patrik oyó que, a su espalda, Erica contenía la respiración.

Jonas estaba en el sofá del salón y notaba que la preocupación iba en aumento. No se explicaba qué hacía allí la policía. ¿No deberían estar fuera buscándolas? Menudos idiotas incompetentes.

Como si pudiera leer la mente, Patrik Hedström se le acercó y le puso la mano en el hombro.

—Vamos a hacer una búsqueda por las inmediaciones de la granja, pero para adentrarnos en el bosque tendremos que esperar a que haya luz del día. Lo que sí necesitaríamos es que nos ayudaras a hacer una lista de los amigos de Marta y Molly. Quizá podrías empezar a llamarlos a todos, ¿no?

—Ya he llamado a todos los que se me han ocurrido.

—Bueno, de todos modos, haz esa lista. Puede que haya nombres en los que no hubieras caído. Yo había pensado ir a hablar con tu madre también, por si recuerda que dijeran algo más sobre lo que iban a hacer después de mediodía. ¿Marta lleva una agenda? ¿O Molly? En estos momentos cualquier detalle puede sernos útil.

—Marta utiliza la agenda del móvil, y supongo que lo lleva encima, aunque no responde a mis llamadas. Nunca sale de casa sin el teléfono. El de Molly está aquí, en su cuarto. Y si ella tiene otra agenda, la verdad, no lo sé. —Meneó la cabeza. ¿Qué sabía, en realidad, de la vida de Molly? ¿Qué sabía de su hija?

—De acuerdo —dijo Patrik, y volvió a ponerle la mano en el hombro. A Jonas le sorprendió lo bien que funcionaba ese gesto. Aquella mano le transmitía algo de tranquilidad.

—¿Puedo ir con vosotros a casa de mi madre? —Se levantó para dejar claro que, en realidad, no era ninguna pregunta—. Se pone muy nerviosa y está preocupadísima con lo ocurrido.

—Sí, sí, claro —dijo Patrik, y se dirigió a la puerta.

Jonas lo siguió y los dos cruzaron en silencio la explanada camino de la casa de Einar. Dio unas zancadas rápidas, se adelantó a Patrik por la escalera y abrió la puerta.

—Soy yo, mamá. Y la policía, que quiere hacerte unas preguntas.

Helga apareció en el pasillo.

—¿La policía? ¿Qué quiere la policía? ¿Es que les ha ocurrido algo?

—No pasa nada —dijo Patrik—. Hemos venido porque Marta y Molly siguen desaparecidas, y Jonas no ha conseguido localizarlas. Pero estas cosas casi siempre resultan fruto de un malentendido. Seguro que están en casa de alguna amiga y se les ha olvidado avisar.

Helga pareció tranquilizarse un poco y asintió brevemente.

—Sí, será eso. No entiendo por qué había que molestar a la Policía con esto y justo en estos momentos. Seguro que tenéis trabajo de sobra.

Los dejó atrás y se dirigió a la cocina, donde siguió metiendo los platos en el lavavajillas.

—Siéntate, mamá —dijo Jonas.

La preocupación iba en aumento. A Jonas aquello no le encajaba en absoluto. ¿Dónde estarían? Había repasado mentalmente las conversaciones que Marta y él habían mantenido los últimos días. No hubo en ellas nada que le indicara que algo anduviera mal. Al mismo tiempo, allí estaba el miedo, el mismo que había sentido desde su primer encuentro: el miedo y la convicción de que ella iba a abandonarlo un día. Eso lo asustaba más que nada en el mundo. Lo perfecto estaba condenado a sucumbir. Había que alterar el equilibrio. Esa era la filosofía que él había hecho suya. ¿Cómo llegó a pensar que él quedaría fuera, que no se le aplicarían a él las mismas reglas?

—¿Cuánto tiempo se quedaron? —Patrik le hacía las preguntas con voz suave, y Jonas las escuchaba con los ojos cerrados, al igual que las respuestas. Oía por su tono de voz que no le gustaba la situación en la que se encontraba. Jonas sabía que Helga creía que deberían haber llevado aquel asunto sin mezclar a la policía. En su familia se las arreglaban solos.

–No dijeron nada de ningún plan, solo que iban a entrenar después. –Helga levantó la vista al techo mientras pensaba, una costumbre que él le había visto desde siempre. Todos aquellos gestos tan conocidos, todo lo que se repetía una y otra vez, en un ciclo eterno. Él había aceptado que formaba parte de ese ciclo, y Marta también. Pero sin ella, él ni querría ni podría. Sin ella, nada tendría sentido.

–¿No comentaron si iban a ver a alguien? ¿O si tenían algún recado que hacer? –continuó Patrik, y Helga negó con la cabeza.

–No. Además, de ser así, se habrían llevado el coche. Después de todo, Marta era bastante comodona.

–¿Era? –dijo Jonas, y oyó que preguntaba con tono chillón–. Querrás decir «es», ¿no?

Patrik lo miró sorprendido, y Jonas apoyó los codos en la mesa y descansó la cabeza en las manos.

–Perdón, llevo despierto desde las cuatro de la mañana y no he recuperado el sueño del todo. No es propio de Marta faltar a las clases, y mucho menos irse sin avisar.

–Seguro que vuelven pronto, y Marta se va a enfadar cuando se entere de la que has armado –dijo Helga para consolarlo, aunque con un tonillo que, seguramente, Patrik no supo captar.

A Jonas le gustaría poder creerla, pero era como si toda su razón se opusiera a esa idea. ¿Qué iba a ser de él si desaparecían? Jamás podría explicarle a nadie el tipo de unidad que formaban él y Marta, que los dos eran como un solo ser. Que respiraban al unísono desde el día en que se conocieron. Molly era su carne y su sangre, pero sin Marta, él no era nada.

–Tengo que ir al baño –dijo antes de levantarse.

–Ya verás que tu madre tiene razón, Jonas –dijo Patrik cuando se alejaba.

Él no respondió. En realidad, no necesitaba ir al baño en absoluto. Pero sí unos minutos para serenarse, para que no se dieran cuenta de que todo estaba a punto de desmoronarse.

En el piso de arriba se oían los gemidos y lamentos de su padre. Seguro que se quejaba más alto de lo normal solo porque había oído voces abajo. Pero Jonas no pensaba subir. En aquellos momentos, Einar era la última persona sobre la faz de la Tierra a la que le apetecía ver. En cuanto se acercaba a su padre, notaba un calor ardiente, como si estuviera cerca de un incendio. Siempre fue así. Helga había intentado actuar como el frío entre los dos, pero no lo había logrado del todo. Ahora solo quedaban unas ascuas, y Jonas no sabía cuánto tiempo podría seguir ayudando a su padre a mantenerlas con vida. Cuánto tiempo le debía.

Jonas entró en el baño y apoyó la frente en el espejo. Notó un frescor agradable y sintió que le ardían las mejillas. Cerraba los ojos y las imágenes pasaban a toda velocidad, todos los recuerdos de la vida que había compartido con Marta. Se sorbió la nariz y se agachó para cortar una tira de papel higiénico, pero se había terminado y solo quedaba el cartón. Al otro lado de la puerta se oía el rumor de las voces de la cocina mezclado con los ruidos de Einar, en el piso de arriba. Se sentó en cuclillas y abrió el armario del baño, donde Helga guardaba los rollos de papel higiénico.

Se quedó mirando la pila de rollos. Entre ellos había algo escondido. En un primer momento, no comprendía qué era. Luego, de pronto, lo comprendió todo.

Erica se había ofrecido a ayudar en la búsqueda, pero Patrik le recordó lo evidente: alguien tenía que quedarse en casa con los niños. Muy a su pesar, le dio la razón y pensó que, en ese caso, dedicaría la tarde a ver las grabaciones de las conversaciones con los familiares de las chicas desaparecidas. Estaban en la entrada, en una bolsa, pero sabía por experiencia que no podría sentarse a verlas hasta que los niños estuvieran durmiendo en sus camitas. Así que postergó la idea de las grabaciones y se sentó con los niños en el sofá.

Había puesto otra película de Emil y sonrió al ver sus travesuras. Se arrebujó más cerca de sus hijos, pero era difícil, dado que ella solo tenía dos lados y ellos eran tres y los tres querían sentarse a su lado... Al final se sentó a Anton en el regazo, así Maja pudo sentarse a un lado y Noel al otro. Los dos se recostaron sobre ella y Erica sintió una gratitud inmensa por todo lo que le había dado la vida. Pensó en Laila y se preguntó si alguna vez había sentido lo mismo por sus hijos. Sus actos indicaban lo contrario.

Mientras Emil derramaba sopa de arándanos en la cara de la señora Petrell, notó cómo los pequeños se iban relajando y, al final, oyó el sonido inconfundible de su respiración al dormir. Se liberó de la montaña de niños, los llevó arriba uno tras otro y los acostó. Se quedó unos segundos en el cuarto de los gemelos, observando aquellas cabecitas rubias sobre la almohada, tan seguros, tan satisfechos, tan ignorantes del mal que había en el mundo. Luego salió sin hacer ruido, fue a la entrada en busca de las grabaciones y se sentó otra vez en el sofá. Observó los DVD cuidadosamente marcados y decidió verlos siguiendo el orden en el que habían desaparecido las chicas.

Sintió una punzada de compasión en el estómago al ver a la familia de Sandra Andersson, sus caras estragadas mientras intentaban responder a la policía, sus ganas de ayudar y, al mismo tiempo, el tormento que en ellos provocaban las preguntas. Había preguntas que los policías repetían una y otra vez y, aunque Erica comprendía por qué, no podía por menos de comprender la frustración de los familiares al no ser capaces de responderlas.

Continuó con la segunda grabación, y luego con la tercera, tratando de mantener los ojos abiertos y los sentidos alerta. Empezó a invadirla el desánimo al ver que no lograba captar aquella sensación indefinible que buscaba. Comprendía que al pedirle ayuda, Patrik estaba probando suerte, pero que en realidad no creía que fuera a encontrar nada. A pesar de todo, había abrigado la esperanza de experimentar ese rayo genial que le permitiría verlo todo con claridad y que haría que las piezas encajaran de pronto. Había ocurrido en otras ocasiones y sabía que podía volver a pasar, pero en este caso solo veía familias destrozadas y apenadas con montones de preguntas sin respuesta.

Apagó el reproductor. El sufrimiento que se reflejaba en los ojos de aquellos padres se le había metido bajo la piel. Su dolor irradiaba desde la pantalla del televisor, se veía en los gestos, en la voz que, de vez en cuando, se les quebraba en su intento por contener el llanto. No tenía fuerzas para seguir mirando, así que decidió llamar a su hermana para charlar un rato.

Anna parecía cansada. Erica se sorprendió al oír que estaba en la escuela de equitación cuando descubrieron que Marta y Molly habían desaparecido. Ella, por su parte, le contó a Anna que la policía ya se estaba encargando del asunto. Luego estuvieron charlando de las últimas novedades, de la vida cotidiana que, a pesar de todo, seguía su curso. No le preguntó a Anna cómo se encontraba. Aquella noche, precisamente, no tenía fuerzas para oír sus mentiras sobre que todo iba bien, así que dejó que su hermana siguiera hablando y fingiendo que las cosas marchaban como debían.

−¿Y tú, cómo estás? −preguntó Anna.

Erica no sabía cómo expresarlo con exactitud. Le contó lo que estaba haciendo, tratando al mismo tiempo de evitar entrar de lleno en los sentimientos.

—Es tan raro ver esas grabaciones... Es como compartir el dolor de esas familias, sentirlo y, por lo menos hasta cierto punto, comprender lo terrible que debía de ser sufrir algo parecido. Al mismo tiempo, no puedo dejar de sentir un gran alivio al pensar que mis hijos están en sus camitas a buen recaudo.

—Sí, por favor, gracias a Dios que están los niños. Sin ellos no sé cómo habría aguantado. Si además...

Anna dejó la frase a medias, pero Erica sabía lo que pensaba decir. Que debería haber un niño más.

—Tengo que colgar —dijo Anna, y a Erica le entraron ganas de preguntar si Dan había mencionado que lo había llamado por la mañana. Pero no lo hizo. Lo mejor sería esperar y dejar que hicieran las cosas a su ritmo.

Cuando se despidieron, después de colgar, Erica se levantó y puso el siguiente DVD. Era la conversación con la madre de Minna, y reconoció en la pantalla el apartamento que ella misma había visitado hacía unos días. También reconoció la expresión de desaliento en la cara de Nettan. Exactamente igual que los demás padres también ella trataba de responder a las preguntas de los policías, igual de ansiosa por colaborar, pero Nettan era muy distinta a los miembros de las demás familias, tan ordenadas y pulcras, casi de más. Ella tenía el pelo ajado y sin peinar, y llevaba la misma chaqueta vieja que cuando Erica fue a visitarla. Además, estuvo fumando sin parar durante toda la conversación, y Erica oyó que los policías tosían de vez en cuando a causa del humo.

En gran medida, formulaban las mismas preguntas que le había hecho ella, lo que le ayudó a refrescar la memoria para luego poder contárselo a Patrik otra vez. La gran diferencia era que ella había podido hojear los álbumes de fotos y, gracias a eso, había tenido la oportunidad de forjarse una imagen más personal de Minna y Nettan. La policía, por su parte, no parecía haberse preocupado por esa faceta personal. A ella, en cambio, lo que más le interesaba de un caso eran las personas implicadas y afectadas. ¿Cómo sería su vida privada, sus relaciones? ¿Qué recuerdos tenían? Le encantaba ver los álbumes de fotos, observar las fiestas y la vida cotidiana a través del ojo humano que había detrás del objetivo. La persona que hacía la foto elegía el motivo, y lo interesante era comprobar cómo quería relatar su vida.

En el caso de Nettan era evidente la importancia que concedía a los distintos hombres que iban y venían. Su deseo de tener una familia, un marido y un padre para Minna, era patente en cada página. Las fotos de Minna a hombros de un hombre, de Nettan tomando el sol con otro en la playa, de las dos con el último novio de Nettan delante de un coche cargado de esperanzas de unas vacaciones maravillosas. Todo eso era importante para Erica, aunque para la policía no fuera relevante.

Cambió otra vez el DVD y puso en esta ocasión el de los padres y el hermano de Victoria. Pero tampoco en él vio nada que le llamara la atención. Miró el reloj. Las ocho. Patrik llegaría tarde, seguro, si es que venía a casa. Se sentía bastante despabilada, así que decidió ver todas las grabaciones otra vez, prestando aún más atención.

Un par de horas después había terminado, constató que no había descubierto nada nuevo y decidió irse a la cama. No tenía sentido esperar a Patrik despierta; ni siquiera la había llamado, así que estaría liadísimo. Habría dado cualquier cosa por saber qué estaba ocurriendo, pero tantos años de convivencia con un policía le habían enseñado que, a veces, la única opción era contener la curiosidad y esperar pacientemente. Y aquella era una de esas veces.

Cansada y con la cabeza llena de impresiones después de ver los interrogatorios, se tapó hasta la barbilla. Tanto a ella como a Patrik les encantaba dormir sin calefacción, y en su dormitorio siempre hacía un poco de frío, así se disfrutaba más debajo del edredón. Notó casi enseguida que el sopor se apoderaba de ella y, en esa tierra de nadie entre el sueño y la vigilia, el cerebro siguió visionando las imágenes de las películas. Sin orden ni concierto, iban apareciendo para ser sustituidas en el acto por otras nuevas. El cuerpo le pesaba cada vez más y, cuando empezó a caer de lleno en el sueño, el flujo de imágenes comenzó a pasar más lento. El proyector del cerebro se detuvo en una imagen. Erica se despertó en el acto.

En la comisaría reinaba una actividad febril. Patrik había pensado convocar una reunión de urgencia para coordinar la búsqueda de Molly y Marta, pero el trabajo ya estaba en marcha. Gösta, Martin y Annika se habían empleado a fondo y estaban contactando con amigos y conocidos, con las compañeras de clase de Molly, con las chicas de la escuela de equitación y con otras que figuraban en la lista que Jonas les había proporcionado. Esos nombres los conducían a otros que no tenían, pero hasta ahora no habían hablado con nadie que supiera dónde se habían metido Molly y su madre. Ya empezaba a ser tan tarde que las razones lógicas para explicar su ausencia eran cada vez menos.

Fue por el pasillo hacia la cocina. Cuando pasó por delante del despacho de Gösta, vio con el rabillo del ojo que su colega daba un salto de la silla.

—¡Eh, espera!

Patrik se paró en seco.

—¿Qué pasa?

Gösta se le acercó con las mejillas encendidas.

—Pues sí, verás, hoy ha pasado una cosa mientras estabais fuera. No quería hablar de ello mientras estábamos en casa de Jonas, pero es que Pedersen ha llamado. La sangre del muelle era de Lasse.

—O sea, lo que pensábamos.

—Sí, pero hay más.

—Vale, ¿qué otra cosa ha encontrado? —preguntó Patrik sin perder la calma.

—Pedersen tuvo la ocurrencia de comparar la sangre con el ADN de la colilla que enviamos a analizar, ya sabes, la que encontré en el jardín del vecino de Victoria.

—¿Y...? —Ahora, Patrik estaba en tensión.

—Coincide —dijo Gösta, y aguardó triunfal la reacción de Patrik.

—¿Quieres decir que era Lasse el que se apostaba allí a vigilar? —Se quedó atónito mirando a Gösta, mientras trataba de unir todas las piezas sueltas—. ¿Era él el que espiaba a Victoria?

—Pues sí. Y, seguramente, también era el autor de aquellas cartas amenazadoras. Pero eso no lo sabremos nunca, por desgracia, porque Ricky las tiró todas a la basura.

—O sea, Lasse estaba chantajeando a alguien que mantenía una relación con Victoria, y él lo sabía —dijo Patrik pensando en voz alta—. Alguien a quien interesaba mantenerlo en secreto. Incluso pagando.

Gösta asintió.

—Justo lo que yo pensaba.

—Entonces, ¿es Jonas? —dijo Patrik.

—Eso creía yo también, pero Ricky estaba equivocado.

Patrik escuchó atentamente a Gösta, y todo lo que había sospechado hasta el momento se desbarató.

—Tenemos que decírselo a los demás. ¿Avisas a Martin? Yo llamaré a Annika.

Unos minutos después estaban todos en la cocina. Al otro lado de la ventana era noche cerrada y la nieve caía despacio. Martin había puesto una cafetera.

—¿Dónde demonios está Mellberg? —dijo Patrik.

—Ha estado aquí un rato, pero luego se ha ido a comer. Seguro que se ha quedado dormido en el sofá —dijo Annika.

—Bueno, pues tendremos que arreglárnoslas sin él. —La adrenalina lo había acelerado. Por más que fuera irritante que Mellberg siempre se las ingeniara para escaquearse, Patrik era consciente de que trabajarían mejor en su ausencia.

—¿Qué ha pasado? —dijo Martin.

—Tenemos nueva información que puede ser relevante en la búsqueda de Molly y Marta. —Patrik oyó lo ampuloso de su respuesta, pero solía sucederle en situaciones tan graves como aquella—. ¿Podrías contarnos lo que has averiguado, Gösta?

Gösta carraspeó un poco y explicó cómo habían llegado a la conclusión de que Lasse tuvo que estar vigilando a Victoria.

—Sencillamente, tuvo que descubrir que Victoria mantenía una relación con alguien. Y, como parece que pensó que tal relación era moralmente reprobable, empezó a enviarle cartas de amenaza al mismo tiempo que empezaba con el chantaje.

—¿Y no será él también el que secuestró a Victoria? —preguntó Martin.

—Es una teoría, pero Lasse no parece el tipo de sujeto al que describió Struwer, y me cuesta creer que pudiera hacer algo así —dijo Patrik.

—Pero ¿a quién estaba chantajeando Lasse? —dijo Annika—. Tiene que ser Jonas, ¿no? Puesto que Victoria estaba con él, claro.

—Sí, esa fue también la conclusión que yo saqué. Pero... —Gösta hizo una pausa dramática y Patrik vio que disfrutaba captando la atención de todos.

—Pero no era él —dijo Patrik. Le hizo un gesto a Gösta para que continuase.

—Como todos sabéis, Ricky creía que su hermana estaba con Jonas, pero su madre conocía una faceta de Victoria que ninguna otra persona había descubierto. A ella no le gustaban los chicos.

—¿Qué? —dijo Martin, y se irguió en la silla—. Pero ¿cómo es posible que nadie más lo supiera? No ha salido a la luz cuando hemos estado hablando con sus amigas y sus compañeras de clase. ¿Y cómo es que su madre sí lo sabía?

—Se ve que Helena se lo figuró, cosa de madres. Luego parece que vio algo un día que Victoria había llevado a casa a una amiga. Lo habló con ella en una ocasión, para que Victoria supiera que en casa podía hablar del tema abiertamente. Pero Victoria se puso muy nerviosa y le pidió que no le contara nada a Ricky ni a su padre.

—Claro que para ella era difícil —dijo Annika—. No puede ser fácil y menos a esa edad y en un pueblo pequeño.

—Ya, claro. Pero mi teoría es que se puso tan nerviosa porque, en aquellos momentos, mantenía una relación con una persona que sus padres no aprobarían. —Gösta alargó el brazo en busca de la taza.

—¿Pero con quién? —dijo Annika.

Martin frunció el ceño.

—¿Era Marta? Eso podría explicar la discusión de aquel día entre Jonas y Victoria. Puede que fuera Marta.

Gösta asintió.

—Lo que significa que, seguramente, Jonas lo sabía.

—Es decir, que podemos suponer que Lasse chantajeaba a Marta. ¿Y ella se cansó de pagar y lo mató? ¿O Jonas se enfadó tanto al saberlo que se encargó personalmente del asunto? ¿O habrá una tercera posibilidad que se nos escapa? —Martin se rascaba la nuca pensativo.

—No, yo creo más bien en cualquiera de las dos primeras opciones —dijo Patrik, y miró a Gösta, que se mostró de acuerdo.

—En ese caso, tenemos que hablar con Jonas otra vez —dijo Martin—. ¿Y no será que a Marta y a Molly no se las ha llevado el mismo sujeto que a las demás chicas? ¿No se habrá llevado Marta a Molly, no habrá huido para esquivar la acusación de asesinato? Puede que Jonas sepa dónde están, ¿no? Puede que esté fingiendo.

—En ese caso, es un magnífico actor... —comenzó Patrik, pero lo interrumpieron unos pasos que se acercaban por el pasillo. Sorprendido, vio que su mujer entraba en la sala.

—Hola —dijo Erica—. Estaba abierto, así que he entrado.

Patrik la miraba perplejo.

—¿Qué haces aquí? ¿Y dónde están los niños?

—He llamado a Anna y le he pedido que se quede con ellos.

—Pero ¿por qué? —dijo Patrik, y recordó enseguida que, en honor a la verdad, él le había pedido que le hiciera un favor. ¿Habría descubierto algo? Le preguntó con la mirada. Y ella asintió.

—He encontrado el denominador común entre las chicas. Y creo que sé por qué Minna se aparta del modelo de las demás.

La hora de acostarse era el momento del día que Laila detestaba con más fuerza. En la oscuridad de la noche, se le echaba encima la vida, todo aquello que podía inhibir durante el día. De noche, el mal podría alcanzarla otra vez. Sabía que existía ahí fuera, en alguna parte, que era tan real como las paredes de su habitación y como aquel colchón demasiado duro en el que estaba tumbada.

Laila tenía la vista clavada en el techo. La habitación estaba completamente a oscuras y justo antes de dormirse se sentía a veces como si flotara en el espacio y la negra nada amenazara con engullirla.

Resultaba tan extraño imaginarse que Vladek estaba muerto... Aún le costaba entenderlo. Aún podía oír los sonidos del día en que se conocieron: risas alegres, música del parque de atracciones, ruidos de animales totalmente nuevos para ella... Y los olores eran tan intensos ahora como entonces: palomitas, serrín, hierba y sudor. Pero el recuerdo más potente era el de su voz. Le llenó el corazón incluso antes de que lo viera. Cuando sus miradas se cruzaron, tuvo una certeza que, un segundo después, vio también en sus ojos.

Trató de recordar si en algún momento intuyó la desgracia a la que conduciría aquel encuentro, pero no se le ocurría nada. Pertenecían a mundos totalmente distintos, vivían vidas muy diferentes y sí, claro que tuvieron que superar algunas dificultades, pero nadie pudo prever la catástrofe que les esperaba. Ni siquiera Krystyna, la adivina del circo. Ella, que todo lo veía, ¿estaría ciega en ese momento? ¿O lo vio, pero quiso creer que se equivocaba ante un amor como el suyo?

Nada les parecía entonces imposible. Nada les parecía mal, ni tampoco raro. Todo lo que les importaba era crearse un futuro común; y la vida les hizo creer que lo conseguirían. Quizá por eso luego el desengaño fue mayor, y por eso afrontaron lo que sucedió de un modo indefendible. Ella supo desde el principio que no era lo correcto, pero el instinto de supervivencia se impuso a la razón. Y ya era tarde para arrepentirse. Lo único que podía hacer era seguir allí tumbada en la oscuridad, recapacitando sobre sus errores.

Jonas se sorprendió de lo tranquilo que estaba. Se tomó su tiempo para prepararlo todo. Había muchos años de recuerdos entre los que elegir, y quería elegir bien, porque, cuando se hubiera marchado, no habría vuelta atrás. Tampoco creía que hubiera ninguna prisa. La incertidumbre era el combustible de la ansiedad, pero ahora que sabía dónde se encontraba Marta, podía hacer planes con una frialdad que le permitiera mantener el cerebro despierto y lúcido.

Entornó los ojos en la oscuridad, sentado en cuclillas como estaba. Se había fundido una bombilla y no había tenido tiempo de cambiarla. Aquel descuido lo irritaba. Se trataba de estar siempre preparado, de tenerlo siempre todo en orden. Todo, para así evitar cualquier error.

Se golpeó la cabeza con el punto más bajo del techo al levantarse. Soltó un taco y, por un instante, se permitió detenerse y aspirar el aire a conciencia. Conservaban tantos recuerdos de aquel sitio; pero los recuerdos no tenían por qué estar anclados a un lugar, y además, podrían revivirlos una y otra vez. Tanteó la maleta. Si los momentos maravillosos tuvieran peso, sería imposible levantarla. Sin embargo, la sentía en la mano ligera como una pluma, y eso lo sorprendió.

Subió los peldaños con suma cautela. Debía procurar que no se le cayera la maleta. No solo contenía su vida, sino una vida compartida en perfecta armonía.

Hasta ahora había seguido las huellas de otro. Había continuado algo que ya estaba en marcha, sin imprimir una huella propia. Ahora le tocaba a él dar un paso al frente y dejar atrás el pasado. No le daba miedo, al contrario. De pronto, lo veía todo tan claro... Siempre había tenido el poder de cambiar las cosas, de romper con el pasado y construir algo propio y mejor.

Era una idea vertiginosa y, una vez fuera, cerró los ojos y respiró el aire frío de la noche. Sintió que el suelo se movía bajo sus pies y extendió los brazos para guardar el equilibrio. Se quedó así un rato; luego bajó los brazos otra vez y abrió los ojos despacio.

De pronto, tuvo una idea y se dirigió a los establos. Empujó la pesada puerta, encendió la luz y dejó junto a la pared la maleta con aquel contenido tan preciado. Luego abrió las cuadras y dejó libres a los animales. Soltó los ramales y, uno a uno, los caballos fueron saliendo extrañados. Se detuvieron en la explanada olisqueando el aire y relincharon antes de empezar a alejarse en la noche agitando la cola. Sonrió al verlos desaparecer en la oscuridad. Podrían disfrutar de unos minutos de libertad antes de que los atraparan otra vez. Él, por su parte, iba camino de una libertad nueva, y no pensaba dejarse atrapar.

Era una paz y una bendición estar en aquella casa de la infancia, con los niños, que dormían en el piso de arriba, por toda compañía. Aquellas paredes no hablaban de culpas. Allí solo había recuerdos de una infancia que, gracias a Erica, su hermana, y a Tore, su padre, fue feliz y segura. Anna ya ni siquiera sentía tristeza ni enfado por la extraña frialdad de su madre. Ya conocían la explicación, y desde entonces, Anna solo sentía compasión, porque había sufrido unas atrocidades que le impidieron querer a sus hijas. Ella creía que las quiso de todos modos, solo que no era capaz de demostrar su amor. Esperaba que Elsy las estuviera viendo desde el cielo y supiera que sus hijas la comprendían, que la perdonaban y la querían.

Se levantó del sofá y empezó a recoger y a poner un poco de orden en el salón. Era sorprendente lo limpio que estaba todo, y sonrió al pensar en Kristina y Bob el Chapuzas. Las suegras eran, verdaderamente, una clase aparte. La madre de Dan era casi lo opuesto de Kristina, casi demasiado discreta, y siempre pedía disculpas por molestar si se acercaba por casa. La cuestión era cuál de los dos tipos era mejor. Aunque seguramente con las suegras pasaba como con los hijos: había que aceptarlos como eran. Y una elegía al marido, pero no a la suegra.

Ella había elegido a Dan de corazón, y luego lo había engañado. La sola idea de lo que había hecho le provocaba otra vez las náuseas. Echó a correr hacia el baño y sintió como si el estómago se le volviera del revés cuando vomitó la cena.

Se enjuagó la boca con agua. Se le había cubierto la frente de sudor y se lavó la cara y, con el agua aún goteándole, se miró al espejo. Casi se espantó al ver la desesperación cruda que reflejaban sus ojos. ¿Aquello era lo que Dan veía a diario? ¿Por eso no soportaba ni mirarla a la cara?

Llamaron a la puerta y Anna se sobresaltó. ¿Quién iría a casa de Patrik y Erica a aquellas horas? Se secó la cara a toda prisa antes de abrir. Y allí estaba Dan.

—¿Qué haces aquí? —preguntó sorprendida, y el pavor se apoderó de ella—. ¿Los niños? ¿Les ha ocurrido algo?

Dan meneó la cabeza.

—No, tranquila, no pasa nada. Es solo que quería hablar contigo y no podía esperar, así que le he pedido a Belinda que se quede con los chicos un rato. —La hija mayor de Dan ya no vivía en casa, pero a veces les hacía de canguro, cosa que los hermanos pequeños aceptaban encantados—. Pero no puedo quedarme mucho tiempo.

—De acuerdo. —Anna se lo quedó mirando, y él la miró a los ojos.

—¿Puedo entrar? Me voy a congelar aquí fuera.

—Sí, claro, perdona, adelante —dijo Anna en tono educado, como si se tratara de un extraño, y lo dejó pasar.

O sea, ahí se terminaba todo. Dan no querría hablar del tema en casa, con los niños pululando por allí y rodeados de todos los bellos recuerdos que, pese a todo, compartían. Y aunque Anna había empezado a sentir que lo mejor sería que aquel momento tan angustioso, cualquiera que fuera el desenlace, se produjera lo antes posible, ahora era como si todo su ser protestara a gritos al pensar que estaba a punto de perder lo más preciado: al gran amor de su vida.

Apesadumbrada, se dirigió al salón y se sentó a esperar lo fatal. Enseguida empezó a pensar en los aspectos prácticos.

Erica y Patrik no tendrían ningún inconveniente en que ella y los niños se quedaran en el cuarto de invitados hasta que encontrara un apartamento. Recogería lo imprescindible al día siguiente, sin más dilación. Una vez tomada la decisión, lo mejor era mudarse de inmediato, y para Dan sería un alivio, seguramente, ver que se iban enseguida. Él debía de estar tan harto de verla a ella y de ver sus remordimientos como ella misma lo estaba de soportarlos.

Sintió una punzada de dolor cuando Dan entró en el salón. Vio cómo se pasaba la mano por el pelo con un gesto de cansancio y Anna pensó una vez más en lo guapo que era. No le costaría ningún trabajo encontrar a otra. Había muchas chicas en Fjällbacka que le tenían echado el ojo y... Se obligó a pensar en otra cosa. Le resultaba muy doloroso imaginarse a Dan en los brazos de otra. No era capaz de ser tan generosa.

—Anna... —dijo Dan, y se sentó a su lado.

Ella se dio cuenta de lo que le costaba pronunciar las palabras y, por enésima vez, sintió deseos de gritar «¡Perdón, perdón, perdón!», pero sabía que era demasiado tarde. Bajó la vista y dijo en voz muy baja:

—Lo comprendo. No tienes que decir nada. Le pediré a Patrik y a Erica que nos dejen vivir aquí un tiempo, podemos mudarnos con lo indispensable mañana mismo, ya iré a buscar el resto de nuestras cosas.

Dan la miró consternado.

—¿Es que quieres dejarme?

Anna frunció el entrecejo.

—No, creía que venías para decirme que querías dejarme. ¿Es que no quieres dejarme? —Anna contuvo la respiración mientras esperaba la respuesta. Le zumbaban los oídos y el corazón le aleteaba movido por una esperanza renovada.

El semblante de Dan expresaba tantos sentimientos a la vez que le costaba interpretarlo.

—Anna, mi amor, he intentado pensar en dejarte, pero no puedo. Erica me ha llamado esta mañana... Y bueno, gracias a ella he comprendido que tengo que hacer algo si no quiero perderte. No te prometo que vaya a ser fácil ni que todo se pase de golpe, pero no puedo imaginarme la vida sin ti. Y quiero que tengamos una buena vida. Creo que los dos perdimos pie un tiempo, pero aquí estamos, nos tenemos el uno al otro, y yo quiero que siga siendo así.

Con la mano de Anna entre las suyas, se la llevó a la mejilla. Ella notó la barba en la palma y se preguntó cuántas veces había acariciado aquella piel rasposa sin afeitar.

—Pero si estás temblando —dijo Dan, y le apretó la mano un poco más fuerte—. ¿Estás dispuesta? ¿Quieres que sigamos juntos de verdad?

—Sí —dijo Anna—. Sí, Dan, sí quiero.

Fjällbacka, 1975

Lo que más miedo le daba eran los cuchillos. Afilados y relucientes, los veía de pronto en sitios donde no correspondía. Al principio los iba recogiendo y los colocaba en el cajón de la cocina, simplemente, con la esperanza de que fuera cosa de su cerebro extenuado, que le hubiera gastado una mala pasada. Pero luego aparecían otra vez: al lado de la cama; en el cajón, debajo de la ropa interior; en la mesa del salón. Como bodegones macabros, allí estaban, y ella no comprendía cuál era su significado. No quería comprenderlo.

Una noche, sentada a la mesa de la cocina, se vio de pronto una herida en el brazo. La cuchillada vino como por arte de magia y el dolor la sorprendió. La sangre brotaba rojísima de aquella herida y ella la observó admirada un instante, antes de correr hacia el fregadero en busca de un paño de cocina que pudiera usar para detener la hemorragia.

La herida tardó en curarse. Se le infectó y, cuando se lavaba, le escocía tanto que tenía que morderse los labios para no chillar. En realidad, habrían tenido que darle puntos, pero se la vendó y se la unió como pudo con esparadrapo. Habían decidido no ir al médico en Fjällbacka.

En todo caso, intuía que habría más heridas. La cosa podía estar tranquila un par de días, pero luego estallaba otra vez la tormenta, y daba paso a una ira y un odio que difícilmente podían describirse con palabras. La impotencia la paralizaba. ¿De dónde surgía aquella maldad? Sospechaba que nunca obtendría una respuesta a esa pregunta. Sospechaba que la verdad era muy sencilla: no había respuesta.

En la cocina reinaba un silencio absoluto. Todos miraban expectantes a Erica, que seguía de pie, aunque tanto Gösta como Martin le habían ofrecido su sitio. Estaba tan llena de energía y de nerviosismo que no podría quedarse quieta en la silla.

—Patrik me pidió que le echara un vistazo a esto. —Señaló la bolsa llena de DVD, que había dejado en el suelo.

—Sí, a Erica se le suele dar bien captar cosas que a los demás se nos escapan —dijo Patrik como excusándose, aunque nadie parecía tener nada que objetar.

—La primera vez no vi nada digno de mención, pero la segunda...

—¿Sí? —dijo Gösta sin apartar la vista de ella.

—Entonces me di cuenta de que el denominador común en realidad no tenía que ver con las chicas, sino con sus hermanos.

—¿A qué te refieres? —preguntó Martin—. Es verdad que todas las chicas tenían hermanas pequeñas, menos Minna y Victoria, pero ¿qué tiene que ver eso con las desapariciones?

—No sé qué tendrá que ver exactamente, pero a todas las hermanas las han filmado en su dormitorio, y en las paredes de todas ellas había diplomas y escarapelas de las que se ganan en las competiciones de equitación. Todas montan a caballo. Igual que Victoria. Aunque ella no competía.

Se hizo el silencio otra vez. Solo se oía el borboteo de la cafetera, mientras Erica veía cómo todos trataban de hacer encajar las piezas.

—Pero ¿y Minna? —dijo Gösta—. Ella no tenía ningún hermano pequeño. Y no montaba a caballo.

—No, exacto —dijo Erica—. Y por eso creo que Minna no es una de las víctimas del sujeto. No es seguro que esté secuestrada. Ni muerta.

—¿Y entonces dónde está? —dijo Martin.

—No lo sé. Pero había pensado llamar a su madre mañana. Tengo una teoría.

—De acuerdo, pero ¿qué conclusión podemos sacar del hecho de que las hermanas pequeñas de las chicas montaran a caballo? —preguntó Gösta desconcertado—. Aparte de Victoria, ninguna de las chicas ha desaparecido cerca de un picadero ni de una competición.

—No, pero quizá al sujeto le interesan esos lugares y ha visto a las chicas mientras veían montar a sus hermanas, no sé. He pensado que se podrían comprobar las fechas de las desapariciones y ver si coinciden con alguna competición que tuviera lugar en las distintas localidades.

—¿No lo habría mencionado alguna de las familias? —dijo Annika, a la vez que se encajaba bien las gafas, que se le habían resbalado hasta la punta de la nariz—. Me refiero a que deberían haber comentado que estuvieron en una competición el mismo día que su hija desapareció, ¿no?

—Seguramente, no lo relacionaron con la desaparición, todo el interés se centró en las chicas, qué amistades y qué aficiones tenían y a qué actividades dedicaban el tiempo libre y esas cosas. Nadie pensó en las hermanas pequeñas.

—Mierda —dijo Patrik.

Erica lo miró.

—¿Qué pasa?

—Jonas. Ha aparecido en esta investigación una y otra vez, por distintos motivos: la ketamina, la discusión con Victoria, la supuesta relación con ella, la infidelidad de Marta, el chantaje... Y siempre va con su hija a las competiciones. ¿Será él quien ha hecho todo esto?

—Para la desaparición de Victoria tenía una coartada perfecta —señaló Gösta.

Patrik dejó escapar un suspiro.

—Ya, ya lo sé. Pero tendremos que examinarla otra vez más a fondo ahora que hay tantas cosas que lo señalan. Annika, ¿podrías averiguar si hubo competiciones en esas fechas? ¿Y si Molly Persson figura en la lista de participantes?

—Claro —dijo Annika—. Veré qué puedo encontrar.

—En ese caso, puede que aquello no fuera ningún robo —dijo Gösta.

—No, claro, Jonas pudo denunciarlo precisamente para desviar las sospechas si Victoria aparecía. Pero, aparte de la cuestión de la coartada, hay algunas otras. ¿Cómo se llevaba a las chicas, si tanto Molly como Marta iban con él? ¿Y dónde las ha tenido prisioneras y dónde están ahora?

—Puede que en el mismo lugar en el que Molly y Marta se encuentran en este momento —dijo Martin—. Puede que se enteraran de lo que hacía...

Patrik asintió.

—Sí, no es imposible. Tenemos que examinar otra vez la casa y el resto de la granja. Teniendo en cuenta dónde apareció Victoria, puede que la tuvieran encerrada allí. Tendremos que volver.

—¿No deberíamos esperar a tener una orden? —dijo Gösta.

—Sí, pero no tenemos tiempo. La vida de Molly y de Marta puede estar en peligro.

Patrik se acercó a Erica y se la quedó mirando un buen rato. Luego se inclinó y le dio un buen beso, sin importarle que hubiera tantos espectadores.

—Buen trabajo, cariño.

Helga miraba al vacío por la ventanilla del copiloto. Aquello empezaba a parecerse cada vez más a una verdadera tormenta de nieve de las que había antiguamente.

—¿Qué vamos a hacer ahora? —preguntó.

Jonas no respondió, pero ella tampoco lo esperaba.

—¿Qué fue lo que hice mal? —dijo, y se volvió hacia él—. Tenía tantas esperanzas puestas en ti...

El estado del firme lo obligaba a concentrarse por completo en la carretera y respondió sin mirarla.

—No hiciste nada mal, nada en absoluto.

Aquella respuesta debería haberla alegrado, o al menos, haberla tranquilizado. Sin embargo, se puso más nerviosa todavía. ¿Qué habría podido hacer, si lo hubiera sabido?

—No podías hacer nada —dijo Jonas, como si le hubiera leído el pensamiento—. Yo no soy como tú. No soy como nadie. Soy... diferente.

Aquel tono de voz no dejaba traslucir ningún sentimiento, y Helga se estremeció.

—Yo te quería. Espero que lo comprendas. Y todavía te quiero.

—Lo sé —dijo él con tono tranquilo, se inclinó hacia delante y escrutó los remolinos de nieve. Los limpiaparabrisas barrían el cristal, pero no podían con toda esa nieve. Iba tan despacio que le parecía que se arrastraban.

—¿Eres feliz? —Ni ella se explicaba de dónde había salido esa pregunta, pero era sincera. ¿Habría sido feliz alguna vez?

—Hasta ahora, mi vida ha sido mejor que la de la mayoría. —Sonrió.

Y aquella sonrisa le puso la piel de gallina. Pero así era, seguro. Desde luego, Jonas había llevado una vida mejor que la suya, que se la había pasado reprimida y aterrorizada por una verdad que ella no quería ver.

—Puede que seamos nosotros los que tengamos razón y vosotros los que estéis equivocados, ¿no se te ha ocurrido pensarlo? —añadió.

Helga no comprendía del todo qué había querido decir, y se quedó un rato reflexionando. Cuando creyó comprender la pregunta, se entristeció mucho.

—No, Jonas. No creo que sea yo la equivocada.

—¿Por qué no? Ahora acabas de demostrar que no somos tan diferentes.

Helga hizo una mueca ante la sola idea y trató de defenderse de aquella verdad que quizá encerraran sus palabras.

—Que una madre defienda a su hijo es uno de los instintos más naturales del mundo. No hay nada más natural. Todo lo demás es... antinatural.

—¿Lo es? —Por primera vez, se volvió a mirarla—. Yo no estoy de acuerdo.

—¿Por qué no me dices al menos qué vamos a hacer cuando lleguemos? —Helga trató de ver cuánto faltaba, pero la oscuridad en medio de tan densa nevada lo hacía imposible.

—Ya lo verás cuando lleguemos —dijo. Al otro lado de la ventanilla seguía cayendo la nieve.

Erica estaba de un humor de perros cuando entró en casa. La alegría de haber aportado algo a la investigación se transformó en descontento cuando oyó que no podía acompañarlos a la granja. Había tratado de convencer a Patrik por todos los medios, pero él se mostró inflexible, y a Erica no le quedó otra opción que irse a casa. Ahora se pasaría la noche en vela preguntándose qué estaría pasando.

Anna fue a recibirla.

–Hola, ¿qué tal ha ido la cosa con los niños? –Erica se quedó sorprendida–. Vaya, qué contenta se te ve. ¿Ha pasado algo?

–Sí, Dan ha estado aquí. Gracias, menos mal que has hablado con él. –Se puso el chaquetón y las botas–. Creo que puede ir bien, pero te contaré más mañana. –Le dio un beso a su hermana en la mejilla antes de salir a lidiar con el temporal.

–¡Conduce con cuidado, está muy resbaladizo! –gritó Erica mientras se alejaba, y cerró la puerta para evitar que siguiera entrando la nieve.

Sonrió para sus adentros. ¿Y si al final se arreglaba la situación de su hermana? Con Dan y Anna en el pensamiento, se dirigió al dormitorio en busca de una chaqueta. Luego fue a ver a los niños. Los tres dormían plácidamente, y Erica siguió hacia el despacho. Se quedó un buen rato mirando el mapa. En realidad, debería irse a dormir, pero las marcas azules seguían obsesionándola. Podría jurar que, de alguna manera, guardaban relación con todo lo demás, pero la cuestión era cómo. ¿Por qué habría guardado Laila los recortes sobre las chicas? ¿Cuál era el vínculo que la unía a aquellos sucesos? ¿Y por qué presentaban las mismas lesiones Ingela Eriksson y Victoria? Había tantos cabos sueltos..., pero, al mismo tiempo, ella tenía el presentimiento de que la respuesta estaba allí mismo, delante de sus narices, solo que no era capaz de verla.

Frustrada, encendió el ordenador y se sentó ante el escritorio. Lo único que podía hacer ahora era revisar el material que había reunido. No podría conciliar el sueño, así que más valía que hiciera algo de provecho.

Páginas y más páginas de notas. Se alegraba de haber adquirido la costumbre de pasarlas a limpio al ordenador. De lo contrario ahora sería incapaz de entender aquellos garabatos.

Laila. En el centro de todo se hallaba Laila como una esfinge: silenciosa e insondable. Ella tenía las respuestas, pero se limitaba a contemplar en silencio la vida y el entorno. ¿Estaría protegiendo a alguien? De ser así, ¿a quién? ¿Y por qué? ¿Y por qué no quería hablar de lo que ocurrió aquel día funesto?

Erica empezó a leer todas las transcripciones de las conversaciones con Laila. Al principio estaba más callada. Las notas de los primeros encuentros eran escasísimas, y Erica recordaba lo extraño que se le hacía estar allí con alguien que apenas decía una palabra.

Pero cuando Erica preguntó por los niños, Laila empezó a abrirse. Evitaba decir nada sobre la pobre niña, así que casi todo trataba de Peter. Mientras seguía leyendo, Erica recordaba el ambiente que había en la sala de visitas, y la cara de Laila cuando hablaba de su hijo. Entonces se le encendía la mirada, pero también se le llenaba de añoranza y de tristeza. Era imposible no reconocer el amor que sentía por aquel niño. Cómo describía sus tiernas mejillas, su risa, su timidez, aquel ceceo cuando empezó a hablar, aquel flequillo rubio que siempre le caía sobre los ojos, aquel...

Erica se paró y leyó una vez más el último párrafo. Lo leyó otra vez, cerró los ojos y se quedó un rato pensando. Y de pronto, lo vio clarísimo. Una de las piezas fundamentales que le faltaban acababa de encajar. Era un tanto aventurado, cierto, pero suficiente para entrever un cuadro completo. Sintió el impulso de llamar a Patrik, pero decidió esperar. Todavía no estaba del todo segura. Y solo había un modo de cerciorarse de que tenía razón. Solo Laila podía confirmarle sus sospechas.

Patrik sentía la tensión en el aire cuando se bajó del coche en la explanada que se extendía ante la casa de Jonas y Marta. ¿Obtendrían por fin la respuesta a todas sus preguntas? En cierto modo, aquella idea le causaba pavor. Si la verdad era tan cruel como se temía, no sería fácil ni para ellos ni para las familias de las muchachas. Pero durante sus años en la Policía había aprendido que, a pesar de todo, la certeza era mejor que la incertidumbre.

—¡Primero iremos en busca de Jonas! —les gritó a sus colegas en medio del vendaval—. Gösta, tú lo llevas a la comisaría para interrogarlo; Martin y yo registramos la casa y los demás edificios.

Encogidos para protegerse del viento subieron la escalera del porche y llamaron a la puerta, pero nadie les abrió. El coche no estaba, y no era probable que Jonas estuviera durmiendo cuando Molly y Marta habían desaparecido, así que, después del segundo intento, Patrik presionó el picaporte con cautela. La puerta no estaba cerrada con llave.

—Vamos a entrar —dijo, y ellos lo siguieron.

Todas las luces estaban apagadas. Se respiraba silencio y no tardaron en constatar que no había nadie en la casa.

—Propongo que registremos todos los edificios rápidamente para averiguar cuanto antes si Marta y Molly se encuentran aquí. Luego volveremos a examinarlo todo más a fondo. Torbjörn está alerta por si necesitamos a su equipo.

—De acuerdo. —Gösta miró a su alrededor en el salón—. Me pregunto dónde estará Jonas...

—Quizá esté buscándolas —contestó Patrik—. A menos que, como decíamos, sepa dónde están.

Volvieron a salir y Patrik se apoyó en la barandilla para no resbalar por la escalera, donde había una gruesa capa de nieve recién caída. Echó un vistazo alrededor. Tras reflexionar unos segundos decidió esperar antes de llamar a la puerta de Helga y Einar. Se pondrían más nerviosos aún, y era mejor buscar con tranquilidad en los otros edificios.

—Empezaremos por el establo, luego iremos a la consulta de Jonas —dijo.

—Mira, la puerta está abierta —dijo Martin, y se adelantó hacia el edificio alargado del establo.

Los portazos se dejaban oír, y poco a poco fueron entrando uno tras otro en el establo, que estaba en silencio. Martin recorrió el pasillo mirando en las caballerizas.

—Está vacío.

Patrik sintió que empezaba a crecerle un nudo en el estómago. Allí pasaba algo raro. ¿Y si habían tenido al sujeto delante de sus narices? ¿Y si ha estado todo el tiempo ahí, en su distrito, y habían llegado demasiado tarde?

—Por cierto, ¿has llamado a Palle? —preguntó Gösta.

Patrik asintió.

—Sí, está al corriente. Están preparados por si necesitamos refuerzos.

—Bien —dijo Gösta, y abrió la puerta de la pista—. Esto también está vacío.

Entre tanto, Martin había echado una ojeada a la sala de reuniones y al pajar, y ahora entró de nuevo en el establo.

—Vale, entonces, vamos a la consulta de Jonas —dijo Patrik. Salió al aire frío de la explanada, con Gösta y Martin siguiéndolo de cerca. Notaban los copos de nieve como clavos en las mejillas mientras corrían de vuelta a la casa.

Gösta tanteó la puerta.

—Está cerrada con llave.

Interrogó con la mirada a Patrik, que asintió. Y, con una satisfacción difícil de ocultar, Gösta retrocedió un par de pasos, tomó impulso y la abrió de una patada. Repitió la maniobra un par de veces hasta que la puerta se abrió de par en par. Teniendo en cuenta los preparados que allí se guardaban, no podía decirse que fuera un lugar bien protegido contra posibles robos, y Patrik no pudo ocultar una sonrisa: no todos los días tenía uno ocasión de ver a Gösta practicando kung-fu.

La consulta era pequeña y no tardaron en revisarla. No había ni rastro de Jonas y todo estaba limpio y ordenado. Salvo el armario de los medicamentos, que estaba abierto y con varios estantes vacíos.

Gösta le echó un vistazo al interior.

−Parece que se ha llevado un buen cargamento.

−Joder −dijo Patrik. La idea de que Jonas se hubiera largado con la ketamina y con las drogas que faltaran lo inquietaba profundamente−. ¿Habrá drogado a su mujer y a su hija para llevárselas?

−Cerdo enfermo... −Gösta meneaba la cabeza−. ¿Cómo podía parecer tan normal? Eso es casi lo más desagradable de todo, el que fuera tan... agradable.

−Los psicópatas pueden engañar a cualquiera −dijo Patrik, y salió otra vez a la oscuridad de la noche después de haber echado otro vistazo a la consulta.

Martin lo seguía tiritando de frío.

−¿Adónde vamos ahora? ¿A la casa de los padres de Jonas o al cobertizo?

−Al cobertizo −dijo Patrik.

Corrieron tan deprisa como pudieron por el suelo resbaladizo de la explanada.

−Deberíamos haber traído linternas −dijo Patrik cuando entraron en el cobertizo. Estaba tan oscuro que apenas podían distinguir los coches que había allí dentro.

−Sí, o también podemos encender la luz −dijo Martin, y tiró de un cordón que había junto a la pared.

Una luz tenue y fantasmagórica iluminó la gran superficie del cobertizo. Aquí y allá entraba un poco de nieve por las rendijas de las paredes, pero el ambiente era algo más cálido que fuera, puesto que el cobertizo estaba al abrigo del viento.

Martin se estremeció.

—Esto parece un cementerio de coches.

—Qué va, estos coches son verdaderas preciosidades. Con un poco de cariño y algunos cuidados se convierten en auténticas joyas —dijo Gösta, pasando la mano por el capó de un Buick con gesto soñador.

Empezó a pasear entre los vehículos mientras echaba un vistazo. Patrik y Martin hicieron lo propio, y al cabo de un rato constataron que allí tampoco había nada. Patrik empezó a sentir el desánimo. Tal vez debieran lanzar sin más demora una orden de búsqueda y captura de Jonas. Allí no estaba, a menos que se hubiera escondido en casa de sus padres. Pero Patrik no lo creía. Seguramente, allí solo estarían Helga y Einar.

—Tendremos que despertar a sus padres —dijo Patrik, y apagó la luz tirando del sucio cordón que hacía las veces de interruptor.

—¿Cuánto podemos desvelar? —preguntó Martin.

Patrik reflexionó un instante. No era una pregunta ociosa. ¿Cómo contarles a unos padres que su hijo era, probablemente, un psicópata que había secuestrado y torturado a varias jóvenes? En la Escuela Superior de Policía no se lo habían enseñado.

—Lo iremos viendo —dijo al final—. Saben que buscamos a Marta y a Molly, y ahora, Jonas también ha desaparecido.

Una vez más, cruzaron la explanada azotada por el viento. Patrik llamó a la puerta con golpes decididos y rotundos. Al ver que no se producía reacción alguna, llamó otra vez. En el piso de arriba se encendió una luz, quizá en el dormitorio. Pero nadie bajaba a abrir.

—¿Entramos? —preguntó Martin.

Patrik tanteó la puerta. Estaba abierta. A la policía le facilitaba frecuentemente el trabajo el hecho de que, en los pueblos, la gente no siempre cerrara con llave. Entró en el vestíbulo.

—¿Hola? —gritó.

—¿Quién demonios es? —Se oyó una voz iracunda en la primera planta. Y enseguida comprendieron cuál era la situación: Einar estaba solo en casa, por eso no había podido abrir la puerta.

—Somos de la Policía. Vamos a subir. —Patrik le indicó a Gösta con un gesto que lo siguiera, mientras a Martin le decía en voz baja: —Echa un vistazo alrededor mientras nosotros hablamos con Einar.

—¿Dónde estará Helga? —dijo Martin.

Patrik negó con un gesto. Él se estaba haciendo la misma pregunta. ¿Dónde estaría Helga?

—Tendremos que preguntarle a Einar —contestó, y se apresuró escaleras arriba.

—¿Qué os creéis que estáis haciendo? ¡Sacar a la gente de la cama en plena noche! —gruñó Einar, medio sentado en la cama y adormilado, con el pelo encrespado y vestido solo con calzoncillos y camiseta.

Patrik no le contestó.

—¿Dónde está Helga?

—¡Durmiendo ahí dentro! —Einar señaló la puerta cerrada que había al otro lado del pasillo.

Gösta fue y la abrió, miró dentro y meneó la cabeza.

—Aquí no hay nadie. Y la cama está hecha.

—¡Qué demonios! ¿Y entonces dónde están? ¡Helgaaaa! —rugió Einar, y su rostro empezó a ponerse rojo.

Patrik lo observó con atención.

—¿Quieres decir que no sabes dónde está?

—Pues no, si lo supiera, lo habría dicho. ¿Qué hace correteando por ahí a estas horas? —Un hilillo de saliva le corría por la comisura de los labios y le cayó en el pecho.

—Puede que esté buscando a Marta y a Molly —sugirió Patrik.

Einar soltó un resoplido.

—Bah, menudo jaleo se ha armado con ese asunto. Aparecerán, cuando menos te lo esperes, ya verás. No me sorprendería que Marta se haya enfadado por algo que Jonas haya hecho o dejado de hacer, y que se haya largado con Molly para castigarlo. Esas niñerías que se les ocurren a las mujeres, ya sabes. —Sus palabras rezumaban desprecio, y Patrik sintió que le pinchaban las ganas de decirle lo que pensaba.

—En fin, el caso es que no sabes dónde está Helga, ¿no? —repitió armándose de paciencia—. Ni tampoco Molly y Marta, ¿verdad?

—¡Ya he dicho que no! —rugió Einar, y dio una palmada sobre la colcha.

—¿Y Jonas?

—Ah, pero ¿él también se ha ido? Pues no, no sé dónde está. —Einar alzó la vista al cielo, pero Patrik advirtió que miraba con disimulo por la ventana.

Una sensación de tranquilidad lo invadió de pronto, como si acabara de entrar en el ojo de la tormenta. Se volvió hacia Gösta.

—Creo que tenemos que revisar el cobertizo otra vez.

Olía a moho y a cerrado, y el tufo a humedad le llenaba la nariz. Molly sentía como si fuera a asfixiarse, y tragaba saliva para librarse del sabor rancio que le impregnaba la boca. Era difícil mantener la calma, tal y como quería Marta.

—¿Por qué estamos aquí? —preguntó en la oscuridad por enésima vez.

Tampoco en esta ocasión obtuvo respuesta.

—No malgastes la energía —dijo Marta al fin.

—¡Pero es que estamos prisioneras! Alguien nos ha encerrado y tiene que ser la misma persona que se llevó a Victoria, y ya sabemos lo que le pasó a ella. No me explico que no tengas miedo.

Ella misma se dio cuenta de lo débil que sonaba, y apoyó la cabeza en las rodillas, sollozando. La cadena se tensó, así que se acercó un poco a la pared para que el grillete no le lastimara el tobillo.

—No sirve de nada —aseguró Marta, también por enésima vez.

—¿Y qué vamos a hacer? —Molly tironeó de la cadena—. Nos moriremos de hambre, ¡y nos pudriremos aquí dentro!

—No seas tan dramática. Vendrán a ayudarnos.

—¿Cómo puedes estar tan segura? En todo este tiempo no ha venido nadie.

—Confío en que se arreglará. Y no soy una niña consentida acostumbrada a que se lo den todo en bandeja —le replicó Marta con desdén.

Molly empezó a llorar en silencio. Aunque sabía que Marta no la quería, le costaba comprender que, en una situación tan horrible como aquella, pudiera demostrar tal falta de sentimientos.

—No debería haber dicho eso —rectificó enseguida con un tono más suave—. Pero no tiene ningún sentido gritar y maldecir. Es mejor ahorrar energía a la espera de que vengan a ayudarnos.

Molly guardó silencio, algo más tranquila. Era lo más parecido a una disculpa que podía salir de boca de Marta.

Se quedaron así un rato, hasta que se armó de valor.

—¿Por qué no me has querido nunca? —dijo en voz baja. Llevaba mucho tiempo queriendo hacerle esa pregunta, pero no se había atrevido. Ahora, al abrigo de la oscuridad, no le dio tanto miedo.

—Lo de ser madre nunca fue conmigo.

Molly podía imaginarse perfectamente esa forma suya de encogerse de hombros.

—Pero entonces, ¿por qué quisiste tener hijos?

—Porque tu padre sí quería. Quería ver en su descendencia una prolongación de sí mismo.

—O sea que, en realidad, él quería un niño, ¿no? —Molly estaba asombrada ante su audacia. Todas las preguntas que se había guardado dentro como paquetitos bien envueltos empezaban a aflorar. Y las formulaba sin sentirse herida, como si no tuvieran que ver con ella. Solo quería conocer las respuestas.

—Supongo que sí, antes de que nacieras tú. Pero se le pasó en cuanto te vio.

—Vaya, es un alivio —dijo Molly con ironía, pero sin compadecerse: las cosas eran como eran.

—Yo hice lo que pude, pero no estaba hecha para tener hijos.

Resultaba curioso que su primera conversación de verdad se estuviera produciendo cuando quizá fuera demasiado tarde, pero ya no había razón para seguir ocultando nada, y quizá fuera aquello lo que necesitaban para dejar de fingir.

—¿Cómo puedes estar tan segura de que vendrán a salvarnos? —Molly tenía cada vez más frío y la vejiga ya le estaba avisando. La idea de tener que orinar allí mismo, en el suelo, le daba pánico.

—Porque sí —dijo Marta, y como para corroborar su respuesta, se oyó el ruido de una puerta al abrirse.

Molly se pegó a la pared.

—¿Y si es él el que viene? ¿Y si es él y viene a hacernos daño?

—Tranquila —dijo Marta. Y por primera vez desde que se despertó en aquella oscuridad compacta, Molly sintió el calor de la mano de Marta en el brazo.

Martin y Gösta estaban paralizados en un extremo de la habitación.

No sabían cómo enfrentarse a aquella maldad incomprensible que los miraba a la cara.

—Por Dios bendito —dijo Gösta por enésima vez.

Martin pensó que no podía estar más de acuerdo: «por Dios bendito».

Ninguno de los dos creyó a Patrik cuando salió del dormitorio de Einar diciendo que había algo en el cobertizo. Pero le ayudaron a buscar otra vez, más a fondo en esta ocasión, y, cuando encontró la trampilla en el suelo, debajo de uno de los coches, se guardaron las objeciones. Ansioso de encontrar a Molly y a Marta, Patrik abrió la trampilla y bajó a toda prisa por la escalera que conducía hacia abajo en la oscuridad. Allí la luz era escasa y Patrik no conseguía distinguir nada, pero, a pesar de todo, pudo constatar que allí no había nadie, y que tenían que llamar a los técnicos de la Científica. Hasta su llegada, debían esperar en el cobertizo.

Torbjörn y su equipo habían llegado ya, y habían iluminado la sala con focos, como en el teatro. Cuando hubieron obtenido las huellas de la escalera y de parte del suelo, Patrik pudo bajar junto con Gösta y Martin.

Martin oyó cómo Gösta contenía la respiración al llegar, y él seguía conmocionado por la visión que los aguardaba. Las paredes desnudas y el suelo de tierra apelmazada, el colchón mugriento cuyas manchas eran, con toda probabilidad, sangre reseca. En el centro de la habitación había un barrote vertical con dos sogas gruesas atadas, también impregnadas de sangre. Allí abajo el aire se notaba denso al respirar, y apestaba como a podrido.

La voz de Torbjörn lo sacó de aquellos pensamientos aterradores en los que estaba inmerso.

—Aquí ha habido algo, puede que el trípode de una cámara.

—¿Quieres decir que alguien ha filmado lo que quiera que sucediera aquí? —Patrik alargó un poco el cuello para ver el lugar que señalaba Torbjörn.

—Yo diría que sí. ¿No habéis encontrado cintas?

—No. —Patrik negó con la cabeza—. Pero quizá estaban ahí.

Se dirigió a una estantería polvorienta que había en una de las paredes. Martin lo siguió. En uno de los estantes se veía una zona sin polvo y, al lado, una funda vacía de DVD.

—Debió de venir a por los discos para llevárselos —dijo Martin—. La cuestión es adónde.

—Sí. Y si Molly y Marta están con él.

Martin empezó a notar cómo aquel ambiente repugnante le consumía las fuerzas.

—¿Dónde demonios estarán?

—Ni idea —dijo Patrik—. Pero tenemos que encontrarlo. Y a ellas también.

Martin vio cómo apretaba las mandíbulas para contenerse.

—¿Tú crees que habrá...? —No concluyó la pregunta.

—No lo sé. Ya no sé nada.

El tono resignado de Patrik hizo que Martin casi se viniera abajo, pero lo comprendía. Cierto que habían dado un giro decisivo a la investigación, pero no habían conseguido lo más importante: localizar a Molly y a Marta. Y, dado lo que habían encontrado allí, estaban en manos de una persona terriblemente enferma.

—¡Venid a ver esto! —les gritó Torbjörn desde el cobertizo.

—¡Vamos ahora mismo! —le respondió Patrik.

Los tres subieron otra vez la escalera.

—Tenías razón —le dijo Torbjörn a Patrik mientras este se acercaba a grandes zancadas al otro extremo del cobertizo, donde tenían aparcado el remolque para los caballos.

Era más amplio y más estable que otros muchos que Martin había visto en carretera y, bien mirado, parecía innecesariamente grande si, como la familia Persson, solo viajaban con un caballo.

—Mira, este remolque lo han reformado. En este lado, donde no va el caballo, han elevado el suelo de modo que debajo queda un espacio lo bastante grande como para albergar a una persona no demasiado corpulenta. Alguien debería haberlo visto, ¿no? Pero claro, encima habría paja, y tanto la madre como la hija tendrían otras cosas en las que pensar.

—¿Cómo demonios...? —dijo Gösta mirando asombrado a Patrik.

—Yo estaba preguntándome precisamente cómo transportaría Jonas a las chicas hasta aquí. En el coche habría sido imposible, dado que Molly y Marta iban con él, así que el remolque para los caballos era la única alternativa.

—Sí, claro. —Martin se sentía como un idiota por no haber pensado en ello, pero todo había sucedido tan rápido que apenas había podido asimilarlo. Los detalles fueron surgiendo después, cuando la imagen de lo ocurrido empezó a perfilarse con más claridad.

—Recabad todas las pruebas que podáis que demuestren que las chicas han estado aquí —dijo Patrik—. Vamos a necesitar todo lo que encontremos. Jonas debe de ser un tipo muy astuto para no haber levantado la menor sospecha.

—*Yes, sir* —dijo Torbjörn, pero sin sonreír.

Ninguno tenía ganas de bromas y, en el caso de Martin, habría querido más bien echarse a llorar.

Llorar por la maldad de algunas personas, por el hecho de que pudieran vivir tan cerca de nosotros y, al abrigo de una normalidad ficticia, cometer actos horrendos.

Se agachó y miró en el interior del hueco del remolque. Fuera estaba oscuro, y la lámpara del cobertizo no era muy potente, pero gracias a los focos se veía muy bien.

—Imagínate cómo tiene que ser despertarse ahí dentro. —Sintió una presión claustrofóbica en el pecho.

—Seguramente, las llevaba dormidas todo el viaje. En parte, por razones prácticas, para poder manejarlas, pero también para que ni Molly ni Marta oyeran nada.

—Llevaba consigo a su hija cuando secuestraba a niñas de su misma edad —constató Gösta. Estaba a unos metros detrás de sus dos colegas, con los brazos cruzados y la mirada de quien no puede creer lo que está viendo.

—Tenemos que encontrar las películas —dijo Patrik.

—Y a Jonas —añadió Martin—. ¿Se habrá figurado que estábamos a punto de descubrirlo y se habrá ido al extranjero? Pero, en ese caso, ¿dónde están Marta y Molly? Y Helga, claro.

Patrik meneó la cabeza. Con la cara estragada por el cansancio, se quedó mirando el hueco del remolque.

—No lo sé —dijo al fin.

—Bueno, por fin has venido —dijo Marta cuando se encendió la luz y oyó que los pasos se acercaban bajando la escalera.

—Me he dado toda la prisa que he podido. —Jonas se agachó y la abrazó. Como siempre, sintió como si se fundieran en uno solo.

—¡Jonas! —gritó Molly, pero él no se movió. Finalmente, liberó a Marta y se volvió a su hija.

—Tranquila, os quitaré las cadenas.

Molly empezó a llorar histérica. Marta le habría estampado una buena bofetada de mil amores. ¿No estaba contenta? Jonas iba a soltarlas, justo lo que llevaba horas pidiendo a gritos. Ella, por su parte, no se había preocupado lo más mínimo. Sabía que Jonas las encontraría.

—¿Qué hace aquí la abuela? —preguntó Molly temblando.

Marta miró a Jonas a los ojos. Lo había supuesto mientras esperaban allí a oscuras. Ese té tan dulce que les había ofrecido Helga... Cómo, de pronto, todo se volvió negro... El que su suegra hubiera logrado meterlas en el coche y luego llevarlas allí abajo era impresionante. Pero las mujeres eran más fuertes de lo que se pensaba, y los años de trabajo en la granja la habrían fortalecido.

—La abuela tenía que venir. Ella tiene las llaves, ¿verdad? —Jonas alargó el brazo hacia su madre, que estaba a la espera detrás de él.

—No podía ser de otro modo, como comprenderás. La policía iba detrás de ti y tuve que desviar su atención para que resultaras menos sospechoso.

—Estabas sacrificando a mi mujer y a mi hija —dijo Jonas.

Tras unos instantes de duda, Helga se metió la mano en el bolsillo y sacó dos llaves. Jonas probó una de ellas en la cerradura de los grilletes de Marta. No funcionó. La otra llave sí abrió con un clic. Marta se frotó los tobillos.

—Joder, cómo duele —dijo con una mueca. Su mirada se cruzó con la de Helga, y se alegró al atisbar el miedo que le vio reflejado en los ojos.

Jonas se acercó a Molly y se puso en cuclillas. Le costaba introducir la llave, porque Molly se agarró a él sollozando sobre su hombro.

—No es tuya —dijo Helga con calma.

Marta se la quedó mirando fijamente. Sintió deseos de abalanzarse sobre ella y hacer que se callara, pero se mantuvo en calma y expectante ante lo que pudiera suceder.

—¿Qué? —Jonas se giró y se liberó del abrazo de Molly antes de haber abierto los grilletes.

—Molly no es hija tuya. —Helga no podía ocultar el placer que le producía decir aquellas palabras en voz alta.

—¡Eso es mentira! —Jonas se puso de pie.

—Pregúntale a ella y verás. —Helga señaló a Marta—. No tienes por qué creerme a mí, pero pregúntale a ella.

Marta sopesó rápidamente todas las salidas posibles. Se le vinieron a la cabeza como un rayo distintas estrategias y mentiras, pero era inútil. Podía mentir ante cualquiera sin pestañear y sin que nadie cuestionara lo que decía, pero con Jonas era diferente. Era verdad que había tenido que vivir con aquella mentira durante quince años, pero así y ahora no podría mentirle.

—No es seguro —dijo sin apartar la vista de Helga—. Puede ser hija de Jonas.

Helga resopló desdeñosa.

—Oye, que yo sé contar. La niña fue concebida durante las dos semanas que Jonas estuvo fuera haciendo un curso.

—¿Qué? ¿Cuándo? —dijo Jonas, mirando a su madre y a Marta.

Molly guardaba silencio y también miraba atónita a los tres adultos.

—¿Cómo lo averiguaste? —dijo Marta, y se puso de pie—. Nadie lo sabía.

—Os vi —dijo Helga—. Os vi en el cobertizo.

—Entonces verías que yo me opuse, ¿no? Verías que me violó, ¿verdad?

—Como si eso tuviera importancia. —Helga se volvió hacia Jonas—. Tu padre se acostó con tu mujer mientras tú estabas fuera; él es el padre de Molly.

—Dime que no es verdad, Marta —dijo Jonas, y Marta sintió un punto de irritación al verlo tan afectado. ¿Qué más daba? Que Einar abusara de ella era una cuestión de tiempo, Jonas debería haberlo sabido. Después de todo lo que había pasado, debería conocer a su padre. Fue mala suerte que se quedara embarazada, desde luego, pero Jonas nunca cuestionó nada, nunca contó con los dedos siquiera, con todo lo veterinario que era. Simplemente, aceptó a Molly como suya.

—Helga dice la verdad. Tú estabas de viaje y tu padre no pudo resistir la tentación. No debería sorprenderte.

Miró a Molly, que seguía sentada, en silencio, con los ojos como platos, que se le fueron llenando de lágrimas poco a poco.

—Deja de lloriquear. Ya tienes edad de saber la verdad, aunque lo mejor habría sido que no te enteraras nunca, claro. Pero así son las cosas. ¿Y qué piensas hacer, Jonas? ¿Vas a castigarme porque tu padre me violó? No dije nada por el bien común.

—Estás enferma —dijo Helga, y entrelazó las manos.

—¿Yo estoy enferma? —Marta sintió la risa bulléndole por dentro—. En todo caso, diría que uno se vuelve igual que aquellos con quienes vive. Tú tampoco parece que estés muy en tu juicio, teniendo en cuenta lo que has hecho. —Señaló los grilletes que aún tenían prisionera a Molly.

Jonas seguía callado sin dejar de mirarla, y Molly se le aferró a la pierna.

—Por favor, quítame los grilletes. Tengo miedo.

Él dio un paso brusco al frente y la obligó a soltarse. Molly sollozaba angustiada con los brazos extendidos hacia él.

—No sé de qué habláis, pero tengo miedo. Soltadme ya.

Jonas se acercó a Marta, y ella observó aquella cara, que tenía tan cerca de la suya. Luego, sintió su mano en la mejilla. No se había roto la unidad. Aún existía, y seguiría existiendo para siempre.

—Tú no tuviste la culpa —dijo Jonas—. No tuviste la culpa de nada.

Se quedó así un rato, con la mano en la mejilla de Marta. Ella notó la fuerza que irradiaba, la misma fuerza salvaje e indómita que, instintivamente, supo que poseía desde el día que lo conoció.

—Tenemos mucho que hacer —dijo Jonas mirándola a los ojos.

Ella asintió.

—Sí, mucho.

Por primera vez en mucho tiempo Anna había dormido profundamente y sin soñar nada. Cuando se durmió por fin, claro. Dan y ella estuvieron horas hablando, y decidieron dejar que se curasen las heridas, aunque les llevara tiempo. Decidieron seguir juntos.

Se tumbó de lado y extendió el brazo. Allí estaba Dan que, en lugar de darle la espalda, se llevó la mano de Anna al pecho. Ella sonrió al sentir el calor que se extendía por todo el cuerpo, desde los dedos de los pies hasta la barriga y... Se levantó a toda prisa, fue volando al cuarto de baño y llegó justo a tiempo de levantar la tapa del váter antes de vomitar.

—Cariño, ¿estás bien? —dijo Dan preocupado desde el umbral. A pesar de lo lamentable de la situación, se le llenaron los ojos de lágrimas de pura felicidad al oír que la llamaba «cariño».

—Me parece que tengo gastroenteritis o algo parecido. Llevo un tiempo con náuseas. —Se levantó temblando, abrió el grifo del lavabo y se enjuagó la boca. Aún notaba el sabor a vómito, así que puso pasta de dientes en el cepillo y empezó a cepillarse.

Dan se colocó detrás de ella y la miró a través del espejo.

—¿Cuánto tiempo?

—No lo sé, pero un par de semanas más o menos. Es como si no terminara de estallar la gastroenteritis —dijo con el cepillo en la boca. Entonces notó la mano de Dan en el hombro.

—Pero los síntomas de la gastroenteritis no son esos, ¿no? ¿No has pensado en otra posibilidad? —Sus miradas se cruzaron y Anna dejó de cepillarse los dientes. Escupió el dentífrico, se dio la vuelta y lo miró fijamente.

—¿Cuándo fue la última vez que tuviste la regla? —preguntó.

Anna trataba de hacer memoria.

—Pues... hace ya un tiempo. Claro que pensaba que se debía a todo el estrés... ¿Tú crees que...? Si solo fue una vez.

—Bueno, una vez puede ser más que suficiente, ya lo sabes. —Sonrió y le puso la mano en la mejilla—. ¿No sería maravilloso si fuera verdad?

—Pues sí —respondió Anna, y notó que acudían las lágrimas—. Sí, sería maravilloso.

—¿Quieres que vaya a la farmacia y compre un test de embarazo?

Anna asintió. No quería abrigar esperanzas, por si al final fuera una simple gastroenteritis.

—Muy bien, pues voy ahora mismo. —Dan la besó en la mejilla.

Ella se sentó en la cama a esperar, tratando de detectar algún síntoma. Pues sí, claro, el pecho se le antojaba un poco sensible e hinchado, y también la barriga. ¿Sería posible que hubiese una vida creciendo allí, en aquel paisaje árido en que se había convertido su cuerpo? Si era así, prometía que nunca daría nada por supuesto, que nunca se arriesgaría a perder otra vez algo tan raro y tan valioso.

Dan entró jadeante en el dormitorio y la sacó de su ensimismamiento.

—Aquí tienes —dijo, y le dio una bolsa de la farmacia.

Con las manos temblorosas, Anna abrió el envoltorio, lo miró con cara de pánico y entró en el cuarto de baño. Se sentó en el váter y sostuvo la tira entre las piernas, tratando de apuntar bien. Luego, puso la tira en el lavabo y se lavó las manos. Todavía le temblaban, y no podía apartar la vista del recuadro que le diría si su futuro iba a cambiar, si, una vez más, podrían dar la bienvenida a una nueva vida.

Oyó que se abría la puerta. Dan entró, se colocó detrás de ella y la abrazó. Juntos fijaron la vista en la tira. Y esperaron.

Erica solo había logrado dormir a duras penas unas cuantas horas. En realidad, habría querido ir enseguida, pero sabía que, al no haber llamado con antelación, no podría ver a Laila antes de las diez, como muy pronto. Además, tenía que llevar a los niños a la guardería.

Se estiró en la cama. Estaba tan cansada que se sentía rígida y torpe. Tanteó con la mano el sitio vacío a su lado. Patrik todavía no había llegado a casa, y se preguntaba qué habría ocurrido en la granja, si habían encontrado a Molly y a Marta y qué habría dicho Jonas. Pero no quería molestarlo por teléfono, aunque ella también tenía algo que contarle. Esperaba que valorase su contribución. A veces se irritaba cuando ella se inmiscuía en su trabajo, pero era solo porque se preocupaba, y en esta ocasión, él mismo le había pedido ayuda. Tampoco existía ningún riesgo de que le pasara nada. Lo único que iba a hacer era hablar con Laila; después podría dejarle a Patrik todos los datos, que podría usarlos para la investigación.

Aún en camisón y con el pelo revuelto, salió del dormitorio y bajó la escalera. Tener un rato de tranquilidad a solas y tomarse el café antes de que los niños se despertaran era todo un lujo. Se había llevado unos documentos para leerlos. Era importante ir bien preparada a la visita. Pero no había avanzado mucho en la lectura cuando oyó gritos en el piso de arriba. Soltó un suspiro, se levantó y subió para hacerse cargo de sus hijos, que, desde luego, tenían demasiada energía.

Después de haber superado todas las tareas matutinas y de haber dejado a los niños en la guardería, aún le quedaba un rato libre, así que pensó que podía volver a comprobar un par de detalles. Fue al despacho y se quedó de nuevo delante del mapa. Estuvo así un buen rato, sin ver ningún patrón. Luego entornó los ojos y se echó a reír. Mira que no haberlo visto antes... Era de lo más sencillo.

Alargó el brazo en busca del teléfono y llamó a la comisaría para hablar con Annika. Cuando colgó cinco minutos después, estaba más segura que nunca de que su suposición era cierta.

La imagen era cada vez más clara, y si, además, le contaba a Laila lo que había descubierto el día anterior, no podría seguir callando. Esta vez tendría que contarle toda la historia.

Con la esperanza renovada, salió y se sentó al volante. Antes de arrancar, se cercioró una vez más de que llevaba las postales. Las iba a necesitar para conseguir que Laila le desvelase los secretos que tantos años llevaba guardando.

Una vez en el psiquiátrico, anunció su llegada al vigilante.

—Hola, me gustaría ver a Laila Kowalska. No había pedido cita para hoy, pero ¿podríais preguntarle si quiere recibirme? Dile que quiero hablar con ella de las postales.

Erica contenía la respiración mientras esperaba delante de los barrotes de la verja. Enseguida oyó un zumbido, se abrió la puerta y se encaminó al edificio con el corazón martilleándole en el pecho. La adrenalina le recorría la sangre y la respiración se le aceleró y se volvió superficial, así que respiró hondo varias veces para tranquilizarse. Ahora no se trataba solo de un viejo caso de asesinato, sino de cinco chicas secuestradas.

—¿Qué es lo que quieres? —dijo Laila en cuanto Erica entró en la sala de visitas. La recibió de espaldas, mirando por la ventana.

—He visto las postales —respondió Erica al tiempo que se sentaba. Las sacó del bolso y las puso encima de la mesa.

Laila no se movió, el sol le daba en el pelo y, al llevarlo tan corto, se le veía claramente el cuero cabelludo.

—No deberían haberlas conservado. Les pedí expresamente que se deshicieran de ellas. —No sonaba enfadada, más bien resignada, y Erica creyó oír cierto tono de alivio.

—Pues no las tiraron. Y yo creo que tú sabes quién las envió. Y por qué.

—Ya me figuraba yo que, tarde o temprano, descubrirías algo. En el fondo, eso era lo que esperaba. —Laila se dio la vuelta y se desplomó en la silla, enfrente de Erica. Bajó la vista y comenzó a observarse las manos, que tenía entrelazadas encima de la mesa.

—No te atrevías a contarlo porque las postales eran amenazas veladas. Contenían un mensaje que solo tú comprenderías. ¿Me equivoco?

—Ya, ¿y quién iba a creerme? —Laila se estremeció, las manos le temblaban levemente—. Tuve que proteger lo único que me queda. Lo único que todavía significa algo.

Levantó la vista y observó a Erica con sus ojos azul hielo.

—Tú lo sabes, ¿verdad?

—¿Que Peter está vivo y que puede estar en peligro? ¿Que es a él a quien estás protegiendo? Sí, me lo imaginaba. Y creo que tu hermana y tú tenéis un contacto mucho más estrecho de lo que habéis querido hacernos creer. Que la enemistad entre vosotras es una cortina de humo tras de la cual esconder que ella se hizo cargo de Peter cuando vuestra madre murió.

—¿Cómo lo supiste? —dijo Laila.

Erica sonrió.

—En una de nuestras conversaciones mencionaste que Peter ceceaba, y cuando llamé a tu hermana, respondió un chico que dijo que era su hijo. Y ese chico ceceaba también. Al principio pensé que sería el acento español. Me llevó un tiempo relacionarlo y, por supuesto, no tenía pruebas.

—¿Cómo sonaba?

Erica sintió una punzada en el corazón cuando se dio cuenta de que Laila llevaba todos aquellos años sin ver a su hijo y sin hablar con él. En un impulso, le dio la mano.

—Sonaba agradable y simpático. De fondo se oían las voces de sus hijos.

Laila asintió, y no retiró la mano. Se le humedecieron los ojos y Erica vio que luchaba por contener el llanto.

—¿Qué pasó cuando tuvo que huir?

—Llegó a casa y encontró muerta a mi madre, a su abuela. Comprendió quién lo había hecho, y que él también estaba en peligro. Así que se puso en contacto con mi hermana, que le ayudó a ir a España. Y se ocupó de él como si fuera su propio hijo.

—Pero ¿cómo se las ha arreglado todos estos años sin documentos de identidad? —dijo Erica.

—El marido de Agneta es un alto cargo político. De alguna forma, le consiguió a Peter una documentación nueva según la cual era hijo suyo y de mi hermana.

—¿Has comprendido la conexión entre los matasellos de las postales? —preguntó Erica.

Laila la miró sorprendida y retiró la mano.

—No, ni siquiera he pensado en ellos. Solo sé que, cada vez que desaparecía una chica, me enviaban una postal; y lo sabía porque, unos días después, recibía una carta con el recorte de periódico.

—¿Ah, sí? ¿Y desde dónde te enviaban las cartas? —Erica no podía ocultar su asombro. De eso no estaba ella enterada.

—Ni idea. No había remitente, y siempre tiraba los sobres. Pero la dirección no iba manuscrita, sino en un sello, igual que en las postales. Como comprenderás, me asusté muchísimo. Comprendí que habían descubierto a Peter y que quizá fuera el siguiente. No podía interpretar de otro modo la imagen de las postales.

—Lo comprendo. Pero ¿cómo interpretabas lo de los recortes? —Erica la miraba llena de curiosidad.

—Como te decía, yo solo veía una alternativa. Que la Niña estaba viva y quería vengarse quitándome a Peter. Los recortes eran un modo de decirme de qué era capaz.

—¿Cuánto hace que sabes que sigue viva? —preguntó Erica en voz baja, aunque el eco de sus palabras resonó en la habitación.

Le clavó la mirada azul hielo y Erica vio reflejados en sus ojos todos aquellos años de secretos, de dolor, de pérdida y de ira.

—Desde que mató a mi madre —dijo Laila.

—Pero ¿por qué lo hizo? —Erica no tomaba notas, solo la escuchaba. Ahora no era importante hacer acopio de material para su libro. Ni siquiera sabía si iba a ser capaz de escribirlo.

—¿Quién sabe? —Laila se encogió de hombros—. ¿Venganza? ¿Porque quería y porque disfrutaba con ello? Nunca entendí qué le pasaba por la cabeza. Era un ser extraño que no funcionaba como las demás personas.

—¿Cuándo notaste que algo fallaba?

—Pronto, casi desde el primer momento. Las madres sabemos cuándo falla algo. Aun así, nunca... —Giró la cabeza, pero Erica pudo apreciar el dolor en la expresión de su semblante.

—Pero ¿por qué...? —Erica no sabía cómo expresarse. Era difícil formular esas preguntas, y las respuestas serían, sin lugar a dudas, difíciles de comprender.

—No lo hicimos bien. Lo sé. Pero no teníamos ni idea de cómo afrontarlo. Y Vladek venía de un mundo cuyas costumbres e ideas eran muy distintas. —Miró a Erica como suplicante—. Era un buen hombre, pero tuvo que enfrentarse a algo que lo superaba. Y yo no hice nada por detenerlo. Todo iba de mal en peor, la ignorancia y el miedo se apoderaron de nosotros y reconozco que, al final, llegué a odiarla. Odiaba a mi propia hija. —Laila dejó escapar un sollozo.

—¿Cómo te sentiste cuando te diste cuenta de que seguía viva? —dijo Erica.

—Lloré cuando me dijeron que había muerto. Créeme, lloré. Aunque más bien lloraba a la hija que no tuve. —Miró a Erica a los ojos y respiró hondo—. Pero lloré más aún cuando comprendí que, a pesar de todo, estaba viva y había matado a mi madre. Lo único que podía esperar era que no me quitara a Peter también.

—¿Sabes dónde está?

Laila negó con vehemencia.

—No. Para mí no es más que una sombra maligna que pulula por ahí. —Luego entornó los ojos—. Pero tú sí lo sabes, ¿no?

—No estoy segura, pero tengo mis sospechas.

Erica extendió las postales sobre la mesa, todas boca abajo.

—Mira, los matasellos de estas postales dicen que todas se enviaron en una zona que abarca desde uno de los pueblos en los que desapareció una chica hasta Fjällbacka. Me di cuenta porque los marqué todos en un mapa de Suecia.

Laila observó las postales y asintió.

—De acuerdo, pero ¿qué significa eso?

Erica se dio cuenta de que había empezado por el final.

—Verás, la policía acaba de descubrir que, justo el día en que secuestraban a las chicas, había una competición hípica en el pueblo. Puesto que Victoria desapareció cuando iba a casa desde la escuela de Jonas y Marta, ellos dos siempre han estado presentes en la investigación. Al descubrirse que las competiciones eran el denominador común y, además, yo me di cuenta de lo de los matasellos, empecé a preguntarme...

—¿Qué? —dijo Laila conteniendo la respiración.

—Te lo contaré, pero antes, quiero oír lo que pasó el día en que murió Vladek.

Primero hubo un largo silencio. Luego, Laila empezó a hablar.

Fjällbacka, 1975

*E*ra un día como cualquier otro, lleno de oscuridad y desesperanza. *Laila había sufrido otra noche de insomnio en la que los minutos avanzaban muy despacio hasta el amanecer.*

La Niña había pasado la noche en el sótano. Ya se había sobrepuesto al dolor de tenerla allí abajo. Toda idea de protegerla, de que era el deber de una madre hacer cualquier cosa por su hijo, había dejado paso al alivio de no tener que vivir aterrorizada. Era a Peter a quien Laila debía proteger.

De sus lesiones ni se preocupaba ya. La Niña podía hacer con ella lo que quisiera. Pero la oscuridad que le ensombrecía la mirada cuando lograba causar dolor era demasiado aterradora para ignorarla, y a veces hería a Peter cuando estallaba en un ataque inesperado. Él aún no sabía cómo defenderse y, en una ocasión, le dislocó el brazo. Quejándose y muerto de miedo, llegó corriendo con el brazo pegado al cuerpo, y tuvieron que ir al hospital. Al día siguiente, encontró los cuchillos debajo de la cama de Peter.

Después de aquello, Vladek cruzó la línea, definitivamente. De pronto, la cadena del sótano estaba lista. Laila no lo había oído trabajar por las noches, no había notado que había descubierto un modo de poder dormir seguros de noche y de estar tranquilos durante el día. Era la única solución, decía Vladek. No bastaba encerrarla en su habitación, tenía que comprender que lo que hacía estaba mal. No podían afrontar aquella ira, aquellos estallidos caprichosos, imposibles de predecir. Cuanto más creciera en fuerza y en tamaño, tanto peores serían las lesiones. Aunque sabía que era una locura, Laila no tuvo fuerzas para decir que no.

La Niña protestó al principio. Gritó, lo golpeó y le arañó la cara mientras la llevaba al sótano y la encadenaba con los grilletes. Vladek se limpió las heridas y se las curó como pudo. A los clientes les decía que había sido el gato. Nadie lo cuestionó.

Al final terminó por resignarse sin oposición. Se dejaba encadenar con gesto abúlico. Si la dejaban allí mucho tiempo, le ponían comida y agua, como si fuera un animal. Porque, mientras disfrutara viendo el dolor ajeno, mientras la fascinaran la visión de la sangre y la agudeza de los gritos, deberían controlarla como a un animal. Cuando no estaba en el sótano o en su habitación, alguno de ellos se dedicaba a vigilarla, Vladek, por lo general. La Niña era pequeña, pero fuerte y rápida, y Vladek no se fiaba de que Laila pudiera controlarla. Ni ella misma confiaba en conseguirlo, así que casi siempre era Vladek quien se encargaba de ella mientras Laila cuidaba de Peter.

Pero aquella mañana todo salió mal. También a Vladek le había costado conciliar el sueño por la noche. Había luna llena, y se había pasado las horas despierto a su lado, mirando al techo. Cuando por fin se levantaron, estaba irritable y la cabeza le daba vueltas a causa del cansancio. Además, se les había terminado la leche y, puesto que Peter se negaba a desayunar otra cosa que gachas, lo sentó en el coche y fue al supermercado.

Media hora después estaban de vuelta. Con Peter en brazos, Laila se apresuró a entrar en casa. El pequeño llevaba ya un buen rato esperando el desayuno y tenía hambre.

No acababa de entrar cuando comprendió que algo había pasado. Había un silencio extraño en la casa, y llamó a Vladek, que no respondió. Dejó a Peter en el suelo y se llevó un dedo a los labios para indicarle que no hiciera ruido. El niño la miró preocupado, pero obedeció.

Con pasos sigilosos, Laila se dirigió a la cocina. Estaba vacía, y los restos del desayuno encima de la mesa: la taza de Vladek y la taza de la Niña.

Entonces oyó voces en el salón. Una voz infantil clara y monótona que repetía sin cesar una retahíla de frases. Laila trató de distinguir lo que decía. Caballos, leones, fuego..., las historias del circo con las que Vladek los fascinaba.

Laila se encaminó al salón muy despacio. La certeza de lo que la esperaba la destrozaba por dentro. Dudó antes de dar los últimos pasos, no quería verlo, pero no había vuelta atrás.

–¿Vladek? –susurró, pero sabía que sería en vano.

Continuó hasta el sofá, y no fue posible contener el grito. Le salió del estómago, de los pulmones, del corazón, y llenó la habitación.

La Niña sonrió casi con orgullo. No pareció reaccionar al ruido, sino que ladeó la cabeza y la miró más bien como si se nutriera de su tormento. Era feliz. Por primera vez, Laila vio la felicidad en los ojos de su hija.

–¿Qué has hecho? –Apenas le salía la voz del cuerpo, se adelantó y le acarició las mejillas con las manos. Los ojos miraban al techo, desorbitados y ciegos, y Laila se acordó de aquel día en el circo cuando sus miradas se cruzaron y los dos comprendieron que la vida daría un giro a partir de aquel momento. Si hubieran sabido lo que iba a ocurrir, se habrían ido cada uno por su lado y habrían seguido viviendo como se esperaba que hicieran. Habría sido lo mejor. De ese modo no habrían creado aquella crueldad los dos juntos.

–Esto es lo que he hecho –dijo la Niña.

Laila alzó la vista y observó a su hija, que estaba sentada en el brazo del sofá. Tenía el camisón empapado de sangre y el pelo largo y castaño enmarañado sobre los hombros, de modo que parecía la cría de un trol. La rabia que debió de sentir mientras le clavaba el cuchillo a su padre una y otra vez ya se había esfumado, y parecía tranquila y dócil. Satisfecha.

Laila volvió a mirar a Vladek, el hombre al que había querido. Se veían en el pecho las cuchilladas, y le recorría la garganta un corte profundo, como si llevara un pañuelo rojo.

–Se ha dormido. –La Niña encogió las rodillas, las pegó al tronco y apoyó en ellas la cabeza.

—¿Por qué has hecho algo así? —dijo Laila, pero la Niña se encogió de hombros sin más.

Laila se volvió al oír un ruido a su espalda. Peter había entrado en el salón y, con el terror en los ojos, miraba a Vladek y a la Niña.

Su hermana le devolvió la mirada.

—Tienes que salvarme —dijo.

Laila sintió el frío que se le extendía por la médula. La Niña le estaba hablando a ella. Y trató de convencerse de que no era más que una niña. Sin embargo, ella sabía de qué era capaz. En realidad, siempre lo supo. Por eso comprendió lo que significaban aquellas palabras. Y que eso era, precisamente, lo que tenía que hacer: tenía que salvarla.

Se levantó.

—Ven, vamos a lavarte la sangre. Luego tendré que atarte, tal y como solía hacer papá.

La Niña sonrió. Luego asintió y siguió a su madre.

Mellberg relucía como la estrella de la mañana cuando entró en la cocina de la estación.

—¡Vaya caras de cansancio!

Patrik lo miró indignado.

—Nos hemos pasado la noche en vela trabajando.

Parpadeó varias veces para eliminar algo de arenilla. Apenas podía mantener los ojos abiertos después de toda la noche sin dormir, pero le resumió a Mellberg lo ocurrido y lo que habían encontrado en la granja. Mellberg se sentó en una de las sillas duras de la cocina.

—Pues parece que el caso está más que cerrado.

—Bueno, nada de eso nos ha llevado adonde esperábamos. —Patrik daba vueltas a la taza de café—. Todavía quedan muchos cabos sueltos. Marta y Molly siguen desaparecidas, Helga parece que también, y a saber dónde se habrá metido Jonas. Y la conexión con el asesinato de Ingela Eriksson es muy vaga. Aunque podemos estar casi seguros de que Jonas fue el secuestrador de cuatro de las chicas que han desaparecido estos últimos años, era solo un niño cuando asesinaron a Ingela. Luego tenemos el asesinato de Lasse Hansson. Si Victoria mantenía una relación con Marta, sería ella quien lo mató, pero ¿cómo?

¿O quizá ella le habló a Jonas del chantaje y este se encargó personalmente del asunto?

Mellberg estuvo a punto de decir algo en varias ocasiones, pero Patrik lo interrumpió. Ahora carraspeaba con expresión satisfecha.

—Yo creo que he encontrado una conexión entre el caso de Ingela Eriksson y el de Victoria Hansson, aparte de las lesiones, claro. Jonas no es el culpable. O bueno, sí, en parte puede que sea él.

—¿Cómo? —Patrik se irguió en la silla y se sintió despabilado de pronto. ¿Sería posible que a Mellberg se le ocurriera algo de verdad?

—Anoche estuve leyendo otra vez el material de la investigación. ¿Recuerdas que el marido de Ingela Eriksson dijo que aquel mismo día recibieron la visita de un tipo que había respondido a un anuncio?

—Sí... —dijo Patrik, que tenía ganas de adelantarse y arrancarle a Mellberg las palabras de la boca.

—Era un anuncio de un coche. El individuo quería comprar un coche viejo. Para restaurarlo. Ya te habrás imaginado en quién estoy pensando.

Patrik tenía en la cabeza la imagen del cobertizo en el que habían pasado varias horas de la noche.

—¿Einar? —dijo incrédulo.

Sintió que el engranaje empezaba a moverse despacio, y una teoría cobraba forma poco a poco. Una teoría horrible, pero no del todo inverosímil. Finalmente, se puso de pie.

—Voy a decírselo a los demás. Tenemos que volver a la granja. —Ya no le quedaba ni rastro de cansancio en el cuerpo.

Erica conducía por la carretera que aún no habían limpiado después de la nevada nocturna. Seguramente, iba demasiado rápido, pero le costaba concentrarse en la conducción. Solo era capaz de pensar en lo que le había desvelado Laila; y en que Louise estaba viva.

Había intentado llamar a Patrik para contarle lo que había averiguado, pero no respondía. Presa de la mayor frustración, trató de ordenar sus impresiones sin su ayuda, pero había una idea que se imponía a todas las demás: Molly estaba en peligro si se encontraba con Louise. O con Marta, como se hacía llamar en la actualidad. Erica se preguntaba por qué había elegido ese nombre y cómo se conocieron Jonas y ella. ¿Cuántas probabilidades había de que dos personas con una disfunción así acabaran juntas? Era verdad que existían varios ejemplos históricos de parejas fatales: Myra Hindley e Ian Brady, Fred y Rosemary West, Karla Homolka y Paul Bernardo... Pero eso no lo hacía menos aterrador.

De pronto pensó que Patrik y sus colegas quizá hubieran encontrado ya a Molly y a Marta, pero se dijo que no era verosímil. En ese caso, aunque brevemente, la habría llamado para decírselo, estaba segura. Es decir, las dos mujeres no estaban en la granja. ¿Dónde estarían?

Dejó atrás el acceso norte a Fjällbacka en dirección a Mörhult y fue frenando en las curvas más cerradas donde la carretera descendía hacia las hileras de cabañas de pesca recién construidas. Encontrarse allí con un vehículo que viniera en sentido contrario no era lo más deseable. Una y otra vez revisaba mentalmente los detalles del relato de Laila acerca de aquel día funesto, de lo que ocurrió en aquella casa solitaria. Fue una casa de los horrores antes de que la gente empezara a llamarla así, desde luego; y antes de que la gente conociera la verdad.

Erica frenó. El coche derrapó y el corazón empezó a latirle desbocado mientras ella luchaba por recuperar el control. Luego dio un puñetazo en el volante. ¿Cómo podía ser tan tonta? Volvió a pisar el acelerador, pasó por delante del hotel y del restaurante Richter, que estaban en la vieja fábrica de conservas, y tuvo que controlarse para no conducir como una loca por las calles de Fjällbacka, demasiado estrechas, aunque estuvieran vacías por ser invierno. Una vez fuera del pueblo se atrevió a acelerar un poco otra vez, pero diciéndose que debía tomárselo con calma, dado el estado del firme.

Sin apartar la vista de la carretera, llamó a Patrik una vez más. Sin respuesta. Lo intentó también con Gösta y con Martin, pero tampoco respondieron. Tenían que estar ocupados con algo de envergadura, y le encantaría saber qué era. Tras dudar unos minutos, volvió a marcar el número de Patrik y le dejó un mensaje en el contestador en el que, brevemente, le decía lo que había averiguado y adónde se dirigía. Seguramente, se enfadaría una barbaridad, pero no le quedaba otra alternativa. Si estaba en lo cierto, no actuar podía tener consecuencias catastróficas. Y pensaba andarse con cuidado. Después de todo, algo había aprendido con los años. Tenía que pensar en sus hijos, no debía correr ningún riesgo.

Aparcó a cierta distancia para que no se oyera el motor y se acercó a hurtadillas a la casa. Se veía totalmente desierta, pero había rodadas recientes en la nieve, así que alguien había estado allí no hacía mucho. Abrió la puerta tan en silencio como pudo. Aguzó el oído. Al principio no oyó nada, pero luego empezó a distinguir un ruidito. Parecía proceder de abajo, y sonaba como si estuvieran pidiendo ayuda.

Todas sus ideas de tener cuidado se esfumaron de un plumazo. Echó a correr hacia la puerta del sótano y la abrió de golpe.

—¿Hola? ¿Quién anda ahí? —Oyó el pavor en lo que le resonó como la voz de una mujer de edad y trató de recordar dónde había visto un interruptor.

—Soy Erica Falck —dijo—. ¿Quién hay aquí?

—Soy yo. —Se oyó una voz que debía de ser la de Molly, muerta de miedo—. Y también está la abuela.

—Tranquila. Voy a ver si encuentro la luz —dijo Erica, y maldijo para sus adentros hasta que dio por fin con el interruptor. Lo giró aliviada y rogó por que la lámpara aún funcionara. Cuando se encendió, cerró los ojos instintivamente, hasta que se habituaron a la luz chillona de la bombilla y, ya en el sótano, pudo ver dos figuras sentadas y encogidas junto a la pared. Las dos se protegían los ojos con las manos.

—Madre mía —dijo Erica, y bajó con paso rápido la empinada escalera. Se abalanzó sobre Molly, que se aferró a ella sollozando. Erica dejó que se desahogara llorando un instante abrazada a ella, antes de apartarse un poco.

—¿Qué ha pasado? ¿Dónde están tus padres?

—No lo sé, es todo muy extraño... —balbuceó Molly.

Erica miró los grilletes que colgaban de la gruesa cadena, eran los mismos que había visto en su anterior visita a aquel sótano. Era la misma cadena que, muchos años atrás, mantenía a Louise sujeta a aquella pared. Se volvió hacia la otra mujer y la observó con expresión compasiva. Tenía la cara sucia y surcada de profundas arrugas.

—¿Sabes si hay por aquí alguna llave con la que pueda quitaros los grilletes?

—La llave de los míos está aquí. —Helga señaló un banco que había en la pared de enfrente—. Si me liberas, podré ayudarte a buscar la llave de los de Molly. No es la misma y no he visto dónde ha ido a parar.

Erica quedó impresionada al ver lo tranquila que estaba la anciana y se levantó para ir en busca de la llave. A su espalda, Molly sollozaba sin parar, murmurando algo que Erica no comprendía. Volvió junto a la anciana llave en mano y se agachó para abrir los grilletes.

—¿Qué ha pasado? ¿Dónde están Jonas y Marta? ¿Son ellos los que os han encadenado? Madre mía, ¿cómo han podido hacerle algo así a su propia hija?

Parloteaba nerviosa y sin parar mientras trajinaba con la cerradura. Pero de pronto, guardó silencio. Estaba hablando de los padres de Molly. Fueran quienes fueran y con independencia de lo que hubieran hecho, seguían siendo sus padres.

—No te preocupes, la policía los encontrará —dijo en voz baja—. Lo que tu hijo os ha hecho a Molly y a ti es horrible, pero te aseguro que lo detendrán. Tengo la información suficiente como para que ni él ni su mujer salgan nunca de la cárcel.

La cerradura se abrió, y Erica se levantó y se sacudió el polvo de las rodillas. Luego alargó la mano para ayudar a la anciana a ponerse de pie.

—Bueno, pues vamos a ver si encontramos la otra llave —dijo.

La abuela de Molly la observaba con una mirada que no supo interpretar y una sensación de desasosiego empezó a bullirle en el estómago. Al cabo de unos instantes de extraño silencio, Helga ladeó la cabeza y dijo con calma:

—Jonas es mi hijo. Lo siento mucho, pero no puedo permitir que le destroces la vida.

Con una rapidez inesperada, la mujer se agachó, echó mano de una pala que había en el suelo y la levantó en el aire. Lo último que oyó Erica fue el grito de Molly retumbando entre las paredes. Luego, todo quedó a oscuras.

Era una sensación extraña la de volver a la granja de día después de haber pasado allí varias horas a la luz de unos focos que habían desvelado cosas que ningún vivo debería ver. Todo estaba en silenciosa calma. Habían recuperado a todos los caballos, pero en lugar de devolverlos allí, los habían dejado en las granjas cercanas para que los cuidaran los vecinos; puesto que los propietarios no estaban, aquella era la única solución.

—A buenas horas, sí, pero ahora que lo sabemos, quizá deberíamos haber puesto vigilancia aquí –dijo Gösta mientras cruzaban la explanada desierta.

—Exactamente lo que pensaba yo –dijo Mellberg.

Patrik asintió. Sí, era fácil dar consejos después de ver lo sucedido, pero Gösta tenía razón. Se veían rodadas recientes hasta la casa de Einar y Helga, y otras igual de recientes que partían de allí. En cambio, no había ni huellas ni rodadas alrededor de la casa de Marta y de Jonas. Quizá pensaron que habían dejado a alguien vigilándola. Patrik notaba cómo crecía el malestar. Teniendo en cuenta la inexplicable teoría por la que empezaban a decantarse, era imposible saber cuál sería la siguiente sorpresa.

Martin abrió la puerta y entró.

No dijeron nada, sino que accedieron al interior en silencio y miraron alrededor con sigilo, aunque reinaba en las habitaciones una especie de vacío que le decía a Patrik que todos se habían ido. Ese sería el siguiente problema, tratar de localizar a las cuatro personas que seguían desaparecidas, algunas voluntariamente, las otras contra su voluntad. Esperaba que todas siguieran con vida, pero no estaba del todo seguro.

—De acuerdo, Martin y yo vamos arriba –dijo–. Vosotros os quedáis aquí por si, contra todo pronóstico, se presentara alguien.

A medida que subían los peldaños, Patrik se convencía de que allí pasaba algo, y era como si todo su ser se opusiera a lo que iba a encontrarse en el piso de arriba. Pero los pies siguieron moviéndose.

—Chist –dijo, y alargó el brazo para detener a Martin, que iba a adelantarlo–. Más vale prevenir.

Sacó la pistola y le quitó el seguro, y Martin siguió su ejemplo. Con las armas en alto, subieron el último tramo de la escalera. Las primeras habitaciones que daban al descansillo estaban todas vacías, y continuaron hacia los dormitorios del fondo.

—Joder. —Patrik bajó el arma. El cerebro registró lo que veía, pero no podía procesarlo.

—Pero joder... —repitió Martin a su espalda. Luego, retrocedió unos pasos y Patrik lo oyó vomitar en el pasillo.

—No vamos a entrar —dijo Patrik. Se había detenido en el umbral y contemplaba desde allí la macabra escena que tenían delante. Einar estaba medio sentado en la cama. Tenía los muñones de las piernas extendidos sobre la cama, los brazos le colgaban a los costados y, al lado, había una jeringa, que Patrik adivinó habría contenido ketamina. Las cuencas de los ojos los miraban vacías y ensangrentadas. Parecían haberlo hecho a toda prisa, y el ácido le había chorreado por las mejillas y el pecho, causando quemaduras a su paso. Unos hilillos de sangre habían manado de los oídos, y la boca era una mueca pegajosa y sangrienta.

A la izquierda de la cama había un televisor encendido y, hasta ese momento, Patrik no se había dado cuenta de lo que había en la pantalla. Señaló en silencio el aparato y oyó cómo Martin tragaba saliva a su espalda.

—¿Qué coño es esto? —dijo.

—Creo que hemos encontrado algunas de las películas que faltaban en el sótano del cobertizo.

Hamburgsund, 1981

*E*staba tan cansada de sus preguntas... Berit y Tony le preguntaban a todas horas cómo se encontraba y si estaba triste. Ella no sabía qué responder ni lo que querían oír, así que no decía nada.

Y conservaba la calma. A pesar de tantas horas como pasó en el sótano, cuando la obligaban a comer de un cuenco, como un animal, ella sabía que «mami» y «papi» la protegerían. Pero Berit y Tony no, ellos la mandarían a alguna institución si no se comportaba como debía, y ella quería quedarse allí. No porque le gustaran los Wallander ni la granja, sino porque quería estar con Tess.

Se reconocieron desde el primer momento. Se parecían muchísimo. Y había aprendido tanto de Tess... Se había pasado en la granja seis años, y a veces le costaba contener la ira. Se moría de ganas de ver el dolor en los ojos de otra persona, y añoraba la sensación de poder, pero con la ayuda de Tess, comprendió cómo podía reprimir sus impulsos y esconderse bajo una máscara de normalidad.

Cuando el deseo se volvía demasiado intenso, tenían a los animales. Pero siempre procuraban que pareciera que las lesiones se habían producido de otra forma. Berit y Tony nunca sospecharon nada. Simplemente, se lamentaban de su mala suerte, y no comprendían que Tess y ella se quedaban con la vaca cuando estaba enferma porque disfrutaban viendo los padecimientos del animal y cómo se iba apagando en sus ojos la llama de la vida. Eran unos ingenuos y unos tontos.

A Tess se le daba mucho mejor que a ella fundirse con el entorno y no llamar la atención. Por las noches hablaba entre susurros del fuego, de la euforia absoluta de ver arder a alguien. Decía que era capaz de aprisionar ese placer en el puño y apretar fuerte hasta que no existiera el menor riesgo de que la descubrieran si lo soltaba.

Lo que más le gustaba eran las noches. Tess y ella durmieron en la misma cama desde el primer día. Al principio por el calor y la sensación de seguridad, pero paulatinamente fue surgiendo algo más. Un estremecimiento que se propagaba por el cuerpo cuando se rozaban bajo las sábanas. Con cierta reserva, empezaron a explorarse mutuamente, a dejar que los dedos corrieran por formas desconocidas hasta que terminaron por conocer cada milímetro de sus cuerpos.

No sabía cómo describir aquello. ¿Era amor? Ella nunca había querido a nadie, seguramente, y tampoco había sentido odio. Mami creía que sí, pero no era verdad. No era capaz de sentir odio, solo indiferencia por aquello que los demás consideraban importante en la vida. En cambio Tess sí sabía odiar. A veces veía cómo le ardía en la mirada, se lo oía en el tono de voz cuando hablaba con desprecio de las personas que les hacían daño. Y preguntaba mucho: por papi y mami y por mi hermano pequeño. Y por la abuela. Después de la visita de la abuela, estuvo semanas hablando de ella, preguntando si era una de esas personas que merecían un castigo. En realidad, ella no comprendía la ira. No odiaba a nadie de su familia, sencillamente, no le importaban. Habían dejado de existir en el mismo instante en que se fue a vivir con Tony y Berit. Los otros eran su pasado. Tess era su futuro.

Lo único que quería recordar de su vida pasada eran las historias que papi le había contado sobre el circo. Todos aquellos nombres, las ciudades y los países, todos los animales y los trucos, los olores, los sonidos, los colores que convertían el circo en la magia de unos fuegos de artificio. A Tess le encantaba oír aquellas historias. Y quería oírlas todas las noches, e incluso hacía preguntas: sobre la gente del circo, sobre cómo vivían, lo que decían... Y escuchaba las respuestas temblando de expectación.

Cuando mejor conocían sus cuerpos tantas más cosas quería contarle. Quería que Tess fuera feliz, y las historias de papi eran algo que ella sí podía darle.

A aquellas alturas, toda su existencia giraba en torno a Tess, y comprendía que se comportaba más y más como un animal. Tess le explicaba cómo funcionaban las cosas en la vida real. No debían ser débiles nunca, ni dejarse dominar por aquello que llevaban en su interior. Tenían que aprender a esperar el momento oportuno; tenían que aprender autocontrol. Era difícil, pero ella practicaba y la recompensa era que, por las noches, podía dormir en el regazo de Tess y sentir cómo su calor se propagaba por todo su cuerpo, sentir sus dedos en la piel, su aliento en el pelo.

Tess era todo. Tess era el mundo.

Allí estaban, con aquel frío, en medio de la explanada, respirando tanto aire fresco como podían. Torbjörn estaba dentro. Patrik lo había llamado con la vista aún clavada en la pantalla del televisor. Luego, se obligó a quedarse mirando desde el umbral.

—¿Cuánto tiempo crees que estuvo con ello? —dijo Martin.

—Tendremos que ver todas las películas que tenía y comprobarlas con las denuncias de desapariciones que tengamos registradas. Pero parece que se remonta a muchos años atrás. Quizá podamos determinarlo contrastando también la edad de Jonas.

—Joder, mira que obligar al niño a mirar y a filmar... ¿Crees que lo obligó a participar también?

—Parece que no, pero quizá podamos verlo en otras películas. Por lo menos, sí que Jonas lo ha repetido después.

—Y con la ayuda de Marta —dijo Martin meneando la cabeza como si le costara creerlo—. Gentuza enferma.

—A mí ni se me había pasado por la cabeza que ella pudiera estar involucrada en este caso —dijo Patrik—. Pero si es así, empiezo a estar más que preocupado por Molly. ¿Serían capaces de hacerle daño a su hija?

—Ni idea —dijo Martin—. ¿Sabes? Yo creía que tenía cierta facultad para conocer a las personas, pero esto me está demostrando que no tengo ni idea. En condiciones normales, te diría que no, que no le harán daño a su hija; pero de estas personas creo que se puede esperar cualquier cosa.

Patrik comprendió que tenían en la retina las mismas imágenes. Aquellas grabaciones grumosas, con cortes y con manchas, almacenadas en DVD, pero filmadas con un equipo antiguo. Einar era alto y fuerte, incluso guapo. Se encontraba en la habitación que había debajo del cobertizo, esa habitación que era imposible de encontrar a menos que uno fuera buscándola; lo cual no había ocurrido en todos aquellos años. Lo que hacía con aquellas chicas, por ahora sin nombre, era indescriptible, al igual que la mirada que dirigía a la cámara. Los gritos de las chicas se mezclaban con el tono monocorde y tranquilo de las instrucciones que daba a su hijo para que lo filmara. Un adolescente desgarbado que verían convertirse en adulto en las demás películas, sospechaba Patrik. Y en algún momento, también verían a una joven Marta.

Pero ¿qué había impulsado a Jonas a perpetuar la herencia repugnante que le había dejado su padre? ¿Cuándo ocurrió tal cosa? ¿Y cómo llegó Marta a verse envuelta en ese mundo terrorífico que habían construido padre e hijo? Si no los encontraban, nunca podrían esclarecerlo del todo. Además, se preguntaba cuánto de todo aquello sabía Helga. ¿Y dónde se encontraba ahora?

Le echó un vistazo al teléfono. Tres llamadas perdidas de Erica, y un mensaje de voz. Presa de los peores presentimientos, marcó el número del buzón de voz y escuchó el mensaje. Luego soltó un taco tan alto que Martin se sobresaltó.

—Ve a buscar a Gösta. Creo que sé dónde están. Y Erica está con ellos.

Patrik ya había echado a correr hacia el coche y Martin lo seguía mientras llamaba a voces a Gösta, que había doblado la esquina de la casa para orinar en la parte trasera.

—¿Pero qué pasa? —preguntó Gösta mientras corría hacia ellos.

—¡Marta es Louise! —dijo Patrik mirando hacia atrás por encima del hombro.

—¿A qué te refieres?

Patrik abrió de un tirón la puerta del conductor, y Martin y Gösta entraron en el coche.

—Erica ha ido a ver a Laila esta mañana. Marta es Louise, la niña a la que tenían encadenada en el sótano. Todo el mundo creía que había muerto ahogada en un accidente, pero está viva y es Marta. No conozco más detalles, pero si Erica dice que es así, será por algo. Erica cree además que Marta y Molly están en la casa de la infancia de Marta, y ella misma ha ido allí, ¡de modo que hay que darse prisa!

Salió derrapando y giró para salir de la explanada. Martin lo miraba sin comprender nada, pero a Patrik le daba igual.

—Pero mira que eres idiota —masculló Patrik entre dientes—. Perdón, cariño —añadió enseguida. No quería insultar a su mujer, a la que adoraba, pero estaba tan asustado que no podía controlar la indignación.

—¡Cuidado! —gritó Gösta en un momento en que el coche se fue a un lado.

Patrik redujo la velocidad, aunque lo que quería en realidad era pisar a fondo el acelerador. La preocupación lo devoraba por dentro como un animal salvaje.

—¿No deberíamos avisar a Bertil de adónde vamos? —dijo Martin.

Patrik soltó un taco para sus adentros. Sí, era verdad, habían dejado a Mellberg en la granja. Estaba con Torbjörn, «colaborando en la investigación pericial» cuando ellos se fueron. Seguramente en aquellos momentos estaba volviendo locos a Torbjörn y a su equipo.

—Sí, llámalo —dijo Patrik sin apartar la vista de la carretera.

Martin obedeció y, tras un breve intercambio de frases, concluyó la conversación.

—Viene enseguida, dice.

—Pues más le vale no meter la pata en nada.

Habían tomado el desvío hacia la casa y Patrik apretó los dientes más fuerte aún cuando vio el Volvo Combi aparcado a cierta distancia. Erica lo habría dejado allí para que no la descubrieran. Eso no lo tranquilizó lo más mínimo.

—Vamos con el coche hasta la puerta —dijo, y nadie puso objeciones.

Frenó en seco delante de la casa abandonada y entró en la explanada como una exhalación sin esperar a Gösta y a Martin. Pero cuando cruzaba la puerta ya los tenía pisándole los talones.

—Chist —dijo, y se llevó el dedo a los labios.

La puerta del sótano estaba cerrada, pero algo le decía que lo lógico era empezar a buscar ahí, pues, según pensaba, sería el lugar al que querría volver Louise. Abrió la puerta, que, por suerte, no crujió. Pero cuando puso el pie en el primer peldaño, resonó con estruendo, y desde abajo le llegó un grito:

—¡Socorro! ¡Socorroooo!

Bajó a la carrera y oyó a Martin y Gösta que lo seguían. Una simple bombilla iluminaba la habitación, y se detuvo en seco ante lo que veían sus ojos. Molly se balanceaba adelante y atrás, abrazada a sus rodillas, gritando con voz chillona y mirándolos fijamente con los ojos desorbitados. Y en el suelo estaba Erica, tumbada boca abajo, y parecía que le sangraba la herida que tenía en la cabeza.

Patrik se abalanzó sobre ella y, con el corazón martilleándole en el pecho, le puso el dedo en el cuello en busca del pulso. Al ver que estaba caliente y que respiraba, sintió un alivio inmenso, y constató que la sangre procedía de una herida en la ceja.

Erica abrió los ojos despacio y dijo con un gemido:

—Helga...

Patrik se volvió hacia Molly, a la que Martin y Gösta ayudaban a levantarse. Trataban de liberarla de la gruesa cadena, y Patrik se dio cuenta entonces de que también Erica estaba encadenada.

—¿Dónde está tu abuela? —preguntó.

—Se ha ido, pero no hace mucho rato.

Patrik frunció el ceño. Deberían haberla visto por el camino hacia la casa.

—Ella golpeó a Erica —añadió Molly temblando.

Patrik observó la herida de su mujer. Podría haber sido muchísimo peor. Y si no le hubiera dejado un mensaje diciéndole adónde se dirigía, a él no se le habría ocurrido jamás buscar allí. Y ella y Molly se habrían muerto de hambre encerradas en aquel sótano.

Se levantó y echó mano del teléfono. Había poca cobertura, pero la suficiente para hacer la llamada. Dio las instrucciones pertinentes, concluyó la conversación y se dirigió a Gösta y a Martin, que habían encontrado la llave de los grilletes de Molly.

—Le he pedido a Mellberg que esté atento y que la detenga si la ve.

—¿Por qué habrá golpeado a Erica? —preguntó Gösta mientras tranquilizaba a Molly acariciándole la espalda con gesto torpe.

—Para proteger a Jonas. —Erica se incorporó con un lamento y se llevó la mano a la cabeza—. Madre mía, estoy sangrando mucho —dijo mirándose los dedos.

—No es una herida profunda —dijo Patrik con tono seco. Ahora que se le había pasado la preocupación le habría soltado un buen responso.

—¿Habéis encontrado a Jonas y a Marta? —Se levantó tambaleándose, pero soltó una maldición cuando notó los grilletes en el tobillo.

—¡Pero qué mierda!

—Yo creo que la idea era que murieras aquí abajo —dijo Patrik. Miró a su alrededor en busca de una llave. En realidad, ganas le daban de dejarla allí un rato, y quizá al final tuviera que ser así. No se veía ninguna llave, así que habría que esperar hasta que fuera alguien que pudiera cortar la cadena.

—No, no los hemos encontrado. —No quería contarle lo que habían encontrado en la granja y que, seguramente, habrían dejado allí Jonas y Marta. No mientras Molly estuviera presente. Allí estaba ahora, sollozando abrazada a Gösta, con la cabeza apoyada en su pecho.

—Tengo el presentimiento de que no volveremos a verlos nunca —dijo Erica, pero luego miró a Molly y guardó silencio.

Sonó el teléfono y Patrik respondió. Era Mellberg. Escuchó unos instantes y, con Mellberg aún al aparato, les informó a los demás moviendo solo los labios:

—Tiene a Helga.

Luego siguió escuchando un rato, hasta que, no sin cierta dificultad, logró interrumpir la catarata triunfal de Mellberg.

—Parece que se la ha cruzado por el camino. Ahora va con ella a la comisaría.

—Tenéis que encontrar a Jonas y a Marta. Están... Están enfermos —dijo Erica en voz baja para que Molly no la oyera.

—Lo sé —susurró Patrik, que ya no pudo aguantar más las ganas de abrazar a Erica. Por Dios bendito, ¿qué habría

426

hecho si la hubiera perdido? ¿Si los niños la hubieran perdido? La apartó un poco y dijo con tono grave—: Ya hemos dado la orden de búsqueda y hemos enviado el aviso a los aeropuertos y puestos fronterizos. Los periódicos de la tarde publicarán mañana sus fotografías. No se librarán.

—Bien —dijo Erica. Rodeó a Patrik con los brazos y cruzó las manos alrededor del cuello de su marido—. Pero ahora, procura que me quiten estas cadenas.

Fjällbacka, 1983

Cuando vio los carteles que anunciaban que el *Cirkus Gigantus* venía a Fjällbacka, no se lo pensó dos veces. El corazón le latía con fuerza en el pecho. Era una señal. El circo se había convertido en una parte de ella. Sabía cómo olía y cómo sonaba, y era como si conociera a las personas y a los animales que lo poblaban. Habían jugado a ese juego infinidad de veces. Ella era la princesa circense que conseguía que los caballos obedecieran entre los aplausos y los silbidos del público.

Habría querido que hubieran podido ir juntos, y así habría sido si las cosas no se hubieran torcido de aquel modo. Pero tuvo que ir sola.

La familia de Vladek la recibió con los brazos abiertos. La recibieron como a una hija. Decían que habían pensado ir a buscarlo, pero ella les contó que había muerto de un infarto. A nadie le extrañó, no era el primer miembro de la familia que padecía del corazón. Ella comprendió que había tenido suerte, pero existía el riesgo de que algún habitante de Fjällbacka empezara a hablar sobre Vladek y desvelara lo que había ocurrido en realidad. Pasó tres días de nervios, que se le hicieron eternos, hasta que el circo recogió sus cosas y dejó Fjällbacka. Entonces se sintió segura.

En aquel entonces no contaba más de quince años, y le preguntaron también por su madre y se lamentaron de lo mal que lo había hecho al marcharse y dejarla sola. Ella agachó la cabeza y se las arregló incluso para soltar una lagrimita. Y les dijo que no, que Laila había muerto de cáncer hacía muchos años. La cuñada de Vladek le puso una mano huesuda en la mejilla y le secó las lágrimas de cocodrilo. Y dejaron de hacer preguntas, simplemente, le indicaron dónde podía dormir y le dieron ropa y comida. Jamás pensó que sería tan sencillo, pero no tardó en convertirse en un miembro más de la familia. Para ellos los vínculos de sangre eran lo primero.

Esperó dos semanas, y entonces fue a hablar con el hermano de Vladek y le dijo que quería aprender algo y convertirse en parte del circo para perpetuar la herencia de la familia. Tanto él como todos los demás se pusieron contentísimos, tal y como ella había supuesto, y les sugirió que le permitieran ayudar con los caballos. Quería ser como Paulina, la hermosa joven que en cada sesión actuaba haciendo cabriolas y trucos a lomos de los caballos, luciendo un vestido de lentejuelas.

Así que empezó como ayudante de Paulina. Se pasaba todas las horas de vigilia cerca de los caballos, viendo entrenar a Paulina. Ella la odió desde el primer momento, pero no era de la familia y, tras una conversación con el hermano de Vladek, empezó a enseñarle, aun a su pesar. Y resultó ser muy buena alumna. Entendía a los caballos, y ellos la entendían a ella. No le llevó más de un año aprender los rudimentos, y al cabo de dos, era tan buena como Paulina. Así que, cuando se produjo el accidente, pudo sustituirla.

Nadie lo vio, pero una mañana, Paulina apareció muerta entre los caballos. Supusieron que se habría caído y se habría golpeado en la cabeza, o que uno de los caballos le habría dado una coz fatal. Para el circo era una catástrofe, pero, por suerte, ella se puso sin problemas uno de los preciosos vestidos de Paulina y la sesión de esa noche pudo celebrarse como si no hubiera pasado nada. A partir de aquella noche, ella se quedó con el número que antes realizaba Paulina.

Pasó tres años viajando con el circo. En un mundo donde convivían lo raro y lo fantástico nadie se dio cuenta de que ella era diferente. Para alguien como ella era el lugar idóneo. Pero ya se había terminado el circo, tenía que regresar. Al día siguiente, el Cirkus Gigantus volvería a Fjällbacka, y ya era hora de abordar aquello que tanto había tenido que postergar. Se había permitido el lujo de convertirse en otra persona, de ser una princesa circense que, a lomos de un caballo blanco, se lucía entre plumas y brillos. Había vivido en un mundo de fantasía. Y ahora debía volver a la realidad.

—Salgo a recoger el correo —dijo Patrik, y metió los pies en un par de botas. Los últimos días, Erica y él apenas se habían visto. Los interrogatorios y el seguimiento del caso lo habían tenido ocupado, tanto a él como a sus colegas, de la mañana a la noche. Por fin, el viernes, se había tomado la mañana libre.

—¡Mierda, qué frío hace! —dijo cuando entró otra vez—. Esta noche habrá caído un metro de nieve por lo menos.

—Sí, parece que no va a acabarse en la vida. —Erica, que estaba sentada a la mesa de la cocina, le sonrió con gesto cansino.

Él se sentó enfrente y empezó a ojear los sobres. Erica tenía la cabeza apoyada en las manos y parecía absorta en sus pensamientos. Patrik dejó el montón de sobres en la mesa y la observó preocupado.

—Oye, ¿tú cómo estás?

—Pues no sé. Más que nada es que no estoy muy segura de cómo continuar con el libro. Si es que lo escribo. Ahora la historia tiene algo así como una continuación.

—Pero Laila sí quiere que lo escribas, ¿no?

—Sí, yo creo que el hecho de que el libro se publique es para ella una especie de medida de seguridad. Que Marta no será capaz de volver por aquí si la gente sabe quién es y qué ha hecho.

—¿Y no existe el riesgo de que surta el efecto contrario? —preguntó Patrik con tono discreto. No quería decirle a Erica lo que debía hacer, pero le desagradaba la idea de que escribiera un libro sobre unas personas tan llenas de maldad como Jonas y Marta. ¿Y si luego querían vengarse de ella?

—No, yo creo que Laila tiene razón. Y en el fondo, yo sé que tengo que terminar el libro. No tienes que preocuparte —dijo Erica, y lo miró resuelta—. Confía en mí.

—En quien no confío es en ellos. No tenemos ni idea de dónde se encuentran. —No podía ocultar la preocupación que le resonaba en la voz.

—Pero no creo que se atrevan a aparecer por aquí, y tampoco tienen nada a lo que volver.

—Aparte de una hija —dijo Patrik.

—Ya, pero Molly no les importa. Yo creo que a Marta nunca le ha importado, y el interés de Jonas desapareció en cuanto se enteró de que no era hija suya.

—La cuestión es dónde se habrán metido. Parece increíble que hayan logrado abandonar el país; enseguida dimos la orden de búsqueda a escala nacional.

—Ni idea —dijo Erica, y abrió uno de los muchos sobres con ventana—. Laila parece un tanto inquieta ante la idea de que hayan ido a España tras la pista de Peter.

Patrik asintió.

—Y la comprendo, aunque yo creo que siguen en Suecia y que, tarde o temprano, los atraparemos. Y entonces tendrán mucho de lo que responder. Ya hemos conseguido identificar a varias de las chicas de las grabaciones. Tanto aquellas a las que secuestró Einar como las víctimas de Jonas y Marta.

—No me explico cómo podéis sentaros a ver esas películas durante horas.

—Pues sí, es asqueroso.

Patrik recordó las imágenes. Estaba seguro de que se le quedarían grabadas para siempre, como un recuerdo del mal que es capaz de causar el ser humano.

—¿Por qué crees que secuestraron a Victoria? —preguntó Patrik—. Debió de entrañar un riesgo enorme.

Erica guardó silencio un instante. No había ninguna respuesta obvia. Jonas y Marta estaban desaparecidos, y las películas mostraban sus crímenes, pero no desvelaban nada del móvil.

—Yo creo que Marta se enamoró de Victoria, pero cuando Jonas descubrió su relación, quedó claro a quién le era leal. Puede que Victoria se convirtiera en una especie de víctima de Jonas, un modo de pedir perdón.

—Deberíamos haber comprendido mucho antes que Marta estaba implicada —dijo Patrik—. Debió de ser ella quien secuestró a Victoria.

—Pero ¿cómo ibais a sospecharlo? Las acciones y los motivos de estas personas son imposibles de entender. Yo traté de hablar de ello con Laila ayer, y ella tampoco supo darme una explicación sobre la conducta de Marta.

—Ya, claro, pero no puedo por menos de culparme. Y, como quiera que sea, quiero tratar de comprender por qué las cosas son como son. Por ejemplo, ¿por qué quisieron Jonas y Marta seguir el ejemplo de Einar? ¿Por qué infligían a las víctimas las mismas mutilaciones macabras que él? —Patrik tragó saliva. Las náuseas aparecían en cuanto recordaba las grabaciones.

Erica seguía reflexionando.

—Me figuro que la locura de Jonas se fue fraguando durante su niñez, cuando Einar lo obligaba a filmar las agresiones. Y Marta, o Louise, también estaba afectada por lo que vivió de niña. Si lo que dijo Gerhard Struwer es verdad, se trataba de hacerse con el control. Einar parecía retener prisioneras a las chicas, salvo a Ingela Eriksson y quizá a alguna más de cuya existencia nada sepamos. Convirtiéndolas en muñecas sin voluntad, satisfacía algún tipo de necesidad morbosa, una necesidad que transmitió a Jonas, que, a su vez, inició a Marta. Puede que su relación se alimentara del poder que tenían sobre las chicas.

—Joder, qué idea más espantosa. —Patrik tragó saliva para contener las náuseas.

—¿Y qué dice Helga? —preguntó Erica—. ¿Lo sabía todo?

—Se niega a hablar. Dice que está dispuesta a asumir su castigo, que jamás encontraremos a Jonas. Pero yo creo que lo sabía y que prefirió cerrar los ojos. Ella también era una víctima, en cierto modo.

—Ya, la verdad es que tuvo que vivir un infierno todos esos años. Pero aunque lo sabía y veía cuál era su verdadera naturaleza, Jonas es su hijo, y lo quiere.

Patrik soltó un suspiro.

—Todos esos «si» y todos los «quizá»... Es frustrante que no tengamos aún todas las respuestas. Que tengamos que seguir especulando. Pero, de todos modos, ¿tú estás segura de que Marta es Louise Kowalska?

—Sí, sí, lo estoy. No puedo explicártelo de un modo lógico, pero lo vi claramente cuando comprendí que Marta y Jonas se llevaban a las chicas en las competiciones, y que tenían que ser ellos los que enviaban a Laila las postales y los recortes. ¿Quién, aparte de Louise, tenía motivos para odiar y amenazar a Laila? La edad de Marta coincide con la de Louise. Además, Laila confirmó mis suposiciones, porque ella llevaba tiempo sospechando que Louise estaba viva y que quería matarlos a ella y a Peter.

Patrik la miró muy serio.

—Me gustaría tener la misma intuición que tú, aunque te agradecería que dejaras de seguirla ciegamente. Gracias que esta vez, al menos, tuviste la presencia de ánimo de dejar un mensaje en el contestador diciendo adónde ibas. —Se estremeció ante la idea de lo que habría podido ocurrir si Erica se hubiera quedado sangrando en aquel sótano helado de la Casa de los Horrores.

—Bueno, pero al final todo ha salido bien. —Erica escogió otro sobre del montón, lo abrió con un dedo y sacó una factura—. Y figúrate que Helga estaba dispuesta a sacrificar a Marta y a Molly por salvar a su hijo.

—Sí, pero ya sabes cómo es el amor de madre —dijo Patrik.

—A propósito... —A Erica se le iluminó la cara—. Estuve hablando con Nettan otra vez y parece que ella y Minna están tratando de entenderse de nuevo.

Patrik sonrió.

—Menuda suerte que se te ocurriera lo del coche.

—Sí, me da rabia no haber caído en cuanto vi la foto en el álbum.

—Lo extraño es que Nettan no lo relacionara. Tanto Palle como yo le preguntamos por el coche blanco.

—Lo sé, y cuando la llamé, casi se enfadó. Me dijo que si conociera a alguien con un coche así lo habría dicho. Pero cuando mencioné que recordaba una foto de Johan, su ex, delante de un coche blanco, se quedó de piedra. Luego dijo que era imposible que Minna se hubiera metido en su coche voluntariamente, que lo odiaba más que a nadie en el mundo.

—Uno no sabe nada de una hija adolescente —dijo Patrik.

—Es una gran verdad. Pero ¿quién iba a imaginar que Minna se enamoraría del antiguo novio de su madre, con el que siempre andaba a la gresca? ¿Y que, además, iba a quedarse embarazada y a huir con él porque temía que Nettan se enfadara?

—No, claro, no es lo primero que uno se imagina.

—Bueno, en todo caso, Nettan le ha prometido a Minna que le ayudará con el niño. Las dos están igual de enfadadas con el tal Johan, es un cerdo que, al parecer, se hartó de Minna en cuanto empezó a crecerle la barriga. Y yo creo que Nettan sintió tal alivio cuando encontró a Minna sana y salva en la cabaña de Johan que hará todo lo posible para que las cosas vayan bien.

—En fin, algo bueno que ha salido de este espanto —dijo Patrik.

—Sí, y Laila se reunirá pronto con su hijo. Después de más de veinte años... La última vez que hablamos me contó que Peter vendrá a visitarla al psiquiátrico y que, si quiero, podré conocerlo.

A Erica le brillaban los ojos de alegría, y Patrik se sintió feliz al ver el entusiasmo de su mujer. Se alegraba muchísimo de haber ayudado a Laila. Él, en cambio, lo único que quería era dejar aquel caso tras de sí cuanto antes. Estaba saturado de tanta maldad y tantas tinieblas.

—Qué bien que Dan y Anna vengan a cenar esta noche —dijo para cambiar de conversación.

—Sí, es fantástico que hayan encontrado el modo de volver a intentarlo. Además, Anna me dijo que tenía una buena noticia que contarnos. Me saca de quicio que me haga eso: una vez que has dicho A no me puedes dejar sin decirme B. Pero se mostró imperturbable y me recomendó que tuviera paciencia hasta esta noche...

Erica ojeó las cartas que quedaban por abrir. La mayoría eran facturas, pero debajo del montón había un sobre blanco más grueso, con un aspecto mucho más elegante que los de la compañía de teléfonos o la de seguros.

—¿Qué será esto? Casi parece una invitación de boda. —Se levantó y fue a buscar un cuchillo para abrirlo. Dentro había una tarjeta preciosa con dos anillos dorados en el anverso—. ¿Conocemos a alguien que vaya a casarse?

—No que yo sepa —dijo Patrik—. La mayoría de nuestros amigos están casados hace ya tiempo.

Erica abrió la tarjeta.

—¡Ayyyyyy! —dijo mirando a Patrik.

—¿Qué? —Le quitó la tarjeta y luego leyó en voz alta, con un tonillo incrédulo:

«Os damos la bienvenida al enlace entre Kristina Hedström y Gunnar Zetterlund».

Miró a Erica, y luego otra vez la invitación.

—¿Es una broma? —dijo, y le dio la vuelta a la tarjeta.

—No lo parece. —Erica soltó una risita—. ¡Es muy, muy tierno...!

—Pero si los dos son... viejos —dijo Patrik, y trató de olvidar la imagen de su madre vestida de blanco y con un velo.

—Venga, hombre, no seas así. —Erica se levantó y le dio un beso en la mejilla—. Será estupendo. Tendremos nuestro propio Bob el Chapuzas. No quedará nada por reparar en la casa, y seguramente querrá ampliarla y al final será el doble de grande.

—Qué horror —dijo Patrik, pero no pudo por menos de echarse a reír. Porque Erica tenía razón. En realidad, le deseaba a su madre toda la felicidad del mundo y era estupendo que hubiera encontrado el amor en el otoño de sus días. Solo necesitaba algo de tiempo para hacerse a la idea.

—Dios, a veces eres de un infantil... —dijo Erica, y le alborotó el pelo—. Menos mal que también eres un encanto.

—Gracias, igualmente —dijo Patrik con una sonrisa.

Decidió que haría por dejar a un lado todo lo relacionado con Victoria y las demás chicas. Ya no había nada que pudiera hacer por ellas. En casa, en cambio, estaban su mujer y sus hijos, que lo necesitaban y le daban todo el cariño. No había en su vida nada que quisiera cambiar. Ni un solo detalle.

Todavía no tenían ni idea de adónde irían, pero no estaba preocupada. La gente como ella y Jonas siempre salía airosa. Para ellos no había fronteras, no había obstáculos.

Ya había empezado su vida dos veces. La última, en la casa abandonada, donde conoció a Jonas. Estaba durmiendo y, cuando abrió los ojos, había un chico desconocido observándola. En cuanto se miraron, supieron que eran iguales. Los dos vieron las tinieblas que había en el alma del otro.

La llevó a Fjällbacka una especie de fuerza irresistible. Cuando viajaba con el circo, toda Europa era su hogar, pero sabía que tenía que volver. Jamás había sentido nada tan intenso, y cuando por fin volvió, allí estaba Jonas, esperándola.

Era su destino, y en la penumbra de la casa, él se lo contó todo. Le habló de la habitación que había debajo del cobertizo, de lo que su padre hacía allí con las chicas, chicas a las que nadie echaba de menos, que no faltaban en ninguna parte. Chicas que no tenían ningún valor.

Una vez que decidieron continuar con la herencia de Einar, quisieron, a diferencia de él, llevarse a chicas a las que sí echaran en falta, a las que quisieran. Decidieron crear una marioneta, una muñeca indefensa, de alguien que fuera importante para otros; hacía que el placer fuera mayor. Quizá eso se convirtió en su ruina, pero no habrían podido hacerlo de otro modo.

A ella no le daba miedo lo desconocido. Simplemente, implicaba que tendrían que crear nuevos mundos en otro lugar. Mientras se tuvieran el uno al otro, no importaba. Cuando conoció a Jonas, se convirtió en Marta. Su igual, su alma gemela.

Jonas colmaba sus sentidos y toda su existencia. Aun así, no pudo resistirse a Victoria. Extraño. Ella, que siempre fue consciente de la importancia del autocontrol, y que nunca se dejó llevar por sus pasiones... Pero no era tonta. Comprendió que el poder de atracción que ejercía Victoria nacía de su parecido con una persona que, en su día, fue parte de ella, que aún lo era. De un modo inconsciente, Victoria había despertado viejos recuerdos, y no pudo prescindir de ella. Quería tenerlos a los dos, a Victoria y a Jonas.

Fue un error ceder a la tentación de volver a tocar la piel de una muchacha, porque le recordó un amor que había perdido. Al cabo de un tiempo, tomó conciencia de que aquello era insostenible y, además, había empezado a aburrirse. Después de todo, las diferencias eran más que las similitudes. Así que se la dio a Jonas. Él la perdonó, y fue como si su amor por ella creciera más fuerte gracias a lo que pudieron compartir después.

Fue imperdonable no cerrar bien la trampilla aquella noche. Estaban siendo algo descuidados, la dejaban moverse libremente allí abajo, pero claro, nunca se imaginaron que lograría subir la escalera, salir del cobertizo y luego cruzar el bosque a pie. Habían infravalorado a Victoria, y asumieron un gran riesgo permitiendo que la muerte se les acercara tanto. Les costó caro, pero ninguno de los dos lo vio como el final de nada. Al contrario, implicaba un principio. Una nueva vida. Para ella, la tercera.

La primera vez fue uno de esos días de verano en que uno tiene la sensación de que le hierve la sangre por el calor. Louise y ella decidieron ir a bañarse, y fue ella quien propuso apartarse un poco de la playa y saltar al agua desde las rocas.

Contaron hasta tres y saltaron juntas, de la mano. Les cosquilleaba el estómago con la velocidad de la caída y sintieron un frescor delicioso al entrar en contacto con el agua. Pero un instante después, fue como si un par de brazos robustos y fuertes la agarraran y la arrastraran hacia el fondo. El agua le cubrió la cabeza mientras ella luchaba contra las corrientes con todas sus fuerzas.

Cuando logró sacar la cabeza otra vez por encima de la superficie, empezó a nadar hacia la orilla, pero era como nadar en alquitrán. Fue avanzando muy despacio, y trató de girar la cabeza, pero no veía a Louise. Sentía los pulmones destrozados y no podía gritar, y en el cerebro tenía un solo pensamiento: sobrevivir, llegar a tierra.

De repente, la corriente cedió y pudo avanzar con cada brazada. Al cabo de unos minutos, alcanzó la orilla. Se quedó allí tumbada, boca abajo, con los pies en el agua y la cara en la arena. Cuando recobró el resuello, se incorporó como pudo y miró alrededor. Llamó a Louise, gritó en dirección al mar, pero no respondió. Haciéndose sombra con la mano, paseó la mirada por la superficie del agua. Luego subió corriendo a la roca desde la que habían saltado. Corría de un lado a otro buscando y llamándola a gritos, cada vez más desesperada. Al final, se desplomó en la roca y se sentó allí a esperar durante horas. Quizá debería ir a pedir a ayuda, pero entonces se les arruinarían los planes. Louise no estaba, y era mejor que ella se fuera sola que tener que quedarse allí.

Lo dejó todo en la roca. La ropa y las pertenencias de las dos. Le había prestado a Louise su bañador favorito, uno azul, y en cierto modo se alegraba de que se lo hubiera llevado consigo a las profundidades. Como un regalo.

Con el mar a su espalda, se alejó de allí. Robó algo de ropa que había en el tendedero de una casa y se encaminó con paso firme hacia el lugar donde sabía que existía su futuro. Por si acaso, fue bosque a través, de modo que no llegó a Fjällbacka hasta la noche. Cuando vio el circo a lo lejos, cuando vio los alegres colores y oyó la algarabía, el murmullo de la gente y la música, le resultó todo extrañamente familiar. Había llegado a casa.

Aquel día, se convirtió en Louise. En la persona que había hecho aquello que ella tanto deseaba, que había visto la sangre salir a borbotones del cuerpo de otra persona, que había visto apagarse la llama de la vida. Escuchó con envidia las historias del circo, de la vida de Vladek como domador de leones. Le resultaba tan exótico en comparación con su triste y sucio pasado... Ella quería ser Louise, quería tener sus orígenes.

Sintió el odio de Louise por Peter y Laila. Ella se lo había contado todo. Que su madre asumió la culpa del asesinato, que la abuela quiso quedarse con el hijo, al que tanto querían, pero no quiso saber nada de Louise. Y aunque ella no se lo pidió, la vengaría. El odio creció como una llama fría, y ella hizo lo que tenía que hacer.

Así se dirigió al hogar de Louise, a su hogar, y allí conoció a Jonas. Era Tess. Era Louise. Era Marta. Era la otra mitad de Jonas. Y todavía no había terminado. El futuro diría quién sería a partir de ahora.

Le sonrió a Jonas, que iba conduciendo aquel coche robado. Eran libres y valientes, eran fuertes. Eran leones imposibles de domar.

Habían pasado varios meses desde que Laila vio a Peter por primera vez en todos aquellos años. Todavía recordaba la sensación cuando entró en la sala de visitas. Era tan guapo, y se parecía mucho a su padre, aunque era más esbelto, como ella.

También se alegró de poder ver a Agneta por fin. Siempre estuvieron muy unidas, pero no tuvieron más remedio que vivir separadas. Y su hermana le había brindado el mejor regalo que se puede imaginar: había acogido a su hijo bajo sus alas y le había dado un refugio, una familia. Con ellos vivió seguro, al menos, mientras Laila guardara todo en secreto.

Ahora ya no tenía por qué seguir callando. Era tan liberador... Aún tardaría un poco, pero su historia se contaría. Igual que la de la Niña. No se atrevía a creer del todo que Peter estuviera seguro, pero la policía buscaba a la Niña por todas partes y parecía demasiado lista como para ir en busca de Peter ahora.

Rebuscó en su fuero interno por ver si sentía algo por su hija, aquella criatura que, después de todo, era su carne y su sangre. Pero no, la niña fue un ser extraño desde el principio. La Niña no era una parte de ella y de Vladek, no como lo era Peter.

Quizá ahora podría salir de aquella prisión, si lograba hacerles ver que su historia era verdadera. En realidad, no sabía si quería o no. Había pasado allí encerrada tantos años de su vida que ya le era indiferente. Lo más importante era que Peter y ella pudieran mantener de nuevo el contacto, que él pudiera ir a verla de vez en cuando y un día, quizá, incluso llevar a los niños. Eso bastaba para que valiera la pena vivir la vida.

Unos toquecitos discretos la distrajeron de unos pensamientos tan halagüeños.

—¡Pasa! —dijo Laila con una sonrisa en los labios.

Se abrió la puerta y entró Tina. Se quedó un instante en silencio.

—¿Sí? —preguntó Laila al fin.

Tina sostenía algo en la mano y, cuando Laila bajó la vista para verlo, sintió morir la sonrisa.

—Te han mandado una postal —dijo Tina.

Le temblaba la mano sin control al sostener la postal, que venía sin mensaje y con la dirección sellada en azul. Le dio la vuelta. Un torero ensartando a un toro.

Laila se quedó en silencio unos segundos. Luego se le escapó el grito de lo más hondo de la garganta.

Epílogo

En primer lugar quiero decir que cualesquiera inexactitudes o cambios conscientes de los datos objetivos del libro son responsabilidad mía. Me he tomado la libertad de modificar el tiempo y el espacio de algunos hechos reales por el bien de esta historia.

Como siempre que escribo un libro, hay una serie de personas a mi alrededor a las que quiero dar las gracias, y siempre me embarga el mismo temor a olvidar a alguna de ellas. Aun así, quiero mencionar a varias que merecen una gratitud especial. Muchos miembros de la editorial Forum han hecho un gran trabajo con *El domador de leones*. Uno de ellos es mi editora, Karin Linge Nordh, que ha trabajado conmigo desde el segundo libro. Karin es siempre una joya, aunque a veces nos abruman los sentimientos, porque las dos somos muy apasionadas y nos apasionan nuestro trabajo y los libros. Gracias por ser una magnífica editora y una buena amiga. También quiero agradecer profundamente a Matilda Lund su contribución a que *El domador de leones* sea el libro que ahora tenéis entre las manos. Quiero dar las gracias igualmente a Sara Lindegren: que hagas un trabajo espléndido con la comercialización del libro es una cosa, pero que me confíes la educación religiosa de tu hijo merece una medalla al valor, o quizá que te sometas a un examen psiquiátrico.

Por otro lado, no habría podido escribir ningún libro sin aquellos que me ayudan a compaginar los distintos aspectos de mi vida diaria: mi madre, Gunnel Läckberg, «mamá Stiina» (Christina Melin) y a Sandra Wirström. Y gracias de corazón a mis hijos Wille, Meja y Charlie, que nunca dudan en dar su apoyo y echar una mano cuando mamá tiene que escribir.

Quiero dar las gracias a mis amigos, que son estupendos. Prefiero no mencionar a ninguno, porque sois muchos, y así no me arriesgo a que alguno se me olvide. Pero vosotros sabéis quiénes sois y que me siento muy afortunada de que estéis ahí.

Doy las gracias también a mi agente Joakim Hansson y a sus colaboradores de Nordin Agency.

Muchísimas GRACIAS a Christina Saliba, que ha sido no solo mi fiel seguidora y una gran fuente de inspiración como mujer de negocios, sino que además se ha convertido en una hermana inseparable. Quiero darte las gracias muy en particular por haber convertido la fiesta de mi cuarenta cumpleaños en un recuerdo que me acompañará siempre en la vida. Y gracias también a Maria Fabricius y al resto del personal de MindMakers que trabaja conmigo. Sois lo más.

Y en último lugar, pero desde luego no menos importante, quiero dar las gracias muy especialmente a Simon, mi amor. Tú, que llegaste a mi vida en plena redacción de este libro y me diste fe, esperanza y amor. Gracias por apoyarme en todo y porque tu lema en la vida sea *Happy wife, happy life*. Tú me haces *happy*.

Camilla Läckberg

Los crímenes de Fjällbacka

La serie que ha conquistado a lectores de todo el mundo

¿Los has leído todos?

La princesa de hielo

Los gritos del pasado

Las hijas del frío

Crimen en directo

Las huellas imborrables

La sombra de la sirena

Los vigilantes del faro

La mirada de los ángeles

El domador de leones

La princesa de hielo
NOVELA GRÁFICA

Los gritos del pasado
NOVELA GRÁFICA

Descubre las historias protagonizadas por el detective más joven del mundo